—————— 阅读之前 没有真相

午夜文库

杰夫里·迪弗
林肯·莱姆系列

杰夫里·迪弗 Jeffery Deaver (1950—)

杰夫里·迪弗，一九五〇年出生于芝加哥，十一岁时写出了第一本小说，从此笔耕不辍。迪弗毕业于密苏里大学新闻系，后进入福德汉姆法学院研修法律；在法律界实践了一段时间后，在华尔街一家大律师事务所开始了律师生涯。他兴趣广泛，曾自己写歌、唱歌，进行巡演，也曾当过杂志社记者。与此同时，他开始发展自己真正的兴趣：写悬疑小说。一九九〇年起，迪弗成为一名全职作家。

迄今为止，迪弗共获得六次MWA（美国推理小说作家协会）的爱伦·坡奖提名、一次尼禄·沃尔夫奖、一次安东尼奖和三次埃勒里·奎因最佳短篇小说读者奖。迪弗的小说被翻译成三十五种语言，多次登上世界各地的畅销书排行榜。包括名作《人骨拼图》在内，他有三部作品被搬上银幕，同时也为享誉世界的詹姆斯·邦德系列创作了最新官方小说《自由裁决》。

迪弗的作品素以悬念重重、不断反转的情节著称，常常在小说的结尾推翻或多次推翻之前的结论，犹如过山车般的阅读体验佐以极为丰富专业的刑侦学知识，令读者大呼过瘾。其最著名的林肯·莱姆系列便是个中翘楚；另外两个以非刑侦专业人员为主角的少女鲁伊系列和采景师约翰·佩勒姆系列也各有特色，同样继承了迪弗小说布局精细、节奏紧张的特点，惊悚悬疑的气氛保持到最后一页仍回味悠长。

除了犯罪侦探小说，作为美食家的他还有意大利美食方面的书行世。

杰夫里·迪弗 重要作品年表

少女鲁伊系列
　　1990 Death of a Blue Movie Star《蓝调艳星之死》
　　1991 Hard News《重要新闻》
　　1988 Manhattan Is My Beat《心跳曼哈顿》

采景师约翰·佩勒姆系列
　　1992 Shallow Graves《法外行走》
　　1993 Bloody River Blues《血河变奏》
　　2001 Hell's Kitchen《地狱厨房》

林肯·莱姆系列
　　1997 The Bone Collector《人骨拼图》
　　1998 The Coffin Dancer《棺材舞者》
　　2000 The Empty Chair《空椅子》
　　2002 The Stone Monkey《石猴子》
　　2003 The Vanished Man《消失的人》
　　2005 The Twelfth Card《第十二张牌》
　　2006 The Cold Moon《冷月》
　　2008 The Broken Window《碎窗》
　　2010 The Burning Wire《燃烧的电缆》
　　2013 The Kill Room《杀戮房间》
　　2014 The Skin Collector《人皮拼图》
　　2016 The Steel Kiss《钢吻》
　　2017 The Burial Hour《安葬时刻》
　　2018 The Cutting Edge《快乐至死》

凯瑟琳·丹斯系列
　　2007 The Sleeping Doll《睡偶》
　　2009 Roadside Crosses《路边的十字架》
　　2012 XO《唱片》
　　2015 Solitude Creek《孤独的小溪》

詹姆斯·邦德系列
　　2011 Carte Blanche《全权委托》

科尔特·肖系列
　　2019 The Never Game《游戏中毒》

杰夫里·迪弗 重要作品年表

非系列作品

1992 Mistress of Justice《正义的情妇》

1993 The lesson of Her Death《她死去的那一夜》

1994 Praying for Sleep《祈祷安息》

1995 A Maiden's Grave《少女的坟墓》

1999 The Devil's Teardrop《恶魔的泪珠》

2000 Speaking in Tongues《银舌恶魔》

2001 The Blue Nowhere《蓝色骇客》

2004 Garden of Beasts《野兽花园》

2008 The Bodies Left Behind《弃尸》

2010 Edge《边界》

2013 The October List《十月名单》

钢吻
The Steel Kiss
[美]杰夫里·迪弗 著
熊娉婷 译

新 星 出 版 社　NEW STAR PRESS

献给威尔、蒂娜·安德森和男孩们……

敌人就在门内；它与我们自身的奢靡、愚蠢和恶行同在，我们必须与之斗争。

——西塞罗

目录

1	第一部分 星期二 钝力
53	第二部分 星期三 实习生
171	第三部分 星期四 利用
271	第四部分 星期五 人民卫士
387	第五部分 星期六 将军……
453	第六部分 星期日 ……将死
551	第七部分 星期一 Ａ计划

第一部分
星期二 ———
钝力

1

有时,好运会从天而降。

阿米莉亚·萨克斯开着血红色的福特都灵,一路沿布鲁克林亨利街的商业带行驶,不时留意一下行人和车辆,这时,她发现了嫌疑人。

怎么这么巧?

不明嫌疑人四十的长相很不寻常,这点给了她帮助。他又高又瘦,在人群中很显眼。不过,仅凭这点还难以鹤立鸡群。然而两周前,他将受害者殴打致死的那晚,有名目击者报告说,他身穿浅绿色格子休闲外套,头戴勇士队棒球帽。即使希望渺茫,萨克斯也采取了必要的步骤,将这条信息发布到网上,然后继续调查其他方面的案情……以及其他案件;重案侦探要顾及的事太多了。

但是一小时前,有名第八十四分局的巡警在布鲁克林高地步道附近的辖区内巡逻,他发现了疑似嫌疑人,呼叫了萨克斯——案件的主管警官。凶案发生在深夜,地点是一个废弃的建筑工地,罪犯显然不知道有人看到他的穿着打扮,所以他肯定觉得再次穿上那套衣服很安全。巡警在人群中跟丢了他,但萨克斯还是飞速赶过去,并呼叫支援,即便这片城区属于城市扩延带,聚居着上万个伪装者。她苦涩地想，找到四十先生的概率为零。

可是该死的，他就在那儿，正阔步而行。高个子，瘦巴巴，穿着一件绿外套，连帽子都在，只是从后面看不见帽子上支持的是什么球队。

她将六十年代的肌肉车①刹住，停在公交站区，把纽约市警察局的公务牌往仪表板上一扔，轻巧地钻出车子，并且注意到了那个自杀式的自行车骑行者，他差点就撞车了。他回头看了一眼，没有责备的意思，但她猜他是想好好看看她这个身材高挑、红头发的前时装模特——她眼神锐利，黑色牛仔裤的后袋处佩有武器。

她跨上人行道，跟在凶手后面。

这是她第一次看到猎物。这个瘦高的男人迈着大步走着，双脚又长又窄（她注意到他穿的是运动鞋，方便在四月潮湿的水泥地上奔跑——比她的带跟皮靴好多了）。她心里隐隐希望他戒心重一点，这样他就会四处看看，她便能看到他的脸。可是他只是沉缓地走着，步伐透着古怪，长长的胳膊垂在身体两边，肩膀耷拉着，双肩包挂在一侧肩上。

她琢磨着凶器是否就在包里：圆头锤，末端呈圆形，用于锤平金属边缘和敲平铆钉。他作案时用的就是这一端，而不是呈羊角状的另一端。关于托德·威廉姆斯的头骨凹陷由什么凶器造成，结论来自林肯·莱姆为纽约市警察局和法医办公室创建的数据库。文件夹名为：武器所致人体损伤；第三部分：钝力外伤。

这是莱姆的数据库，但萨克斯不得不自己分析。莱姆没有参与。

---

①肌肉车（muscle car），特指二十世纪五十年代到七十年代中期美国生产的一类高性能轿跑车。现其他国家和地区也有制造。

一想到这里,她就心里一沉,强迫自己抛开这件事。

再想想伤口。那个二十九岁的曼哈顿人的遭遇真可怕,他在去夜间俱乐部的路上遇到抢劫,被殴打致死。俱乐部名叫"北纬四十度",一种指代,萨克斯了解到,它借用了它所处东村的纬度。

绿灯亮了,这会儿不明嫌疑人四十——名字取自夜间俱乐部——正在过马路。多么古怪的体形。身高远超六英尺,体重顶多一百四十磅或一百五十磅。

萨克斯看出了他的目的地,便通知调度中心告知支援人员,嫌疑人目前正要进入亨利街的一处五层楼购物中心。她赶紧往前冲,跟在他后面。

四十先生穿过购物的人群,追踪者在他后面谨慎地保持距离。在这座城市,人们总是动个不停,就像嗡嗡作响的原子;成群结队的人,男男女女,老幼青壮,高矮胖瘦,各种肤色。纽约有它自己的时间,现在可是午饭过后,商务人士本该待在办公室,学生本该留在学校,但他们都在这里消费、吃喝、游荡、发呆、发消息和聊天。

并且让阿米莉亚·萨克斯的抓捕计划变得相当复杂。

四十上了二楼。他有目的地在灯光明亮的商城里继续穿行,这种随处可见的商城在帕拉默斯、奥斯汀、波特兰都有。空气中飘荡着美食广场的油味和洋葱味,还有主力店铺开放式入口附近柜台的香水味。她纳闷了一小会儿:四十来这里干什么?他想买什么?

也许,他现在不想购物,只是来吃点东西;他走进了星巴克。

萨克斯在电动扶梯旁轻盈一闪,躲到一根柱子后面,距离那家连锁咖啡店的开放式入口大约二十英尺。她小心地保持隐蔽。要确保他不会起疑心，察觉有人盯着他。他好像没有携带武器——如果腰上佩着枪或兜里揣着枪，走路的样子就会异于平常，巡街警察对此都很清楚：心怀戒备，步伐僵硬——不过也很难说他没有枪。如果他用枪指着她开火呢？那就是一场大屠杀。

她迅速瞟了一眼店内，只见他走到食品区取了两个三明治，接着好像又点了一杯饮料。或者，也有可能是两杯。他付了钱，走出了视线范围，等着卡布奇诺或摩卡。有点古怪，过滤咖啡按说马上就可以拿到手。

他在店里吃，还是打包带走？两个三明治。在等人？或者现在吃一个，迟点再吃另一个？

萨克斯内心纠结。在哪里拿下他最好，外面的街道上，还是咖啡店或商城里？是啊，购物中心和星巴克都太拥挤。可是街道上更加人满为患。没有理想的解决方案。

几分钟过去了，他还在里面。现在他的饮料肯定拿到手了，他却没有要离开的意思。她猜，他午餐吃得迟。在等人吗？

这让本就复杂的抓捕行动更加复杂。

她接到一个电话。

"阿米莉亚，是我，巴迪·埃弗雷特。"

"嗨。"她对第八十四分局的这名巡警轻声说。他们彼此熟识。

"我们在外面，我和多德。还有三个人在另外一辆车上。"

"他在星巴克。二楼。"

就在这时，她看到一个送货员推着小推车经过，车上装着一些印有星巴克美人鱼标志的纸箱。这说明咖啡店没有后门，四十已是瓮中之鳖。没错，店里有人，有潜在的围观者，但比商城里或街道上的要少。

她对埃弗雷特说："我想在这里拿下他。"

"里面吗，阿米莉亚？好的。"他停顿一下，"这是最佳方案？"

他逃不掉，萨克斯想。"对。马上来这里。"

"我们这就行动。"

她飞快看了一眼店内，然后缩回来监视。她还是看不见他。他肯定坐在店的后部。她轻轻移到右边，朝咖啡店的开放式入口靠近一点。如果她看不见他，那他也看不见她。

她和支援小组可以从侧面进击——

就在这时，她身后响起突兀而刺耳的尖叫，让她倒吸了一口冷气。那是痛苦中的人发出的可怕哀号。那么激烈，那么高亢，她听不出是男是女。

叫声来自上行电动扶梯的顶部，扶梯连接着底下的楼层和这一层。

哦，天哪……

扶梯顶部的踏板，也就是人们从滚动的台阶下来时踩踏的踏板，已经张开，有人掉到了运行中的扶梯里。

"救命！不！拜托，拜托，拜托！"是男人的嗓音。然后，字句再次融合为尖叫。

顾客和雇员都吓坏了，大声叫嚷着。发生故障的扶梯仍在向上滚动，上面的人要么跳出扶梯，要么往后冲。旁边下行扶梯上的人也跳开了，可能以为自己也会被吞掉。有几个人在地上摔成一堆。

萨克斯朝咖啡店看去。

没有四十的踪影。当他像别人一样转过头来看的时候，他看见她腰带上的警徽或武器了吗？

她打电话给埃弗雷特，告诉他出了事故，要他呼叫调度中心；然后要他守住出口，不明嫌疑人四十有可能看见了她，正在逃跑。她冲向扶梯，注意到有人按了紧急按钮。扶梯慢下来，停住。

"让它停下，让它停下！"困在里面的人继续尖叫。

萨克斯走到平台的上部，朝张开的洞里看。一个约四十五岁或五十岁的中年男人卡在驱动齿轮里，齿轮安装在洞开的铝制踏板下方大约八英尺的地板上。驱动器仍在转动，虽然有人关闭了紧急开关，她猜那只是让制动器脱离了移动的台阶。可怜的男人被卡住了腰部。他侧躺着，朝机械装置乱挥乱舞。齿轮深深切入他的体内，血浸湿了衣服，又流到扶梯井的地板上。他的白衬衫上别着工牌，也许是某家商店的雇员。

萨克斯看着人群。这里有雇员，也有几个保安人员，但全都帮不上忙。人人脸上都是震惊之色。有些人好像在拨打九一一，但大多数人在用手机拍照和录视频。

她向下朝他喊："救援人员正赶过来。我是纽约市警察局的人，我下来了。"

"天哪，好痛！"又是尖叫。她感觉胸口一阵发颤。

她心里估摸着，血必须止住。而唯一一个会这么做的人就是你，所以行动吧！

她用力将可折叠踏板掰开一些。阿米莉亚·萨克斯不怎么戴首饰，但她还是脱下手指上的一件饰物——蓝色的宝石戒指，担心她的手会因此而被齿轮咬住。虽然那人的身体阻塞住了其中一个齿轮，但另一个齿轮操控着还在转动的下行扶梯。萨克斯勉强忘掉她的幽闭恐惧症，进入扶梯井。井内有一架工人使用的梯子，由窄窄的金属条构成，染了那人的血后变得滑溜溜的。显然，他最初跌入时被检修口的锋利边缘割伤了。她艰难地抓着、踏着梯子；她如果摔下去，就会落到那人身上，而他旁边正好就是第二个正在转动的齿轮。她的双脚一度滑脱，臀部肌肉不由得用力收紧，以防跌落。穿着皮靴的一只脚扫过运转的齿轮，齿轮割破靴跟，挂住牛仔裤的裤脚。她猛地移开腿。

然后，她下到地板上……坚持，坚持。嘴上也好心里也罢，这话是对他和她自己两人说的。

这个可怜人的尖叫声并未减小。他苍白的脸拧成一团，脸上的汗水闪着光。

"拜托，哦天哪，哦天哪……"

她小心地绕过第二个齿轮，两次滑倒在血中。还有一次，他的腿不自觉地猛踢，结结实实踹到她的臀部，她往前一个趔趄，跌向转动的轮齿。

她稳住脚步，脸差点擦到金属。又是一滑，稳住。"我是警察。"她重复道，"医务人员马上就来。"

"太糟了，太糟了。好痛。哦，好痛。"

她仰头大呼："维修人员，维修人员！关掉这鬼东西！不是台阶，是驱动器。切断电源！"

该死的消防部在哪里？她检查了受伤情况，束手无策。她脱下外套，按住他腹部和大腿根部被割碎的皮肉。这对止血没什么用。

"啊，啊，啊……"他呜咽着。

她找寻可以切断的电线——她的后兜里装有锋利的弹簧刀，属于严禁携带品——但没有电线显露在外。造这样一台机器，怎么会不设置关闭开关？天哪！她对自己的无能感到愤怒。

"我妻子。"那人轻声说。

"嘘。"萨克斯安慰他，"没事的。"虽然她知道不可能没事。

他的身体血肉模糊。就算活下来，也不是以前的那个他了。

"我妻子。她……你要去见她吗？我儿子。告诉他们我爱他们。"

"你要自己告诉他们，格雷格。"她读着他的工牌。

"你是警察。"他气喘吁吁。

"对。医务人员会来这里——"

"把你的枪给我。"

"给你——"

又是尖叫。眼泪滑下他的脸颊。

"求你，给我枪！怎样开枪？告诉我！"

"我不能这么做，格雷格。"她轻声说。她抬手握着他的胳膊，用另一只手掌擦去他脸上流淌的汗水。

"好痛……我受不了了。"一声比之前更响亮的尖叫。"我想要个了结。"

那种绝望的神情，她从未在任何人的眼中见过。

"求求你，看在老天的分儿上，枪！"

阿米莉亚·萨克斯犹疑着，然后伸手从腰带上拔出格洛克手枪。

警察。

不妙。不妙。

那个高挑的女人。黑色的牛仔裤，漂亮的脸蛋，还有，哦，红头发……

警察。

我在扶梯那儿将她甩掉，从商场的人群中穿过。

我猜她不知道我看见她了，但我看见了。哦，是啊，看得清清楚楚。那个掉进机器缺口里的男人的尖叫，惊得所有人都看过去。但她没有。她转过头，在亲切友好的星巴克里搜寻我。

我看到了她臀部的枪和警徽。她不是私家侦探，不是受雇保安，而是真正的警察。《警察世家》[①]式的警察。她——

嗯，那是什么？

枪声。我用枪械不多，但用过手枪。那无疑是一把手枪。

令人费解。嗯，嗯，有哪里不对劲。那个女警察——根据她的头发，我称她为红——是计划逮捕别的什么人吗？难说。她可能是在追捕我，因为我制造的多起恶作剧。或许是前些时候，我留在纽瓦克附近泥塘里的那些尸体，他们绑着杠铃被沉下去——杠铃就是矮胖人士买来用个六七次就丢在一边的那种。关于那起事件，媒体没有只言片语，不过，嗯，那是新泽西。那个地方就是一个尸地。另一具尸体呢？不值得报道；大都会队以七分优势获胜！那么，她追捕我，可能是因为在那之后不久，曼哈顿一条昏暗的街道上发生的那起口角，那喉咙上"嗖"的一下；或者，是因为"北纬四十度"俱乐部后面的那个建筑工地，我在那里又一次留下了一包漂亮的断裂头骨。

在我剁啊砍啊的时候，有人认出我了吗？

可能。我，呃，长相、身高、体重都与众不同。

就这么想吧，她要抓的是我，还是谨慎为好……我得离开，这就是说得低着脑袋，耷拉着肩膀。收缩三英寸，可比长高三英寸容易。

可枪声？那是怎么回事呢？她在追捕比我更危险的人物吗？

[①]《警察世家》(*Blue Bloods*)，以纽约为背景的美剧，于二〇一〇年开始播出。

我稍后再看看新闻。

现在到处都是人，都在快速奔走。大部分人都没盯着我看，盯着高高的我、瘦瘦的我、长手长脚的我。他们只想出去，逃离尖叫和枪声。商店和美食广场开始变得空空荡荡。他们害怕恐怖分子，害怕身穿迷彩服的疯子出于愤怒或因为脑子坏了而对这个世界刺啊、砍啊、扫射啊。"伊斯兰国"，"基地组织"，"民兵组织"。人人自危。

我方向一转，从男士袜子和内衣区溜走。

前面就是第四出口、亨利街，走那边出去吗？

最好等等。我深吸一口气，现在别太仓促。首先，我应该脱下绿色外套和帽子，置办一些新行头。我躲进一家廉价商店，用现金买了一件中国造的意大利蓝色运动服。三十五英寸长，很幸运。这个尺码很难找。还买了一顶时髦的软呢帽。一个中东孩子一边摇铃说即将售罄，一边发短信，真是无礼。我想把他的头骨敲碎一块。但至少，他没有盯着我看。这很好。我把绿色带格子花纹的那件旧外套装进背包——外套是我弟弟送的，我不会扔掉。我把运动帽也装进了背包。

中国造意大利时髦客离开商店，回到商城。好了，从哪里逃走？亨利街？

不，不明智。外面有很多警察。

我环顾四周，看遍了每个地方和每个角落。啊，工作人员专用门。那里肯定有个装卸区。

我俨然就像内部人士一样推开门，用的是指关节而不是手掌（当然哪，指纹），经过一个"雇员专用"的标记。只是现在除外。

我想：多么幸运的时机，尖叫声响起的时候，红就在那架电动扶梯旁边。我真走运。

我低下头，稳步走着。走廊里没人拦我。

啊，这里有件棉外套挂在钩子上。我解下外套上的名牌，把那个亮晶晶的长方块别在胸口。现在我变成了礼宾部成员马里奥。我看上去不太像某个马里奥，但只能这样了。

就在这时，两个年轻的工人，一个棕色皮肤，一个白色皮肤，从我前面的一道门走进来。我朝他们点点头，他们也点头回应。

希望不是马里奥，或者他的好朋友。如果是，我只好伸手掏背包，我们都知道那意味着什么：自高处而下，敲碎头骨。我从他们身边经过。

很好。

也不算好。有个声音传过来："喂？"

"嗯？"我问，手摸向锤子。

"那边出什么事了？"

"我猜抢劫吧。也许是那家珠宝店。"

"那些傻瓜从来都没有安保措施。我该提醒他们的。"

他的同事说："只有一些便宜货。锆石，这类垃圾。谁会为了一块锆石挨枪子儿啊？"

我看到一个送货标记，规规矩矩地跟着箭头走。

我听到前面有说话声，便停下脚步看看拐角。只有一个小个子黑人保安，跟我一样瘦得像树枝。我可以用锤子轻而易举击倒他，把他的脸敲碎成十片，然后——

哦，不，生活为什么这么麻烦？

又出现两个保安，一白一黑。两人都有我两倍那么重。

我往回躲。更加不妙。在我身后，也就是我刚刚走过来的走廊另一头,传来更多人声。也许,红和其他人在搜查这一带。

唯一的出口在我前面,那里守着三名保安。他们活到今天,也逮到了机会敲骨头……或者电击,或者喷射喷雾。

我,夹在中间无路可逃。

2

"人在哪里?"

"还在搜寻,阿米莉亚。"巴迪·埃弗雷特,第八十四分局的那个巡警告诉她,"六个小组。所有出口都被控制住了,有我们的人或保安人员。他应该就在这里的某个地方。"

她用星巴克的餐巾纸擦掉靴子上的血,或者说试图擦掉,只不过是白费力气。她的外套装在一个垃圾袋里,袋子也是她从那家咖啡店拿来的。外套的污损可能不算无可挽救,但她不愿穿浸透了血的衣服。年轻的巡警注意到了她手上的血迹,眼神惴惴不安。毫无疑问,警察也是人。虽然最终总会形成免疫力,但某些人要比其他人迟一点,而且巴迪·埃弗雷特年纪尚轻。

他透过红框眼镜,盯着洞开的检修口。"他……"

"他没能挺住。"

他点点头。这时,他的目光落到地板上,萨克斯那血淋淋的靴印从扶梯一路延伸出去。

"不知道他往哪个方向逃走了?"他问。

"不知道。"她叹了口气。从不明嫌疑人四十有可能看见她并逃逸,到支援人员部署到位,也就相隔区区几分钟,不过这似乎足够让他消失无踪的。"好吧,我和你们一起搜查。"

"他们在地下层需要支援,那是个鱼龙混杂的地方。"

"好的。不过也要派人去街上搜查。如果他刚才看见我了,他就有大把的机会尽快逃离这里。"

"好的,阿米莉亚。"

"警探?"她身后传来一个男人的声音。

她转身一看,面前是个矮小结实的拉美人,五十岁上下,身穿深蓝色条纹西装和黄衬衣,领带是洁净的纯白色。这种搭配不常见。

她点点头。

"我是警监马迪诺。"

她和他握握手。他的黑眼睛上下打量她,眼皮耷拉着。他魅力四射,身上有那种强大的男人有的迷人气息——某些女人身上也有——但没有性意味。

马迪诺可能是第八十四分局的人,跟不明嫌疑人四十的案子毫无关联,这案子列在重案小组的名单上。他出现在这里,是为了这起事故,虽然警方可能很快就会撤离,除非扶梯的维修方面存在过失犯罪行为,而这罕有发生。不过,现场的调查还是会由马迪诺的手下负责。

"什么情况?"他问她。

"消防部会比我讲得更清楚。我在追捕一名凶案嫌疑人。我所知道的就是,自动扶梯发生了某种故障,一名中年男性掉进了驱动器里。我去救他,设法止血,可是无能为力。他坚持了一会儿,最终还是当场死亡了。"

死者被确认当场死亡。

"紧急开关呢?"

"有人按了紧急开关,但关掉的只是台阶,而不是驱动器。

齿轮一直在转,卡住了他的腹部和腹股沟。"

"天哪。"警监嘴唇紧抿。他走上前去,不动声色地低头看着电梯井。他握住白领带,以免它扫到前面的扶手,沾上污渍。血迹也一路延伸到了扶手上。他朝萨克斯转过身,一副波澜不惊的样子。"你下去那里了?"

"是的。"

"肯定很辛苦。"他眼里的同情显得真挚诚恳,"跟我说说开火的事吧。"

"是因为驱动器。"她解释道,"我找不到切断开关的方法,也没发现什么线路可以割断。我不能把他扔下,然后去找线路,或者爬到扶梯顶部去叫人关掉电源;我当时正按着伤口止血。所以我朝驱动器的线圈开了一枪,以防他被切成两半。可是他那时已经奄奄一息了。失血百分之八十,急救人员说的。"

马迪诺点点头。"不错的尝试,警探。"

"没起作用。"

"你也没有什么别的办法。"他转头看着洞开的检修口,"我们得召集一个射击小组,不过在这种情况下也只是走个形式。没什么可担心的。"

"谢谢,警监。"

不管大银幕上和小屏幕上是怎么演的,警察开火这种事其实很少发生,属于重要事件。只有当警察认定自己或路人有生命危险、或者重罪犯携带武器逃跑时,开枪才是被允许的。开枪的目的只能是击毙罪犯,而非射伤。一把格洛克手枪可不能当成扳手,用来阻断不受控制的机械。

不论当值与否,警察如果开了枪,事发地点所属分局就会出动一名监管人员,来现场收走并查验该名警察的枪支。然后,他会召集巡逻局射击小组——小组必须由警监领导。由于这次开火并没有造成人员伤亡，萨克斯不需要进行酒精测试，也不用接受三天的强制性行政休假；而且，她没有渎职行为，便无须交出枪支，只要把枪交给监管人员检查一下并登记序列号就行了。

她现在做的正是这件事：熟练地卸下弹匣，退出已经上膛的子弹，然后从地上捡起子弹。她把枪交给他。他记下序列号，又把枪递回来。

她补充道："我会写一份有关枪械开火或攻击的报告。"

"不用着急，警探。召集射击小组需要一段时间，而且你好像还有别的任务要处理。"马迪诺再次往下看看电梯井，"上帝保佑你，警探。愿意下去那里的人可没多少。"

萨克斯把退出的子弹重新装回去。第八十四分局的警察在两架扶梯周围都设置了警戒线，于是她掉头奔向通往地下层的升降电梯，她要去协助搜寻不明嫌疑人四十。但这时巴迪·埃弗雷特赶了过来，她停下脚步。

"他逃走了，阿米莉亚。逃出了这栋楼。"他那深红色的眼镜此时显得更打眼，也更不协调。

"怎么会？"

"从装卸区逃走的。"

"我想那里是有人把守的，不是我们的人就是保安。"

"他叫喊了，那个不明嫌疑人，他在装卸区附近的拐角大声嚷嚷，说罪犯在仓储区。那些保安带着手铐、狼牙棒这类东西，你知道他们的吧？他们喜欢逮着个机会就扮演真警察。所有人都向仓库冲去，他就不紧不慢地走了出去。监控录像显示他——穿着新外套，是件深色的运动服；戴着软呢帽——从装卸区的梯子爬下去，穿过卡车停靠区跑走了。"

"逃向哪里了？"

"不知道。摄像头的拍摄范围很小。"

她耸耸肩。"地铁？公交车？"

"监控录像上什么都看不出。也有可能步行或乘出租车。"

逃往无数个可能的地点之一。

"你是说深色的外套？运动服？"

"我们一一查问了商店，但没人看见他那种体形的人买东西。我们还不知道他的长相。"

"你觉得从梯子上可以采集到指纹吗？装卸区的梯子？"

"哦，监控录像显示他戴上手套后才爬梯子的。"

聪明。真是个聪明的家伙。

"还有一点，他拿着杯子和类似食品包装纸的东西。我们找了一下，没发现他把东西扔在哪儿。"

"我会让证物搜集小组过来的。"

"嘿，跟白领带警监谈得怎样？哦，我这么说了吗？"

她微微一笑。"就算你说了，我也没听见。"

"他已经在盘算，要怎样重新装饰他在州长官邸里的办公室了。"

难怪，从头到脚那么时髦光鲜。野心勃勃的重要人物。能站在自己这一边，也是件好事。

上帝保佑你……

"还好。在开枪的问题上，他似乎是支持我的。"

"他是个正派的家伙。不过你得保证投他的票。"

"继续搜查。"严肃起来。

"好的。"

一名督察员偕同消防部的人找到萨克斯，她向他们提供了一份有关电动扶梯事故的证词。二十分钟后，不明嫌疑人四十所涉案件的证物搜集小组从皇后区赶来,纽约市警察局的"犯罪现场"综合大楼就在皇后区。她和他们打了个招呼。一男一女,都是三十多岁的拉美裔技术人员,跟她时有合作关系。他们推着笨重的行李箱,朝电动扶梯走去。

"哎,哎,"她告诉他们,"那是一起事故。调查局会跟第八十四分局协调的。我要你们去星巴克走格子。"

"那里出什么事了?"那名女警察问,一边望向咖啡店。

"一起严重的犯罪,"她的同伴回答,"星冰乐的价格。"

"我们的不明嫌疑人坐下来吃了一顿很迟的午餐。他坐在后面的某个桌位上,你们得去问一下是哪个桌位。高个子,瘦巴巴,身穿绿格子外套,头戴勇士队棒球帽。不过不会有太多发现,他把杯子和包装纸都带走了。"

"真是可恨,没有DNA残留。"

"可不是。"

萨克斯说:"不过我指望着他把垃圾扔在了附近的什么地方。"

"你能想到什么地方吗?"女警察问。

看着星巴克里的服务员,萨克斯心中的确念头一闪。"也许吧,不过不是商场里面。我自己去查吧,你们处理星巴克的现场。"

"永远爱你,阿米莉亚。你总是把容易的活儿交给我们,自己去干棘手的事。"

她蹲下身,从行李箱里拽出一件特卫强连身服,证物搜集小组当中的一人刚把箱子打开。

"标准操作程序,对吧,阿米莉亚?所有证物都打包送到林肯的房子里?"

20

萨克斯一脸冷酷地说:"不用,所用证物都送到皇后区。我在市中心查办这起案子。"

证物搜集小组的两人快速交换了一下眼神,然后看着萨克斯。女警察问:"他还好吗,林肯?"

"哦,你们没听说吗,"萨克斯干脆利落地说,"林肯不再为纽约市警察局效力了。"

3

"答案就在那里。"

一阵停顿,语音在四壁之间回荡。墙壁光滑,有磨损的痕迹,颜色是带有学究味的绿色。那是胆汁的颜色。

"答案。它有可能显而易见,好比血淋淋的刀上留有罪犯的指纹和DNA,刻有他的姓名首字母和他钟爱诗人的诗句。也可能隐晦不明,只是三个看不见的配位体——什么是配位体?有谁知道?"

"气味分子,先生。"回答的是个迟疑不定的男声。

林肯·莱姆继续说:"我说的是隐晦不明。答案可能存在于三个气味分子当中,但它就在那里。这种凶手和被害者之间的关联,会把我们引到他的门口,并劝服陪审团给他安置一个新家,让他待个二三十年。谁来说说洛卡德法则吧。"

前排响起一个女人坚定的声音:"但凡发生罪案,罪犯跟犯罪现场或受害者之间,或者很有可能同时跟两者之间,都会产生物质转移。埃德蒙·洛卡德,这位法国刑事专家用的是'粉尘'一词,但大家普遍接受的说法是'物质'。换句话说,就是微物证据。"回答者微微侧头,甩开长长的栗色头发——之前头发拢着一张心形的脸。她补充道:"保罗·科克详细阐述过:'物证不会作假，不可能完全消失。除非你没能找到它、好好研究和理解它，不然它的价值不会削减。'"

林肯·莱姆点点头。正确答案能获得他的认可，但从来不会受到夸奖；夸奖是为超越基准线之上的真知灼见而保留的。尽管如此，他内心颇为赞赏，因为他并没有布置阅读任务，让大家去读有关那位伟大的法国刑事专家的论述资料。他注视着那些脸孔，显出迷惑不解的样子："你们记下阿切尔女士说的话了吗？有些人好像没有。我真不明白是为什么。"

钢笔开始唰唰晃动，笔记本电脑的键盘嗒嗒作响，手指在平板电脑的二维按键上无声翻飞。

这只是"犯罪现场分析概要"的第二堂课，课程规范还有待确立。学生们脑子灵活，记忆力强，但也不是万无一失。而且，记录在纸上或屏幕上，只意味着拥有，而不是理解。

"答案就在那里，"莱姆重复道，用的是学者口吻，"就刑事学——法医学而言，没有破不了的案子。资源、创见和努力才是唯一的问题。为了确认罪犯的身份，你愿意追查到什么程度？对，就像保罗·科克在二十世纪五十年代说的那样。"他看了一眼朱丽叶·阿切尔。莱姆只知道寥寥几个学生的名字，阿切尔排在第一个。

"莱姆警监？"说话的是坐在教室后面的一个年轻男子。课堂里大约有三十个人，年龄从二十岁出头到四十多岁不等，年轻人偏多。这个人顶着时髦的刺头发型，但还是透着警察的气息。虽然学校在课程目录的个人简介里，更别提成千上万条谷歌资料——列出了莱姆几年前因为残疾而离开警队时的职位，但是如果跟纽约市警察局毫无关联，人们不太可能以此职位称呼他。

教授优雅地动了动右手，转动身下精巧的电动轮椅，面对学生。莱姆四肢瘫痪，自颈部以下的大部分躯体没有知觉，只有左手无名指，现在再加上外科手术后的右胳膊和右手能活动。"请说。"

"我在想，洛卡德说的是'物质'或'粉尘'？"年轻男子瞟了一眼前排的阿切尔，她坐在远远的左方。

"没错。"

"有没有可能也会发生心理转移？"

"什么意思？"

"假设罪犯在杀死受害者之前曾恐吓说要折磨他，受害者被发现时表情惊恐，我们就可以推断出罪犯是个虐待狂。你可以把这一点加进心理侧写当中，或许可以缩小嫌疑人的范围。"

莱姆注意到，"推断"一词用得正确无误，经常有人将其与及物动词"暗示"混淆。他说："问个问题。你喜欢读系列小说吗？哈利·波特？还有电影，对吧？"通常，他对文化现象不怎么感兴趣——除非有助于破案，但这种事从未发生过。不过"波特"，毕竟是"波特"。

年轻男子眯起黑眼睛。"没错，喜欢。"

"你确实明白那是虚构的，对吧。霍格沃斯并不存在？"

"霍格沃茨[①]。对，我一清二楚。"

"然后你得承认，巫师、施咒、巫毒、鬼魂、念力和你那个在犯罪现场发生心理转移的推测——"

"胡说八道[②]，你想说的是这个吧？"

哄堂大笑。

[①] 霍格沃茨（Hogwarts），"哈利·波特"系列小说里魔法学校的名字，林肯·莱姆说成了"Hogworths"。
[②] 原文为"Hogwash"，和林肯·莱姆用错的词读音相近。

莱姆皱了皱眉，倒不是因为被打断；他欣赏傲慢，而且那个文字游戏其实相当聪明。他表达的是一种严肃的不满。"根本不是。我想说的是，那些说法个个都有待实际经验证明。你为我提供实证研究，纳入有效的采样数量和采样控制，反复重现你假定的心理转移的结果，验证你的推测，这样我才会认为它是合理的。我本人不会只依靠这种推测。死死盯着调查中难以确定的方面，就会分心，顾不上手头的重要任务，那就是——"

"证物。"回答的又是朱丽叶·阿切尔。

"犯罪现场变化之快，就像突然遇到微风的蒲公英。只是稍迟片刻，从上百万个配位体中存留下来的那三个就会消失。一滴雨水就能冲掉凶手的一个DNA，从而毁掉我们从DNA联合检索系统里找到他的机会，包括查找他的名字、住址、电话号码、社保……和衬衫号码。"他扫视了众人一眼，"衬衫号码是个玩笑。"林肯·莱姆说的每一件事，大家通常都深信不疑。

那个时髦警察点点头，但似乎并不信服。莱姆心里有所触动，琢磨着那个学生是否真的会研究一下这个课题。真希望他会。没准儿他的推测确实有点价值。

"再过几周，我们还会多讲讲洛卡德先生的'粉尘'——也就是微物证据。今天的主题会确保我们先有粉尘可以分析。我们要探讨的是犯罪现场的保护。你永远都不可能遇到一个原始的犯罪现场，那是不存在的。你的任务是确保犯罪现场尽可能少受污染。好了，头号污染物是什么？"不等人回答，他继续说道，"没错，是警察同行——通常，最通常，是高级警官。我们怎样才能让打扮得光鲜亮丽、准备面对新闻摄像机的高级警官们远离犯罪现场，同时又能保住我们的饭碗呢？"

笑声渐渐平息，授课开始。

这些年来，林肯·莱姆断断续续从事教学工作。他也不是多么热爱教书，但他坚信犯罪现场调查在案件侦破中的作用；而且，他希望可以确保刑事鉴定专家尽可能达到最高水准——也就是他的水准。许多有罪之人要么逃脱了罪责，要么所受惩罚远远轻于所犯罪行。无辜之人则要身陷囹圄。他决心竭尽全力严加训练，打造出新一代的刑事专家。

一个月前，莱姆决定把这当作他的新使命。他把手头的刑案调查工作处理完，在约翰·马歇尔学院申请了一份教职，学院距离他在中央公园西侧的连栋住宅仅有两个街区。事实上，他用不着申请。有天晚上，他和一位地方检察官朋友在一起喝酒，若有所思地说到他在考虑退出刑案调查去教书。这位地方检察官向某人传了几句话，结果消息又传回了约翰·马歇尔学院，也就是检察官兼职任教的地方，不久学院院长就打来了电话。莱姆猜测，因为他的名气，他算是一件包赚不赔的商品，可以吸引媒体和更多的学生，还有可能促进学费收入的增长。莱姆签下合约，教授这门概论性的课程和另一门课程：包含电子显微镜分析在内的重案现场常见物质的高级化学和机械分析。后一课程几乎跟前一课程一样，名额很快报满，他的名气由此得以印证。

大部分学生正从事或意欲从事警察工作，地方警察、州警察、联邦警察都有。有些学生则会从事商业性的法医鉴定工作——为私家侦探、律师和公司提供服务。还有几个新闻从业者，另有一个是小说家，想获得准确的知识（莱姆很欢迎他来听课。他自己就是一套系列小说的描写主题，小说根据他侦办的案件创作而成。他好几次写信给作者，谈论小说对真实犯罪现场调查工作的歪曲。"你一定要大肆渲染吗？"）。

在对犯罪现场的保护做了一番全面的概述之后，莱姆看了看时间，宣布下课，学生们陆续走了出去。他驱动轮椅，驶向连接低矮讲台的坡道。

他抵达教室的主地面时，课堂上只剩下一个人，其他人都走了。

朱丽叶·阿切尔还待在前排。她三十多岁，长着一双相当出众的眼睛。莱姆上周在课堂上第一次见到她时，就被这双眼睛打动了。人眼的虹膜或房水中没有蓝色色素，那种色度来自上皮细胞中一定数量的黑色素和瑞利散射效应的结合。阿切尔的眼睛是饱满的蔚蓝色。

他驱动轮椅驶向她。"洛卡德。你课余还读书了。那是我的书，你转述了其中的内容。"

"前几天喝葡萄酒，想找点东西顺便读读。"

"啊。"

她说："怎么样啊？"

没有必要把问题细说一遍。这就是在重提上周的询问……还有这段时间的几次电话留言。

她那熠熠生辉的眼睛定定地看着他。

他说："我不确定那是不是个好主意。"

"不是好主意？"

"没用，我是说对你没用。"

"我不这么想。"

她说话一点都不含糊。阿切尔任由沉默蔓延。然后，没涂唇膏的嘴唇绽开一个微笑。"你调查我了，是吗？"

"是的。"

"你觉得我是个间谍？想方设法要获得你的青睐，从而窃取案件机密或什么的？"

他这么想过。然后在想象中耸了耸肩，尽管以他的身体条件，他没法做这个动作。"只是出于好奇。"莱姆其实已经了解清楚朱丽叶·阿切尔的很多事。她拥有公共卫生学和生物学的硕士学位，是个传染病学家，在韦斯切斯特任职于纽约卫生研究院下属的传染病研究机构。她现在想换个行当，研究刑事鉴定学。她目前住在市区，住宅在苏豪区的越层住宅集中地带。儿子十一岁，是个小足球明星。她自己则在曼哈顿和韦斯切斯特因为现代舞表演而颇受好评。离婚之前，她住在纽约市的贝德福德区。

不，不是间谍。

她仍旧定定地看着他的眼睛。

冲动之下——对他而言极其罕见——他说："好吧。"

她彬彬有礼地微笑："谢谢你。我现在就可以开始。"

他迟疑了一下。"明天吧。"

阿切尔一副被逗乐的样子，俏皮地向上一扬脑袋，似乎她本可以轻易赢得谈判，更改签约生效的日期，但她懒得费那个劲。

"要我告诉你地址吗？"莱姆问。

"我有。"

他们互相点点头，以此代替握手，算是达成协议。阿切尔微微一笑，然后把右手食指伸向她自己那辆轮椅的触控板。那是一辆银色的暴风剑，和莱姆几年前还在使用的轮椅是同一个型号。"到时候见。"她转动轮椅，轻松地驶上通道，驶出门口。

4

那栋独立住宅是暗红色的砖砌建筑。跟巡警巴迪·埃弗雷特的眼镜框颜色相近,是内脏和血液变干后的颜色。眼下这种情况,你会忍不住这样想。

阿米莉亚犹豫不决,双眼映射着屋内柔和的灯光。许多访客在灯和窗户之间走来走去,灯光便不时闪烁。房子很小,客人又很多,因此那感觉就像有闪光灯在闪。

死亡把那些人召集到了一起,甚至是关系最为疏远的人。

她还在犹豫。

当警察的这些年,萨克斯为许多受害者亲属传达过死讯。警察学院的心理学家教过一些说辞,她在那基础上增补修饰,处理起来很在行("节哀顺变。""有什么人可以帮帮你吗?"拿着这样的脚本,你必须临场发挥)。

但是今晚不同。萨克斯没法相信,就在受害者体内的电子脱离细胞的那一刻,或者对外行人来说,就在精神抛弃躯体的那一刻,她在现场。在那个死亡时刻,她的手还握着格雷格·弗罗默的胳膊。而且,她有多么不情愿跑这一趟,那个约定就有多牢固。她不想违背承诺。

她把枪套移到臀部的左侧,不让人看见。这似乎是个得体的举动，虽然她也说不出所以然。另一个迁就之举是，为了这趟差事，她中途回公寓洗澡换衣服了。她的公寓也在布鲁克林，不算太远。要在她身上找到一丁点儿血迹，就得用上发光氨和多波段光源检测棒了。

她走上台阶，按响门铃。

应门的是个身穿花衬衫的高个子男人，年龄在五十岁左右。当然，这不是葬礼，葬礼还要过些时候。今晚的这场聚会，亲朋好友都是火速赶来安慰亲属、提供餐食的，既要转移悲痛又要专注于悲痛。

"嗨。"他说。他的眼睛，就跟他腹部那只鹦鹉脖子上的花环那样红。弗罗默的兄弟？长相惊人地相似。

"我是阿米莉亚·萨克斯，纽约市警察局的。我可以找弗罗默太太聊一会儿吗？"她这番话说得温柔可亲，没有一点官腔。

"好的。请进。"

屋里家具不多，看起来破破烂烂，不成章法。墙上的几幅画，可能是从沃尔玛或塔吉特买来的。她了解过，弗罗默在商城的鞋店当售货员，赚最低的薪水。

屋里的电视机很小，电缆盒是最简单的那种。没有电子游戏机，不过她能看出他们至少有一个孩子——远远的角落里，放着破旧不堪、缠有强力胶带的滑板。斑痕累累的茶几旁边，有一些日本漫画书堆在地上。

"我是格雷格的堂兄弟，我叫鲍勃。"

"发生这样的事，真让人难过。"有时，你也会落入死板教条的模式。

"我们都没法相信。我和我妻子住在斯克内克塔迪，我们尽快赶了过来。"他又说，"我们都没法相信。死……呃，死于这样的事故。"尽管穿着带有热带风情的衣服，鲍勃也显得威仪堂堂，"得有人承担责任。这件事不应该发生的。"

有几个别的客人朝她点点头，上下打量她的衣着。衣服是她仔细挑选的，暗绿色的过膝长裙、黑色的衬衣和外套。她一副葬礼打扮，不过并不是刻意穿成这样的。这就是她平常的制服。相较浅色，深色更能体现强硬的形象特征。

"我去叫桑迪。"

"谢谢。"

房间对面有个大约十二岁的男孩，身边有一男两女陪着，萨克斯估计他们都是五十多岁。男孩长有雀斑的圆脸哭得红红的，头发凌乱不堪。她疑惑，在亲戚赶来之前，他是否一直躺在床上，对父亲死亡的消息感到麻木了。

"呃，你好？"

萨克斯转过身来。这个苗条的金发女人，脸色非常苍白，跟鲜红的眼睑和眼部下面的皮肤形成鲜明的、令人不安的对比。引人注目的绿眼睛，加重了她身上的那种阴森气息。深蓝色的背心裙皱皱巴巴，左右两只鞋子不同，只是款式相近。

"我叫阿米莉亚·萨克斯，来自警察局。"

她没出示警徽。没那个必要。

萨克斯问她是否可以私下聊聊。

真是奇怪，与现在相比，很多事都要容易得多：你用格洛克手枪瞄准因吸毒导致神情恍惚的罪犯，他在四十步开外的地方拿枪指着你，或者你以五十英里的时速转弯，同时从四挡换到二挡，转速表指针指到红线区，以确保某个狗娘养的不会逃脱。

打起精神，你能做到的。

桑迪·弗罗默把萨克斯带向房子的后部，她们穿过客厅走进一个小房间。她一进来,就发现这是那个男孩的房间,超级英雄的海报和漫画、堆在一起的牛仔裤和运动服、乱七八糟的床铺,都能说明这一点。

萨克斯关上门。桑迪仍旧站着,小心翼翼地看着来访者。

"你丈夫死的时候,我正好就在现场。我和他在一起。"

"哦。天啊。"这下她脸上的迷惘神色更重了。她再次盯着萨克斯,"有个警察来家里告诉我消息。那人很不错。出事的时候,他不在商城。他接到别人打来的电话。他是当地分局的人。亚洲人?我是说那个警察。"

萨克斯摇摇头。

"很惨,是吧?"

"是啊,是的。"她没法淡化事情的悲惨程度。事件已经上了新闻。报道说得简要,但是桑迪最终会看到医学报告,得知格雷格·弗罗默在生命的最后一分钟竟经历了什么,"可是我只想告诉你,我在他身边。我握着他的手,他向我恳求。他要我来见你,要我转告你,他爱你和你们的儿子。"

仿佛突然有什么重要的事要做,桑迪走向她儿子的书桌。桌上摆着一台老旧的台式电脑,旁边有两个汽水罐,其中一个被压扁了,还有一袋瘪瘪的烧烤味薯片。她拿起罐子扔进垃圾桶。"我该更换驾照了,只剩两天时间。我抽不出空来。我在家政公司上班,一直忙得不可开交。我的驾照两天后就过期了。"

这么说,她马上要过生日了。

"这里有谁能帮你联系一下车管局吗?"

桑迪又发现了一样东西———个冰茶瓶子。瓶子是空的,也进了垃圾桶。"你没必要来的,有的人就不会来。"每一个字,似乎都在让她受伤,"谢谢你。"那双超凡脱俗的眼睛看向萨克斯,随即飞快地盯着地板。她把运动服扔到要洗的脏衣服堆里,从身上的牛仔裤口袋里掏出一张纸巾,擦擦鼻子。萨克斯注意到牛仔裤是阿玛尼的,但是褪色严重,磨损厉害——不是新衣服经过工厂水洗做旧的效果(萨克斯当过时装模特,对这种没什么意义的潮流不屑一顾)。裤子要么是二手货,要么据萨克斯猜测,可以追溯至更早的、家境优渥的时期。

情况可能就是如此。她注意到男孩的书桌上有张镶框照片——几年前,男孩和他父亲站在一架私人飞机旁;他们身前摆着钓具,远处耸立着加拿大或阿拉斯加的高山。另外一张照片里,一家人好像是坐在印第安纳波利斯五百英里大奖赛的包厢座位里。

"有什么需要我帮忙吗?"

"没有了,警官。还是警探?还是——"

"叫我阿米莉亚吧。"

"阿米莉亚。很美的名字。"

"你儿子不会有事吧?"

"布莱恩……我不知道他会怎样。我觉得他现在很愤怒。也许是麻木。我们俩都麻木了。"

"多大?十二岁?"

"是的,没错。这几年很难对付,麻烦的年龄段。"她的嘴唇一阵战栗,然后是沉默,"谁来承担责任?怎么会发生这种事呢?"

"我不知道。市里会调查的,他们很敬业。"

"我们对这些设施坚信不疑,扶梯、高楼、飞机、地铁!谁造的,谁就得造得安全可靠。我们怎么知道有危险?我们只能信任。"

萨克斯拍了拍她的肩膀，担心这个女人会陷入歇斯底里。但是桑迪很快又恢复了冷静。"谢谢你来告诉我这些事。很多人都不会来的。"她好像忘了之前说过这话。

"还想说一下，如果你需要帮忙的话，可以找我。"萨克斯在桑迪手里放了一张名片。警察学院可没教过这个，说实在的，她也不知道能帮什么忙。萨克斯全凭直觉行事。

名片被揣进了牛仔裤的口袋里，裤子原本值三位数。

"我要走了。"

"哦，好的。再次感谢。"

桑迪拿起儿子的脏餐具，领着萨克斯走出门口，然后消失在厨房里。

在靠近前厅的地方，萨克斯又找到弗罗默的堂兄弟鲍勃，问他："你觉得她的状况怎么样？"

"跟我们预想的差不多。我们会尽力而为，我和我妻子。可是我们自己有三个孩子。我想我可以把车库收拾出来。我离得最近，也是兄弟姐妹中的老大。"

"什么意思？"

"我们的车库是独立式的，你知道，能容纳两辆车；有取暖设施，因为我的工作台设在里面。"

"他们和你一起住？"

"会有人跟他们一起住，我还不知道是谁。"

"在斯克内克塔迪？"

鲍勃点点头。

"这房子不是他们的？租的吗？"

"是的。"他悄声说，"他们有好几个月没付房租了。"

"他没有人寿保险吗？"

他面露愁容。"没有,他退掉了。他需要用钱。你知道,格雷格决定要回报他人,几年前辞掉了工作,开始做慈善。中年危机之类的吧。他在商城做兼职,便于去施粥所和收容所做义工。这对他来说是好,却苦了桑迪和布莱恩。"

萨克斯跟他告别,走向门口。

鲍勃送她出来,说:"哦,别误会了。"

她转过身,眉毛往上一扬。

"可别替桑迪觉得不值。她自始至终都支持他,从不抱怨。还有,天哪,他们真是深爱彼此。"

我走向切尔西的公寓,我的"子宫"。那是我的天地,美好的天地。

当然还要看看身后。

没有警察追上来。没看到红,那个女警察。

商城里的那场惊吓过后,我走了数英里路,穿过布鲁克林到了另一条地铁线。我中途又停顿了一下,重新买了一件新外套和一样新头饰——还是棒球帽,不过是黄褐色。我长着一头金发,又短又稀疏,但我觉得出门时最好还是遮住。

干吗要让那些购物者有机可乘呢?

我现在终于镇定下来了,不会每看到一辆警车就心脏狂跳了。

回家花了很长时间。布鲁克林和切尔西相隔很远很远。不知道为什么叫这个名字,切尔西。我觉得,我听说过它是以英国的某个地方命名的。听上去很有英国味。我想,他们那里有一支运动队叫这个名字。或者,这可能只是某个人名。

这条街,我的街,二十二街,闹哄哄的,但我的窗户很厚实。我说了,就像子宫。屋顶有个露天平台,我喜欢那儿。公寓楼里没人上去,我没看见过。有时我坐在上面,希望能抽抽烟,因为坐在城市的高台上,边抽烟边看风景似乎是老纽约客和新纽约人的基本体验。

你从屋顶可以看到切尔西旅馆的后部。旅馆里住着一些知名人物,不过这个"住",就相当于居住,如音乐家、演员、画家之类。我坐在折叠椅上看鸽子、云彩、飞机、街景,留神倾听住在旅馆里的音乐家的音乐,但从没听见过。

现在我来到了公寓楼的前门。再看看身后,没有警察,没有红。

我穿过门厅,沿着走廊往前走。墙上的油漆是深蓝色的和……医院风格的,我想起了那道阴影。这是我的用词,我刚刚想到的。下次见到弟弟时,我会告诉他。彼得会喜欢的(我们的过去太沉重,所以现在我更喜欢幽默)。走廊里灯光昏暗,墙壁闻起来就像用腐肉造成的。我在绿意繁盛的郊区长大,从没想过待在这种地方会舒服自在。这所公寓原本是个临时落脚点,但我越来越喜欢。而且我发现,城市本身也适合我。我不会引起太多注意。对我而言,不引人注意很重要。考虑到方方面面,都是如此。

好了,舒适的切尔西。

子宫……

我进屋,开灯,锁门,查看入侵的迹象,但没人闯进来。有人会说,我是个妄想狂,但就我的生活而言,现在这真的不算妄想狂,对吧?我往鱼缸里撒鱼肉碎屑,撒在鱼儿的天空里。这种饮食看起来总归不对。但我吃很多肉,我自己也是肉。所以这有什么不同呢？而且，它们喜欢吃肉，我则喜欢这种迷你型的狂暴生物。它们是金色、黑色和红色的，凭纯粹的本能横冲直撞。

我进浴室洗个澡，洗去从商城带出来的忧虑，也洗掉一身汗。即便在这样一个寒冷的春日，我逃跑时也出汗了，浑身潮乎乎的。

我打开新闻。没错，在无数个商业广告之后，屏幕上开始播出有关布鲁克林购物中心发生事件的报道。电动扶梯发生故障，男子惨死其中。还有枪击！哦，怪不得。一名警察试图通过开枪阻停驱动器救下受害者。但没有成功。白白开了一枪的是红吗？如果是，我得夸奖她的机智。

我看到答录机上有一条消息——是的，老式答录机。

"弗农，嗨，我要工作到很晚。"

我心里一紧。她要取消吗？但接下来，我就知道没事了。

"所以我大概八点过来，如果没问题的话。"

她语气平淡，不过她向来都是这样。她不是个声音活泼的女人。我从没见她大笑过。

"如果你没回复，我就直接过来。如果太晚了，也没关系，打电话给我。"

阿莉西亚就是这种人。如果她引起不便、打探得太多、不赞成某事，即便那对别人来说不算不赞成，只是询问或疑惑，她都会担心把事情搞砸。

我可以对她为所欲为。恣意妄为。

我得说，我喜欢这样。这让我觉得自己很强大，让我心情很好。人们对我做的事，不是太客气。这似乎很公平。

我看看窗外，看有没有红或别的警察。没有。

妄想狂……

我翻了翻冰箱和食品柜，找些能充饥的晚餐。汤羹、蛋卷、无豆辣椒酱、整鸡、玉米粉圆饼。大量酱汁和蘸料。奶酪。

瘦豆角，香肠干。是啊，这就是我。

但我吃起东西来，就像一个搬运工。

我在想之前在星巴克吃过的两个三明治，尤其是我喜欢的烟熏火腿。我回想起那声尖叫，看看外面。我看见红在扫视咖啡店，不像一般人那样转身朝尖叫声而去。

购物者……至少，我在心里吐出了这个词。

我对她满肚子的火。

因此，我需要安慰。我从前门旁边的架子上取下背包，穿过房间。我按下玩具房门锁的数字按键。锁是我自己安装的，出租房里可不允许这么做。你租房子的时候，他们可不会让你动这动那的；但我按时付房租，便没人过来瞧一眼。而且，我需要把玩具房锁上，于是就锁上了，任何时候都锁着。

我打开牢固的防盗插销，进到里面。玩具房里一片昏暗，只有卤素灯在破旧的桌子上方亮着，桌上放着我的珍宝。光束在金属边缘和刀刃上闪烁不停，大部分都是亮铮铮的钢具。玩具房里静谧无声。我做了很好的隔音处理，小心翼翼地切割木板和隔音材料，贴到墙上，又安装了百叶窗。人在屋里喊破喉咙，外面也听不见。

我从背包里拿出敲骨器，也就是圆头锤，清理干净、上好油，放到工作台的架子上，放回原来的位置。然后是一个新物件，一把带有锯齿的剃锯。我打开包装盒，用手指试了试齿缘。轻轻刮一下，刮一下……日本货。我母亲跟我说过，在她小时候，用日本货可不怎么体面。时代改变了多少啊。哦，天哪，这真是一件相当巧妙的工具，一把长剃刀做成的锯子。再试一下齿缘,好了,你瞧:我刚刚已经刮去了一层表皮。

这把剃锯现在成了我的新宠,我把它放到架上一个尊贵的位置。我有个荒唐的想法,那就是别的工具会心生嫉妒,陷入悲伤。我这副样子真可笑。当你的生活被购物者搅得乱七八糟,你就会给无生命的东西注入生命。然而,这有那么古怪吗?它们比人靠得住。

我再次凝视齿缘。灯光反射过来,突然刺到眼睛;瞳孔收缩之间,房间歪了一下。这感觉很吓人,但并不难受。

我突然心生冲动,想把阿莉西亚带进来。这几乎是一种迫切的需求。我想象着灯光从钢刃反射到她的皮肤上,就像反射在我身上一样。我其实不怎么了解她,但我觉得我会,我的意思是,我会把她带到这里来。我心底有种感觉,告诉我这么做。

现在,呼吸越发急促。

要那样做吗?今晚把她带到这里来?

腹股沟处的躁动告诉我,是的。我可以想象,工作台上被打磨得光亮照人的金属造型,映照着她的皮肤。

我凝神思考:到了某个时间点,这事肯定会做的,对吧?

那就现在做,赶快了结……

做?不做?

我浑身一僵。

门铃响了。我离开玩具房,走向前门。

然后心中闪过一个念头,一个可怕的念头。

如果不是阿莉西亚,而是红,怎么办?

不要,不要。会出现这种情形吗?红的眼睛那么锐利,脑子也肯定聪明。而且她的确在商城发现了我。

我从架子上拿起敲骨器,走向门口。

我按下应答键,停顿一下。"你好?"

"弗农,是我?"阿莉西亚在很多句子后面都会带上问号。她就是这么事事不确定。

我松了口气,放下锤子,打开了门外的开门按钮。几分钟后,我看见阿莉西亚的脸出现在监控屏幕上,她抬头看着门框上方那小小的监控摄像头。她进来了,我们步入客厅。我闻到她身上怪怪的香水味,我觉得应该是淡淡的甜洋葱气味。我敢肯定不是,不过这就是我的印象。

她避开我的眼神。我比她高很多;她小巧玲珑,但不像我瘦如豆角。"嘿。"

"嗨。"

我们拥抱①了一下。这是个有趣的词,我总觉得这个词的意思是硬着头皮去触碰你不想触碰的人,比如走到生命尽头时的我母亲,一直以来的我父亲。当然,这词的本意不是如此,这只是我的想法。

阿莉西亚脱掉外套挂好。别人代劳会让她不自在。她四十岁上下,比我大几岁。她身穿蓝色的高领长袖长裙,很少涂指甲油。这种形象让她很自在:教师风范。我不在意这一点。吸引我靠近她的,也不是她的时尚品位。她结婚时是一名教师。

"吃晚餐了吗?"我问。

"没有?"又是一个问号,而她这时的意思是:没有。她担心说错一个字、用错一个标点符号,就会毁掉这个夜晚。

"你不饿吗?"

她的眼睛瞟向次卧。"只是……没关系吗?拜托,我们可以

---

① "拥抱"的英语"embrace",被去掉前缀"em",就是后文中"硬着头皮"的原文"brace oneself"中的"brace"。此处又是一个文字游戏。

做爱吗?"

我牵起她的手,穿过客厅,走向远处那堵墙。墙的右边是玩具房。左边是后部的卧室,卧室门开着,夜灯柔和地照射着精心铺好的床铺。

我迟疑片刻,目光落在玩具房的门上。她仰头看着我,满脸好奇,不过永远都不会有打探的念想:出什么事了?

我想好了,领着她转向左边。

5

"出什么事了？"林肯·莱姆问，"布鲁克林的现场？"

这是他打探事情的方式。萨克斯有什么烦心事，通常不会透露详情，甚至不会显露痕迹——跟他一样。他们谁都不会这么问："怎么了啊？"但是，利用细节之网，比如有关犯罪现场的细节，来掩饰对她心情的询问，有时很能奏效。

"有点问题。"她陷入沉默。

好吧，说说看吧。

他们在中央公园西侧、他的连栋住宅的客厅里。她把钱包和公文包扔到藤椅上。"去洗漱。"她沿着前厅朝底层的卫生间大步走去。他听到萨克斯和他的看护汤姆·莱斯顿互相寒暄，后者正在准备晚餐。

做饭的香味飘散开来。莱姆闻出有煮鱼、酸豆、胡萝卜配百里香；还有一点点莳萝，也许是在米饭里。是啊，多年前发生在犯罪现场的那场事故，伤到了他的脊椎，让他变成一个第四颈椎受损的四肢瘫痪者，他确信自那以后，他的嗅觉——那些机灵的配位体——就变得更加灵敏了。不过，这个推断很简单，汤姆习惯于每周做一顿这种特别的大餐。不管怎么说，莱姆不是个美食家，但如果佐以清冽的夏布利酒，他还是喜欢这些菜肴的。今晚的晚餐就会配上酒。

萨克斯回来了，莱姆追问："你的不明嫌疑人呢？你是怎么又认出他来的？我忘记了。"他确信她会告诉他。但除非有情况直接涉及莱姆参与的某个项目，不然它往往会像蒸汽一样消失无踪。

"是不明嫌疑人四十。根据那个俱乐部取的名，他就在那附近杀死了受害者。"她似乎有点惊讶他没有记住。

"他逃走了。"

"对。无影无踪。因为电动扶梯的事，当时一片混乱。"

他注意到，萨克斯没把格洛克手枪解下来，放到门口通向前厅的架子上。这说明今晚她不会住在这里。她在布鲁克林有住宅，在两地之间来回跑。或者说，直到最近都是来回跑。过去这几周，她只在这里住过两次。

他还观察到一点：她的衣服干净整洁，没有脏渍和血迹，她下到电梯井去救事故受害者时，必然会染上这些痕迹。不明嫌疑人的脱逃，还有电动扶梯事故——发生在布鲁克林，她可能回过家洗澡换衣服了。

这样的话，她既然还要打算离开，为什么会开车从布鲁克林跑到曼哈顿，跑回这里呢？

也许是为了晚餐？他希望如此。

汤姆从过道走进客厅。"给你。"他递给她一杯白葡萄酒。

"谢谢。"她啜了一口。

莱姆的看护身材修长，像诺帝卡的服装模特一样英俊。他今天身穿深色休闲裤、白衬衣，系着柔和的紫红色和粉色领带。莱姆用过的看护里，数他最讲究穿着打扮。如果说他的这身行头好像有点不切实际，那么重要的部分还是做了处理：他的鞋子是实心胶底的,方便他将身材结实的莱姆在床和轮椅之间安全地搬来搬去。还有一样配饰:后兜里露出一小截淡蓝色乳胶手套,这是用来处理大小便的。

他对萨克斯说:"你真的不留下来吃晚餐吗?"

"不了,谢谢。我还有别的安排。"

疑问是解决了,但语焉不详,只是让她此刻的露面显得更神秘。

莱姆清了清喉咙。他瞟一眼他的空杯子,杯子放在轮椅一侧齐嘴的位置(杯架是轮椅的第一个配件)。

"你已经喝了两杯。"汤姆告诉他。

"只是一杯,你分成了两杯。事实上,如果我好好看看那个量,我喝的还不到一杯。"有时他会为了这事跟汤姆抗争,多数时候则是乖乖听话,但今天莱姆不算真的脾气坏,他为授课的进展感到开心;但另一方面,他也觉得心烦意乱。萨克斯怎么了?不过,就别细究了吧,最主要的是,他想再来点该死的苏格兰威士忌。

他差点加上一句,这真是糟糕的一天。但这不是事实,今天过得很愉快又平静,不像他在辞掉警察局的顾问工作前,很多次因为追捕凶手或恐怖分子而几近发疯。

"求求你,多谢了。"

汤姆满脸怀疑地看着他,犹豫了一下,然后从格兰杰酒瓶里给他倒了一点酒。该死的,这家伙把酒瓶放在架子上够不到的地方,就好像莱姆是个学步的小孩,着迷于装有水管清洁剂的彩色罐子。

"晚餐还有半小时就好了。"汤姆说完就走了,回去守着用慢火炖煮的大比目鱼。

萨克斯啜了一口葡萄酒，目光扫过挤满维多利亚式客厅的刑事鉴定实验室器材：电脑，气相色谱／质谱分析仪，弹道检测仪，密度梯度测量仪，摩擦嵴成像遮光罩，多波段光源，扫描电子显微镜。这些，再加上几十张检测台和数以百计的工具，把这个客厅变成了一个刑事鉴定实验室，让很多小警察局——甚至中等规模的警察局羡慕不已。许多器材现在都盖着塑料防水布或棉布，跟它们的主人一样处于空闲状态。除了教书，莱姆仍旧给民事案件当顾问，但他的大部分工作是为学术杂志和专业杂志撰稿。

他看到她将目光投向一个昏暗的角落，那里放着六块白板，过去用来记录萨克斯和莱姆以前的徒弟、巡警罗恩·普拉斯基从犯罪现场搜集的证物。三人组，再加上另一名来自犯罪现场调查组总部的警察，在白板前或坐或站、开放思维，一起讨论罪犯的身份和行踪。现在白板背过脸去对着墙壁，似乎在怨恨莱姆再也不需要它们了。

过了一会儿，萨克斯说："我去看了那个寡妇。"

"寡妇？"

"桑迪·弗罗默，受害者的妻子。"

莱姆过了一小会儿才明白，她说的不是不明嫌疑人四十杀害的那个人，而是死于电动扶梯事故中的人。

"你去传达死讯？"刑事鉴定人员，比如莱姆，几乎从来不会担负这种艰巨的任务，去解释某位爱人已不在人世。

"不是，只不过……格雷格，那个受害者，想要我告诉她，他很爱她和他的儿子。他临死前说的，我答应了。"

"你真好。"

她耸耸肩。"那个儿子十二岁，叫布莱恩。"

莱姆没问他们怎么样。这种问题，都是口头上的空话。

萨克斯双手握着葡萄酒杯，走向一张没有消过毒的检测台，靠在上面。她回望着他直直的双眼。"我差点就得手了。几乎快逮到他了，我是说不明嫌疑人四十。但随后就是那起事故，那部电动扶梯。我必须作出抉择。"她啜着葡萄酒。

"做得对，萨克斯。毫无疑问。你只能那么做。"

"我去追捕他，只是巧合——没有时间集结一个完整的抓捕小组，一点时间都没有。"她闭上眼睛，缓缓摇头，"商城人流量那么大，没法做到不慌乱。"

萨克斯评判起自己来甚为严苛，而莱姆很清楚，临时抓捕行动的困难情形，对某些人来说或许可以减轻心里的刺痛，但对萨克斯来说并不会。他现在就看到了这种表现：萨克斯将一只手伸进头发里抓头皮。随后，她似乎感觉到自己在做什么，停了下来；但没过一会儿，她又开始重复这个动作。她是个活力充沛的女人，有明快的一面，也有沉郁的一面，两者合为一体。

"证物鉴定呢？"他问，"不明嫌疑人留下的证物？"

"他坐在星巴克，那里没有多少证物。不明嫌疑人听到格雷格·弗罗默的尖叫，跟所有人一样看过来。我在他的视线范围内，我猜他看到我腰带上的枪或警徽了。他明白接下来会发生什么，或者产生了怀疑。因此他赶紧溜走，把所有东西都带走了。我们在桌位上找到一些微物证据，但他在那里只坐了几分钟。"

"逃跑路线呢？"虽然莱姆不再为纽约市警察局效力，但这种显而易见的问题自然而然就脱口而出。

"装卸区。罗恩、证物搜集小组和第八十四分局的人在那边搜查，可能还有后续路线需要搜查。我们再看看。哦，我还给自己招来了一个射击小组。"

"为什么?"

"我朝电动扶梯的驱动器开枪了。"

"你……"

"你没看新闻吗?"

"没有。"

"受害者并不是卡在扶梯的台阶上。他掉了下去,落在驱动器的齿轮上。那里没有电源切断开关。我朝驱动器的线圈开枪。太晚了。"

莱姆仔细想了想这件事。"枪击没有造成人员伤害,所以他们不会让你行政休假。一两周后你会收到一封'无异议'的信函。"

"希望如此。第八十四分局的警监是支持我的。只要没有记者拿警察在商城开枪的报道,来成就自己的事业,我就不会有事。"

"我觉得那可算不上一个新闻附属专业。"莱姆嘲讽道。

"嗯,马迪诺,那个警监,他暂时设法缓和了事态。"

"我喜欢这个词。"莱姆对她说,"你用了迂回战术。"他对自己的名词动词化用法也很得意。

她笑了。

莱姆喜欢她的笑。她最近很少笑。

她回到莱姆身旁,在藤椅上坐下来。椅子发出独特的吱呀声,这种声音莱姆从未在别的地方听过。

"你在琢磨,"她缓缓说道,"如果我在我的住处换了衣服,我也的确换了,并且如果我今晚不打算睡在这里,我也的确没有这个打算……那么我为什么要跑这一趟?"

"没错。"

她放下喝了一半的酒。"我来是要问你一点事。我需要帮忙。你的第一反应肯定是说不,不过先听我说完,好吗?"

我不够胆大。

今晚不够。

我没有带阿莉西亚去玩具房。

我内心纠结,还是没有带她进去。

她走了,她从不留下来过夜。我躺在床上,时间是十一点,大概是,我不知道。我在想之前我们在卧室里的情形:拉开阿莉西亚的蓝裙子、那条教师裙的拉链在背后,很保守。胸罩很复杂,不是说很难解开,而是构造复杂。难以看个明白,当然了,因为我们俩都喜欢昏暗的灯光。

然后我的衣服也被脱掉了,我的衣服就像大号双人床的床单。她那双小巧的手动起来很快,就像饥渴的蜂鸟。真是灵巧。我们玩着我们的游戏。我喜欢,就是喜欢。但我必须小心。如果我不想点别的事,游戏就会结束得太快。我在思绪和回忆里徜徉:上周买的钢凿,可以如何捣弄骨头;在最喜爱的外卖店买的食物;最近,受害者在"北纬四十度"附近的建筑工地发出的尖叫,因为圆头锤落在他的头骨上(我用这个证明我还不是一个真正的怪物。我回想那些鲜血、那些敲击声,这并没有让我结束得更快,反而让我有点麻木)。

然后,我和阿莉西亚都找到了节拍,一切都很好……该死的,直到那个女警察的样子浮现在心头。红。我回想起我朝电动扶梯那边的尖叫声看过去,看到了她,看到了警徽、枪和所有的一切,而她正朝我看过来。阴沉的眼睛,飘扬的红发。不看那凶残的电动扶梯和尖叫,而是搜寻我、我、我。但很奇怪,虽然她在商城里给了我那么大的惊吓,虽然她跟那些最可恶的购物者一样坏,但当我在小巧的阿莉西亚身上一边律动,一边回想她的样子时,这并没有让我慢下来。情况恰恰相反。

快停下!滚开!

天哪,我大声说出来了吗?我感到疑惑。

我看一眼阿莉西亚。没有。她已经迷失在什么地方了,这种时候她总是这样。

但是红没有走开。

结束了。突然一下。速度这么快,阿莉西亚有点吃惊,但似乎并不在意。性可以给女人提供多种不同的餐点,如餐前小吃,而男人只想要一道主菜,狼吞虎咽、风卷残云。

事后,我们睡了一小会儿。我醒来时,不知怎么还是觉得心里空荡荡的,便想着玩具房,想着带她进去。

进去吗?我摇摆不定。不进去?

然后我叫她走。

再会,再会。

别的什么都没说。

然后她就走了。

现在,我找到手机,听弟弟发来的一条语音留言。"嗨,下个周日,安吉利卡电影院还是电影论坛剧院?大卫·林奇还是《天外来客》?你决定。哈,不,其实该我决定,因为是我给你打的电话!"

我喜欢听他的声音。就像我的声音,不过还是不像。

接下来,我琢磨着这么清醒该干点什么。明天有很多计划需要考虑,但我却在床头柜抽屉里摸索。我找出日记本,一段一段地继续写。事实上，我是在根据 MP3 播放器的录音做记录。说总是要轻松一些，思绪就像黄昏时的蝙蝠一样翻飞，想飞去哪里就飞去哪里。之后再记录下来。

这些段落记录的是艰难的日子，中学的日子。谁不乐意把那些时光抛在身后啊？我写得工整美观。那些修女，她们不坏，大部分都不坏。但是当她们坚持的时候，你就听着，练习着，你就让她们开心吧。

嗯，多么美好的一天。四点放学。市民俱乐部计划。胡珀太太对我的作业很满意。走那条秘密的路回家，虽然更远，但要更好（为什么？显而易见的事）。经过那栋在万圣节挂着蜘蛛网的房子，经过那个每年好像都在缩小的池塘，经过马乔里家——我有一次在那里看到她的衬衣走光了，而她毫无觉察。

我巴望着、祈祷今天能够平安无事地回家，我觉得会如愿。可是接着，他们出现了。

萨米和富兰克林。他们正要离开辛迪·汉森家。辛迪长得那么漂亮，可以去当模特。萨姆和弗兰克那么英俊，正是可以跟她约会的那种类型。我从来没跟她说过话，我在她面前什么都不是。我不是这个世界的人。虽然面色清爽，但是太瘦、太笨拙、太别扭了。没关系，世道如此。

萨姆和弗兰克从来没有揍过我、推倒过我、把我的脸按在泥巴或狗屎里蹭过。但是我也从未跟他们单独相处过。我知道他们曾经盯着我，嗯，当然。学校里的每个人都盯着我看过。如果遇到的是邓肯或巴特勒，我会挨一顿胖揍，被揍得屁滚尿流，因为这周围没人看见。所以，我觉得在他们手下会遭遇同样的事。他们比我矮,谁不比我矮啊?可是他们更强壮,我打不过,不知道怎么打。乱打乱踢,有人是这么说我的。我就像个傻瓜。我求爸爸帮忙,他不帮。他打开电视,让我仔细看电视里的拳击节目。真是太有帮助了!

所以现在,要挨揍了。

因为四周没人看见。

我没法掉头走开。只好继续往前走,等着拳头挥过来。他们咧嘴笑啊笑。学校里的男生在出手揍人之前,总是这副样子。

但是他们没有揍我。萨姆跟我打了招呼,问我是不是住在这附近。我告诉他,有几个街区的距离。这下他们知道了,我从学校回家的这条路线实在古怪,但他们没说什么。

他只是说这个街区很棒。弗兰克说他家挨着铁轨,很吵、很糟糕。

然后弗兰克又说:老兄,今天在课堂上,那真是壮举。

我有点说不出话来了。他指的是里克太太的课堂,数学课。她点了我的名,因为我看着窗外,她发现有人看窗外时就这么做,好让他们难堪。而我连头都没有转过来,就说 g(1)=h(1)+7=−10.88222+7=−3.88222。

是啊,他们当中的一个说,好爱她那张脸,婊子太太。你赢了她,老兄。

壮举。

"回头见。"萨姆说。他们就那么走了。

我没有挨揍,没有被吐痰。也没有被骂是鸟人、瘦豆角,所有那些脏名字。

什么事都没有。

美好的一天。今天真是美好的一天。

我按下播放器的暂停键，喝了点水，然后在枕头旁边休息一下，枕头上还留有阿莉西亚的气息。我以前想跟盲女约会。试过，但找不到。她们不上交友网站，也许太冒险。盲女不会在意太高、太瘦、长脸、长手指、长脚板，不会在意瘦虫怪、瘦豆孩、香肠干。所以，盲女是我的目标。但是行不通。我偶尔也遇见过什么人。事情本来还好，然后就没戏了。

总是没戏。跟阿莉西亚也会没戏。

我想起了玩具房。

然后我回到日记上，又开始记录，十分钟过去了，二十分钟过去了。

生活中的起起落落，永远要记录下去。正如玩具房架子上的纪念物：我记得萦绕着每一件物品的喜乐、悲伤或愤怒。

今天真是美好的一天。

第二部分
星期三 ——
实习生

6

"莱姆先生，幸会。"莱姆不知道该如何回应，点点头看起来是稳妥的做法，"惠特莫尔先生。"

没有以名字相称。不过，莱姆知道他的名字是埃弗斯。

这位律师可能是从二十世纪五十年代穿越过来的。他身穿深蓝色华达呢套装，白衬衣的领子和袖口上过浆后像塑料。领带同样坚挺僵硬，说是蓝色吧，又透着紫色，窄窄的像把尺子。西装的前胸口袋里，探出一长条白色。

惠特莫尔的脸长长的，了无生气，因此显得呆板，莱姆有一刻还在想，他是不是患有面部神经麻痹症或脑神经麻痹症。但是这个念头刚一闪过，对方便将客厅和客厅里的犯罪现场调查设备尽收眼底，眉毛微微一皱。

莱姆反应过来，这人好像在等他邀请入座。莱姆便请他坐下，惠特莫尔先抚平裤子，解开西装纽扣，然后挑了身旁的一把椅子坐下来。他坐得端端正正。他取下眼镜，用深蓝色的布片将圆圆的眼镜片擦干净，又将眼镜戴回鼻子上，把布片放回口袋。

访客来拜访莱姆，其反应通常不外乎这两种。大部分人待在一个百分之九十的躯体都无法动弹的人身边，会无比震惊，几近失语，满脸通红；另一些人则会拿他的身体状况来调侃——这虽然无趣又烦人，但还是比前者要好受一些。

有些人更得莱姆欢心——来见他时，会朝他身上瞟一两眼，然后该干什么就干什么，毫无疑问，他们也会以同样的方式，去评判有可能成为姻亲的人：先不下结论，等遇到实质性的问题再说。惠特莫尔眼下就是这个样子。

"你认识阿米莉亚？"莱姆问。

"不认识。我从没见过萨克斯警探。我们俩有一个共同的朋友，是我们的中学同学。布鲁克林的律师同行。她最初打电话给理查德，让他考虑一下这个案子，可是人身损害的案子不属于他的业务范畴。他就把我的电话号码告诉了她。"

他的脸窄窄的，更凸显了脸上的忧郁神情。莱姆听到他和萨克斯年纪相仿，吃了一惊。他以为惠特莫尔要年长五六岁。

"她打电话给我，说有可能要办理一个案子，并且告诉我你可以做专家证人，我当时挺吃惊的。"

莱姆仔细想了一下他这番话暗含的时间线。萨克斯昨晚承认，这就是她驱车从布鲁克林的寡妇家前来这里的原因；在这之前，她显然就已经指派他担任顾问了。

我来是要问你一点事。我需要帮忙……

"我当然很高兴你能参与。所有有关异常死亡的诉讼都涉及棘手的证据问题，而且我清楚这件案子尤其如此。你名气很大。"他看看四周，"萨克斯警探在吗？"

"不在，她去市区办理一件凶杀案了。不过昨天晚上，她跟我提到了你的委托人。桑迪，是这个名字吧？"

"是那位遗孀，弗罗默太太。桑迪。"

"她的状况有萨克斯说的那么糟糕？"

"我不知道她是怎么跟你说的。"一个精确的修正，针对的是莱姆的含混不清。他觉得，跟惠特莫尔共饮一杯啤酒可能会很可笑，但他作为你的顾问会很棒，尤其是在质询对方当事人的时候。"不过我会证实弗罗默太太度日艰难。她的丈夫没有人寿保险，并且多年没有做过全职工作。弗罗默太太在家政公司工作，但只是兼职。他们身负债务，数额很大。虽然有一些远房亲戚，但是谁都没法给予太多经济支持。有一个堂兄弟暂时能提供栖身之所——在车库里。我在人身损害案的领域摸爬滚打这么多年，我可以告诉你，赔偿对很多委托人来说是意外之财，但在弗罗默太太的案子里，赔偿是必需的。"

"好了，莱姆先生……恕我冒昧，你以前在警队里是警监，对吧？我可以这样称呼你吗？"

"不用，叫我林肯就行。"

"好吧，我想跟你说一下我们的情况。"

他给人一种机械的感觉，并不烦人，只是显得古怪。也许陪审团喜欢这种风格。

惠特莫尔打开他的老式公文包——大概又是来自二十世纪五十年代——拿出一些没有横格的白纸。他取下笔帽（不是钢笔，莱姆略微有点吃惊），似乎记下了日期、出席者、会议主题这样的内容，写的是特别细小的字体，可还是肉眼能看清楚。没错，没有横格的纸，但字的上部和下部都齐齐整整，就像用尺子对准过。

他看着疏落的记录，似乎很满意，然后抬起眼睛。

"我打算向纽约初审法院提起诉讼——高等法院，你知道的。"

这所法院虽然有个高高在上的名字，却是全州最初级的法院，既处理刑事案件也受理民事诉讼；莱姆去过那里无数次，作为专家证人为控方做证。

"诉状的理由是异常死亡,以遗孀弗罗默太太和他们孩子的名义提出。"

"那个十几岁的孩子,对吧?"

"不对。是十二岁。"

"啊,没错。"

"还有那些疼痛和痛苦,这是代替弗罗默先生提出的。我的理解是,他在死前大概经受了十分钟的极度痛苦。正如我所说的,补偿会被算入他的财产,受益人是他在遗嘱文件中提到的任何人,或者如果他没有遗嘱,则由遗产认证法庭决定。另外,我还会代替弗罗默先生的父母提出诉讼,他一直在他力所能及的范围内资助父母。"

这可能是莱姆见过的最不喜欢卖弄的律师,如果不是最无聊的话。

"诉状里的索赔金额——损失赔偿要求——坦白讲,高得惊人。为非正常死亡索赔三千万美元,为疼痛和痛苦索赔两千万美元。我们绝不可能拿到这么多的赔偿。我选取这样的数字,只是想引起被告的注意,为案子制造一点公众影响力。我没做开庭审判的打算。"

"没有吗?"

"没有。我们的情况有点不同寻常。弗罗默太太和她的儿子拿不到保险金,得不到别的经济资助,他们需要尽快达成庭外和解。开庭审判会耗上一年或者更久,到那时他们会穷困不堪。他们需要钱安置住房、支付孩子的教育费、购买医疗保险、维持日常开销。我们先对被告提出一个棘手的诉讼,然后我再暗示愿意大幅度降低索赔金额,我相信他们会开支票的,那对他们来说微不足道,但对弗罗默太太来说是天大的数字,并且大体上那个数额也能确保实现公正。"

莱姆断定,他置身狄更斯的小说里应该会很自在。"这好像是个合理的策略。好了,我们可以讨论一下证据吗?"

"请再等一下。"不管怎样,埃弗斯·惠特莫尔打算沿着他所设定的路线向前推进,"首先,我想跟你解释一下相关法律的复杂之处。你熟悉侵权法吗?"

"不太熟悉,不熟悉。"

"我大致跟你讲一下。侵权法处理的是被告对原告造成的伤害,而不是违约行为。这个词来源于——"

"'扭曲的'拉丁词?Tortus①。"莱姆对古典文学兴趣深厚。

"的确如此。"惠特莫尔既没有被莱姆的学识打动,也没有因为失去一个阐释机会而失望。"交通事故,毁谤中伤,狩猎事故,灯具着火,毒素泄漏,飞机失事,暴力攻击——威胁要打人——殴打罪——实际上打了人。这些通常合并在一起。甚至蓄意杀人,也可以同时是刑事性质和民事性质的案子。"

O.J.辛普森②,莱姆想着。

惠特莫尔说:"所以,这属于造成异常死亡和人身损害的侵权行为。第一步是要找出被告——谁对弗罗默先生的死确切负有责任?我们最希望的就是造成伤害的电动扶梯本身,而不是外部某一方。根据侵权法,凡是被产品——任何东西都可以,器具、车辆、药品、电动扶梯——伤到的人,举证要容易得多。一九六三年,加利福尼亚最高法院的一名法官设立了一条诉讼理

---
① "侵权法"的原文为"tort law"。
② 指辛普森(O.J. Simpson)杀妻案,一九九四年发生在美国的轰动性案件。因为证据不足,辛普森被无罪释放,仅被判定负有民事责任。

由,叫无过失责任——将受到伤害的消费者的损失转移到生产商的头上,即便商家并无过失之处。根据无过失责任,你只需要证明产品存在缺陷,伤害了原告。"

"怎样算是构成缺陷呢?"莱姆问,很不情愿地发现自己对这堂讲座产生了兴趣。

"这就是关键所在,莱姆先生。缺陷可以是糟糕的设计、生产过程中的漏洞和瑕疵,或是没有就安全隐患对消费者提出充分警告。你最近看到过婴儿推车吗?"

我怎么会看到?莱姆的嘴角浮出一个淡淡的微笑。

惠特莫尔对讥讽毫不在意,继续说:"你应该会欣赏这个警示标签的:把折叠式婴儿车折起来之前,先移开婴儿。这不是我编造的。当然,没错,这种无过失责任也不是绝对的。必须确切存在缺陷。举个例子,有人拿链锯攻击受害者,那人就是一个介入因素。原告没法拿这种暴力攻击作为理由,控告链锯生产商。

"好了,回到我们的案子:第一个问题,我们要控告谁?中西部交通运输公司的电动扶梯本身在设计上或生产中存在缺陷吗?或者电动扶梯运转良好吗?商城的管理公司、清洁小组或独立的维修公司在维护维修中有疏漏之处吗?有工人在上次打开电动扶梯后没有闩好吗?有人在弗罗默先生踏在踏板上时手动打开了踏板吗?承建商城的建筑商让电动扶梯产生安全隐患了吗?安装电动扶梯的转包商呢?零部件生产商呢?商城的清洁工呢?他们是受雇于独立的承包商还是受雇于商城?这就是你的入口。"

莱姆已经想好要怎样展开工作了。"首先,我要人去检查电动扶梯、控制器、犯罪现场的照片、微物证据和——"

"啊,现在,我必须告诉你,我们的情况里有点小问题。嗯,几个问题。"

莱姆眉毛一皱。

惠特莫尔继续说:"但凡涉及电动扶梯、升降电梯、自动人行带,等等,这类事故都由房屋局和调查局调查。"

莱姆对调查局相当熟悉。调查局是这个国家历史最悠久的执法部门之一——可以追溯至十九世纪初期——负责监督政府官员、政府机关和所有跟市政府有合约关系或业务关系的人。他自己在地铁施工工地侦查犯罪现场时变成了四肢瘫痪者,调查局就参与调查了事故发生的原因。

惠特莫尔接着说:"我们可以利用这案子里的调查结果,但是——"

"要过几个月才能拿到他们的调查报告。"

"问题就在这里,莱姆先生。六个月,更有可能是一年。没错。我们等不起,到那时弗罗默太太都无家可归了,或者在斯克内克塔迪跟她的亲戚住在一起。"

"这是问题一。问题二呢?"

"怎样接触到电动扶梯。电动扶梯被搬走、扣押在市政府的仓库里,等着调查局和房屋局去调查。"

该死,这已经是严重的证物污染了,莱姆本能地想。

"弄张传票来。"他说。这一点显而易见。

"眼下我办不到。我一提起诉讼,几天之后就可以准备一张传票,但是法官会压下来。我们得等到调查局和房屋局完成调查后,才能接触到电动扶梯。"

真是荒谬。在这个案子里,电动扶梯是最佳证据,也许是唯一的证据,他却没法拿到?

然后他记起来:显然,这是一起民事案件,而不是刑事案件。

"我们也可以发传票要来设计、生产、安装、维修的档案材料，向有可能成为被告的方面索要：商场，生产商——中西部交通运输公司——清洁公司，其他所有能跟电动扶梯扯上关系的人。我们可能会拿到副本，但会经历一番争斗。争斗来来回回持续几个月，最后他们才会出具档案。终于，最后一个问题了。我说过弗罗默先生没再做全职工作吧？"

"我记得。中年危机之类。"

"没错。他辞掉了一个压力很大的公司职位。最近，他晚上就不用把工作带回家了，做的都是这些——送货员、电话销售员、快餐店的订餐员、商城的鞋子销售员。他大部分时间都在给慈善机构做义工。扫盲班、收容所、施粥所。因此过去几年，他的收入很低。我们这个案子最难的地方，就在于让陪审团相信他会重返职场，从事一份类似他之前做过的工作。"

"他以前是做什么的？"

"他辞职前是营销主管。新泽西的帕特森系统，我查过了。非常成功的公司，美国首屈一指的喷油器制造商。他赚到手的钱很可观，六位数。而去年，他的收入是三万三千美元。陪审团根据收入来裁定异常死亡的赔偿金。被告律师会再三强调，即便他们的委托人负有责任，赔偿金也应该是最低数额，因为他的收入仅够维持温饱。

"我会尽力证明弗罗默先生经历的只是一个阶段，证明他还会回到高薪职位。好了，我有可能失败，那么这就是你的第二个任务。如果你能证明被告，不管它或它们最终是谁，在电动扶梯或组件的生产中从事了恶意或鲁莽的行为，或者疏于维护电动扶梯，那么我们就可以——"

"——增加惩罚性赔偿金的索赔。而陪审团没法依据未来收入裁定太多赔偿金给遗孀，会觉得心中难安，因此就会判定一大笔惩罚性赔偿金作补偿。"

"真是犀利，莱姆先生。你应该读法学院的。那么，我们大致弄清楚目前的情况了。"

莱姆说："换句话说，要弄清楚一个复杂的机械装置是如何发生故障的，以及谁该对故障负责，与此同时还接触不到这个装置，没有辅助文件甚至照片或事故分析。"

"这个也说得好。"惠特莫尔补充道，"萨克斯警探说，遇到这种问题，你相当有头脑。"

连该死的证据都没有，还能怎样有头脑？荒谬，莱姆又一次想道。整件事完全……

然后有个想法冒出来。惠特莫尔还在说话，但是莱姆没有理会。他转向过道。"汤姆！汤姆！你在哪里？"

脚步声响起，接着那名看护就现身了。"没事吧？"

"没事，没事，没事，为什么要有事？我只是要点东西。"

"什么？"

"卷尺。越快越好。"

7

真是讽刺。

大家认为警察局广场是纽约市最丑陋的政府建筑之一,然而它却能让人看到曼哈顿市区一些最美的景致:港口、东河以及纽约最繁华部分那高耸的"让河奔流"[1]天际线。相比之下,原来位于中央街的警察局总部,可以说是休斯敦街以南最优雅的建筑,但是白天,驻守在那里的警察朝外望去,只能看见租户、屠夫、鱼贩、妓女、游手好闲的人和伺机而动的劫犯(那个时候,警察是小偷的主要目标,他们看重他们身上的毛料制服和铜纽扣)。

阿米莉亚·萨克斯走进她现在位于警察局广场的重案组办公室,凝望着斑斑点点的窗户外面,心里想着这件事。她还想着:她一点都不在意大楼的建筑美学,也不在乎景致怎样。她反对的是,她要在这里施展她的调查技巧,而不是在林肯·莱姆的连栋住宅里。

该死。

---

[1] 原文为 Let the River Run,是一九八八年的一部电影《上班女郎》(Working Girl)的主题曲,含有希望和重生的意义。二〇〇九年的"9·11"纪念活动上,歌曲的作者和演唱者卡莉·西蒙(Carly Simon)演唱了该曲。

她对他辞掉警察局的顾问工作不高兴,一点都不高兴。就她而言,她想念互相交流、彼此激辩带来的灵感迸射,格式塔①引出的创意勃发。她的日子变得像在网络大学学习:信息还是一样的,但是信息载入大脑的过程缩减了。

案子没有进展。凶杀案得不到解决,这原本是莱姆的专长。如里纳尔多的案子,列在她的待办案件表里大概一个月了,一点进展都没有。这是一起发生在中城西区的凶杀案。一个小角色、一个毒贩艾奇·里纳尔多,被人砍死,被砍得很惨。街道巷弄污秽不堪,证物清单奇长无比,因此也没什么帮助:烟头、沾有少许大麻的烟夹子、食品包装纸、咖啡杯、儿童玩具的轮子、啤酒罐、避孕套、纸屑、收据,还有其他上百件没用的东西,在纽约的街道上都寻常可见。她在犯罪现场找到的指纹和脚印没有一个用得上。

仅有的另外一条线索是目击者——死者的儿子。好吧,勉强算是目击者。那个八岁的孩子没有看清楚凶手,但是听到行凶者跳进一辆车里,报了个地址,地址里有个"村"字。声音是男声,听起来更像是白人,而不是黑人或拉美裔。面谈时,萨克斯用尽技巧,想让那个男孩多回想起一点东西,但可以理解的是,他看到自己的父亲在街巷里鲜血喷涌,已经心神混乱。针对出租车和吉卜赛出租车②司机展开的调查,没有什么结果。格林威治村覆盖的范围,有几十平方英里。

但她确信,莱姆本可以将大部分证物查验一遍,得出一个结

---

① 格式塔(gestalt),德语词,意为"整体""完形"。格式塔心理学是心理学的重要流派之一,强调经验和行为的整体性,认为整体不等于并且大于部分之和,主张以整体的动力结构观来研究心理现象。
② 吉卜赛出租车(gypsy cab),美国无证营业的应召车,不能在街上流动招客,只可在营业站上供乘客召唤。

论,即在曼哈顿那个奇妙的区域,罪犯最有可能去了哪里。

他原本已经伸出援手,但随后又拒绝了,并且冷冷地提醒她,他不再办理刑事案件了。

萨克斯抚平刚过膝盖的裙子,她挑了一件浅灰色衬衣来配裙子,她还以为裙子是炭灰色的;但她离开住所走到前面的人行道上时,才意识到衬衣是灰褐色的。这样的早晨司空见惯,分心的事太多了。

现在,她开始查看邮件和电话留言,觉得这些都可以不用理会,然后沿着走廊朝会议室走去。为了不明嫌疑人四十的案子,她已经霸占了这个地方。

她又想了想莱姆。

辞职。

该死……

她抬起头来,注意到有个年轻的警探正朝相反的方向走,他突然朝她转过身来。她意识到,她肯定大声吐出了那个词。

她朝他微笑一下,意思是她没有精神错乱,便躲进了她的作战室。房间小小的,摆有两张纤维板桌子、两台电脑、一张办公桌、一块白板,白板上用马克笔记录着案件细节。

"马上就好。"办公室里的年轻金发警察说着,抬头看了看。他身穿纽约市警察局的深蓝色制服,坐在远处的桌子旁。罗恩·普拉斯基不是警探,就像重案组的大多数警察那样。但侦办不明嫌疑人四十的案件,阿米莉亚·萨克斯想与其合作的警察就是他。他们一起调查犯罪现场多年,直到现在也总是以莱姆的客厅为据点。

普拉斯基朝屏幕点点头。"他们保证过。"

马上就好……

"他们有什么发现？"

"不清楚。我可不指望有他的地址和电话号码。不过证物搜集小组说，他们有一些收获。这是个好兆头，阿米莉亚。"

那场灾难——从多种意义上来说，这个词都适用：受害者的死亡，不明嫌疑人的脱逃——发生之后，在布鲁克林的商城，萨克斯系统检查了装卸区后面的区域，纠结于应该把布鲁克林的证物搜集小组派往哪个地方；你不可能全面撒网，处处搜查。有个地方特别引起她的注意，那就是一家廉价的墨西哥餐厅，它的后门通向装卸区附近的一条死巷。这是周边唯一的餐饮店。不明嫌疑人还有其他更快的路线可以逃走，但萨克斯重点盘查了这里，这么做是基于这个可能牵强的假设，即相比别的餐饮店，这家饭店更有可能雇用无证件员工，这些人不会太乐意配合，不会愿意充当目击者，透露他们的名字和住址。

正如她所料，上至经理，下到洗碗工，没人见过这个相当容易识别的嫌疑人。

但这并不说明他没来过这里；搜查小组在顾客使用的垃圾箱里找到了星巴克的杯子，连同这家连锁店包裹三明治的玻璃纸和餐巾纸，有人看见他逃走时拿着这些东西。

他们将"节日"餐厅那个垃圾箱里的垃圾都收集起来，餐厅名字有可能是、也有可能不是真正的西班牙语。

他们现在就在等证物分析结果。

萨克斯在椅子上坐下，椅子是从她那窄小的办公室推过来的。她沉思着，如果他们在莱姆的客厅工作，现在数据可能已经拿到手了。她的手机响起电子邮件提示音。第八十四分局的警监马迪诺发来了好消息。他说枪击事件的报告不用急着提交，射击小组需要花些时间才能组织起来。正如她和莱姆早先谈过的，他还说有几个记者打电话询问,在人满为患的商城里开火是否明智,不过他把他们挡回去了,说事件正在调查之中,要根据调查局的程序来进行,并未泄露她的名字。没有记者紧追不舍。

全都是好消息。

这时,普拉斯基的电脑发出一声船钟的叮当声。"好了,在这里,证物分析报告。"

这个年轻人读着报告,手伸到额头上轻轻揉着。伤疤不长,但今天从这个角度看去,在这种灯光下特别明显。他第一次跟萨克斯、莱姆一起办案时,出了点差错。罪犯是个特别凶残的杀手,攻击了他的头部。这个损伤不仅对他的脑部有影响,还伤了他的外貌和自尊,差点葬送了他的职业生涯。但是他的孪生兄弟(也是警察)的果决和鼓励,还有林肯·莱姆的坚持把他留在了警察队伍里。他仍有摇摆不定的时候——头部损伤破坏了自信心,但他是萨克斯知道的最聪明、最顽强的警察之一。

他叹了口气。"没有多少发现。"

"都有什么?"

"从星巴克搜集的证物:什么结果都没有。从墨西哥餐厅搜集的证物:星巴克杯子的边缘有DNA,但是DNA联合检索系统里没有匹配的结果。"

事情不可能这么简单的。

"没有摩擦嵴。"普拉斯基说。

"什么?他在星巴克是戴手套的?"

"他拿杯子时好像用了餐巾纸。犯罪现场调查组的技术人员用了真空和茚三酮,但只有指尖部分的摩擦嵴显现出来。面积太小,没法在综合自动指纹识别系统里搜索。"

联邦调查局的指纹数据库虽然庞大,但只有指腹的指纹才有用，而不是指尖。

然而她再次心生疑惑：如果证物被送给莱姆分析，而不是被送到皇后区的犯罪现场调查组实验室，他是不是可以采集到一枚指纹呢？总部的实验设备最先进，但那不是，嗯，那不是林肯·莱姆的实验室。

"星巴克里的鞋印，有可能是他的，"普拉斯基读着报告，"因为那个鞋印覆盖在别的鞋印上，并且跟装卸区和墨西哥餐厅的鞋印相匹配。在装卸区和墨西哥餐厅的鞋印上发现了相似的微物证据。鞋是十三码的锐步鞋，气垫缓震跑鞋2.0款。微物证据的化学分析在这里。"

她看着屏幕，读出一串她从未听说过的化学品。"这是？"

普拉斯基向下滚动屏幕。"可能是腐殖质。"

"泥土？"

这个金发警察继续读着细小的字体。"腐殖质是有机物分解的倒数第二阶段。"

她回想起多年前，莱姆和普拉斯基发生过一次争论，当时这个新手用"倒数第二的"来表达与其正确含义完全不同的意思"最终的"。回忆比她想象的要酸涩。

"所以是快要变成泥土。"

"差不多吧。这东西来自别的地方，跟你或证物搜集小组从商城、装卸区、餐厅及其周边地带搜集的对照样本都不匹配。"他继续读下去，"嗯，这里不太好。"

"是什么？"

"二硝基苯胺。"

"从来没听说过。"

"用途很多，如染料、杀虫剂。不过头号用途是：爆炸物。"

萨克斯指了指那个图表，图表是根据谋杀案现场，即俱乐部附近建筑工地的情况制作的，几周前，不明嫌疑人四十在那里打死了托德·威廉姆斯。"硝酸铵。"

这是化肥——和自制炸弹的主要爆炸成分，就像二十世纪九十年代炸毁俄克拉荷马联邦大楼的炸弹那样[①]。

"所以，"普拉斯基缓缓地说，"你觉得这不仅仅是一起抢劫案？不明嫌疑人，我说不清，从'北纬四十度'或建筑工地附近购买炸弹原料，被威廉姆斯瞧见了？"他敲敲电脑屏幕，"看看这个。"从商城装卸区的一枚鞋印旁边搜集到的微物证据中，有少量车用机油。

化肥炸弹的第二种原料。

萨克斯叹了口气。这个不明嫌疑人会是恐怖分子吗？谋杀发生在一个工地，但是这种化学品不可能用于商业楼的爆破。"继续。"

"又有苯酚，跟我们在最初的谋杀现场找到的一样。"

"如果出现两次，这个东西就有点名堂了。做什么用的？"

普拉斯基调出这种化学品的描述内容。"苯酚。制造塑料的一种前体，如制造聚碳酸酯、树脂、尼龙；也用于制造阿司匹林、尸体防腐剂、化妆品、趾甲内生治疗药物。"

四十长着一双大脚，也许有趾甲的问题。

"然后是这个。"他把一长串其他化学品的名字抄到白板上的证物表里。

"好绕口。"她说。

"看介绍是化妆品，不知道什么牌子。"

[①] 指一九九五年四月十九日发生于俄克拉荷马城的市中心联邦大楼的恐怖主义炸弹袭击。

"得弄清楚生产商是谁。让总部的人查查。"

普拉斯基把请求发送过去。

然后他们继续研究证物。他说:"有微量的金属粉屑,是从脚印上搜集的,通往装卸区的走廊里的脚印。"

"让我看看。"

普拉斯基把照片调出来。

不管用肉眼,还是戴着从商店买来的时髦老花镜都看不清楚,近来萨克斯不得不依赖这种眼镜。

她调高照片的放大倍数,仔细看着这亮晶晶的小东西;然后她转到第二台笔记本电脑前面,输入信息,登录纽约市警察局的金属证物数据库,事实上,这个数据库是林肯·莱姆几年前创建的。

他们一起浏览数据库。"这里有类似的东西,"站在后面的普拉斯基说着,越过她的肩膀指着其中一张照片。

是的,很好。那细小的颗粒是在磨小刀、剪刀或剃刀的过程中产生的。

"钢质粉屑。他喜欢锋利的刀刃。"他在"北纬四十度"外把受害者打死了,但这并不说明,他对使用别的凶器杀死受害者不感兴趣。

另一方面,他最近可能什么都没做,只是拿刀把家里的鸡肉餐切成小块,而他首先就在桌边把刀磨得特别锋利。

普拉斯基继续说:"还有一些锯屑,你要看看吗?"

她盯着显微图像,那些颗粒非常细小。

"是用砂纸磨的,你觉得呢?"她沉思着,"不是锯木头?"

"不知道。说得通。"

她用手指叩击拇指指甲,两次,紧张感传遍全身。"皇后区的分析员没有告知这是哪种木头,我们得弄清楚。"

"我会请他们查的。"普拉斯基一只手揉着前额,另一只手滚动屏幕,调出更多分析内容,"锤子和炸药还不够他用的,这家伙还想把人毒死吗?有大量有机氯和苯甲酸。都是毒素。常见的杀虫剂,但也用来杀人。还有更多化学品是……"他盯着一个数据库,"……介绍说是清漆。"

"锯屑和清漆。他是木匠,建筑工人?或者他把炸弹放在木盒子里,或墙板后面?"

但没人报告说,在这个区域发现了装在木盒子或别的东西里的简易爆炸装置,萨克斯便把这种可能性排在最末。

"我想知道生产商的名字,"萨克斯说,"清漆的。还有锯屑的种类。"

普拉斯基一言不发。

她朝他看去,发现他正在看手机。有短消息。

"罗恩?"

他吓了一跳,赶紧把手机收起来。他最近心事重重的,她怀疑他家里是不是有人生病了。

"都还好吧?"

"没事,很好。"

她再说一遍:"我想知道生产商的名字。"

"什么……哦,清漆。"

"清漆。还有木头的种类。还有化妆品的牌子。"

"我会处理的。"他又给犯罪现场调查组实验室发送了一个申请。

他们开始看证物的第二类——有可能来自不明嫌疑人,也有可能不是。证物搜集小组在那个垃圾箱里找到了星巴克的垃圾,他们假定罪犯丢掉的不仅仅是那家咖啡店的垃圾,便把垃圾箱里的所有东西都收集起来了。总共有三四十样物品:餐巾纸、报纸、塑料杯、用过的舒洁纸巾、有可能是丈夫在回家之前扔掉的色情杂志。每样东西都被拍照、做好记录,但是皇后区的分析员报告说,没有有关联的东西。

然而,萨克斯却看了二十分钟,看证物搜集小组给垃圾箱里每件物品单独拍的照片,以及把物品从垃圾箱里拿出来之前拍的广角照片。

"查查这个。"她说。普拉斯基走近一点。她指给他看白城堡快餐店的两张餐巾纸。

"堡堡之家。"普拉斯基又说,"顺便问一下,这是什么?"

萨克斯耸耸肩。她知道这是一种小汉堡,却不知道那名字是怎么来的。白城堡是美国最早的快餐连锁店之一,主要售卖汉堡和奶昔。

"有摩擦嵴吗?"

普拉斯基看了看报告。"没有。"

他们下了多少工夫?她心存疑惑。她盯着餐巾纸,想起莱姆的两大敌人就是无能和懈怠。"真是古怪,他丢掉的?"

普拉斯基将广角照片放大。皱巴巴的白城堡餐巾纸紧挨着星巴克废弃物。

"有可能。我们这小子喜欢连锁店食品,我们知道的。"

她叹了口气。"餐巾纸是获取DNA的最佳来源之一。分析员本来应该从这上面采集DNA,再跟星巴克的对照的。"

懈怠,无能……

然后她心里一软。

也许他只是劳累过度?警察工作就是这么回事。

萨克斯调出展开的餐巾纸照片。每张餐巾纸上都有污渍。

"你有什么看法？"萨克斯问，"一个是棕色，另一个略带红色？"

"没法说。如果是我们自己经手处理，就可以做一个色温检测来确定。我是说在林肯那里。"

谁说不是呢。

萨克斯说："我在想，其中一张餐巾纸上是巧克力和草莓奶昔。这个推断说得通。另外一张呢？那个污渍肯定是巧克力；还有一个也是，没那么黏稠，像软饮料。他去了两次店里。第一次，他买了两杯奶昔；另一次，买了一杯奶昔和一杯汽水。"

"这家伙很瘦，但他的确可以吃掉这些卡路里。"

"更重要的是，他喜欢白城堡。老顾客。"

"如果我们运气好，他应该就住在附近。可是，是哪一家呢？"普拉斯基在网上查找这个区域的连锁店。找到好几家。

她的脑子里咯噔一下：车用机油。

"车用机油有可能是炸弹里的，也有可能，他去的是皇后区的白城堡。"她说，"那家店在阿斯托里亚大道上，那里是车行集中地。以前，在周六上午，我和我爸爸经常去那里买汽车零部件，然后回家做业余机修工。他有可能是去买午餐时沾到车用机油。希望渺茫，但我要去那里找经理谈谈。你打电话给皇后区的实验室，找人重新查验一下这些餐巾纸。那套陈词滥调，再好好说说。摩擦峭，还有DNA。他有可能是跟朋友一起吃的，而那人的DNA记录被保存在DNA联合检索系统里。还要继续追查锯屑，我想知道是哪种木头，并且要盯着他们查清楚清漆的生产商；还有，我不想做这份报告的分析员了。打电话给梅尔。"

沉静、谦逊的梅尔·库柏警探，是这个城市乃至整个东北部

74

地区最出色的刑事鉴定实验室人员。他也是身份鉴定专家——摩擦嵴、DNA、刑事人脸重建。他有数学、物理、有机化学学位，是著名的国际鉴定协会和国际血迹样式分析员协会的成员。莱姆把他从一个小城镇的警察局雇来，让他在纽约市警察局的犯罪现场调查组工作。库柏一直都是莱姆团队的一分子。

萨克斯穿上外套，检查武器，这会儿普拉斯基则打电话到犯罪现场调查组找库柏。

她走到门口的时候，他挂断电话说："抱歉，阿米莉亚，得找别人。"

"什么？"

"梅尔整个星期都在休假。"

她发出一声短促的笑声。在他们合作的这些年里，她从没见过这个技术员休假超过一天。

"那就找个好点的人吧。"她说着快步走进走廊，心里想：莱姆一退出，一切都见鬼了。

8

"那是……那是电动扶梯。对,没错。嗯,电动扶梯的一部分,顶部。就在过道里,我想你知道。"

"梅尔,进来。我们有活儿要干。"

库柏个子矮小,身材瘦削,脸上永远挂着淡淡的笑容。他走进莱姆这幢连栋住宅的客厅,推了推鼻子上的黑框眼镜。他走起路来安静无声;脚上是他平时穿的鞋子,暇步士。屋里只有他们两人,埃弗斯·惠特莫尔已经回中城的律师事务所了。

关于装在脚手架里的电动扶梯局部,一句直接的解释都没听到,他便脱下身上的棕色外套挂起来,放下健身包。"我真的没打算休假,你知道。"

莱姆以他独有的方式建议库柏休假一段时间。意思是,放下他在犯罪调查组总部的正职,来帮忙调查弗罗默起诉中西部交通运输公司的民事案件。

"是啊,嗯,谢谢。"莱姆的感谢淡淡的,一如以往。他对社交礼节没什么兴趣,或者说有些笨拙。

"这……我是说,我觉得,应该确认一下。我待在这里,有职业道德的问题吗?"

"没有,没有,我确定没有,"莱姆说,眼睛盯着高及天花板的电动扶梯,"只要你不拿报酬。"

"啊,这样,我是义务帮忙。"

"只是友情帮助,做件善事,梅尔,一件高尚的事。受害者的遗孀没有钱。她有一个儿子,一个前途无量的好男孩。"莱姆假设这是可能的。他对小弗罗默一无所知,连他的名字都忘记了,"如果我们不能帮她解决问题,在不久的将来,她就要去斯克内克塔迪住车库了,也许余生都要住在里面。"

"斯克内克塔迪没那么可怕。"

"关键词是'车库',梅尔。而且,这是一个挑战,你喜欢挑战。"

"某种程度上是吧。"

"梅尔!"汤姆说着走进客厅,"你在这里做什么?"

"被诱拐来的。"

"欢迎。"然后,这个看护脸色一沉,"你能相信吗,看看那个。"他朝脚手架和电动扶梯沮丧地点点头,"地板哪,我希望还没有被毁掉。"

"我的地板。"莱姆说。

"你要我保持地板完好无损,然后你又拿两吨重的机械装置来损坏地板。"汤姆转向这个刑事鉴定技术员,"吃点什么,喝点什么?"

"茶就好了。"

"有你最喜欢的茶。"

库柏喜欢立顿茶。他口味清淡。

"你的女朋友怎么样?"

库柏和母亲生活在一起,但他有个高挑、漂亮的斯堪的纳维亚女友,对方是哥伦比亚大学的教授。库柏和她是顶尖的交谊舞舞者。

"她——"

"我们这就开始干活。"莱姆打断他的话。

汤姆朝这个技术员眉毛一扬,没理他的老板。

"很好,谢谢,"库柏回答道,"她很好。我们下周要参加一个地区性的探戈比赛。"

"说起喝的——"莱姆抬头看着那瓶纯麦苏格兰威士忌。

"不行,"汤姆直截了当地说,"咖啡。"然后他就回厨房去了。

粗鲁。

"好了,是什么危险行动?我喜欢这个词。"

莱姆解释了一通,说了电动扶梯事故,说了埃弗斯·惠特莫尔将要代替那位遗孀和她儿子提起诉讼。

"啊,对,新闻说了。很惨。"库柏摇摇头,"上下那些东西的时候,总是觉得不自在。我会爬楼梯,甚至坐升降电梯,不过我都不是很喜欢。"

他朝电脑显示器走过去,显示器上是数十张事故现场的照片。照片是萨克斯私下拍摄的,因为她没有参与事故调查。照片拍的是朝电梯井打开的检修口,显示驱动器、齿轮和墙壁全都布满血迹。

"死于大出血?"

"还有创伤——几乎被切成两半。"

"嗯。这就是那部电动扶梯?"库柏回到脚手架前,开始仔细检查,"没有血迹。擦洗过吗?"

"不是。"莱姆解释说,好几个月内都不可能接触到那部电动扶梯,不过他希望他们可以通过这个模型查出可能的故障原因。莱姆的想法是,花钱从这个区域的承建商那里借来相同模型的局部。汤姆找来了莱姆要的卷尺，他们已经确定清楚空间足够大，被拆解后的机械装置可以通过前门，并在过道里被重新组装。租金是五千美元，惠特莫尔会把这笔钱纳入诉讼费，从他们自被告那儿获得的赔偿金里扣除。

工人们做了一个脚手架，在吞噬格雷格·弗罗默的检修口上方安装了顶板——连同支撑部件、合页、栏杆部分、控制开关。地板上放着驱动器和齿轮，跟害死他的东西一模一样。

库柏静静地绕着机械装置走，抬起头，摸摸部件。"不能当证物。"

"不能。我们只需要弄清楚哪里出问题了，顶部的踏板为什么打开了，而它本来不应该打开的。"莱姆驱动轮椅，靠近一些。

技术员点点头。"那么，我推测，当时电动扶梯在向上滚动，正当受害者抵达顶部踏板的时候，踏板张开了。开口有多大？"

"阿米莉亚说大概有十四英寸。"

"她去侦查现场了？"

"没有。她当时碰巧在那儿，追踪不明嫌疑人。出了事故，她去救受害者，这时就把嫌疑人跟丢了。没有办法。"

"罪犯逃走了？"

"是的。"

"她肯定很不开心。"

"她去看了那个寡妇，发现她的境况很糟糕。她就想帮她联系律师。这事就是这么落到我们头上的。"

"那么，检修口突然打开了——对，我看到是安装在弹簧上的。肯定很重。受害者被卷到下面，然后掉到驱动器和齿轮上。"

"对。踏板前端的金属齿纹也割到他了。照片里，墙上的血就是这么沾上的。"

"我明白了。"

"现在我要你进去,到处看看,弄清楚这该死的玩意儿是怎么运转的。顶部的检修口如何打开——开关、控制杆、合页、安全机制,所有的一切。拍好照片。我们再综合这些东西,看看出了什么问题。"

库柏环顾四周。"你虽然辞职了,这地方却没怎么变。"

"你知道摄影器材放在哪里。"莱姆说,生硬的嗓音透着不耐烦。

技术员轻笑一声。"你也还是老样子。"他朝客厅后墙上的架子走去,挑了一台相机和带发箍的手电筒,"矿工之子。"他开玩笑道,把手电筒戴到额头上。

"赶紧行动。快!"

库柏爬到电动扶梯模型上,进到里面。静寂中,闪光灯开始闪耀。

门铃响了。

会是谁呢?那个死板的律师埃弗斯·惠特莫尔,回他的办公室和格雷格·弗罗默的亲友谈话了。他会尽力收集证据,证明眼下弗罗默虽然处于半失业状态,但在不久的将来,他会回去当一个成功的营销经理,这样就可以让索赔金额大大高于基于他现有收入判定的数字。

来访者是他的某个医生?莱姆的四肢瘫痪状况,使得他必须接受神经科专家和物理治疗师的定期检查,但是他没有已经预约的检查。

他驱动轮椅,朝闭路监控摄像头的屏幕驶去,看看是谁。

哦,见鬼。

当有人不事先联络就登门(或者就这事而言,联络了也一样），莱姆通常会很生气。

但今天，这种沮丧感比往常强烈很多。

"对，对，"男人向阿米莉亚·萨克斯打包票，"我知道你说的是谁。沉默寡言的家伙。"

她在跟白城堡汉堡连锁店的经理谈话，这家店在皇后区的阿斯托里亚。

"很高，很瘦。白人，肤色苍白。"

与此相反，这个经理的皮肤是橄榄色，长着一张豁达的圆脸。他们站在前窗那儿，他亲自在擦窗户，看上去对自己照管的这家店充满骄傲。稳洁牌玻璃清洁剂的气味很浓，跟洋葱的香味一样，后者还很诱人。萨克斯上次进餐还是昨天晚上。

"你知道他叫什么名字吗？"

"我不知道，不知道。但是……"他抬头看看，"查尔？"

一个二十多岁的柜台女服务员抬眼看过来。她如果吃店里的招牌餐点的话，应该吃得很节制。这个身段苗条的女人处理完一份点单，就来到两人身边。

萨克斯表明身份，并且按规矩出示了警徽。女人眼睛一亮。她很高兴能参与到类似《犯罪现场调查》中来。

"夏洛特经常轮班，她是我们的顶梁柱。"

女人的脸"唰"地红了。

"罗德里格斯先生觉得，你可能认识一个偶尔来这里的高个子男人。"萨克斯说，"个子高，非常瘦。白人。他可能穿着绿格子或绿花格外套，戴着棒球帽。"

"是的，我记得他！"

"你知道他的名字吗?"

"不知道,只是,他很难不引起人注意。"

"你能跟我说说他的情况吗?"

"嗯,就像你说的,瘦,瘦得皮包骨。他吃得很多,能吃十个、十五个三明治。"

三明治……汉堡。

"但他有可能给别人买吃的,对吧?"

"不,不,不!他在这里吃的。多数时候,我母亲用这样一个词形容吃东西,狼吞虎咽。他还喝两杯奶昔。他那么瘦,却那样能吃!有时是一杯奶昔和一杯汽水。你当警探多久了?"

"好几年了。"

"真厉害!"

"他跟别人一起来过吗?"

"我没看到过。"

"他常来吗?"

"可能每周一次或每两周一次。"

"有印象他住在这附近吗?"萨克斯问,"他可能说过点什么吗?"

"没有,他从没对我说过什么。总是低着头,戴着帽子,只是点餐。"她眯起眼睛,"我敢保证,他害怕监控摄像头。你觉得呢?"

"可能。你能描述一下他的样子吗,他的脸?"

"从来没仔细留意过,真的。长脸,有点苍白,好像不怎么出门。我觉得,没有胡子。"

"知道他从哪里来的,或者可能去哪里吗?"

夏洛特努力想了想,但没有结果。"抱歉。"她没法回答这个问题，几乎快要哭出来。

"车呢？"

再一次，没有答案。"嗯，我不……等等，没有，可能没有。我觉得，他离开时从停车场绕开了。"

"所以你是看着他离开的。"

"你就是想盯着他看，你知道吧？不是说他是个怪人或者什么。只不过他吃那么多还那么瘦，这根本不公平。我们都不得不为此努力，对吧？"

萨克斯猜，她指的是现场的两个女人。她微微一笑。

"他每次离开时都走那条路吗？每次？"

"我猜是的，肯定是的。"

"他拿着什么东西吗？"

"哦，有几次他拿着一个塑料袋。我想，对，有一次他把袋子放在柜台上，袋子很重。有些叮当响，像是金属。"

"什么颜色的袋子？"

"白色。"

"不知道里面是什么？"

"不知道。抱歉，我真的希望能帮上忙。"

"你已经很棒了。穿着打扮呢？"

她摇摇头。"除了外套和帽子，我不记得别的了。"

萨克斯问罗德里格斯："监控录像呢？"一边猜测着答案。

"每天循环录制。"

是的，跟她想的一样。罪犯的镜头都被覆盖掉了。

她转向夏洛特。"你帮了很大的忙。"接下来的话她是对两人说的，"我要你们告诉这里的每一个职员，我们在寻找这个人。如果他再来，你们就拨打九一一，并且要说他是凶杀案的嫌疑人。"

"凶杀案。"夏洛特嘀咕一声，看起来既害怕又高兴。

"对。我是警探五八八五，萨克斯。"她给经理和夏洛特都递上名片。女人盯着那一小张纸片，就好像那是一笔巨额小费。她戴着婚戒，萨克斯猜她已经在为今晚餐桌上的闲聊添油加醋了。她的眼神从他们身上一个个扫过去。"不过不要打电话给我。拨打九一一，报我的名字。这里的巡逻车比我来得快。你们得装作什么事都没有，就像平常一样给他点餐，然后等他离开或者坐下来时，再打电话给我们。好吧？除此之外，不要做别的事。能行吧？"

"当然可以，警探。"夏洛特说，私自替经理应承下来。

"我保证，"那个经理罗德里格斯说，"让大家都知道这件事。"

"这个地方还有别的白城堡，他可能也会去那些店。你可以把同样的事告知一下那些经理吗？"

"好的。"

萨克斯朝不染尘垢的窗户外面看去，仔细观察宽阔的街道。街道沿线都是商店、饭店和公寓。任何一家店铺都有可能出售叮当作响的东西，并把东西装在白色塑料袋里，让顾客带回家……或谋杀现场。

罗德里格斯提议道："嗨，警探……来点汉堡，算我的。"

"我们不可以免费吃东西。"

"但甜甜圈……"

萨克斯微微一笑。"那是个误传，"她瞟了一眼烤架，"不过我还是买一个。"

夏洛特皱皱眉。"最好买两个，汉堡很小。"

的确很小,但好吃极了。奶昔也是。她三分钟就吃完了早午餐,然后走出店外。

她从口袋里拿出手机,打电话给罗恩·普拉斯基。在警察局广场,办理不明嫌疑人四十案件的作战室的固定电话没人接听。她拨打手机,回应的是语音信箱。她留了一条语音。

好吧,我们单独搜查。萨克斯走上人行道,天空阴沉,大风凌空而来,从身上席卷而过。

高个子的人,脸色苍白的人,瘦巴巴的人,白色的袋子。他一直都在购物。从五金店开始吧。锯屑,清漆。

圆头锤。

钝力外伤。

9

朱丽叶·阿切尔,跟随他学习刑事鉴定的学生,今天来这里开始她的非正式实习,林肯·莱姆把这事忘了个一干二净。

她属于临时登门的访客。如果在别的情况下,他可能会喜欢她的陪伴;但是现在,他的第一反应是要怎样摆脱她。

阿切尔驱动轮椅绕过电动扶梯,进入客厅,在铺满地板的电线网前利落地刹住。她显然不习惯在弯弯曲曲的缆线上行驶,但随即她可能推断出莱姆经常会在缆线上驶过,不会造成损害,于是她就这么做了。

"你好,林肯。"

"朱丽叶。"

汤姆朝她点点头。

"我叫朱丽叶·阿切尔,是林肯班上的学生。"

"我是他的看护,汤姆·莱斯顿。"

"幸会。"

过了一会儿,门铃又响了起来,汤姆再次去应门。他和一个三十多岁的魁梧男人走进客厅。这第二位访客身穿西装和淡蓝色衬衣,系着领带。衬衣最上面的扣子是解开的,领带松开了。莱姆从来都不理解这种装扮。

那人朝大家点点头打招呼,但把目光投向了阿切尔。"朱尔,你没等我。我让你等我的。"

阿切尔说:"这是我哥哥,兰迪。"莱姆想起她和他哥哥和嫂子住在一起,因为她在市中心的越层住宅正在进行改造。便利的是,这对夫妻碰巧也住在约翰·马歇尔学院附近。

兰迪说:"前面是个陡坡。"

"我上过更陡的坡。"她说。

莱姆知道,人们喜欢像母亲一样关爱有严重残疾的人,或者把他们当婴儿对待。这种做法真让他受不了,阿切尔显然也受不了。他想知道她最终会不会对溺爱产生免疫,他从来都没有。

他想,好了,哥哥来了,麻烦解决了。当他和梅尔·库柏努力想要提起诉讼、控告生产商或商场,或哪个该对桑迪·弗罗默丈夫的死负责的人时,绝不能有两个人——还是外行——在这里闲晃。

"我来了,我们说好的。"阿切尔说着,一眼扫过客厅和实验室。"嗯,瞧瞧这些,设备,仪器。还有电子显微镜?真了不起。电力问题呢?"

莱姆没有回答。只要说话,就会妨碍他们快速离开。

梅尔·库柏从脚手架荡到地板上,看向阿切尔。他的手电筒光束闪到了她的眼睛,她眨眨眼。

"哦,抱歉。我是梅尔·库柏。"考虑到轮椅的状况,他点点头,没有伸出手。

阿切尔介绍了她的哥哥,然后把注意力转向库柏,说:"哦,库柏警探,林肯讲过你的许多非凡事迹。他把你当作刑事鉴定实验室的光辉榜样——"

"好了,"莱姆赶紧说,不理会库柏那开心的、带有探询意味的一瞥,"我们这里正忙着呢。"

她向前移动,细细观摩其他设备。"我还在研究流行病学的时候,我们有时用到气相色谱／质谱分析仪,用的是不同的型号。不过,这是声控的?"

"嗯,呃,不是,通常是梅尔或阿米莉亚使用。但是——"

"哦,有一种语音系统很好用,RTJ仪器公司生产的。那是阿克伦的一家公司。"

"是吗?"

"我只是提一下。《今日鉴证》上有一篇文章,讲如何在实验室里解放双手。我可以寄给你。"

"我们订了。"库柏说,"我盼着——"

莱姆咕哝道:"我说了,我们正在忙的这个案子很紧急,是件突然冒出来的案子。"

"让我猜猜,涉及一架无处可通的电动扶梯。"

莱姆被这个幽默惹恼了。他说:"也许最好先打个电话,免得麻烦你们两个——"

阿切尔平静地说:"是啊。嗯,我们的确说好了,我今天要来这里。你一直没回复我确切的时间。我发了电子邮件。"

由此得出的结论是,如果要打电话,那也应该是他打电话。他试试新方法:"这是我的错,完全怪我。我道歉,让你白跑一趟。"

这番话充满虚情假意,招来了汤姆一个冷冷的瞪眼。莱姆刻意不理会他。

"所以,我们得下次再会面。另外再找时间。以后吧。"

兰迪说:"好了,朱尔,咱们回去吧。我去开车,然后带你下坡道——"

"哦,可是所有的事都安排好了。威尔·西尼尔这几天会照顾比利,巴顿约好了和威斯克斯一起玩,我更改了所有看医生的预约。就是这样。"

巴顿?威斯克斯?[①] 莱姆心想,天哪,我这是卷入了什么事?"听我说,我答应你来,那时是有个间歇期的,我可以给出更多……指导。现在,我没法给你太多帮助。状况这么多。这真的是一件非常紧迫的事。"

紧迫的事?我真的这么说了?莱姆心生疑惑。

她点点头,眼睛却盯着电动扶梯。"这应该就是那起发生在布鲁克林的事故,对吧?那座商城。一起民事案件。好像没人认为这是刑事案件,我猜这就意味着要对一大堆被告提起诉讼:生产商、商城所属的房地产公司以及维修小组。我们都知道那是怎么回事,"她来回转动轮椅,"谁不爱看《波士顿法律》和《傲骨贤妻》?"

谁知道那些到底是什么啊?

"我真的觉得最好是——"

阿切尔说:"这是模型。你没法把真实的电动扶梯弄来这里?民事律师被禁止接触扶梯?"

"被搬走了,扣押中。"库柏说,惹得莱姆瞪了他一眼。

"再说一次,我感到抱歉,但是——"

阿切尔继续说:"什么事这么紧迫?有其他原告叫嚷着要分一杯羹吗?"

莱姆一言不发,只是看着她驱动轮椅凑近脚手架。现在,他可以从近处看清楚她了。她打扮得相当时髦,深绿色的千鸟格长

[①]原文分别为"Button"和"Whiskers",本意是"纽扣"和"胡须"。

裙，硬挺的白衬衣，黑色的外套。一个精致的、看似由古代北欧符文组合而成的金手链，戴在左手腕上——就是用皮绳固定在轮椅扶手上的那个手腕。她通过触控板操控轮椅，用的是右手。栗色的头发今天被扎成一个发髻。阿切尔显然已经明白，当你的手脚没法用了，你就要尽量减少头发和汗液造成的瘙痒和刺激。莱姆眼下在汤姆的坚持下使用的有机驱蚊剂，就比他出事故前要多得多。

"朱尔，"兰迪说，"莱姆先生很忙。别待太久惹人烦。"

已经烦了，莱姆想。不过他的笑容带有歉意。"对不起，这样真的对大家都好。下周或下下周吧。"

阿切尔坚定地盯着莱姆。她说话的时候，他也盯着她："你不觉得，多一个人手会有帮助吗？当然，我在刑事鉴定方面是新手，但我从事流行病学研究多年；另外，没有真正的证物，好像就用不着做指纹和梯度密度分析了。你们需要就机械故障的问题进行大量推测。我们在追查传染病的来源时，一直都是这么做的——推测，当然不是机械方面的推测。我可以跑跑腿，"她微微一笑，"打个比方吧。"

"朱尔，"兰迪满脸通红地说，"这事我们谈过的。"

莱姆猜，这是指之前的某次谈话，谈的是拿她的残疾开玩笑的事。莱姆就喜欢故意惹恼那些充满优越感的人、过度敏感的人和讲究政治正确的人，甚至——尤其是在残疾人群体里。"残疾人"是他最喜爱的名词，动词则是"局促不安"。

莱姆没有回应阿切尔的执着，她嘴巴紧抿。"不过，"她轻描淡写地说，"如果你不乐意，没关系。改天吧。"她的语气里透着不快，这让他心意更坚定。他根本不在乎态度。他让她来当实习生，是卖她个人情。

"我想,这样最好。"

兰迪说:"我去取车开过来。真的,朱尔,在坡道上等我。"他转向莱姆,"谢谢,"他边说边热情地点头,"谢谢你为她所做的一切。"

"不客气。"

"我送你们出去。"汤姆说。

"梅尔,回去干活。"莱姆嘟囔道。

技术员又爬到脚手架里面,相机的闪光灯又开始闪烁。

阿切尔说:"下周课堂上见,林肯。"

"当然了,你还可以过来,在这里实习。只是换个时间。"

"好的。"她干脆地说。在汤姆的陪同下,她驱动轮椅驶进过道。过了一会儿,莱姆听到门关上了。他驶向监控屏幕,看着阿切尔,她轻松地驶下坡道,停在人行道上,没让哥哥帮忙。她回头仰望这幢连栋住宅。

莱姆回到电脑显示器前,上面显示的是阿米莉亚·萨克斯拍的照片。他研究了照片几分钟。

然后,他长叹一口气。

"汤姆!汤姆!我在喊你!你到底在哪里?"

"离你八英尺,林肯。还有,不对啊,我最近没耳聋。你这么客气,是想让人干什么?"

"让她回来。"

"谁?"

"刚才在这里的那个女人。十秒钟之前。我说的还会是谁?我要她回来。马上。"

* * *

罗恩·普拉斯基站在人行道上,路面崩裂成不规则的四边形和三角形水泥块,就像冰原上隆起的冰山。他的旁边是顶端带尖刺的铁丝网,上面胡乱涂画着字母和符号,比通常所见的更晦涩难辨,因为涂鸦者的画布是网格。谁会在铁丝网上涂鸦?他觉得奇怪。也许所有完好的砖墙和水泥壁都被画满了。

他听着语音留言。

阿米莉亚·萨克斯在找他。他从警察局广场的作战室偷偷溜出来,就是认准了她会去追查白城堡的线索,要过个几小时才回曼哈顿。但她好像已经发现了能推进案子的线索。他又听了一遍留言,觉得她不是急着要找他。似乎没有紧急情况。她要他帮忙搜查一个区域,几天前,有人在那里看见过不明嫌疑人四十,并且他时不时会回去。他也许住在那里,也许是去购物。

普拉斯基不想跟她通话。他发了消息。当你用拇指、而不是声音交流时,撒谎更容易。他说他会尽快赶过去,暂时从办公室走开一会儿。

就是这样。

然而他仔细想想,他发的消息并没有撒谎。他没在办公室,一忙完手上的事就会去跟她一起搜查。不过,在街上巡逻的时候,他奉行的方式是:不透露实情也是欺骗。

处理完电话的事,这个年轻的警察重新警觉起来,极度警觉。毕竟,他身处三十三邮区,必须打起精神。

普拉斯基刚从百老汇地铁交汇站来到人行道上,他沿着范辛德伦街一路走去。布鲁克林这片地带乱糟糟。不是说特别脏乱,比其他城区差,只不过显得一片混乱。卡纳西和牙买加地铁线在头顶轰隆轰隆,福尔顿街线在地底穿行。大量汽车和卡车你超我赶,绕来插去,喇叭尖鸣。人行道上熙熙攘攘。自行车往来穿梭。

他这个警察很引人注目——在海洋山、布朗斯维尔和贝德福德—斯图文森三地交会之处，他的种族只占百分之二的居住人口。没人找他麻烦，甚至好像没人注意他，大家都只顾各自忙碌，纽约城里的事看起来总是紧急万分。不然，他们就专心看手机，或者只顾着跟朋友聊天。就像大部分社区一样，绝大多数当地人只想上班下班，跟认识的人在酒吧、咖啡馆或饭店里打发时间，逛街购物，带孩子和狗散步，往家里赶。

但这不是说，他在这里就不用顾忌那些有心之人，他们可能会纳闷，这个矮小的白种男人留着土气的发型，长着婴儿般光洁的脸蛋，为什么会在这个凶险城区的破烂人行道上晃荡，这里尽是黑人和棕色皮肤的人。三十三邮区，依据邮政编码的末尾数字而定，据统计是纽约最危险的区域。

在阿米莉亚·萨克斯离开警察局广场之后，普拉斯基等了几分钟，才脱掉制服换上便装。他穿的是牛仔裤、运动鞋、军绿色T恤和破旧的黑色皮夹克。他低着头，离开了警察局总部，在附近找到一台自动取款机，看见钞票弹出来时，内心一阵颤抖。我他妈的真干上这个了？他这么想着，用了一个修饰语，只有在极端的情况下，这个词语才会罕见地从他那张美好的嘴里跑出来。

越过河流穿过森林……我们去坏人那里……①

现在，他把地铁交汇站甩在身后，朝百老汇走去，一路经过修车厂、建材店、房地产公司、兑换支票和预支工资的门店、杂货店、窗上贴着手写卡片菜单的脏兮兮的廉价饭馆。他离商业街

---

① 来自一首感恩节诗歌 Over the River and Through the Woods，此处歌词作了改编。

越来越远，经过了一些大多都是三层或四层的公寓。有很多红色的砖楼和刷成米色和棕色的石楼，上面遍布涂鸦。地平线上是布朗斯维尔高耸的大楼，离得不远。人行道上有烟头、垃圾、麦芽酒罐子、几个避孕套、针头……甚至还有吸毒滤管，几乎带有怀旧的味道；你不再怎么经常见到这种场景了。

三十三邮区……

普拉斯基走得很快。

一个街区，两个街区，三个街区，四个……

阿尔法到底在哪里？

同一条人行道上，前面有两个孩子不怀好意地盯着他。是的，他们年纪很小，但加起来有四个普拉斯基重。他的脚踝上有防身用的史密斯威森手枪，私人武器。不过如果他们想动手，就会动手，他还来不及从枪套里拔出那把威猛的枪，就会倒地流血；但他们转回头，继续抽他们的大麻，聊他们的要事，没多看一眼就让他过去了。

又走了两个街区，终于，他发现了他一直在寻找的那个年轻人。之前在警察局广场，他偷看了第七十三分局的行动报告，大致知道了应该去哪里找人、阿尔法有可能在哪里活动。那小子正在 GW 熟食店和电话卡商店前，一边用手机打电话，一边吞云吐雾，他抽的是香烟，不是大麻。

GW。乔治·华盛顿？然后普拉斯基又莫名其妙地想道：哎呀[①]！

这个干瘦的拉美人身穿无袖 T 恤，露出缺乏锻炼的胳膊。街头犯罪的监控里有他清晰的照片，所以普拉斯基当即认出了

[①]原文为"Gee Whiz"，表示惊叹。

他。阿尔法好几次进警局,被审问、被释放。但他从没被逮捕,并且仍在干那些勾当,应该是麻醉品。肯定是的,你能看出来。即使在他专心打电话的时候,你从那个姿势和小心翼翼的样子也能看出来。

普拉斯基环顾四周。没有明显的危险。

那就快点了事吧。普拉斯基朝阿尔法大步走去,看着他并放慢了脚步。

这个年轻人抬起头,他的皮肤深色中带浅灰色。他对着手机说了些告别的话,然后收起廉价的翻盖手机。

普拉斯基走近一些。"嗨。"

"嗨。"

阿尔法来回扫视街道,就像容易受到惊吓的动物。他没发现可担心的事,便转回头看着普拉斯基。

"好日子,啊?"

"我想还行吧。我们认识?"

普拉斯基说:"你是阿尔方斯,对吧?"

他回应了一个吃惊的瞪眼。

"我叫罗恩。"

"什么来路?"

"克特。里奇酒吧的那个,在贝德福德—斯图文森。"

"他很厉害。你怎么认识他的?"

普拉斯基说:"刚刚认识,跟他混过几次。他可以为我担保。"

埃迪·克特会为罗恩·普拉斯基担保,不是因为他们是哥们儿,而是因为几天前不当值的时候,普拉斯基在制止一起斗殴的过程中,发现埃迪持有手枪,而他在这个时候不该持枪,也永远不能持枪。他身上还有一些药丸。这些药丸引起了普拉斯基的注意，他提议说，他可以不提有关枪支和毒品的控告，而作为回报，克特得帮个忙，前提是他要永远保守秘密。克特很明智地选了这条路，把他指到阿尔方斯这里，他很开心能玩儿字符引用。

现在两人都扫视一遍街道。

"克特，他很不错。"他重复着，拖延着。他的名字是阿尔方斯，但在街上多数时候是阿尔法，或者在警察和帮派分子那里是爱宝，根据狗粮而取的。

"是啊，他很不错。"

"我给他打个电话。"

"我提他，又来找你，是因为他说你可以帮我弄到一些东西。"

"为什么不是他？我是说给你帮忙。"普拉斯基注意到阿尔法没给埃迪·克特打电话。他可能相信我了。没人做担保的话，只有傻子才会跑来三十三邮区。

"埃迪没有我要的东西。"

"我说，老兄，你他妈的看起来不像是嗑药的，你想要什么？"

"不要海洛因，不要可卡因，不是那些。"普拉斯基摇摇头，又四下里看看是否有什么危险的人。男人或女人——女人也很危险。

普拉斯基还仔细观察是否有警察、便衣和便衣警车。他可不想撞见同行。

但是街上很安全。

他压低声音说："我听说有种新玩意儿。像奥施康定，但不是奥施康定。"

"我没听说过，老兄。我可以给你弄大麻，弄可卡因，弄快速丸和冰毒。"阿尔法放松下来。警方卧底的行事不是这样的。

普拉斯基指着自己的前额。"我出了这事。被揍惨了，几年前的事。现在又开始头痛，旧伤复发。我是说，非常痛。发作起来糟透了，真的。你头痛吗？"

"诗珞珂①，宿醉头痛。"阿尔法微微一笑。

普拉斯基没有笑。他低声说："很难受，我没法好好工作，没法集中注意力。"

"你做什么的？"

"建筑业。在城里的建筑队，做铁工。"

"嘿，那些大高楼？你们这些傻瓜是怎么干的？爬上去？妈的。"

"好几次差点掉下来。"

"妈的。奥施康定也够你受的。"

"不，不，这种新玩意儿不一样。只是祛痛，不会让你脑子稀里糊涂，不会让你头昏眼花，你知道吧？"

"头昏眼花？"阿尔法有点儿摸不着头脑，"你干吗不去开个处方？"

"他们不给这个东西开处方。这是新东西，地下实验室才有。我听说你在这里可以弄到，在布鲁克林，主要在纽约东部。是有个叫奥登的家伙吧？大概是吧，他自制这种东西，也从加拿大或墨西哥弄过来。你认识他吗？"

"奥登？不认识。没听说过。这新玩意儿叫什么？"

"我听过一个名字，是卡炽。"

"叫卡炽？"

---

①诗珞珂（Cîroc），法国伏特加，完全由葡萄制成。

"我不说了嘛。"

阿尔法好像很喜欢这个名字。"好比一把抓住你,你知道,抓住你,多带劲。"

"妈的,我不知道。不管怎样,我要一些。天哪,太难受了。我需要这个东西,头痛得控制住。"

"嗯,我没法弄到,我从来没听说过。不过我可以给你一打,我是说常规的玩意儿。一百块。"

稍稍低于一般市场价。奥施康定每颗大概卖十块钱。阿尔法图的是以后的回头客生意。

"好,行吧。"

交易快速进行,一如往常。装在塑料袋里的奥施康定,换来了一把二十美元的钞票。然后,毒贩看着普拉斯基悄悄塞给他的那卷钞票,眨眨眼。"老兄,我说了:一百块。那就是五张。"

"小费。"

"小费?"

"跟饭店里的小费一样。"

毒贩迷惑不解。

普拉斯基微微一笑。"拿着吧,伙计。我只是问问,你能打听一下吗?看看能不能帮我找到这个新玩意儿。不然,至少弄清楚这个叫奥登的家伙是谁、我可以在哪儿找他弄到一些卡炽。"

"我不知道,老兄。"

普拉斯基朝阿尔法的口袋点点头。"你给我打听打听,下次小费更多。我说更多,是一千五。也许比这还多,如果消息可靠的话。"

这个干瘦的男人随即抓住普拉斯基的手臂。他凑近,浑身散发出烟味、汗味、大蒜味和咖啡味。"你他妈的不是警察?"

普拉斯基盯着他的眼睛，说："不是。我就是个头痛得厉害，有时都硬不起来的家伙；是个躺在卫生间，一连呕吐几小时的家伙。这就是我。找埃迪聊聊吧，他会跟你讲的。"

阿尔法又盯着普拉斯基额头上的伤疤。"我会联系你的，老兄。号码？"

普拉斯基输入阿尔法的手机号码，这个黑帮分子也输入了他的号码。

临时号码对临时号码。信任的时代。

然后普拉斯基转过身，低下头，朝百老汇地铁交汇站的方向走去。

他完全可以对阿尔方斯说"是啊，我是警察"，他想到这里就觉得好笑，不过不要紧，因为这根本不是一次秘密行动。纽约市警察局，或者全世界都没人知道这件事。我刚才拿出去的钱不是公款，而是我自己的钱，我和詹妮浪费不起的钱。

但有时你陷入绝望，就会做出绝望的事。

10

不妙,一点都不妙。

她坏了我的事。红,那个警察,那个购物者。

她从我手上把它夺走了,我那美妙的白城堡。她抢走了。

而且,她在阿斯托里亚转来转去,搜寻线索,指向我的线索。

我这次运气不错,就像在商场里一样——当时,她正好挨着那架要命的电动扶梯。这次,我也是走运了,在离白城堡半个街区的地方先发现了她。

红就像个狩猎者,走进店内。

我的白城堡……

如果我没看见她,稍晚两分钟我就会推门而入,饥肠辘辘,对着食物垂涎欲滴。我对着汉堡和奶昔大快朵颐,接着就跟红四目相对。我还来不及从背包里掏出敲骨器或剃锯,她就先于我拔出了手枪。

运气再次拯救了我。

她是靠运气找到这儿的吗?

不,不,不。我大意了。就是这样。

我一阵恼怒。

想一想啊,没错:当购物者们在商场里追踪我的时候,我把垃圾扔掉了。我把星巴克的垃圾扔在离星巴克很远的地方，但不知怎么的，他们找到了。那就意味着，他们也找到了我扔掉的别的东西。就在商城后面，在那个墨西哥餐厅的垃圾箱里。我觉得那些雇工会装聋作哑，或者会被遣送回华雷斯。我没想过红会去翻垃圾。她应该找到了白城堡的餐巾纸或收据。指纹呢？我谨慎得很。在公众场合，我尽量使用指尖（指尖的四分之一对获取指纹毫无意义，哦，我真懂行），或者把餐巾纸泡在汽水或咖啡里，弄成一团糊糊。

但那个时候，我没想到。

说到手：我的手掌很漂亮，现在汗津津的，我修长的手指微微发抖。我在生自己的气，但主要是气她。红……夺走了我的白城堡，让我在阿莉西亚身上草草完事。

现在，我远远地盯着她，看见她优雅地沿街而行，进进出出商店。我知道她干什么了：向白城堡的某个服务员打听，或者向所有的服务员和顾客打听，嗨，你看到那个豆角小子了吗？那只螳螂？长条甜甜圈、香肠干？哦，是的，我们看见了。长得太好笑、太好笑了。很难不注意到。

现在，好消息是她找不到我最喜欢的那家店，我通常在买汉堡之前或之后会光顾。不在这条街上，不在附近。有一站地铁的距离。不过，她有可能发现别的关联之处。

必须小心防范。

我心里的一切美事都被破坏了：今天晚些时候去看我弟弟，晚上跟阿莉西亚玩个痛快，按照计划杀死下一个目标。

计划有变。

红，你也好运吧。准备好吧①。这个玩笑真糟糕，真让我生

---

① 此处原文为"Get yourself red-y"，"red-y"代替本来的"ready"，含有"red"（红）一词，但和"ready"同音，即为后文所指的玩笑。

气。当她走进一家杂货店,打听豆角小子的事时,我迈上人行道,远远绕过白城堡,他们已经知道我的情况了。

我那美妙的白城堡,再也不能踏入一步。

我把背包往上拽了拽,赶紧离开。

"你是对的,"莱姆说,"你的推断。"

不过他想,他根本用不着对她讲这个。他觉得朱丽叶·阿切尔是这种人,如果她不是心里有底——不,极度有底——知道是对的,就不会下结论。

她驱动轮椅,靠近一些。

莱姆继续说:"不过我们必须赶紧提起诉讼,不是因为有别的被告,或者说不仅仅因为这个。原因是,受害者的遗孀和她儿子的处境很困难。"他解释了一番,说到保险的缺失和他们的债务,说到纽约州北部的车库,也就是他们即将入住的——也许长期居住的家。

对于斯克内克塔迪,阿切尔未置一词,但她一脸沉静,表明她理解了那近在眼前的困境。他另外又提到弗罗默的事,介绍了他复杂的工作经历。"律师在组织证据,证明这种消沉是暂时的,但可能很难办到。"

阿切尔眼神一亮。"但如果你能证明被告有某些特别恶劣或草率的举动,那你就有可能拿到惩罚性赔偿金。"

也许,正如惠特莫尔向莱姆本人建议的,阿切尔也应该去读法学院。

《波士顿法律》……

"用惩罚性赔偿金威胁他们。"莱姆提醒道,"我们想庭外和解,并且要尽快达成和解。"

阿切尔问:"我们什么时候可以拿到真家伙?还有所有的证物?"

"要好几个月。"

"可是我们用这么一个模型,就能找出证据去追究责任吗?"

莱姆说:"到时再看吧。"他把惠特莫尔告诉他的事解释一遍,说到无过失责任、过失、介入因素免除生产商责任的可能性。

"我们的任务,首先是精准地找出缺陷。"

"还要找出一个非常草率、非常有钱的被告。"她冷冷地说。

"正是这样的策略。汤姆!"

看护现身了。

莱姆对阿切尔说:"你干吗不跟他说说你的医疗状况?"

她便说了。不像莱姆,她的脊椎没有遭遇过外伤;医生发现有个肿瘤裹住了她的第四节和第五节颈椎(莱姆被伤到的是第四节)。阿切尔解释了一系列治疗和手术,这些治疗和手术最终有可能使她变成像莱姆一样的残疾人,或者更严重。眼下,她的生活就被耗在了对这种状况的适应上:她转换职业,从事更适合四肢残疾者的工作;她向一位富有经验的病人——结果是林肯·莱姆——学习应该抱有何种预期、应该如何应对状况。

汤姆说:"你待在这里的时候,我也很高兴做你的看护,如果你愿意的话。"

"是吗?"

"乐意之至。"

她转动轮椅,面朝莱姆。"我现在可以干些什么?"

"研究电动扶梯事故,尤其是这个模型。惠特莫尔说,法庭有可能会接受模型。还要弄到维护手册。有个承建商把电动扶梯的一部分租给我们，但没把资料交过来。我想把电动扶梯的方方面面都弄清楚。"

"咱们看看公司或政府有没有安排对类似型号的检查。"

"对，很好。"他倒没想过这事。

"我可以用电脑吗？"

莱姆指了指近旁的一台台式电脑。他知道她可以用右手操控触控板，但敲击键盘是不可能的。"你可以给朱丽叶一副耳机和麦克风吗？三号电脑。"

"好的。这边。"

阿切尔顿时失去了自信心，并且自从他遇到她，她第一次露出忐忑不安的样子，这大概是因为她不得不依赖其他人的帮助，而不是她的哥哥。她盯着电脑，仿佛那是一条没有摇尾乞怜的野狗。为了开展实习跟莱姆争论，那完全是另一回事。他们两人是平等的。而在这里，她不得不依赖一个身体健全的人。"谢谢。抱歉。"

"在我所经受的考验和折磨中，这是最小的了。"汤姆帮她戴好耳机，放好右手要用的触控板。"你找到的东西，都可以打印出来。不过我们不怎么打印东西。大家看屏幕更方便。"莱姆也用到翻页架，但多数时候用来看书、看杂志或纸质资料。

"这些真是我见过的最大的屏幕。"阿切尔差不多又恢复了神采飞扬的样子。她对着耳机低声嘀咕，莱姆看到屏幕发生了变化，一个搜索引擎弹了出来。"我开始干活了。首先，搜索所有能找到的关于电动扶梯的资料。"

梅尔·库柏喊道："你要型号和序列号吗？"

"型号是MCE-77。"阿切尔漫不经心地说，"序列号也有了。我刚才进来的时候，记住了生产商信息牌上的号码。"

她对着麦克风，慢慢地背出了那个长长的号码。电脑对她那低沉优美的嗓音，尽职尽责地做出了回应。

11

梅尔·库柏手拿数码相机,还在扮演基础设施摄影师的角色。他待在包裹着电动扶梯的脚手架里面,走来走去。

"他们怎么弄进来的?"他叫道,"这个东西体积很大。"

"拆掉屋顶,在地板上打个洞,用直升机吊下来。也有可能是天使或超级英雄干的。我忘了。"

"林肯,我的疑问合情合理。"

"不相干的问题,就不合理。你看到什么了?"

"再等等。"

莱姆叹了口气。

速度啊。他们的行动要快。当然,要快一点帮助桑迪·弗罗默太太。但同时,正如阿切尔所想和惠特莫尔确认过的,他们还要抢在想发笔横财的虚假原告冒出来之前,快一点达成庭外和解。惠特莫尔解释过:"有其他从电动扶梯上跳下去的乘客。伤势很轻,或者没有受伤,但这并不意味着他们不会起诉。然后,"这位律师补充道,"还有那些要求赔偿精神损失费的人,他们的理由是目睹了一起可怕的事故,他们的生活会发生永久性改变,再也无法使用电动扶梯了……噩梦连连、饮食失调、请假休息导致收入减少。对,这是真的。一派胡言,但这是真的,这就是人身损害赔偿法的世界。"

这时,坐在电脑前的阿切尔喊道:"市政府暂停了所有MCE-77型号电动扶梯的运行,以待检查。《纽约时报》上的消息。纽约市安装了五十六部,别的地方安装了将近一千部。没有其他的事故报道了。"

有意思。莱姆想知道,检查是否会发现对他们的案子有利的东西。他还想知道,要多久才会有结论。

终于,库柏来到莱姆身边,把索尼相机的存储卡取出来。他把卡插入电脑的插槽,在高清屏幕上调出照片。屏幕足够大,几十张照片可以一起排列出来。

莱姆挪近一些。

"有关联的部分好像在这里,"技术员走向屏幕,指出来,"突然打开的踏板。这块踏板既是台阶,顶部的固定台阶,也是用于维修的检修口。用铰链连在另一端,跟电动扶梯的台阶是分离的。我猜大概有四十磅重。"

阿切尔喊道:"四十二磅。"她解释说,她在中西部交通运输公司的安装维护手册里找到了详细说明。

库柏继续说:"还有一个弹簧起辅助作用,这样的话,当铰链松开的时候,踏板门就会弹开大概十六英寸。"

这符合萨克斯的观察和照片里的情况。

"工人可以从那里径直把踏板抬起,用一根杆子撑住——就像支撑引擎盖的那种杆子。"库柏指着他拍的照片说,"工人想关上踏板门,就往下按,或者我猜,是站在上面,直到踏板门底部的三角形支架触到一个固定杆上的弹簧栓。这里。支架往里推弹簧栓,最后踏板落下,弹簧栓插入孔里锁上踏板。"

"弹簧栓是怎么松开的?"莱姆问。

"电动扶梯的侧面有块被锁住的盖板,盖板后面的插座里有个按钮开关。这里,电路在这里通向伺服驱动器。开关会让弹簧栓缩回来,打开检修口。"

"那么,"莱姆沉思道,"是什么原因导致检修口突然打开了呢?有什么想法?快点,动动脑子。"

阿切尔说:"弹簧栓的支架断开了?"

但他们检查了萨克斯拍的照片,照片显示支架好像仍然连接在检修口的底部。

"也许弹簧栓断了。"莱姆说,"哈维兰彗星型客机。二十世纪五十年代。"

阿切尔和库柏都朝他看。

他解释道:"那是最早的商用喷气式客机。其中三架因为金属疲劳,在空中发生爆炸,有扇窗户在高海拔的空中出了问题。金属疲劳是机械故障的主要模式之一。其他模式有变形、腐蚀、脏污、断裂、撞击、压力、热冲击,还有其他几种。当材料——可以是金属,也可以是别的东西——遭受周期性载荷时,疲劳的现象就会发生。"

"喷气式客机,"阿切尔回应道,"会一次又一次地承受增压。"

"就是这么回事。对。在那起案例中,窗户和门是方形的,压力集中在尖角上。经过重新设计,飞机的舱门和窗户就变成圆形了。压力更小,疲劳状况更少了。所以现在的问题是,电动扶梯的检修口频繁开关,导致弹簧栓的部位产生疲劳了吗?"

库柏把弹簧栓标出来。"这架模型上没有磨损的迹象,不过模型是新的。我不知道原初的电动扶梯有多旧、检修口打开和关闭过多少次。"

眼前没有实际的证物,莱姆又一次感到沮丧。

当朱丽叶·阿切尔笨拙地用右手手指操作触控板,向他挪近时,他听到一阵推撞桌子的声音。熟练掌控一辆两百磅的轮椅,是需要大量练习的。

游戏新手……

"商城里出故障的那部电动扶梯,用了六年。"她说。

"你是怎么查出来的?"

"中西部交通运输公司的新闻稿宣称,他们拿到了商城的电动扶梯合约,这是七年前的事。施工是在第二年。根据检修建议,这部电动扶梯每年应该接受五次检修,并用润滑油保养。考虑到故障和计划外的修理,我觉得检修口打开和关闭过五十次。"

莱姆看着库柏拍的照片,照片上的弹簧栓扣住三角形支架,锁住了踏板。弹簧栓大概只有一英寸长,却很粗,似乎不太可能在打开次数有限的情况下发生疲劳。

阿切尔补充道:"检修步骤之一,就是检查弹簧栓是否过度磨损。这可能也是针对疲劳状态的。"

"什么材质?钢材?"

阿切尔说:"没错。电动扶梯的所有部件都是钢材,除了几处跟事故无关的外壳以及外观部件。这些都是铝材和碳纤维。"

毫无疑问,她很快就把手册和说明书弄明白了。

莱姆说:"弹簧栓即便完好无损,也有可能松动,没有完全复位。震动有可能导致松动。"

也许……这个案子里可以有许多假设。

"锁定装置是哪里生产的?"

她根本没看她加载到屏幕上的资料,说道:"是生产商,中西部交通运输公司。不是哪个单独的公司。"

莱姆说："有可能是金属疲劳，有可能是维护问题。还有什么其他原因会导致检修口打开呢？"

阿切尔问："会不会有人不小心打开了开关，或者是搞恶作剧呢？"

库柏调出一些照片。"开关在这里，在电动扶梯外面的底部，靠近紧急切断开关，"他指了出来，"但是有一扇上了锁的小门挡着。"

莱姆说："阿米莉亚查过这事。她仔细看了商城的监控录像。她说，检修口打开的时候，开关附近没有人。"

阿切尔皱起脸，讽刺地蹙着眉。"录像呢？"

"调查局没收了。"

她头一扬，眼睛瞄向库柏。"我们是平民，但你是纽约市警察局的人，对吧？"

"我在这里不是。"他赶紧接话。

"你是——"

"我是非官方人员，正在休假。如果我现在去拿调查材料，我就要被派去休长假了。"

莱姆审视着照片。"还有什么别的事故原因呢？"他沉思着。

"好吧，没人故意按按钮。也许是短路或别的电力问题启动了开关。开关阻滞了驱动器，伺服驱动器，导致弹簧栓缩回、检修口打开。"

"咱们看看线路。"

梅尔放大他在电动扶梯内部拍的照片。

莱姆注意到，有根电线从外面的按钮开关伸出来，沿着内墙延伸。开关线的末端是一个插头，插头插在伺服驱动器内侧的其中一个插座上。

"线路是暴露在外的。"库柏说。

"的确。"莱姆说,脸上闪过一丝微笑。

一会儿后,阿切尔也露出了笑容。"我明白了。细小的金属或箔片或导电的什么东西,有可能落到插头上,连接上电路。伺服驱动器把弹簧栓拉出来,检修口就打开了。"她补充道,"我找不到任何涉及这个型号电动扶梯的类似事故。电动扶梯有时很危险,但通常是衣服或鞋子被夹到机械装置里。这种情况比你想象的要多。去年,全世界有一百三十七人死于电动扶梯事故。几年前,有一起最惨的灾祸,伦敦地铁里发生爆炸。灰尘和颗粒不断堆积,然后失火、爆炸,就像谷物升降机发生爆炸一样。你们见过那些东西吗?"

"曼哈顿不常发生这种事。"莱姆仔细想着她说的话,心不在焉地回答。

"我见过,"梅尔·库柏回应道,"见过一次。"

莱姆听着这不相关的事,一脸不快。"那么缺陷是——"

"中西部交通运输公司没有把插头遮起来。"阿切尔说,"这原本是件容易的事。把插头设置在凹座里,用东西盖住,大概是这样。"

库柏说:"或者他们根本就不该使用插座。在开关和伺服驱动器上采用硬接线,公司也许是想省钱。"

这算第一个迹象,生产商方面可能有合乎惩罚程度的行为。

"谁是——"

他话未说完,阿切尔就答道:"跟锁定装置一样,伺服驱动器和开关都由中西部交通运输公司生产。那是他们的组件部门,是分支部门,而不是子公司。他们没法躲在公司面纱后面的。"

库柏说:"我以为你是流行病学家呢。"

"《波士顿法律》，相信我，真的很好看。我还喜欢看《风骚律师》。"

库柏说："还有《洛城法网》。"

"哦，很棒。"

拜托……

莱姆正苦苦思索，外来物质是怎样驱使伺服驱动器打开检修口的。

"我有个主意。"阿切尔说。

"怎么说？"

"你是个科学家，你喜欢实证。"

"我这万神殿里的至高之神。"莱姆说，也不在乎这话听起来多么狂妄自大。

她朝电动扶梯点点头。"能动起来吗？"

"传动器、齿轮、伺服驱动器和开关都是可以工作的。电源也接上了。"

"那咱们就试验一下吧。启动电动扶梯，试试打开检修口。"

莱姆念头一动。他转向厨房，大喊道："汤姆！汤姆！我要杯喝的。"

看护来到门口。"我最近说过了，这有点太早了。"

"喝可乐也太早？"

"你从来不喝碳酸饮料的，家里没有。"

"如果我没记错的话，附近有家熟食店。"

在白城堡的步行范围内的两家五金店里一无所获。

没人记得看见过跟不明嫌疑人四十的外貌特征相符的顾客，

并且两家店都不卖圆头锤。因此，过去的一个小时里，阿米莉亚·萨克斯一直在人行道上咚咚咚地走；普通社区的人行道，大风呼号、垃圾遍地，她沿路调查其他店铺：车身维修店、汽车用品店、电话卡专营店、汽车服务店、假发店、墨西哥快餐店，以及数十家别的店铺。有家杂货店的店员"非常肯定"，他在街上看见过跟不明嫌疑人四十的外貌特征相符的人，但具体记不起来他去过哪里、他的穿着打扮和随身物品。

这次目击事件，或许可以证实白城堡的夏洛特的看法：他往这个方向来了。但说到目的地，还是个谜。当然，他可能会步行前往公交车站和地铁站；或者，他有可能把车停在车库里，尽管他没有使用汉堡连锁店的停车场。她还检查了商业场所的监控视频，但所有的监控摄像头都没对准人行道，只是对着门、停车场和室内；而且，监控摄像头数量庞大，即便不明嫌疑人踏入有监控的商店，或者抄近路穿过停车场，她也没有人手和时间仔细检查几百个小时的监控视频。托德·威廉姆斯谋杀案是一起重大的罪案，但纽约五大城区的重大罪案不止这一起。在这一行，你总得保持平衡。

而且，平衡规则也适用于个人生活。

她拿出手机，拨了一个电话。

"阿米。"

"妈妈，你感觉怎么样？"

"还好。"罗丝·萨克斯说。这句话出自罗丝·萨克斯之口，可能是说好，可能是说坏，也可能是说这两者之间的任何情形。这个女人不会吐露太多。

"我马上过去。"萨克斯告诉她。

"我可以坐出租车。"

萨克斯轻笑一声。"妈妈。"

"好吧，亲爱的。我会准备好的。"

她绕回来，调查街道另一边的店铺。

终于有了一个实实在在的成果：在一家吉卜赛出租车公司。她向毛发浓密、身材高瘦的经理描述了犯罪嫌疑人的样子，那人当即眉头一皱，用浓重的中东口音说："对，是有一个，非常瘦的男子。拿着一大袋白城堡汉堡。大袋子。对瘦子来说，这有些奇怪。"

"你记得是什么时候吗？"

他记不清了，但认可那可能是两周前的事，也许是托德·威廉姆斯遇害的那天。他也记不起来司机是谁，店里也没有保存目的地的记录，不过他说会询问他的雇员，发掘更多的信息。

她垂下眼睛看着他。"这件事很重要。这个人是个凶手。"

"我现在就着手。对，我会问的。"

她相信他。主要原因在于，当她亮出警徽时，他瞟过来的眼神惴惴不安。那个眼神告诉她，他的执照并非都合乎规矩、毫无漏洞；他肯定会好好配合，以换取她的默契，不请出租车和礼宾车管理局上门拜访。

她转身向南，朝她停在白城堡停车场的车走去。她在几个地方停了一下，这些地方看起来不太可能有线索：假发店、美甲店、没有窗户的电脑维修店。然后，她再次踏上人行道。突然，萨克斯从眼角捕捉了什么东西，是一种活动。在这里不算反常，尽管大风天里人行道基本空空荡荡。但那种活动很特别。速度很快，方向一转，似乎有人不想被看见。

她眼望四周，松开外套的扣子，右手摸向格洛克手枪。她身处一家汽车维修厂，厂里停着好些车辆，从摩托车到厢式货车都有，都停得乱七八糟，大都处于不同程度的拆卸状况。那个靠近的人——假如那是人，而不是飞旋的垃圾或尘土，或者影子——是从两辆大型卡车中间闪过的，一辆是潘世奇公司的鲜黄色出租卡车，一辆是长达二十英尺的白色厢式货车，车身上唯一的标记是两个巨大的艳红色喷漆乳房。

想想这种可能性吧，不明嫌疑人四十又来买他的多汉堡午餐，并且在购物中心认出了她，继而跟踪她。

不太可能，但也不是完全不可能。她轻轻敲着格洛克手枪，靠近卡车。没再看到影子。萨克斯继续朝停车场深处走，在车辆的墓地里穿来穿去。风拽得夹克下摆时起时落，吹得头发乱七八糟。糟糕的射击状态。她从口袋里掏出一根橡皮筋，把缕缕乱发束成马尾。她又看了一眼四周，唯一可见的活物是海鸥和鸽子，以及一只好奇、大胆的老鼠。不，是两只。她发现的动静就是这些鸟，或者啮齿动物？垃圾纸沿人行道和街道打滚，然后飞到空中。也许入侵者就是那个东西，昨天的《纽约邮报》。

没有凶险的迹象。

她的手机嗡嗡作响，吓了她一跳。她低头一看，来电显示是汤姆的名字。一如以往，当打来电话的是他而不是莱姆时，她心里就会咯噔一下，觉得可能有糟糕的医疗消息。她赶紧接电话。"汤姆。"

"嘿，阿米莉亚。我在想你今晚会不会住在这里。来吃晚餐吗？"

她松了口气。"不了，我和我妈妈有个事要办。她在我那里过夜。"

"我给你准备一个爱心包裹？"

她大笑起来，心里明白那的确会是一个很棒的爱心包裹。但一路开车赶到莱姆家收包裹有些成问题。"不用了,谢谢,真的谢谢,我……"

她的声音低下去,因为通过扬声器,她听到背景里有个熟悉的人声。

不,不可能。

"汤姆,梅尔在那里?梅尔·库柏?"

"对,他在。你想跟他说话?"

我想得要命。她礼貌地说:"麻烦你了。"

一会儿后:"嗨,阿米莉亚。"

"嘿,梅尔。嗯,你在林肯家做什么?"

"他让我休假了,不过我知道他不喜欢我用这个动词。我在帮他处理弗罗默的案子。"

"该死。"她说。

一阵沉默。

库柏打破沉默:"我……呃。"

"让林肯接电话。"

"哦,哦,"技术员喃喃道,"听着,阿米莉亚,事情是——"

"别用扬声器,用耳机。"

她把手伸到头发里,一阵抓挠。通常来说,这是紧张的表现——在这种情况下,则是出于懊丧还有愤怒。莱姆,他辞职已经够糟了,现在她还得应付这该死的干预。

她的手机听筒里传来窸窸窣窣的声音,库柏或者汤姆帮莱姆戴上了耳机。当然,大部分时候,她和他的通话都是通过免提电话进行的,没什么机会谈论隐私。她不想让别人听到她要说的话。

"萨克斯,你在——"

"梅尔在那里做什么？我要他来查不明嫌疑人四十的案子，你把他抢走了。"

一阵停顿。"我问他能不能帮我办弗罗默的诉讼案，"莱姆反驳道，"我们有实验室的工作要做。我不知道你要用他。"

她怒气冲冲地说："该做的事，皇后区的总部实验室都没做。"

"这事我不知道。我怎么会知道，你只字不提。"

为什么你会想到这个话题？她心里想。然后她咕哝道："你怎么能把他转到民事案件上去？我甚至不知道你有这能耐。"

"他休假了。他没上班。"

"哦，胡说八道，莱姆。休假？我在查凶杀案。"

"萨克斯，你人在商城，目睹事件的发生。我的受害者跟你的一样，都死了。"林肯·莱姆的防守战打得很差劲。

"不同之处在于，你的电动扶梯不会再杀死其他人。"

没有回应。

"好吧，我想我这里不需要他待太久。"

"多久？按小时算？最好是按分钟算。"

他叹了口气。"这两天我们必须找出一个被告。"

"这么说，按天算，"她嘟囔道，"不是小时。"

分钟就根本不用考虑了。

他试图安抚，不过显得不够真诚。"我会打一两个电话。在犯罪现场调查组，跟你合作的是谁？"

"跟我合作的不是梅尔，这就是问题所在。"

"听着，我——"说话的是梅尔，他肯定已经推断出发生了什么事。

"没关系。"莱姆对他说。

不,有关系。她的怒火在静静燃烧。多年来,作为专业合作伙伴和生活伴侣,他们从来没为情感问题吵过架,但只要涉及案子,脾气都会暴涨。

"我相信,你可以问他一些问题。他在点头。瞧,他很乐意。"

"我不能问他问题,他又不是佩普男孩①的职员。"她加上一句,"打开扬声器。"

咔嗒一声响。

库柏说:"阿米莉亚——"

"行了,梅尔。听着,罗恩会告诉你具体情况。我需要分析餐巾纸上的摩擦嵴和DNA。我们想知道某种清漆的牌子,想通过锯屑样本查出木头的种类。"因为莱姆,而不是库柏的缘故,她又坚定不移地补充道,"我需要真正出色的人,就像你一样出色。"

当然,最后的话有点啰唆。她不在乎。

"我会打电话的,阿米莉亚。"

"谢谢。罗恩会把案件编号发给你。"

"好的,好的。"

然后,萨克斯听到一个女人轻声说:"我能做点什么吗?"

莱姆说:"不用了,继续分析吧。"

那是谁?萨克斯觉得纳闷。

然后他说:"萨克斯,听——"

"我得挂电话了,莱姆。"

她挂断电话。她想起上次这么做,还是很多年前。她记得那

---

①佩普男孩(Pep Boys),美国大型汽车配件零售商。

是什么时候。那是他们第一次协作办案期间。

就在这时,萨克斯意识到,她太专注于打电话,太专注于生莱姆的气,因为他让她想要的技术员"休假"了,以至于丧失了对周遭环境的警惕:街头警察不可饶恕的罪过——尤其她刚刚看到了可能的敌人。

接着,她听到身后响起沙沙的脚步声,很近。她伸手去掏格洛克手枪,但已经太迟了。这时,攻击者已近在咫尺。

12

"所以，没用。"朱丽叶·阿切尔说的是实验，即模仿笨手笨脚的顾客，把可口可乐倒进电动扶梯，导致开关短路、检修口打开。

"不，有用。"莱姆说，她和库柏不由得皱起眉头，"实验是成功的，它验证的假设，只不过跟我们期待的恰恰相反：就泼洒的液体而论，中西部交通运输公司制造的电动扶梯没有缺陷。"

乘客乘电动扶梯上下，有可能把饮料洒出来，生产商已经考虑到这一点，用塑料把电子设备和驱动器保护起来，那其实就是一层防水罩。液体会流到一个容器里，容器远离可以释放弹簧栓、打开检修口的伺服驱动器。

"朝前，朝上。"莱姆指挥库柏继续做实验：他要用各种不同的东西，对开关和伺服驱动器实施物理攻击，模仿机械干预：扫帚把、锤子、鞋子。

没有反应。致命的检修口没有打开。

阿切尔建议技术员在踏板上反复蹦跳。这个想法不错，莱姆便让库柏照做，如果他摔下来的话，汤姆站在下面的地板上随时准备接应。

不起作用。扣死的弹簧栓没有回缩，支架没有改换位置。他们不管做什么，都没法打开检修口，除了摁那个专门用于这一目的的按钮。按钮安全地隐藏在一个嵌入式容器里，前面有一块锁死的盖板挡着。

想想，想想……

"虫子！"莱姆大叫。

"你不能把窃听器装到调查局的办公室里去。"库柏忐忑不安地说。

"我弄错了。'虫子'不对，这是生物学里范围很有限的一个目，半翅目，如蚜虫、蝉。我应该说得更准确一些。'昆虫'要更宽泛，'虫子'是它的一个子类。所以我想要昆虫，不过虫子也可以。"①

"哦。"库柏松了口气，但明显很困惑。

"很好，林肯。"阿切尔说，"确实，蟑螂有可能爬进去，导致开关或驱动器短路。中西部交通运输公司应该考虑到这一点，在里面设置屏障。他们没这么做，那么电动扶梯就存在缺陷。"

"汤姆！汤姆，你在哪儿？"

看护现身了。"还要碳酸饮料？"

"死昆虫。"

"你在饮料里发现虫子了？不可能。"

"又是'虫子'。"莱姆皱眉说道。

听过解释之后，汤姆就在房子里转来转去，寻找那些小生物——他这个管家行事如此细致，以至于必须把搜寻范围扩展到顶楼天花板之上的储藏区和地下室，终于找来了几具可怜的苍蝇尸体和一只干枯的蜘蛛。

---

①原文中的"bug"有"虫子"的意思，也可指"窃听器"；当作为"虫子"理解时，一般泛指所有昆虫，但在昆虫学中特指半翅目昆虫。

"没有蟑螂？我喜欢蟑螂。"

"哦，行行好，林肯。"

"街对面的那家中餐馆……你可以去给我找一两只吗？死的就行。"

汤姆一脸无可奈何，继续玩儿他的搜寻小游戏去了。

他带回来的各种不同的小生物，尽管经过补充水分，但是被放到有插头的插座连接点上时，也没能让开关产生反应，或者让伺服驱动器短路。

库柏和阿切尔在讨论有什么其他可能的原因，能让电动扶梯在法律上被认为存在缺陷，这时，莱姆发现自己正盯着衣帽架看，架上挂着萨克斯的一件外套。他的心思飘回到她之前的气话上。到底为了什么事，她这么生气？她没有特地提过她需要用梅尔·库柏。而且，他怎么知道她在实验室那边有麻烦？

然后，他的怒气又转回自己身上，因为他浪费了时间，去想他和萨克斯之间的矛盾。

回到工作上来。

莱姆让库柏清除掉弹簧栓和支架上的润滑油，然后重新锁上。因为装置变得干涩，他想看看弹簧栓是否会完全推进到锁定状态，并由此在随机活动的激发下，是否更易于打开。然而即便没有润滑油，弹簧拴在锁上的时候也牢牢锁住了检修口。该死。怎么回事？惠特莫尔说过，产品不一定是粗心大意生产的，但它必须有缺陷。他们必须找出检修口在不该打开的时候打开的原因。

他喃喃自语："防虫，防水，防震……事故发生的时候有雷电吗？"

阿切尔查了一下天气。"没有，是晴天。"

莱姆叹了口气。"好吧,梅尔,把我们这点微不足道的发现写到表格上吧,如果你乐意的话。"

技术员朝白板走去,依话照做。

门铃响了,莱姆看着监控屏幕。"啊,咱们的律师。"

过了一会儿,律师埃弗斯·惠特莫尔进来了,他走路时无比挺拔,身上是笔挺的深蓝色西装,每一粒扣子都扣得牢牢的。他一手拿着过时的公文包,一手拎着购物袋。

"莱姆先生。"

他点点头。"这位是朱丽叶·阿切尔。"

"我是实习生。"

"她在帮忙查案子。"

惠特莫尔看都没看一眼她的轮椅,也没有露出好奇之色,纳闷这个女人怎么和她的导师一样身患残疾——或者好奇她的身体状况会如何帮助或妨碍调查。他点点头打招呼,然后转向莱姆。"我带了这个来,弗罗默太太要我带给你的。表示感谢。她亲手做的。"他从购物袋里拿出一条用塑料包裹、绑有红丝带的面包,呈在大家面前,就仿佛在呈递原告的第一件证物。"她说这是西葫芦面包。"

莱姆不知道应该如何对待礼物。直到最近,他的委托人主要都是纽约市警察局、联邦调查局的人和其他各类执法人员,谁都没有出于感激给他送过烘焙食品。"好的。嗯,汤姆,汤姆!"

一会儿后,看护过来了。"哦,惠特莫尔先生。"不愿直呼其名,这事好像有传染性。

"莱斯顿先生,这里有一条面包。"律师说着把面包递过去,"弗罗默太太送的。"

莱姆说:"放到冰箱里或什么的。"

"西葫芦面包,闻着很香。我切好端过来。"

"没事,我们不需要——"

"我当然要端过来。"

"不,当然不用。面包先留着。"莱姆唱反调,有着一个隐秘的原因。他考虑的是,朱丽叶·阿切尔要把点心吃到嘴里,唯一的方法就是让汤姆喂她,而这会让她难为情。她用的是右手的手指,而不是右胳膊。戴着精致手链的左手,自然是被拴在轮椅上的。

然而,阿切尔似乎已经明白了莱姆的盘算,并且不太在意,她坚定地说:"嗯,我想吃一点。"

莱姆意识到他违反了自己的一条规则;他在娇惯她。他说:"好的。我也来一点,还有咖啡。劳驾。"

汤姆面对这种反转……和礼貌,眨了眨眼。

"我也想来点咖啡,黑咖啡,劳驾,"惠特莫尔说,"如果不麻烦的话。"

"一点都不麻烦。"

"有卡布奇诺吗?"阿切尔问。

"这是我的特供品之一。梅尔,我会把茶端过来的。"看护走开了。

惠特莫尔走到图表前面。他和众人都仔细看着图表。

异常死亡/疼痛和痛苦民事赔偿诉讼案

- 事故地点:布鲁克林的卓景商城。
- 受害者:格雷格·弗罗默,四十四岁,商城窈窕淑女鞋店的店员。

— 店员，从帕特森系统的营销主管职位离职。试图证明他会回到类似的或其他高收入的工作岗位。

— 死亡原因：失血，内脏受损。

— 起诉理由：

— 异常死亡／人身损害侵权诉讼。

— 无过失责任。

— 疏忽。

— 违反默示担保。

— 损害赔偿：补偿，疼痛和痛苦赔偿，可能有惩罚性赔偿。有待确定。

— 可能的被告：

— 中西部交通运输股份有限公司（电动扶梯的生产商）。

— 商城所处地产的业主（有待查明）。

— 商城的开发商（有待查明）。

— 电动扶梯的维护者，如果不是生产商的话（有待查明）。

— 安装电梯的承包商和分包商（有待查明）。

— 清洁小组？

— 其他被告？

— 事故相关事实：

— 检修口自动打开，受害者掉到驱动器上。开口大约十六英寸。

— 检修口的踏板重达四十二磅，前端的尖齿是导致死亡／受伤的原因之一。

— 检修口用栓销锁死。弹簧栓。检修口因为不明原因打开。

——开关设在锁住的盖板后面。监控视频里没有人去按开关。

——设备失灵的原因?

——开关或伺服驱动器自动启动。为什么?

——短路?其他电力问题?

——弹簧栓失灵。

——金属疲劳——有这个可能性,可能性不大。

——位置偏移。

——昆虫、液体、机械接触?不太可能的因素。

——雷电?不太可能的因素。

——眼下无法拿到调查局或消防局的报告或档案。

——眼下无法拿到失灵的电动扶梯（处于调查局的隔离之中）。

阿切尔告诉惠特莫尔,她没有发现其他类似的事故——不单单是中西部交通运输公司的产品线,任何一家公司制造的电动扶梯都没出过这种事故。然后梅尔·库柏跟他具体讲了他们的尝试,即如何让电动扶梯的检修口出于外部原因或生产缺陷而自动打开。

"所有的推测在这架模型上都行不通。"莱姆告诉他。

"我得说,事情看起来不太乐观。"惠特莫尔说。听到这个坏消息,他语气当中的失落,就跟结论假若对他们有利、他会表现出的兴奋那样,仅仅如此。然而,莱姆知道他会苦恼。惠特莫尔不是一个轻易接受挫折的人。

莱姆审视着脚手架,从上看到下。他驱动轮椅凑近一些,凝眸看着。

他隐约感觉到汤姆端着托盘过来：烘焙食品和饮品；恍惚中意识到库柏、阿切尔和惠特莫尔之间的谈话；模模糊糊听到律师用干瘪瘪的声音回答阿切尔的什么问题。

然后是一阵沉寂。

"林肯？"汤姆的声音。

"有缺陷。"莱姆喃喃低语。

"什么？"看护问。

"有缺陷。"

惠特莫尔说："是啊，莱姆先生。问题是我们不知道哪里有缺陷。"

"哦，我们知道的。"

"吓了我一跳。"阿米莉亚·萨克斯厉声说，嗓音跟风一样凶悍。"罪犯可能就在附近。"她把手从格洛克的枪柄上移开。

就在她给莱姆打完电话之后，有人从她身后逼近，这个人不是不明嫌疑人四十或其他攻击者，而是罗恩·普拉斯基。

这名年轻的警察说："抱歉。你在打电话，我不想打断你。"

"嗯，下次圈子兜大一点，挥挥手或什么的……几分钟之前，你在附近看到长得像咱们的不明嫌疑人的人吗？"

"他在这里？"

"嗯，他的确喜欢白城堡，而且我发现有人跟踪我。你没看见什么？"她不耐烦地重复道。

"没看见长得像他的人，只有几个小孩，好像在买卖毒品。我刚走过去，他们就走掉了。"

她看见的可能是他们。灰尘，海鸥，买卖可卡因的小混混。

"你人在哪里？我打了办公室的电话，还拨了你的手机。"她发现他换过衣服，把警服换成了便装。

他也看了看四周。"你走了之后，我接到一个电话。我得去跟一个线人聊聊，在哈莱姆区。古铁雷斯的案子。"

恩里科·古铁雷斯。她过了好一阵才反应过来。这个人是一起谋杀案的通缉犯——可能是谋杀，更有可能是低级别的过失杀人——此案是普拉斯基最早办理的案子之一，当时他是和另一名重案组警探合作。两个毒品贩子互斗，其中一个被杀，因此大家没什么干劲去结案。她猜那个线人意外发现了一些线索，打电话找了普拉斯基。她说："那件旧案子？我以为地方检察官都已经放弃了。几乎是浪费时间。"

"上头有命令说要清理积案。你没看见内部通知吗？"

警察局广场发布的很多内部通知，萨克斯都不关心。公共关系啦，无效信息啦，下个月又会被取消的新规程啦。重新花费力气查办古铁雷斯案这类案子，没有多大意义；但另一方面，这不是一线警察和巡警要去怀疑的问题。如果普拉斯基想在警察这一行获得晋升，就必须听从上级的命令，并且要严肃对待内部通知。

"行吧，罗恩。但是把重点放在不明嫌疑人四十的案子上。如果除了锤子，咱们这小子还有化肥炸弹和毒药，打算玩儿这些，这事就是咱们的优先事项。还有，你那个鬼电话得接。"

"明白了。好的，我会尽量另找时间查古铁雷斯的案子。"

她把白城堡的经理和夏洛特说的话解释一遍，然后补充道："这里大部分的商店我都调查过了，他乘地铁、搭巴士或进公寓大楼要经过的半数街道，我也去过了。"她把她去过的地点说了一遍，要他继续调查另外几个街区。她还跟他讲了吉卜赛出租车公司的事，不明嫌疑人在那里有可能被人看见过。"我要你盯紧他们。我们得找到那个司机。施加一点压力。"

"我会处理的。"

"我要去接我妈妈了,我们有个预约。"

"她的状况如何?"

"在撑着。过几天做手术。"

"代我问好。"

她点点头,然后回到她的那辆红色都灵车里,发动大马力引擎。二十分钟后,她已经平稳行驶在她家社区的街道上。当她驶入舒适宜人的卡罗尔花园住宅区时,心里感到一种安慰。她在这里长大的时候,这个地方可要破旧得多。现在,它是PWSM[1]的堡垒。略有钱财之人。他们在曼哈顿买不起这种建筑面积的房产,又不愿逃离城区范围住到郊区去。中产阶级化并没有给阿米莉亚·萨克斯带来困扰。她在城里糟糕的地方待得够久了,很开心能回到家里,回到一片被精心照管的"飞地",栀子花在街上的花盆里自由自在地开放,父母和孩子骑着自行车,穿行在公园里,以及多得不能再多的芳香四溢的咖啡馆之间(不过,她不在意把那些时髦客赶到苏豪区和特里贝克区去)。

好了,瞧瞧这个:一个合法停车位。距离她家只有一个街区。事实上,如果她把纽约市警察局的标牌留在仪表板上,任何地方她都可以停车。但她发现,这种做法并不明智。有天早上,她回到她的车前,发现挡风玻璃上有个"猪"[2]字喷漆。在她的印象中,这个字已经不再流行。她把作恶者想象成一个可怜的、上了年纪的反越战抗议者。不过,清洗车子花了她四百美元。

---

[1] "People With Some Money"的首字母缩写,意为"略有钱财之人"。
[2] 原文为"Pig",可作为对警察的蔑称。

萨克斯停好车，沿着绿树成荫的街道朝她的连栋住宅走去。这是传统的布鲁克林房子：棕色的砖墙，漆成深绿色的窗框，房前是一小带青翠的绿草地。她进屋锁门，来到前厅，脱下外套，将裹着枪支的格洛克枪套从腰带上解下来。她是个枪支爱好者，工作中用枪，私下里也爱枪，在警方和民间范围的手枪射击比赛中都拿过冠军，但在家里、在家人当中，她对外露武器非常谨慎。

她把格洛克手枪放进壁橱，放在外套旁边的架子上，然后走进客厅。"嗨。"她朝母亲笑了笑，点点头。她正在打电话；不管对方是谁，她说了"再见"，取下了耳机。

"亲爱的。"

身材苗条、不苟言笑的罗丝·萨克斯是一个矛盾体。

这就是那个女人，她曾好几个月不跟女儿讲话，因为女儿当时放弃了时装模特的工作，去读警察学院。

这就是那个女人，她不理睬丈夫甚至更久，因为她确信他在女儿职业转换的事上推波助澜（实际上他没有）。

这就是那个女人，她闹情绪的时候，会逼得父女俩在周六上下午都躲进车库，鼓捣他们喜爱的某辆肌肉车，他们都喜欢改装车辆和驾车。

这就是那个女人，她片刻不离地守护着渐渐被癌症吞噬的丈夫赫尔曼，确保女儿从不缺任何一样东西，出席每一次家长会，必要时做两份工作，克服了对莱姆和她女儿的关系的担忧，并且很快接受了他，进而接纳了他的残疾和所有一切。

罗丝在生活中做决定，依据的是恒久不变的得体原则和合理原则，而这常常难以为他人所理解。然而，你不得不钦佩她内在的那种坚定。

罗丝的矛盾，也以另一种方式体现出来：她的身体表征。由于血管受损，血脉不畅，气血虚弱，她肤色苍白，但是她的眼眸却炽烈如火。尽管体弱无助，如果她认可你的话，她却能给你有力的拥抱和强如虎钳的握手。

"我说真的，阿米，你不用来接我。我完全能行的。"

可是她不行。而且她今天显得特别虚弱，气喘吁吁，看上去好像都没法从沙发上起身——一个遭到身体背叛的受害者，萨克斯就是这么看待她的健康状况的，因为她身材苗条，很少饮酒，从不抽烟。

"没关系。况且我们可以去一趟格里斯提迪斯超市，我在回来的路上没机会去。"

"我想冰箱里还有东西。"

"不管怎样我得去一下。"

然后，罗丝以专注而锐利的眼神仔细看着女儿。"一切都还好吧？"

这个女人的敏锐天性，并没有因为疾病而减弱。

"棘手的案子。"

"你的那个不明嫌疑人四十。"

"是的。"有个情况让案子难上加难，该死的，她的爱人从她手下抢走了全城最好的刑事鉴定人员——为的竟然是个民事案件。那桩案件根本没有她的那么紧急。没错，桑迪·弗罗默和她的儿子受那家公司所害，遭遇那么悲惨的变故，没有公司支付的赔偿金，他们的生活会彻底发生改变。但他们不会死，不会流落街头，而不明嫌疑人四十可能正计划着再次杀人。也许今晚，也许再过五分钟。

而且更烦人的是：说服莱姆帮助孀妇的人就是她，她鼓动他像往常那样，像患有强迫症似的追查对格雷格·弗罗默之死负有责任的被告。

你的第一反应肯定是说不，不过先听我说完，好吗？……

萨克斯翻看冰箱里的东西，罗列购物清单，这时门铃响了，铃声第一下大第二下小。

她看一眼母亲，母亲摇了摇头。

萨克斯也没有要等的人。她走到前厅，懒得去拿枪，因为她觉得行动派不会按门铃。而且，前门旁边，在一个褪色的破旧鞋盒里，她放有第二把格洛克手枪，更小一点的二六式；一颗子弹已经上膛，后面还有九颗，另有一个弹匣就藏在近旁。她走到门口，打开鞋盒盖子，将盒子转到容易拿枪的位置。

萨克斯透过窥视孔往外看。她顿时僵住，成了一具雕像。

天哪。

她确信她从喉咙里倒吸了一口气。她的心一阵狂跳。她往下看一眼，把鞋盒盖子盖回伪装的武器盒上，然后静静站了一会儿，盯着墙上镀金框镜子里自己空洞的双眼。

深呼吸，一次，两次……好了。

她拉开门闩。

站在小小石造门廊里的，是一个跟她年纪相仿的男人。他样子清瘦，英俊的脸庞很久没有见过阳光。他身穿牛仔裤和黑T恤，套着牛仔外套。在莱姆之前，尼克·卡瑞里曾是萨克斯的男友。他们相识于警队——都是警察，只是分属于不同的部门。他们曾经一起生活，甚至一度谈婚论嫁。

萨克斯多年没有见过尼克了，但上次两人面对面相处的情景还历历在目：在布鲁克林的一个法院里。他们匆匆交换了一下眼神，然后法警就把他带走了。他戴着手铐，要被转移到州立监狱开始服刑，服刑原因是抢劫和施暴。

13

"这真是个让人激动的概念。"埃弗斯·惠特莫尔的语气跟这个描述性分词相悖。

这并不意味着他真的没有开心得要命；要读懂他的心思真是太难了。

他指的是莱姆关于电动扶梯缺陷的观点：检修口打开的原因是否是金属疲劳、润滑不良、好奇的蟑螂引起伺服驱动器短路，甚至有人不小心按了开关，或者是不可抗力，这都无关紧要。缺陷就存在于电动扶梯的基本设计中——如果检修口出于任何原因打开了，驱动器和齿轮就应该立即停下来。一个自动切断开关就可以挽救格雷格·弗罗默的性命。

"安装起来必定很便宜。"朱丽叶·阿切尔说。

"我想是的。"惠特莫尔说。然后他微微仰起头，仔细看着莱姆家过道里的电动扶梯。"我还有另外一个想法。检修口的踏板有多重？"

莱姆和阿切尔齐声说道："四十二磅。"

"没有那么重。"律师继续说。

阿切尔说："弹簧是便利品，不是必需品。"

这个想法莱姆也很喜欢。双重攻击式的法律推测。"他们完全不应该加上弹簧的。工人可以拉开插栓、打开检修口，用一个钩子把踏板拉起来，或者把踏板撑住。很好。"

律师的手机接到电话，他听了一会儿，问了问题，并用极其工整的字迹做了记录。

他挂断电话，转向莱姆、阿切尔和库柏。"我想我们现在也许有了些眉目，但要做到心里完全有数，你们还需要一些法律方面的背景知识。"

不会又来了吧……

但是莱姆眉毛一扬，似乎在说"请继续"，而律师已经开始另一堂授课了。

"美国的法律是个复杂的创造物，就像鸭嘴兽，"惠特莫尔说着，又一次取下眼镜擦了擦（莱姆只能把它看作眼镜），"部分是哺乳动物，部分是爬行动物，还有部分谁知道是什么。"

莱姆叹了口气。惠特莫尔没有察觉这阵烦躁的气息飘了过来，继续讲课。终于，他讲到了要点：弗罗默一案主要会根据判例法来判决，而不是制定法；法院会依据先例——先前类似的判决，来判定桑迪·弗罗默是否能赢得对中西部交通运输公司的诉讼。

惠特莫尔以近乎热情的语气说："我的助手，施罗德女士，没找到电动扶梯因为缺乏联锁装置而被认定存在缺陷的案例。但她的确挖掘出了几起重型机械装置的案例——印刷机和压模机——在这些案例中，检修口打开之后，机械装置仍继续运转，事故责任便被查出来了。这些事实非常相似，足以支撑这一判决，即弗罗默先生遇害是因为设计缺陷的缘故。"

阿切尔问："有没有可能找到别的公司出产的电动扶梯，就是确实带有联锁开关的那种？"

"好问题，阿切尔女士。施罗德女士已经研究过了，但我恐怕得说，答案是'没有'。因为生产带有弹出式检修口的产品，设置这种不合理特点的电梯生产商，中西部交通运输公司好像是全世界唯一的一家。不过，她确实找到了一家升降电梯生产商，他们的电梯厢有切断装置，可以刹停，万一检修口还开着，工人还在电梯井里的话。"

"这是一个可以引用的好例子，"阿切尔说，"因为'电动扶梯'听起来跟'升降电梯'很像。"

很明显，这再次给惠特莫尔留下了好印象。"的确如此。我发现，下意识地引导陪审团偏向你的委托人，就是一门艺术。好了，再说一遍，我不打算走到开庭审判这一步，但是我联系中西部交通运输公司商谈庭外和解时，会提到这些案例。现在，我们有了我们的推断。一个可靠的、很好的推断。接下来几天，我会准备诉状。我们提起诉讼之后，我会出具传票，要求提供公司的工程档案、诉讼历史和安全记录。如果我们走运，就有可能弄到一份CBA备忘录，让他们搬起石头砸自己的脚。"

阿切尔问那是什么；显而易见，她的电视剧法律教育在这一点上辜负了她。至于莱姆，他也摸不着头脑。

惠特莫尔补充道："成本收益分析。如果一家公司估计，每年有十名消费者因为产品生产中的疏忽之处而死亡，公司必须支付一千万美元作为异常死亡赔偿金，而预先解决问题要花费的数额是两千万美元，那么公司可能还是会决定发布产品。因为这在经济上更合理。"

"公司真的会那样计算？"阿切尔问，"即便他们是在为那十个人签署死亡执行令？"

"你可能听说过美国汽车公司不久之前的事。一位工程师写了一份内部备忘录，说的是极小部分汽车可能会漏油，导致严重的火灾。解决这个问题需要花费若干。管理层认为支付异常死亡或人身损害赔偿金更划算，于是他们就那么决定了。当然，这家公司现在已经破产。备忘录被曝光，他们一直没能从那场公关灾难中走出来。这件事情的教训，显然就是——"

阿切尔说："做决定时要符合伦理道德。"

惠特莫尔说："绝不能把那种决策付诸书面文字。"

莱姆想知道他是不是在开玩笑。但说话间，他一点笑意都没有。

惠特莫尔继续说："我在收集有关弗罗默先生收入潜力的资料——他可以怎样回到他过去那样的白领工作中去，管理工作。这可以提高对未来收入潜力的索赔。我会从他的妻子、朋友、前同事那里拿到证词。还有关于他所遭受的疼痛和痛苦的专业性医疗证据。我想尽我们一切所能，对中西部交通运输公司发起攻击。面对这样一个案子，我相信他们无论如何都会避开审判。"

他的手机嗡嗡响，他看了一眼屏幕。

"是施罗德女士，她在办公室。可能有些我们能利用的新案例。"他回应道，"怎么了？"

莱姆发现律师整个人都不动了。他完全顿住了，脖子都不扭动一下，重心保持不变。他盯着地板。"你确定？谁告诉你的？……是的，他们很可靠。"终于，这个男人的脸上闪过一小抹情绪。那不是正面的情绪。他挂断电话。"我们遇到问题了。"他看看四周，"有什么办法拨Skype吗？我马上要用。"

"你有空吗？"尼克·卡瑞里问阿米莉亚·萨克斯。

他的出现让她吓一跳，因此她的脑子乱糟糟的，心想真是奇怪，这么多年过去，他看起来没有太大的变化。这么多年可都是在监狱里度过的。唯一改变的是他的仪态，他现在低头垂肩的，不过体形仍然很好。

"我……我不……"她在结巴，也恼恨自己的结巴。

"我准备打电话，又想着你会挂掉。"

她会吗？当然会。可能吧。

"我就过来了，想试试看。"

"你是……"萨克斯开口道，同时想着：把这该死的话说完。

他哈哈一笑。这低沉而愉快的笑声她是记得的，一下就把她带进时光隧道，带回过去。

尼克说："没有，我没越狱。我表现很好，称得上模范囚犯。假释委员会的一致意见。"

终于，她恢复理智了。如果她迅速把他打发走，他以后可能还会回来。现在听他把话讲完，把事情了结了吧。

她走到外面，关上门。"我时间不多，我要带我母亲去看医生。"

该死，为什么说这个？为什么要告诉他？

他皱起眉头。"怎么回事？"

"心脏问题。"

"她——"

"我真的时间不多，尼克。"

"好的，好的。"他飞快地打量一下她，然后看着她的眼睛，"我在报纸上看到了你的消息。你现在有个男友，那家伙以前是侦查资源部的头儿。"

侦查资源部是犯罪现场调查组所属部门的旧名称。"我见过他几次。传奇人物。他真的……"

"他是个残疾人,没错。"一阵沉默。

他似乎感觉到了客套话不合时宜。"听着,我需要和你谈谈。今晚,或者明天,我们可以一起喝杯咖啡吗?"

不行。事情已经结束了,已经过去了。

"现在就跟我说吧。"

钱,介绍工作?他再也不会回到警察队伍里,重罪判决把这条路堵死了。

"好吧,我快点说完,阿米……"

他用了昵称,让她觉得不舒服。

他深吸一口气。"我会把一切都坦白告诉你。问题是,关于我的定罪?抢劫,施暴?所有细节你都知道。"

她当然知道。罪行相当恶劣。尼克被逮捕,是因为他在幕后策划了一系列在运途中货品和处方药的抢劫案。最后那次作案,他用手枪殴打了司机,然后被抓了。那个俄罗斯移民有四个孩子,在医院里待了一周。

他身子向前一探,深深看进她的眼里。"我从没干过,阿米。把我送进监狱的事情,我一件都没干过。"

她听着这话,脸一下子红了,心也开始怦怦乱跳。她回过头,透过门旁拉上窗帘的窗户往里看了一眼,没看见她的母亲。她又转头看向别处,借此拖延片刻,再想法应对她刚刚听到的话。最后,她转过头来。"尼克,我不知道说什么好。为什么现在会出现这种状况?你为什么来这里?"

她的心还在狂跳,就像你手里握着的小鸟的翅膀。她心想:这是真的吗?

"我需要你帮忙。这世上只有你会帮我,阿米。"

"别这么喊我。那是过去的日子了,现在不同以往。"

"对不起。我马上告诉你,我来解释。"他长长地吸气,长长地呼气,然后说,"抢劫的是唐尼。不是我。"

尼克的弟弟。

这事她几乎无法理解。两兄弟当中,安静的那个是危险的犯罪分子?她回想起来,抢劫者是戴着滑雪面罩的,卡车司机一直没有认出他来。

尼克继续说:"他有问题,你知道的。"

"吸毒,酗酒,是啊,我记得。"两兄弟截然不同,彼此甚至没有相像的地方。萨克斯回想那个时候,记得唐尼的举止和性格几乎像老鼠,这自然而然浮现出来的样子,让她好不自在。除了长相,尼克充满自信,唐尼则犹疑不决和焦虑不安——并且这两方面都需要麻痹。他们外出就餐、开开玩笑、询问他的继续教育课程时,她尽量鼓励他加入谈话;但他腼腆畏缩、躲躲闪闪,有时还充满敌意、疑虑重重。她确信,他嫉妒他哥哥有个当过时装模特的女朋友。她还记得,他怎样消失在男卫生间,出来的时候显得快活又健谈。

尼克又说:"事情发生的那个傍晚,那场逮捕……还记得吧,你在值夜班?"

她点点头,仿佛她能忘记一样。

"我接到我妈妈的电话。她觉得唐尼又开始沾毒品了。我四处打探,听说他有可能在第三街大桥附近跟什么人见面。有什么交易要做。"

那座历史长达一百多年的古老大桥,在布鲁克林横跨一条泥泞的运河,格瓦纳斯。

"我知道大事不妙。那片社区?肯定会这样。我立刻赶到那里。我没看见唐尼,但是附近有辆半挂式卡车停在那里,车门开着。司机躺在地上,耳朵里面在流血。卡车是空的。我用公用电话拨了九一一,匿名报案。然后我直接去了唐尼的公寓。他在公寓里,醉醺醺的。而且不止他一个人。"此时,他深深盯着她的眼睛,眼神狂热。她只好低下头。"德尔加多,记得吗?维尼·德尔加多。"

她隐约记得。布鲁克林的一个小混混,可能是海湾岭的。没有真正接触过,总之不是重要人物。一个人渣,行事做派像"教父",尽管他的犯罪窝点是个低级酒吧,一家杂志兼烟草店。她还确信他已经死了,因为侵入一帮危险人物的地盘而被处决了。

"他让唐尼为他卖命。帮德尔加多的团伙抢劫、从卡车上转移东西、把东西交给销赃者和中间商。他答应唐尼,会给他想要的所有镇静剂和可卡因。"

萨克斯狂躁地做着评估。随后,她告诉自己:停止。是真是假,都不关她的事。

"德尔加多和他的保镖告诉我有个麻烦。德尔加多操作的抢劫案,好像让五大家族①当中的一家很恼火,尤其是格瓦纳斯的这桩。他们盯上那辆卡车了。巨量的处方药,记得吧?德尔加多说得有人去顶罪。他给我两个选择。把唐尼供出去,这样的话,德尔加多就必须把他除掉,因为他在监狱里会把一切都泄露出去。或者……是我,一个可以蹲监狱并能守口如瓶的人。"他耸耸肩,"这怎么选呢?"

"你没联系 OCT 吗?"

他大笑起来。纽约市警察局的组织犯罪特别侦破组是厉害,

---

①五大家族(Five Families),纽约五个主要的意大利裔黑手党家族。

但它的厉害在于统筹办理重大案件，针对的是引人注目的暴徒。

"唐尼是怎么说的？"

"他清醒的时候，我跟他谈了。我把德尔加多的话告诉他了。他哭起来，崩溃了。你可以想象得到。他很绝望，求我救他。我说为了他和妈妈，我会救他。但这是最后的机会，他必须戒毒。"

"然后怎样？"

"我拿了唐尼手上的一些货物和一些钱，扔到我的车里。擦干净唐尼的枪，就是他用来殴打司机的那把枪，在上面留下我自己的指纹。然后又匿名拨了一个电话，报告说在现场看到我的车牌号。

"警探第二天在警察局找到我，我就承认了。事情就是这样。"

"你放弃了一切，你的整个人生？这么多年的警察生涯？就这样？"

他粗暴地低语道："他是我的弟弟！我没有选择！"然后他的表情变得柔和起来，"你记得那时我们都说了什么？关于我当警察的事，也并不是那么确定？"

她记得。尼克在灵魂深处没有警察的色彩。他不是她那种类型的警察，或者她父亲那种……或者曾经的林肯·莱姆那种。他在等待时机，等找到别的事去做——一桩生意，一家餐厅。他一直想开餐厅。

"我不是有意去当警察的。我迟早都会跳出来。所以我可以去蹲监狱，忍下去。"

她的思绪转了回去。"唐尼的确戒毒了，对吧？"

尼克进监狱之后，萨克斯虽然跟他断了联络，但是跟他的家人还是有联络的。她去参加了哈丽特·卡瑞里的葬礼，唐尼当时的确是清醒的,并且平时每次见面时,他也是清醒的。然而在她遇到林肯·莱姆之后,她和他弟弟就失去了联络。

"他戒毒了,戒了一段时间。没有坚持下去。我听说他没再为德尔加多干活,但是他又继续吸可卡因,然后是海洛因。他一年前去世了。"

"哦,天哪。真是对不起。我没听说。"

"用量过度。他吸毒时隐藏得很好。他们是在东哈莱姆的一家旅馆发现他的,他已经死了三天。"尼克哽咽起来。

"我在里面想了很多,阿米莉亚。我觉得我做的是对的。我让唐尼多活了几年。但是我想好了,我要证明我的清白。我不在意赦免之类的事,我想的只是可以告诉人们我没干。唐尼不在了,妈妈不在了,我没有别的家人会因为听到真相而有可能失望。德尔加多多年前被枪杀,他的团伙散了。我也想让你知道,我是清白的。"

她知道是什么事了。

他继续说:"案卷里有证据可以证明我的清白。联系人、警探的记录、地址,这类东西。外面还是会有人的,他们知道我没干。"

"你想要案卷。"

"是的。"

"尼克……"

他碰碰她的胳膊,又轻又快。他的手缩了回去。"在我的那些所作所为之后,你完全可以直接转身进屋,关上门,永远不再见我。"

罪过不单单是作案犯罪。从被捕的那一刻起,他就跟她切断了所有联系。没错,他这么做是为了保护她。根据他自己承认的,他就是个坏警察。消息就是这么在人们之间散开的,影响到他身边的所有人。如果他们仍保持联系,她,作为一颗雄心勃勃、冉冉上升的警界之星,有可能染上污点。

怎么办?她问自己。直接进屋关门?

她说:"我得考虑一下。"

"这就是我想求你的。"

她镇定下来,等着拥抱或亲吻,做好拒绝的准备,但尼克只是跟她握了握手,仿佛他们是商业伙伴,刚刚顺利达成一项房地产交易。"祝罗丝一切安好……假如你想告诉她,我来过。"

他转过身,大步离开了。

她看着他走远。他走过半个街区,回头飞快地看她一眼,脸上挂着孩子气的笑容。过了这么多年,她对那个笑容仍记忆犹新。他点点头,然后就走了。

14

律师埃弗斯·惠特莫尔在莱姆的一台电脑登录,安装了Skype。

他输入账户名,Skype 嗒—嗒—嗒的电子拨号声响彻屋内。莱姆凑近一些,好让他和惠特莫尔都能被呼叫者看见,就像他们可以从显示器的右下角看到对方一样。

"朱丽叶?"莱姆问,"你想挪过来一点吗?"她在网络摄像头的拍摄范围之外。

"不用了。"她说。她待在原地没动。

过了一会儿,屏幕上闪现出一幅图像。一个身穿白衬衣、挽着袖子的秃头男人,正在浏览他面前的一些文件。他身前的桌子上摆满成堆的文件。

他抬头看着网络摄像头。"你是埃弗斯·惠特莫尔?"

"对。你是霍尔布鲁克律师?"

"是的。"

"好了,我跟你说,同时在场的有林肯·莱姆,还有我右边的朱丽叶·阿切尔,不过你看不见,她是和我一起办案的顾问。"

库柏和汤姆没有露面。惠特莫尔觉得这样最好,一名纽约市警察局的警察和一位跟案件毫无关联的平民,有可能会妨碍即将开始的商谈。

"所以,我是在行使工作成果豁免权①。你也愿意认可他们受律师与委托人保密特权②的保护吗?"

霍尔布鲁克抬起头,把一份文件递给某个有艳红指甲的人,然后回到摄像头前。"抱歉,你说什么?"

惠特莫尔重复一遍他的请求。

"对,当然。"霍尔布鲁克说。他的语气里有种"无所谓"的味道。虽然他是中西部交通运输公司——那架致命电动扶梯的生产商的首席法律顾问,但这个人好像根本不加防备,或是咄咄逼人。大体上显得心不在焉。莱姆现在知道缘由了。

这名律师再次把注意力放到摄像头上。"我一直在等格雷格·弗罗默及其家人代表的消息。你是代理律师?"

"是的。"

"我听说过你,"霍尔布鲁克说,"当然还有你的名声。环欧航空公司,B&H制药公司,你把它们打了个落花流水。"

惠特莫尔不予回应。"好了,霍尔布鲁克律师……"

"叫我达米安就好。"

没戏,莱姆想。

惠特莫尔说:"好的。你知道我为什么打电话?"

"半小时之前召开了新闻发布会。我估计弗罗默一家的代理律师会听到,因此会有电话找我。"霍尔布鲁克侧过头说,"我马上过去,再过几分钟。让他们喝点咖啡。"然后他转过头来看着

---

①工作成果豁免权(work-product doctrine),该特权允许律师拒绝披露为诉讼准备的材料。
②律师与委托人保密特权(attorney-client privilege),该特权允许律师和委托人就涉及案件的法律事项进行秘密交流,当事人有权在诉讼程序中拒绝披露并且禁止律师披露交流的内容。

摄像头,"你们有关于产品缺陷的推断吗?"

"我们的确有。"

霍尔布鲁克主动说道:"设计缺陷,假如检修口意外打开,没有联锁装置关掉驱动器。"

惠特莫尔向莱姆递来一个眼神,然后看着摄像头。"我不准备讨论我们的推断。"

"嗯,这是一个好推断。我还可以再讲一个,装有弹簧的检修口。"事实上,这名律师在咯咯轻笑,"我们的设计部加装上那个,是因为维修人员提出的工伤索赔,他们声称把检修口掀开,扭伤了他们的后背。很有可能是编造的……但不管怎样,我们装了弹簧。你可能会发现,出了那场事故之后,我们的安全小组去了每一处安装电动扶梯、设置带弹簧的检修口的地方,在市政府检查之前拆掉所有弹簧。我知道,先生,这起案件对于你的委托人来说就是天降横祸。你本来可以用事故后的修复措施来证明我们这方面承认有缺陷。在其他情况下,我们可能会签一张支票,巨额支票。我相信,弗罗默太太度日艰难。而且我也很同情她。但是,呃,消息你的确也听到了。我很抱歉。"

"我的助理还没去破产法院。我们还没看到法院的立案。"

"第七章①。全面清理。我们陷入困境有一段时间了。中国和德国的竞争者。世道如此。这起事故,你的委托人的丈夫,呃,这让我们加快了决定,是啊。但不管怎么说,破产是下个月或再下个月的事。"

惠特莫尔对阿切尔和莱姆说:"中西部交通运输公司在申请破产,受到自动冻结的保护。这就是说,我们没法起诉,除非我

①指美国破产法的第七章,公司如果按照此条例申请破产,就会立即停止全部业务,清理公司资产偿还债务。

们让法院解除冻结。"他转向屏幕,对着霍尔布鲁克,"在此,我希望能承你好意获得一些信息。"

霍尔布鲁克耸耸肩。"没那个必要的话,我不会设置障碍的。你想知道什么?"

"你们的保险公司是哪家?"

"抱歉,我们没选哪家。我们是自我保险。"

听到这话,惠特莫尔的脸上可能露出了沮丧的表情。莱姆没法确定。

这位内部法律顾问继续说:"而且我必须告诉你,什么都不会留下,我是说资产方面。我们大概有一百万美元的应收账款和四百万美元的硬资产。零现金,零库存。与之相对的是九亿美元的债务,大部分有抵押债务。即使你们能解除自动冻结,法官也同意你们提起诉讼,并且你们赢了官司——你知道,我敢肯定破产托管人会拼命抗争——你们的胜诉判决甚至会连你们的复印费都解决不了。而且从现在起,那还得花两三年的时间。"

惠特莫尔问:"电动扶梯本来是由谁维护的?"

"我恐怕得说——为了你们好——是我们,我们的零部件和服务部门。没有外部的维修公司可以让你提起诉讼。"

"商城跟电动扶梯有任何关联吗?"

"除了外部清洁,没有关联。至于安装电动扶梯的承包商,我可以告诉你,我们的安全小组对每一部电动扶梯都仔细检查过了,并且签字予以认可。全都落在我们身上……听着,先生,我真的对你的委托人深感抱歉,但你们在这里会一无所获。我们已经完了。我一辈子都在为中西部交通运输公司工作,我是创建者之一,我把公司搞完蛋了。我破产了。"

但是你和你爱的人还活着,莱姆心想。他问道:"你认为检修口为什么打开了?"

这名律师耸耸肩。"就拿一万根车轴来说吧。为什么它们都运行得好好的,只有一根除外,这根车轴在时速八十英里的情况下断了。为什么同一块地里长出来的二十吨莴苣都完全无害,但是有几棵就染上了大肠杆菌?在我们的电动扶梯里面?谁知道呢?跟弹簧栓有关的机械性的原因,很有可能是这样。也许检修口的支架,是用中国造的地条钢螺丝钉安装的。也许可以回缩的弹簧栓,超出了质量公差范围,但因为软件小故障,质检机械没有把它归为不合格产品。情况可以有上千种。事实就是,这不是一个完美的世界。你知道,有时候我都感到吃惊,我们买来放在家里、密切关系我们生活的东西,可以正常无误地运转。"他露出一个惨淡的笑容,"现在我们的外聘法律顾问到了,我得去见他们。这不是安慰,先生,但关于格雷格·弗罗默,这里有很多人会度过一个又一个无眠之夜。"

屏幕陷入一片漆黑。

阿切尔气呼呼地说:"那是胡扯吗?"

"不是。那是法律上的准确陈述。"

"我们就毫无办法了?"

律师完全不动声色,用极其细小的字体做着笔记,莱姆注意到全都是大写字母。"我会核查一下法院的立案和文件,但他不会手握可以证实的信息,对我们撒谎。根据破产法,如果存在一家外在的保险公司,一家可以偿付像我们这样的责任险索赔的保险公司,法官有时就会解除冻结。然而自我保险的话,就不会有暂缓执行。这家公司不会受到影响,他们无力履行判决。"

"他说我们可以试试其他被告。"阿切尔说。

莱姆指出来说:"不过他对此不是很鼓励。"

惠特莫尔说:"我会继续看看,"他朝黑漆漆的屏幕点点头,"撇开其他不谈,为了公司的声誉,霍尔布鲁克先生也完全有动机归咎于他人。他没发现可能的诉讼理由,我也没有。这是一个典型的产品责任的问题,而我们无能为力,没法追究责任。我会去见弗罗默太太,当面告诉她这个消息。"律师站起身来,把西装的两粒扣子都扣上了,"莱姆先生,请开张酬劳费的账单交给我,我会自己掏钱付账。我要谢谢你们所有人付出的时间和努力。这本来会是一次富有成果的经历。"

萨克斯,事情是这样的。我退出了,嗯,退出刑事业务了。

赴约看过医生,又把母亲送回连栋住宅后,萨克斯开车来到曼哈顿,独自一人待在他们在警察局广场的作战室。她还要工作,要弄清楚不明嫌疑人四十案件中的证物问题,要敦促犯罪现场调查组的那名新警察(一位不及梅尔·库柏出色的年长的女技术员)完成她要的分析报告:检测白城堡的餐巾纸,那上面可能有罪犯的摩擦嵴和额外的DNA;鉴定从更早的犯罪现场搜集的锯屑和清漆。

好吧,表面上她的任务是这样。

事实上,她正凝望着窗外,回想一个月前莱姆对她说的话。

我退出了……

她和他争论,试图撬开他那下定决心的坚硬外壳;但他无比坚定,对于争论中她这方面的要点充耳不闻,真让人恼火。

"一切都有完结的时候,"一个清爽明媚的周六下午,她跟父亲联手干活,把改装过的化油器安装到他们的科迈罗上去,他趁着歇口气的工夫告诉她,"世事如此,最好接受。保持体面,别丢了尊严。"那时候,赫尔曼·萨克斯从纽约市警察局请了假,正经受一系列癌症治疗。这个冷静、敏锐、幽默的男人教导她、告诉她的每一件事，她几乎都接受了；但是她对这两点中的任何一点——完结和接受——都极端拒斥不肯信服，尽管事实是他六周后就去世了，至少就前者而言。以此证明了他是对的。

算了吧，不管林肯了。

你还有工作要做。她盯着证物表。

犯罪现场：曼哈顿克林顿街一百五十一号，
建筑工地，
毗邻"北纬四十度"（夜间俱乐部）

- 罪行：凶杀，施暴。
- 受害者：托德·威廉姆斯，二十九岁，作家、博客作者，社会话题。
- 死亡原因：钝力外伤，可能是圆头锤（品牌还未确定）。
- 动机：抢劫。
- 信用卡／借记卡还没有用过。
- 证物：
- 没有摩擦嵴。
- 草叶。
- 微物证据：
- 苯酚。
- 车用机油。
- 嫌疑人侧写（不明嫌疑人四十）。
- 身穿格子外套（绿色），头戴勇士队棒球帽。

—白人男性。
—身高（六英尺二英寸到六英尺四英寸）。
—瘦削（一百四十磅到一百五十磅）。
—长手长脚。
—没看到脸部。

犯罪现场：布鲁克林卓景商城
—案件关联：试图逮捕嫌疑人（没有成功）。
—嫌疑人侧写的增补要点。
—可能是木匠或做手艺活儿的？
—食量很大。
—喜欢白城堡餐厅。
—住在皇后区或跟皇后区有别的关联？
—新陈代谢速度快？
—证物：
—DNA，DNA联合检索系统没有与之相匹配的结果。
—没有足够完整的摩擦嵴可供确定身份。
—鞋印，可能是不明嫌疑人的，十三码锐步气垫缓震跑鞋2.0款。
—土壤样本，可能来自不明嫌疑人，含有结晶硅酸铝黏土：蒙脱土、伊利石、蛭石、绿泥石、高岭石。另外还有有机胶体，该物质可能是腐殖质，在布鲁克林的这个地方不属于原生物质。
—二硝基苯胺（用在染色剂、杀虫剂、爆炸物里）。
—硝酸铵（化肥、爆炸物）。
—带有从克林顿街犯罪现场搜集到的机油；也许在制作

炸弹？

——更多的苯酚（制造塑料的一种前体，如制造聚碳酸酯、树脂和尼龙、阿司匹林、尸体防腐剂、化妆品、趾甲内生治疗药物；不明嫌疑人长着一双大脚，所以——有趾甲问题？）。

——滑石、矿物油／矿物油／矿物油[①]、硬脂酸锌、硬脂酸、羊毛脂／羊毛脂、鲸蜡醇、三乙醇胺、甘油月桂酸酯、溶剂油、对羟基苯甲酸甲酯、对羟基苯甲酸丙酯、二氧化钛。

——化妆品？品牌还未确定。等待分析报告。

——金属屑，极其细小，钢质，也许来自磨刀。

——锯屑。木头种类有待确定。来自砂纸打磨，而不是锯切木头。

——有机氯和苯甲酸。有毒。（杀虫剂，毒药武器？）

——丙酮、乙醚、环己烷、天然树胶、纤维素（可能是清漆）。

——生产商有待确定。

——白城堡的餐巾纸，可能是不明嫌疑人的。会重新提交检测以获取更多证据。

——污渍表明不明嫌疑人喝过好几种饮料。

---

① 此处原文以三个不同词语表示，意思相同："mineral oil/paraffinum liquidum/huile minérale"。后文出现的"羊毛脂"同此，"lanolin/lanoline"。

犯罪现场：皇后区阿斯托里亚区域
阿斯托里亚大道的白城堡餐厅

- 案件关联：不明嫌疑人经常来这里就餐。
- 嫌疑人侧写的增补要点：
- 一次吃十到十五个三明治。
- 在这里就餐时至少有过一次购物活动。拿着白色塑料袋，内装重物。金属？
- 向北拐去，穿过街道（去乘公交车／地铁？）。没有／驾驶车辆的迹象。
- 目击者没有看清楚脸。也许没有胡须。
- 白人，脸色苍白，也许是秃顶或平头。
- 在阿斯托里亚大道租过车，大概是在威廉姆斯被杀的那天。
- 在等吉卜赛出租车公司老板的消息。

根据犯罪现场的发现，萨克斯和普拉斯基推断，不明嫌疑人四十可能是个手艺人。但即便如此，技工在深更半夜会随身携带工具吗，尤其是一样罕见的工具，就像他用来杀死托德·威廉姆斯的圆头锤？如果那样一种工具跟他的工作不搭边，他拿着它，就证明了蓄意性——罪犯在寻找一个受害者。可是为什么呢？你到底在搞什么鬼，四十先生？托德·威廉姆斯身上有多少钱，能让他引来杀身之祸？你没用他的信用卡或借记卡，也没卖掉——不然到现在，就会出现盗刷的线索。偷来的信用卡，使用期很短。你没有试过把他的银行账户用光耗尽。总体来说，威廉姆斯是个异性恋，但他从朋友那里听说过一些同性恋的遭遇。距离他被杀害的建筑工地大概三个街区，就有一家同性恋酒吧，然而对这个地方的扩展式调查，并没有发现威廉姆斯去过的迹象。

不明嫌疑人还有别的原因要杀你吗？

威廉姆斯以前是个职业程序员，现在在自己的博客上写作，写的是社会问题，但据她所见，没有有争议的内容。环境啦，隐私啦。至于制作炸弹和施毒的推测——可能和恐怖主义有关——证物不完备，而她的直觉是此路不通。

也许，作案动机是对调查人员最没有帮助的因素：威廉姆斯目击了另外的犯罪事件，瘦削的罪犯，也许是职业杀手，也许是职业强盗，发现了他，并对他下了狠手。可是……可是……

得了，莱姆……

她想有人跟她来场头脑风暴。但现在不可能是你，对吗？

退出了……

还有罗恩·普拉斯基是怎么回事？他行事古怪极了。他质疑莱姆退休是否明智，硬要他的上司对这个决定做出解释。（"真是疯了！"对此，他得到的回应是："我已经决定了，菜鸟。为什么三番五次提这事呢？别再问了。"）

让他分心的事是这个吗？不过罗恩的心情也许跟莱姆无关。她又想到他家里的病痛。还有他自己，他的头部损伤。然后还有：他是丈夫、是父亲，拿着巡警的薪水努力维持生活。上帝保佑……

她的手机嗡嗡响。她低头看一眼，觉得头皮一阵刺痛。

尼克。

萨克斯没接电话。她闭上眼睛。

嗡嗡声停下之后，她看了一眼手机。他没发消息。

怎么办，怎么办？

在过去，她可能会慢慢晃到警察局广场的档案室，或者依"纽约州人民诉尼古拉斯·J.卡瑞里案"的案卷存储在哪个地方而定，开车跑去新泽西的档案室。在这两种情况下，她可能都会在外面的楼下先磨蹭一会儿——要么就是在驾车的路上——仔细考虑一下尼克的请求。答应还是不答应？

现在，因为过去二十五年的每一份案卷都经过扫描，存在一个大型数据库的某处，于是这种纠结就发生在眼前，在她的办公桌旁，在她眺望着一小抹挤满船只的纽约港的时候。

下载文件符合规定吗？她看不出会有什么异议。萨克斯是现役警官，因此她可以合法查阅所有文件。关于跟平民共享已结案案子的案卷，也没有什么规定。如果尼克发现了能证明他清白的东西，他可以来找她，而她可以告诉上层，她是自行决定要调查此事的。然后——这在她心里没有商量的余地——把事情转交给一位内部事务调查员，彻底抽身。

不，真正的问题不在于合法性。毫无疑问，有些尝试可以是完全合法的，但也可能是极其糟糕的主意。

尼克还有别的选择，他可以找律师重新调查案件，请求法院复审。不过，萨克斯必须承认，她把案卷交给他，会让他的请求容易很多。

但为什么帮他的事要落到她身上？

他们在一起的日子——时间不是那么长，却热烈浓稠——一闪而过。她没法否认，记忆在把她往这个方向拽，让她去做他请求的事；但还有一个更宽泛的问题。即便她和他是陌路人，他的事也让人难以抗拒。这个傍晚的早些时候，她查阅了文森特·德尔加多的资料。不像高级别有组织的犯罪分子，他们基本上是商人，德尔加多则是一个自大狂，可能处于患上精神病的边缘。凶残恶毒，有施虐倾向。如果尼克没有听命于他承认格瓦纳斯抢劫案，他会眼都不眨一下，就把唐尼杀掉，甚至可能威胁说要杀掉他们的母亲哈丽特。没错，如果他说的一切都是真的，他就犯了妨碍司法公正罪，但那在很久以前就过了诉讼时效。所以从各方面来说，他都是无罪的。

答应，还是不答应？

能有什么坏结果呢？

萨克斯从电脑前转回身，面对不明嫌疑人四十案件的证物记录板。

莱姆，如果你在这儿，你会怎么说？会有什么见解？

但你不在这儿。你正和专门办理事故赔偿的律师搅和在一起。

然后她的眼神滑向一动不动的光标。

归档文件请求

案卷名称：纽约州人民诉卡瑞里

案卷编号：24-543676F

发送请求的警官编号：D5885

密码：＊＊＊＊＊＊＊＊

答应，还是不答应？

能有什么坏结果呢？她又问自己。

萨克斯从键盘上移开手，闭上眼，再次往椅子上一靠。

15

朱丽叶·阿切尔和林肯·莱姆单独待在客厅里。

"弗罗默诉中西部交通运输公司案"眼下已经不存在了,萨克斯和库柏拍摄的照片的打印件,以及阿切尔查找的信息的打印件整整齐齐地排列着。即便遭遇挫败,梅尔·库柏也像手术室的护士一样有条不紊。

今天早些时候,莱姆听到结案的消息,满脑子都是一个让人欢欣鼓舞的念头:他摆脱指导学生的重担了。但是现在,他不像一开始那样对这个念头感到振奋了。他不由自主地说:"如果你感兴趣的话,有些事你帮得上忙,我手头有其他几个项目在忙。不像案子那么有趣,是研究工作。法医学的深奥内容,学术界的东西,但你仍然可以帮忙。"

她转动轮椅面朝他,她的表情说明她很吃惊。"你觉得我不会走,对吗?"

"对。我只是说说。"一句从别人嘴里吐出来时,让他十分厌恶的言辞;既然他也讲过了,他就再也不喜欢这个说法了。

"还是你这么希望?"她腼腆一笑。

"你在这里很有帮助。"

这是他的至高赞美,不过她并不知道这一点。

"这不公平。对桑迪·弗罗默来说，没有钱，没法追索赔偿。"

莱姆说："可你的情形不也如此。"他朝她的轮椅点点头。因为她的残疾源于肿瘤，而不是事故，她就无从索要赔偿金。"我算幸运的。有根管子从脚手架上掉下来，我从架设脚手架的建筑公司那里拿到了一大笔赔偿金。"

"管子？就这么回事？"

他大笑起来。"我在扮演新手的角色。我那时是犯罪现场调查组的头儿，但我忍不住要亲自侦查现场。凶手谋杀了警察，我必须去现场搜寻证物。我确信可以找到指向他的线索，别人都没法办到。一个很好的例子，应验了那句格言：性格决定命运。"

"赫拉克利特。"她说，眼睛里透着顽皮的神情，"她们会很骄傲的，伊曼库雷塔中学的那些善良的修女，她们教的东西我还记得。的确，命运有的时候跟你的身份、你的所作所为毫无关系。针对希特勒的两次暗杀，计划周全，却都失败了。你有你的命运，无关设计，无关公平。有时你拿到的是金苹果[①]，有时你被坑。不管怎样……"

"……你得应对。"

阿切尔点点头。

"有件事让我一直很纳闷。"

"对，是这样。"莱姆唐突地大声说，"茚三酮溶液确实能用非极性溶剂的混合物制作出来。'证物浸在工作液中，避免高温，在黑暗潮湿的条件下经过两到三天就可以显现出来。'这段话摘自司法部的指纹手册。我试过了，他们是正确的。"

[①]来源于希腊神话故事，金苹果导致了特洛伊战争的爆发。

她陷入沉默，四下看看塞满设备、工具和器材的实验室，最后说道："你在回避接下来的问题，对吗？"

"关于我为什么从警察局辞职。"

他用他能活动的那只手打了个手势，指向远处角落里的一块白板，那些白板都冷冷地背对着他们。"那是大概一个月前的案子。板子底下有个标注：疑犯已死。终止起诉。"

"那就是你辞职的原因？"

"对。"

"这么说你出了差错，有人死了。"

语调的变化说明了一切。阿切尔的话是以一个懒懒的问号结束的；她可能是要合情合理地问一下情况是否就是这样。或者，她可能是要抛开事情原委，责备他从职业中退缩，在这个职业中，死亡是工作过程的自然组成部分：一个人的死亡，毫无疑问就是一起谋杀案的原动力。结果必然是，嫌疑人有可能在逮捕过程中死亡……或者有时候，在轮床上被注射处死。

但是莱姆轻笑一声。"不是。实际上，情况相反。"

"相反？"

他稍微调整一下轮椅。现在他们面对面了。"我根本没出差错。我百分之百正确。"他从杯子里啜了一口格兰杰威士忌，那是汤姆十分钟前倒的。他朝酒点点头，然后转向阿切尔，但她又一次表示不要酒水。他继续说："嫌疑人，花园城的一个商人，名叫查尔斯·巴克斯特……你听说过吗？"

"没有。"

"这件案子上过新闻。巴克斯特从一些有钱人手里诈骗了大概一千万美元，说实在的，这笔钱他们几乎不会察觉到。说白了，这都是小数点的问题。谁真的在乎？但这不是检察官或者我能说了算的。巴克斯特触犯了法律，地方助理检察官提起诉讼，把我掺和进去，要我帮忙找出现金和分析证物——笔迹、墨水、指引我们追踪他到银行的全球卫星定位系统日志、会面地点的微物证据、伪造的身份证件以及钱款埋藏地的土壤。事情办起来很容易，我找到了大量可靠的证据，可以证明严重盗窃、远程诈骗和其他几项罪状。地方助理检察官很高兴，罪犯会蹲三到五年的监狱。

"但是关于证据，有些问题我没有找到答案。我因为这件事深受困扰。我继续分析，查出了越来越多的证据。地方助理检察官说不用费事了；为了达成她想要的定罪，她已经拿到了所需要的一切。但是我没法罢手。

"我在他的私人物品中发现了极少量的油，几乎是枪支专用油。还有一些枪击残留物和可卡因痕迹。还有几样不同种类的微物证据，指向长岛郡的一个特定地点，那附近有一个大型自助存储设施。跟我一起办案的警探发现，巴克斯特在那里有一个存储柜。巴克斯特没把这件事告诉我们，是因为那里没有跟金融诈骗有关的东西，只有私人物品。但我们拿到了搜查许可证，找到了一把没有登记在册的手枪。这就使得指控升级，变成了完全不同的重罪级别，尽管地方助理检察官不想继续追查——巴克斯特没有从事暴力活动的前科——她也别无选择。在纽约，持枪就会导致强制性审判。地方助理检察官必须对此提起诉讼。"

阿切尔说："面对这件事，他自杀了。"

"没有。他去了莱克斯岛的暴力重罪犯监狱，卷入一场斗殴，死在另一名囚犯手下。"

事实摆在两人之间，他们沉默了好一会儿。

"你做的每件事都是对的。"阿切尔说，用的是肯定的陈述句，而不是柔声细语地表示安慰。

"太对了。"莱姆说。

"但是枪呢？他不应该有枪的。"

"嗯，应该也不应该。的确，枪没有登记注册，所以从严格意义上讲属于法律追究的范围。但枪是越战期间他父亲的。他说他从来没有开过火。他甚至不知道他还有这把枪。枪只是和一堆六十年代的纪念物一起被收藏起来了。我发现的枪油，他说可能是一周前他去体育用品店给儿子买礼物时沾上的。射击残留物有可能是从钞票上转移来的，毒品也是。在纽约城区，半数的二十美元钞票都带有可卡因、冰毒和海洛因的痕迹。他在受管制药品测试中一直都是阳性反应，他也从来没有被指控吸毒而遭逮捕。根本没有任何前科。"莱姆露出了他自知是难得的微笑，"还有更糟糕的。诈骗的原因之一是：他女儿需要移植骨髓。"

"啊，抱歉。但是……你是警察，这不就是履行职责的代价吗？"

这正是阿米莉亚·萨克斯的论据。她的措辞可能是一模一样的，莱姆不记得了。

"是的。我有没有遭受精神创伤，躺倒？好吧，有没有坐到治疗师的办公室里去？没有。但是当你下了旋转木马，就会有那么一段时间，一切都终结了。"

"你需要找到解决办法。"

"必须找到。"

"我能理解，林肯。流行病学也一样。疑问总是存在——这是什么病毒？它接下来会在哪里出现？你怎样预防接种？谁是易感染者？我总是得寻求答案。"她热爱流行病学领域，最初提出来要当他的实习生时就告诉过他；但她几乎没法继续做外勤人员，而这方面的办公室工作又过于平淡无聊，无法让她专注其中。她推想，犯罪现场调查工作，即便是在实验室中，也会让她全情投入。跟莱姆一样，朱丽叶·阿切尔也视无聊如恶魔。

她继续说："有一次我得了登革热，非常严重。我必须弄清楚，蚊子是怎么偏偏在缅因州把病毒传染给人的。你知道，登革热是一种热带疾病。"

"不太了解。"

"新英格兰地区的人到底是怎样感染上登革热的？我调查了几个月。最后我找到了答案：动物园里的热带雨林展览。我追溯行踪，查到受害者们参观过这个地方。还有，你不会知道的，我在那里被叮了。"

性格决定命运……

阿切尔继续说："这是一种强迫症。你必须搜查让你受伤的犯罪现场，必须找出枪油和可卡因问题的答案。我必须找到那些该死的蚊子。对我来说，未解之谜是世界上最糟糕的东西。"她那与众不同的蓝眼睛又往上一抬，"我喜欢谜语，你呢？"

"游戏？还是生活？"

"游戏。"

"不喜欢。我不玩猜谜。"

"我发现谜语有助于拓展思维。我收集谜语。你要不要试一试？"

"好吧。"意思是绝对不要。他的眼睛盯着那些背对他们的证物板。他又啜了一口威士忌。

尽管如此，阿切尔说："好的。两个儿子和两个父亲去钓鱼，每人都钓到一条，他们回去的时候只有三条。这是怎么回事？"

"我不知道。真的，我——"

"好啦,试一试。"她重复一遍。

莱姆一脸痛苦,却发现自己在思考:有一条溜走了?他们吃掉一条当午餐?其中一条把另一条吃掉了?

阿切尔笑盈盈的。"谜语这个东西,重要的是除了已有的信息,你根本就不需要多余的信息。没有鱼肉三明治,没有脱逃。"

他耸耸肩。"我放弃。"

"你没有认真想。好吧,我说答案?"

"好的。"

"钓鱼派对的参与者有一位祖父、他的儿子和孙子。两个父亲,两个儿子,但只有三个人。"

莱姆不由得爆笑起来。真巧妙,他喜欢。

"你的脑子里一旦产生有四个人的想法,你就不可能把这个想法除掉,对吧?记住:谜语的谜底总是很简单——基于正确的思维模式。"

门铃响了。莱姆看着监控屏幕,是阿切尔的哥哥,兰迪。她要走了,莱姆微微有点失落。汤姆前去应门。

她说:"再来一个。"

"好。"

"在永恒的开始和在时间、空间的末尾,你会发现一样什么东西?"

"物质。"

"不对。"

"黑洞。"

"不对。"

"虫洞。"

"你在乱猜。你知道虫洞是什么吗?"她问。

他的确知道。但他并没有当真认为这就是答案。

很简单……

"放弃?"

"不,我还要想想。"

过了一会儿,汤姆陪着阿切尔的哥哥过来了。他们聊了几分钟,彬彬有礼却内容空泛。然后是简短的告别,兄妹俩从客厅的拱形过道往外走。走到半路,阿切尔停住。她把轮椅转回来。"只是有件事让我感到好奇,林肯。"

"什么事?"

"巴克斯特。他有大房子或大公寓吗?"

这是怎么回事?他回想了一下案子。"一栋价值三百万美元的房子。现如今,你觉得多大才算大?你为什么问这个?"

"只是纳闷他为什么要在长岛郡弄个存储柜——发现枪的地方。你想啊,他可以把东西存在他的房子里,或者至少是离家更近的存储地。好吧,我只是念头一闪。现在要说晚安了。"

"晚安。"他说。

"别忘了我们的谜语:永恒和时间、空间。"

她驾着轮椅,离开了他的视线。

电脑救了我的命。

从几方面来说都是这样。上高中时,我对跟运动无关的一些事很拿手(个子高对打篮球很好,但瘦高个儿却不行)。电脑俱乐部、数学俱乐部、电脑游戏、网络角色扮演——我想扮成什么人,就可以扮成什么人。我想露出什么面目,就可以露出什么面目,谢谢你,图像化符号和 Photoshop。

而现在：电脑让我的事业成为可能。的确，我看上去跟大街上的人没有很多不同。但是，仅仅有一些不同就足够了。人们说喜欢与众不同，但他们不是真的喜欢——除非这种喜欢就是死死盯着、放声嘲笑和自我夸耀。因此，待在我的切尔西子宫这个安全之地，经营一份网上的生意，对我来说最合适。我用不着见人，用不着跟他们面对面说话、容忍傻乎乎的瞪视，即便他们脸上带着微笑。

而且，我收入可观。

现在我就坐在，是的，电脑前，为失去我的白城堡而伤心。我坐在餐桌前，敲下更多文字，浏览搜索结果。又输入另一条请求。滑动，滑动，我找到了更多答案。我喜欢打字键的声音，这声音让人心满意足。我试图描述过那种声音。不是打字机的那种，不是电灯开关的那种。我能想出来的最贴切的描述是，硕大的雨点敲击着紧绷的露营帐篷。我和彼得还是孩子的时候，我们有过六次露营经历，两次是跟父母在一起（那就少了些乐趣；父亲听比赛节目，母亲抽烟、翻杂志）。然而，我和彼得玩得很开心，尤其是在雨里：我不用跑去游泳，弄得很难堪。你知道的，那些女孩，还有那些身材健硕的男孩。

嗒，嗒，嗒。

有趣的是，时间似乎对你有利。我听有些人说，哦，我希望出生在这个时代或那个时代。罗马时代、维多利亚女王时代、三十年代、六十年代，但我很幸运，我就在此时此地。微软、苹果、HTML、Wi-fi，诸如此类。我可以坐在屋里，桌上放着面包，床上偶尔躺着一个女人，手上握着敲骨锤。我可以按我所需、据我所好来装配玩具房。

谢谢你，电脑。我爱你那雨滴般的键盘。

继续打字。

所以说，电脑救了我的命，让我有了属于自己、不会受到外面那些购物者危害的生意。

它们现在就要救我的命。

因为我在尽可能地了解红，阿米莉亚·萨克斯，纽约市警察局的三级警探。

早些时候，我差点解决了她的问题，差点把她的头骨敲成碎片。我在白城堡附近跟踪她，手伸在背包里，握着美妙的圆头锤手柄，手柄光滑如女孩的脚踝。我跟到近处，这时冒出一个男人，他俩认识。我有种感觉，那是个警察，好像在她手下干活。小个子白人，像我一样瘦，好吧，不是很像，而且矮一些，但他似乎是个麻烦。他肯定有枪和对讲机。

我从她那辆性感的车上弄到了车牌，就此勉强罢手。

关于她，我了解到的所有有用信息都很棒。出身于警察之家，有个警察伴侣——嗯，曾经是警察。林肯·莱姆，一个名气很大的家伙。身体残疾，据我所知，这是他们的叫法。坐轮椅。所以，我们有一些共同之处。我不是真的有残疾，但我猜别人看我和看他的眼光是一样的。

我用力打字，打字。我的手指又长又大，双手强健有力。我每隔六个月或更长时间敲坏一次键盘，那还不是我生气的时候。

打字，阅读，记笔记。

关于红的信息，越来越多。她了结的案子，她赢了的射击比赛（这一点我记在心上了，相信我）。

现在我正在气头上……是的，你可以去杂货店买白城堡的汉堡。我会去的，但这和走进汉堡店是两回事，那瓷砖、油脂和洋葱的气味。在我们长大的地方，我记得去附近一家白城堡的事。

有个叫林迪的表妹从西雅图来看我们,她和我一样上中学。我从没跟女孩出去玩过,我假装她不是亲戚,我幻想我们互相亲吻。我们去了白城堡。我送她一件礼物,她可以戴在亮丽的金发上,防止头发被淋湿:一条深蓝色的透明塑料雨巾,带有中国风格的刺绣,叠得平整,就像一张公路地图,装在一个小袋子里。林迪笑了,亲了我的脸颊。

真是美好的一天。

这就是白城堡对我的意义。红把它夺走了。

气愤,气愤……

我做决定了。然而:如果你没下定决心,那就不叫决定。在这件事上,我别无选择。仿佛得到了某种暗示,门铃响了。听到那个声音,我急不可耐。我把电脑里的资料保存好,把打印材料收好,打开了对讲机。

"弗农,是我?"阿莉西亚说。

"上来吧。"

"真的可以?"

我的心因为即将要发生的事而怦怦乱跳。不知怎么的,我回头看了一眼玩具房的门。我朝对讲机盒子说:"是的。"

两分钟后,她到了,就在门外。我看了一下监控视频。她独自一人(不是被红用枪押来的,我实际上是这么想象的)。我让她进来了,关门上锁。我不由自主想起了封闭墓穴的石头。

没有回头的余地了。

"你饿吗?"我问。

"不饿。"

我刚才饿,现在不饿了。我在琢磨马上要发生的事。

我伸手去接她的外套,然后记起来了,就让她自己把衣服挂好。今晚她穿着厚厚的教师穿的高领衬衣。她盯着游来游去的鱼。

红色、黑色和银色的。

那个问题就像一个旋钮，在我的脑子里强烈地悸动着，我想杀掉某个人时，敲碎的就是那个部位。

我真的想动手？

我对红的怒火，从皮肤下溢出来，烈烈燃烧。

是的，我想。

"什么？"阿莉西亚问，看着我的眼神还是那么谨小慎微。我肯定说出声了。

"跟我来。"

"嗯。你还好吧，弗农？"

"很好。"我轻声说，"这边。"

我们朝玩具房的门走去。她盯着复杂的门锁。我知道她看见了，而且充满好奇。他想把什么东西藏起来？她在纳闷。这密室、这窝巢、这地穴里有什么？当然，她什么都没说。

"闭上眼睛。"

现在她迟疑了。

我问道："你信任我吗？"

她不信任。但她能怎样？她闭上眼睛。我抓住她的手。我的手微微颤抖，她犹豫一下之后反握住我的手。汗液混合在一起。

然后，我领着她走进门内，卤素灯光从钢刃上反射过来，晃得我眼花目眩。她没有。她乖乖听话，一直闭着眼睛。

将近午夜，林肯·莱姆躺在床上，巴望着入睡。

刚才这一个小时，他在想"弗罗默诉中西部交通运输公司案"。惠特莫尔打过电话，用他那冷静而沉闷的说话节奏，告知他没有发现其他潜在的被告。霍尔布鲁克律师是对的，清洁小组不可能做出任何会导致检修口打开的举动，而律师的私家侦探也找到了为调查局拆卸电动扶梯的工人。工人证实说，遮蔽检修口开关的盖板确实是关好锁死的，由此也证实了萨克斯的话：不管是出于意外还是有意，没人能打开检修口引发事故。

所以案子正式完结了。

现在，莱姆的思绪转到阿米莉亚·萨克斯身上。

今晚她不在，他对此感受特别强烈。当然，她在这里的时候，躺在他旁边，他也不怎么能感受到她的身体，但在她有规律的气息声中，在洗发香波和香皂富有层次的气味中（她不是一个调香师），他觉得安心。现在，他感觉到屋里的静寂很明显，不知怎么，这种静寂因为那了无生气的香味而加重了，那是清洁剂、家具上光剂和近处一排排靠墙摆放的书本纸张的气味。

他回想他们之前的刻薄话，他说的和萨克斯说的。

他们总是吵架，但这次不同。他从她的语气中能感觉出来。然而他不理解这是为什么。库柏的确才智过人，但纽约市警察局犯罪现场调查组人才济济，有很多出色的证物搜集技术员和分析员，他们擅长的领域有好几百个，从笔迹到弹道学到化学到残骸重建……他们当中随便哪一个，她都可以用。而且，该死的，萨克斯本人就是刑事鉴定专家。她可能更愿意让别人去操作气相色谱／质谱分析仪或扫描电子显微镜，但莱姆自己也不操作仪器的。他把这种事留给技术人员去干。

也许她心里有别的事。他猜是她母亲。罗丝的手术是她心头的一个重担。老太太做心脏搭桥手术？当然，医学世界充满奇迹。但是想想我们皮肤底下这个高度复杂而脆弱的机器，嗯，你不禁会认为，我们过的每一个小时都是借来的。

由于"弗罗默诉中西部交通运输公司案"不复存在，明天梅尔·库柏就会回到犯罪现场调查组的"围栏"里。她可以痛痛快快地用他了。

睡意涌了上来，莱姆发现自己现在想的是朱丽叶·阿切尔，他对她未来的生活心存疑虑。她看上去具备条件，可以成为一个不错的刑事鉴定专家，但此刻他思考的是其他事：她对残疾的应对。她还没有完全接受自己的状况。在此之前，她有一段漫长又艰辛的路要走。如果，她实际上这样选择的话。莱姆回想起最初自己的抗争，抗争到最后是要不要实施协助自杀的激烈挣扎。面对那个选择，他决定继续活下去。阿切尔离那个抗争还远着呢。

她会怎么选择？

还有，莱姆想，他会如何看待她的选择？他会持支持态度，还是会反对终结的决定？

但她内心里有任何斗争，都是多年以后的事，那时他和她很有可能已成陌路人。这些沉思默想，虽然阴郁苦闷，却对他产生了静心安眠的效果。

大概十分钟后，他清醒过来，抬起脑袋，因为他在冥思中听到了阿切尔那轻轻的女中音。在永恒的开始和在时间、空间的末尾，我们会发现一样什么东西？

莱姆放声大笑。

是字母"e"。①

---

① "永恒""时间"和"空间"的英文分别是"eternity"、"time"和"space"。

第三部分
星期四 ——
利用

16

清晨,切尔西的清晨。切尔西的阳光,透过打开的百叶窗照射进来。

我在玩具房,再次听录音、记日记。玛丽·弗朗西斯修女的勤勉尽职,通过我在厚实纸页上写下的漂亮文字得到了体现。

我们今天玩了很久的"异形探索"游戏。我们三个,我、萨姆还有弗兰克。我和招人喜欢的男孩子。萨姆的爸爸很有钱。他卖医疗类的东西,我不懂是什么,但公司付给他丰厚的报酬,甚至给他一辆车!所以萨姆拥有任何平台的任何游戏。

有意思,那天我走了一条不同的路线回家,一条安全的路线,在辛迪家外面撞见了他们,在那之前,他们甚至从没在意过我。但这并不意味着他们有兴趣一起出去玩。但他们有兴趣。他们拉帮结派,结成团队。他们长相出众,冷傲不羁,任何时候想要什么样的女孩都可以,但他们想跟我一起玩。

就是他们的朋友泰伊·巴特勒、达诺,即便在长岛的曼哈斯特,有点像野蛮人,有点像乡巴佬。就是他们,推推搡揉，盯着我看，说我是瘦竹竿、骚货，类似这样的话。萨姆听说巴特勒说了我什么，就去找他，跟他说别骚扰格里菲斯。巴特勒就没再烦我了。

我不是经常见到他们，萨姆和弗兰克。那伙人，那些女孩。但这才是事情显得真实的地方。他们会这样，嗨，格里菲斯，最近怎样？他们喊了我的姓，这是史诗般的事，自己人才这样。嗨，格里菲斯，来杯可乐吗？然后我们各走各的路，过几天或一周再见面。

没法跟他们正儿八经聊什么。这是当然的。我想聊聊，聊自己的长相，或觉得不一样的事。跟谁都没法聊，真的。是啊，有爸爸，在比赛节目的间隙找他聊，根本不可能。妈妈呢，有时可以聊聊。但她不理解。她有她的烘焙活儿、有她的朋友、有她的手工活儿、有她的食物，等到六点半之后再聊，还是算了吧。我弟弟还好，但他有别的事要忙。

可是跟萨姆和弗兰克聊？

还是不了。可能会破坏我的某种感觉。

我把日记和播放器收起来，伸了伸懒腰，起身朝折叠床垫走去，低头细看阿莉西亚的身子。白，真的很白。嘴巴微张，眼睛略闭。

即便在乱糟糟的衣服中间，在皱巴巴的床单上面，也很美。

床边有台带锯，这真是一件相当邪恶的器械。如果中世纪的人拥有一台带锯，你想象一下，该有多少人跟魔鬼断绝关系啊。割，割，用一根手指割。

用随便什么东西割。

有个声音吓了我一跳。"弗农。"

我转过身。阿莉西亚动了动,在卤素灯光下眨着眼睛。

她坐起来,眨着眼睛,也伸了个懒腰。"早上好。"她羞怯又谨慎地说。

她以前从没跟我说过这句话。第一次,她在这里过夜。第一次,她见到玩具房。从来没有别的人见过,而且我以为这种事永远都不会发生。

让别人进入我的避难所,让别人看到真正的我,这很难,非常难。我永远没法好好把这件事解释清楚,但让她进来,就好像赌上了一切。搞搞一夜情,操到精疲力竭,这很容易;但是,比如说,带一个女人去美术馆,看你喜欢得要命的绘画展览——这就是冒险,非常冒险。假如她哈哈大笑呢,假如她嫌无聊呢,假如她认为你不符合她的标准呢?

她就想抽身而去。

但昨天晚上,阿莉西亚走进玩具房,在我的指令下睁开眼睛,她跟我平常见到的一样开心。她的目光扫过工作台、锯子、刀具、锤子、凿子,扫过我的新工具,带细小锯齿的剃锯,我的最爱。我的孩子。我喜欢看她苍白的额头和脸颊,被所有这些钢制表面反射出的蓝白色光芒照亮。

但真正让她着迷的,是我用那些工具制造的东西。

"这些都是你制作的?"昨天晚上她问。

"我做的。"我犹豫地说。

"哦,弗农,这些都是艺术品。"

听到这个,我的生活要多完美就有多完美。

美好的一天……

但紧接着,昨晚我们就变得非常忙碌,之后沉沉睡去。现在,早上,她想再看看我的手工作品。

没等我转身回避，或者递给她一件袍子，阿莉西亚就从床上起来了，以她的方式做了我通过同居做的事。因为现在，她在日光下全身赤裸，我可以清楚地看见她的伤疤。这是她第一次让我完整地看到它们。她穿着衣服的时候，高领裙子或高领衬衣把它们盖住了。她半裸的时候，穿着遮蔽式的胸罩和高腰内裤。而我们在床上的时候，灯光暗到完全看不见。然而现在，在敞亮的日光中，她身体的每一英寸都看得清清楚楚：鞭打过的乳房和大腿，灼伤过的大腿根，臂骨猛烈弯折、戳穿苍白的皮肤后留下的斑纹。

我为这个女人感到心痛——因为这些伤疤和伤疤内里的伤痛，所有这些都是她丈夫留下的，是多年前的事，是那个可怕时期的事。我想让她再次变得完整，变得完美，掰回她丈夫扭断的胳膊，抚平她灼伤的下腹部，修复她的乳房。但我的钢质工具就是我拥有的一切，它们只在反方面起作用：切割、碾压和折断肉体。

虽然我能做的，就是无视这磨难重重的皮肤，这一点都不难，以及向她表达我有多渴望她——现在这已经很明显了，但我觉得，这也是我能帮她治愈其他伤疤、那些内里的伤疤的另外一种方式。

阿莉西亚抬头看我的眼睛，几乎露出了微笑。然后她用我们俩一起弄脏的床单，把她那备受侵扰的身体裹住，因为寻常情侣醒来后都会这么做。她走到架子前，再次观摩我用我那一大堆工具做出来的微缩模型。

我几乎只制作家具。不是玩具，不是 Kids-R-Us 的塑料品，或中国孩子用胶粘在一起的错位的木头，而是工艺精美、质量上乘的东西，只不过很小、很小、很小。我每做一件东西都要花好多天，有时好几周。在制作模型的车床上加工家具腿，用锋利的剃锯切割出平整的接缝，给五斗柜、书桌和床头板刷十来遍清漆，这些东西就会变得光滑、饱满、深沉，一如秋天静谧的池塘。

阿莉西亚说："这比得上你在海波因特的艺匠工作坊里看到的东西。北卡罗来纳，你知道，那里的人做真正的家具。弗农，太棒了。"我从她的脸上看出她是认真的。

"你跟我说过你靠卖东西过活，在 eBay，在网上。我只是猜买进卖出，标高价格。"

"不是，我不喜欢那样。我喜欢做东西。"

"你不应该说'东西'，这些不只是东西，它们是艺术品。"她重复道。

我可能脸红了，我不知道。有那么一刻，我想抱她、亲她，但不是通常那种方式，抓住她、品味她的手指或嘴巴或乳头或大腿根。我只想把我的嘴唇贴在她的太阳穴上。或许这就是爱，不过这些事我不懂，现在我也不想考虑那么多。

"这就是一个实实在在的工作室。"她环顾四周。

"我的玩具房，这是我的叫法。"

"你为什么不告诉我你做的是这个？你完全是个谜。"

"只是……"我耸耸肩。答案当然是购物者。恶霸，野蛮人，以羞辱他人为乐事的人。弗农·格里菲斯坐在他那昏暗的房间里造玩具……犯得着去认识他那种怪物吗？我要的人要么时髦，要么酷帅，要么漂亮。

我没回答。

"买家都是什么人？"

我忍不住哈哈大笑。"花钱最多的是那些'美国女孩'[①]的

[①] "美国女孩"（American Doll），一九八六年由 Pleasant 公司发布的美国十八英寸玩偶系列，买家还可以从系列中购买和自己长相相仿的玩偶。

拥趸。他们大多是律师、医生和公司总裁，为了他们的小女儿，什么事都愿意做，花多少钱都可以。"我知道他们看待这些东西——即使是我要价一千美元的东西——就跟看待一大块聚氨酯模型差不多。我怀疑他们喜欢的是孩子打开包装时的表情（不过我怀疑，孩子差不多会冷漠以对）。不，商务人士喜欢的是向邻居炫耀。"哦，瞧我找人给阿什莉定做的东西。柚木的，你知道。"

（我总是在思考这种讽刺意味，父母们给他们可爱的小家伙购买一个五斗柜，这五斗柜是由同一双手制作的，它们也拿美妙的工具敲破头骨或割破柔弱的喉咙。）

"哦，瞧啊，你还做古代的东西。"她在看一架石弩、一座攻城塔、一张中世纪的宴会桌、一具施刑架（我更受欢迎的产品之一，真有意思）。

"我们要感谢《权力的游戏》。电影《霍比特人》上映的时候，我做了很多精灵、半兽人的东西。只要没有注册商标，中世纪的东西都可以做。我打算做《饥饿游戏》，但我担心商标和版权问题。对迪士尼，你也得多加小心，还有皮克斯。哦，你一定要看看这个。"

我从架子上找出一本书，举起来，《微缩房间内的死亡谜案研究》。

"这是什么，弗农？"她轻轻走过来。我翻着书页，感觉到她的身子挨在我身上。

"芝加哥有个女人继承了大笔财产，是个百万富翁。这是很久以前的事。她在一九六二年死了，叫格勒斯纳·李。你听说过吗？"

"没有。"

"真是个人物。她不像一般的继承人,热衷社交活动。她对犯罪着迷,主要是谋杀。她办宴会,豪华的宴会,招待警方调查员。破案的方方面面,她都学到了。但她的心思不止于此,因此她弄清楚那些著名谋杀案的细节,做出了犯罪现场的立体模型——你知道,就像玩具屋的房间。每个细节都完美极了。"

这本书就是她那些微缩模型的照片集。模型名称,就像三居室谋杀案和粉红浴室谋杀案这种。每个场景里,在真正的横尸之地放置有玩偶尸体,在实际染有血迹的地方布置有血迹。

我突然想到了红。关于购物者女士阿米莉亚·萨克斯,我了解到的情况是,她专门从事犯罪现场调查工作。我心里闪过两个念头:她大概会喜欢这本书。

另一个念头:在一个微缩模型里,代表她那匀称身体的玩偶躺在卧室的地板上,头骨被敲裂,红发在血迹中愈发红艳。

我们看着李在作品中设置的一些细节,哈哈大笑。我把书收了起来。

"你想要一个吗?"我问。

她转过头来。"一个什么?"

我朝架子点点头。"一个微缩模型。"

"我……我不知道。那些不都在你的商品目录里吗?"

"是的。但买家会等。你想要什么?特别想要的?"

她探身向前,视线落在一辆婴儿车上。

"太美了。"她第二次露出了微笑。

两辆婴儿车,一辆是受人委托;另一辆只是因为我喜欢做婴儿车而做的。说不上缘由,我的生活里过去没有,现在没有,也永远不会有婴儿和孩童的存在。

她指着那辆委托定做的婴儿车,更好的那辆。我把车子拿起来，递给她。她小心翼翼地触摸着，又说一次："太美了，每个地方都美。瞧这轮子怎么转的！还有弹簧呢！"

"得让婴儿觉得舒服。"我说。

"谢谢你，弗农。"她吻了我的脸。床单滑落在地，她转身躺到床上，抬眼凝望着我。

我内心挣扎。一个小时也耽误不了我太多事。

再说，这似乎也算仁慈，就让我今天要杀掉的这个人再多活一小会儿吧。

"我想把那鬼东西弄出去。"莱姆朝汤姆咕哝，一边点点头指向电动扶梯。

"你的首要证物？我该怎么弄？这可是五吨重的机械设备。"

这个设备摆在这里，真让莱姆烦躁。这就是一个提醒，是啊，很有可能成为首要证物的东西，却不是那么回事了。

汤姆在找随电动扶梯而来的资料。"打电话给惠特莫尔。惠特莫尔先生。事情是他安排的。"

"我打过了，他没回我电话。"

"嗯，林肯，你不觉得最好还是让他来处理吗？还是说，你真的要我在克雷格广告网上去找'电动扶梯部件搬运服务'？"

"克雷格广告网是什么？"

"我们等律师跟那家公司联系。至少他的员工知道自己在做什么。地板真的一点都没剐坏，真让我惊讶。"

门铃响了，莱姆很开心看到朱丽叶·阿切尔来了。他发现她独自一人，哥哥没跟来。他猜是在她的坚持下，他在人行道上把她放下，让她自己驶过那个"可怕的"坡道。不允许有百般呵护了。

他不知道该给她分派什么任务。没有任何让他心神振奋的事。给慕尼黑一所刑侦学院做的学术研究;有关质谱分析法的意见书,即将发表在他为其供稿的一家科技期刊上;有关从烟雾中提取微物证据的方案。

"早上好。"她说着驱动轮椅进入客厅,同时朝汤姆笑了笑。

"欢迎回来。"看护说。

莱姆说:"你会说德语吗,随便问问?"

"不会,不会说。"

"啊,好吧,我找点别的事让你忙。我觉得有几个课题不算太无聊。"

"嗯,什么无聊不无聊的,我愿意做你手头的任何事。请见谅,我用了悬垂式修饰语。"

他轻笑一声。的确,她刚才说的是不管她是否无聊,她乐意研究任何课题。语法、标点、句法可以成为难以对付的对手。

"早餐呢,朱丽叶?"汤姆问。

"我吃过了,谢谢。"

"林肯?你吃点什么?"

莱姆驱动轮椅靠近电动扶梯。"我觉得所有单个部件都不会超过一百磅重,谁都可以拆开。不过我想我们应该等——"他的话突然顿住。

汤姆又问了一遍什么事。

莱姆一个字都没听到。

"林肯?……什么……嗯,眼神好凶。我只是问问你早餐想吃点什么。"

他没理会看护,而是驱动轮椅靠近脚手架,观察那个致命的检修口，以及那下面操控弹簧栓的开关和伺服驱动器。

"工程学的首要法则是什么？"他轻声说。

"我不知道。你早餐想吃点什么？"

他煞有介事地继续说："答案是效率。设计中不应该有——"

阿切尔差不多把他的话说完了："——超出必要的组件以实现预设的功能。"

"正是如此！"

汤姆说："行了，行了。哎，松饼、百吉饼、酸奶？都要吗？"

"该死的。"不过这话说的是他自己，而不是他的看护。

"怎么了，林肯？"阿切尔问。

他出错了。没什么比这更让他生气了。他转动轮椅，赶紧朝最近的电脑驶过去，调出梅尔·库柏在电动扶梯内部拍摄的特写照片。对，他想对了。

他到底是怎么疏忽的？

事实上，他根本没有疏忽这个关键因素。他注意到了，但不可原谅的是，他没有认准他回想起的这句原话。

开关线的末端是一个插头，插头插在伺服驱动器内侧的其中一个插座上。

其中一个插座。

这时他向阿切尔解释道："看看操控弹簧栓的伺服驱动器。右边。"

"啊，"她说，声音里也有一丝厌恶的味道，"有两个插座。"

"我们看过这个。我们盯着看过。"阿切尔摇摇头。

莱姆皱着眉头。"我们当然看过。"

驱动器里没有理由要安装第二个插座，除非有什么东西——

大概是另一个开关——插在里面。

当然，他们面前的这个模型是这种情况，真正卷入事故的电动扶梯的情况怎样呢？他向阿切尔提出这个问题。

她指出阿米莉亚·萨克斯私下给那架电动扶梯拍过一些照片。

"很好。"他把照片调出来。

汤姆又问一遍："林肯？早餐。"

"待会儿。"

"现在。"

"什么都行，我无所谓。"他和阿切尔盯着照片，但是照片没有给出答案。拍摄角度不适用，发生惨剧的电梯井里有太多血迹，看不清楚。

"我想弄清楚——第二个开关。"莱姆轻声说。

阿切尔说："这个开关失灵了。而且，如果我们走运的话，它的生产商不会是中西部交通运输公司，而是另一家公司，一家资产雄厚的公司。"

他继续说："它在哪里？另一个开关？文件里有什么信息吗？"

浏览过她下载的资料后，她回答说什么都没有。"我们怎样才能找到？"

"我有个主意。布鲁克林的那个商城，事故发生地，所有电动扶梯都是一样的，对吧？"

"我猜是的。"

"这样如何？惠特莫尔雇一个私家侦探——他用的侦探肯定有一打。私家侦探塞点东西到电动扶梯的梯级里，让它停下。"莱姆点点头，他喜欢这主意。"他们会立刻叫来维修小组。他们打开检修口的时候，惠特莫尔的人可以紧跟在后，进到里面拍照。"

汤姆无意中听到了这话,皱起眉头。"你是认真的,林肯?你不觉得这样过火了吗?"

莱姆脸色一沉。"我考虑的是桑迪·弗罗默和她的儿子。"

朱丽叶·阿切尔说:"在你这么做之前,我可以先试试吗?"

他非常喜欢这个搞破坏的主意,不过他说:"你有什么建议?"

"喂?"

"是霍尔布鲁克律师吗?"

"是的,你是谁?"声音从莱姆固定电话的扬声器里传出来。

"我叫朱丽叶·阿切尔。我跟你昨天用Skype通话的人共事。埃弗斯·惠特莫尔,还有林肯·莱姆。"

电话里一阵沉默,那人在回想。"哦,那件案子。律师和顾问。关于人身损害诉讼案。格雷格·弗罗默。"

"对。"

"是的,我想是有人提过你的名字。你也是顾问?"

莱姆注视着她窄窄的脸。她的蓝眼睛盯着地板,心神专注,表情冷漠。

"我是。"

那人冷冷地咕哝道:"嗯,我们还是破产状态,毫无变化。我说过了,你们想提出动议解除冻结,那就放手做吧。破产托管人会极力反对,我怀疑你们是否能赢,不过随你们便吧。"

"不,我打电话是要说别的事。"阿切尔的声音里带着那同一种怒气,莱姆回想起来,那是她第一天来做实习生,他把她打发走的时候。

他纳闷她会说些什么。

"什么事？"霍尔布鲁克问。

"你很客气，建议我们或许可以追查别的被告，不过没有一个可行。"

这位内部法律顾问的语气听上去小心翼翼的："不，我认为这似乎不太可能。毕竟，中西部交通运输公司是应该承担责任的公司。这一点我是承认的。我也感到抱歉，我们没法帮助你们的委托人，那位遗孀。"

"是不太可能，"她附和道，"然而，你一直没跟我们提过，有一家公司或许是一个可行的被告。"

对方沉默以对。

"你知道我说的是哪一家，对吧？"

"你是什么意思，阿切尔女士？"

"你没告诉我们，有第二个开关可以打开检修口。"

"第二个开关？"他的语气支支吾吾的。

"这就是我要问的问题。霍尔布鲁克先生，它是谁生产的？它是怎么起作用的？我们需要了解这些。"

"我真的帮不上你的忙，阿切尔女士。我要挂电话了。"

"你知道林肯·莱姆，这件案子的另外一位顾问，他合作最频繁的对象是纽约市警察局，还有——"

"我们不涉猎那个范围。"

"我要说的是，还有联邦调查局。"

"这里没有涉及州犯罪或联邦犯罪。保密协定禁止我谈论跟我们有合约关系的公司。"

"你这是确认了有第二个开关可以打开检修口。"

"我……唉,我要终止这次谈话了。我现在要挂电话,还有——"

"——还有你挂电话后,我就打电话给桑迪·弗罗默,建议她和她的律师召开记者招待会,说在追查她丈夫死亡的真正责任人的过程中,中西部交通运输公司不予以配合。我会建议他们使用'隐瞒'的说法。我猜这在破产法庭上会影响很坏,尤其是在想拿到公司高管的私人财产的债权人中间。"

一声叹息。

"你帮帮我们。她是个寡妇,带着一个儿子。我相信你说抱歉是真心的。好事做到底,告诉我们。拜托了。第二个开关是谁生产的?"

"你平常有空读休闲读物吗,阿切尔女士?"

她皱起眉头,看了一眼莱姆。她说:"偶尔。"

窸窸窣窣,莱姆听到翻页的声音。

这位律师说:"我自己是《娱乐周刊》的超级粉丝,还有《今日飞钓》,不过我还会找时间读《工业体系月刊》。我特别喜欢三月的这一期。第四十页和四十一页。"

"什么——"

"再见了,阿切尔女士。我不会再接你的电话了。"

他挂断了电话。

"很好,"莱姆说,"从《波士顿法学》学的?"

"《波士顿法律》,"她纠正道,"不过不是,我临场发挥的。"

莱姆已经在上网了,他找到了霍尔布鲁克提到的那本期刊的电子版,滚动到他说过的页码。那是一家叫CIR微系统的公司,为它的一款产品所打的广告。页面的大部分内容都是专业术语,乍一看,莱姆一个都不懂。产品特征是一个带有伸出电线的灰盒子。看说明，这叫 DataWise5000。"

"这到底是什么？"

阿切尔摇摇头，上网浏览。她用谷歌搜索了几秒钟，找到了答案。"好了，听听这个，这是一个智能控制器。"

"我觉得这个名词我听说过。再跟我讲讲。"

她读了几分钟，然后解释道："很多产品内置这种控制器。运输系统——电动扶梯、升降电梯——汽车、火车、工业机械、医疗设备、建筑设备。成百上千的家用电器：烤炉、供暖系统、家用照明设备、安保设备、门锁。你可以用你的手机、平板电脑或计算机发送数据给机械，或从机械接收数据，不管你人在哪里，你都可以遥控这些产品。"

"所以，有可能某个维修工人因为疏忽发送了一个信号，检修口就打开了？或者哪里跑出来的无线电波激发了检修口？"

"有可能。我在查维基网站。还有……哦，天哪。"

"怎么了？"

"我在看 CIR 微系统的介绍，就是控制器的生产商。"

"怎样？"

"这家公司的老板，维奈·帕尔特·乔杜里，有新比尔·盖茨之称，"她看着莱姆，"而公司的市值是八千亿美元。咱们打电话给埃弗斯·惠特莫尔吧，我想这个游戏我们又有的玩了。"

17

犯罪现场调查组总部没能帮忙查出不明嫌疑人四十案件最初的犯罪现场发现的清漆或化妆品的牌子,或是锯末的种类。关于白城堡餐巾纸上的微物证据或DNA,也没有进一步发现。

不过至少租车公司这条线索有了成果。

"找到了。"罗恩·普拉斯基朝萨克斯举起便笺本,她正坐在他对面,坐在警察局广场的作战室里。这名年轻的警察念着他做的记录。"司机,爱德华多。他记得不明嫌疑人,他是在白城堡的街对面载上他的,他拿着满满一袋汉堡。行驶途中,他吃了一打汉堡,或者更多。他有点自言自语,语气呆板,有些奇怪。瘦巴巴的,一直低着头,很吓人。这正是发生谋杀案的那天。"

"司机看清楚他的样子了吗?"

"没怎么看清。只是:高瘦,很瘦,很高。身穿绿外套,头戴勇士队棒球帽。"

萨克斯问:"他怎么没看清楚呢?"

"玻璃太脏。你知道,就是隔离板,树脂玻璃。"

他补充说,司机在曼哈顿城区把不明嫌疑人放下,距离谋杀案现场大概四个街区。

"时间呢?"

"下午六点的样子。"

谋杀案发生之前的几个小时。在这段时间里,他干了什么呢?她琢磨着。

普拉斯基又说:"司机在放下他的街角待了一阵,有几个电话要打,观察了他一会儿。他们是在那个十字路口附近停车的,不明嫌疑人没有进十字路口的任何楼里;他走了一个街区,去了另外一栋楼。司机本可以在那里放下他,但也许咱们这小子不想让人看到他的具体去处。"她看到,这名年轻的警察上网调出了一张城市地图。

他点击了一栋建筑的卫星俯瞰图。"在这里。根据他的描述,肯定是这里。"

图片显示出一栋红褐色的小楼。"小工厂、办公楼、仓库?"

"不像住宅楼。"

萨克斯说:"咱们去看一下。"

他们离开警察局广场,下楼去开她的车。十分钟后,他们穿行在拥挤的市区车流中。萨克斯用低速挡使劲踩油门,跟往常一样,在车道上凶悍地钻来绕去。

她在心里嘀咕,一如她时常所想,他们会有什么发现呢?

有的时候,线索会带来一个微小的情况,帮助你展开调查。

有的时候,它们纯属浪费时间。

而有的时候,它们会让你直捣罪犯的窝巢。

梅尔·库柏回到了中央公园西侧莱姆的客厅。

对不起,阿米莉亚,莱姆心想。发现了新的潜在被告后,我比你更需要他。我们过后再来争论吧。

埃弗斯·惠特莫尔也在场。

三个男人注视着屋里昏暗的一处，朱丽叶·阿切尔正坐在那里的一台电脑前，口头指挥电脑依令行事。

"向上移三行，右边两个字，选定，剪切……"

没有快捷方式，生活真是太难了，莱姆心想。残疾让你置身于一个十足的十九世纪世界，在每件事上花的时间都更长。他自己试过人眼识别、语音识别，以及戴在耳朵上的激光发射装置，这个装置可以激活屏幕的某些部分。他又用回了老办法，手动操作操控杆或触控板。这个办法笨拙又缓慢，但接近正常的技术，莱姆终于掌握这项技术。他看得出来，对于一样适合她的人造物，阿切尔还需要适应。

几分钟后，她转动轮椅，面向他们。旁边的屏幕上是她的工作成果，但她没看屏幕上发亮的记录，就开始报告她的发现。

"好了，CIR 微系统，维奈·乔杜里的公司，是全国首屈一指的智能控制器生产商，每年的营业收入是二十亿。"

"哎呀，这很有利。"低调的惠特莫尔说。

"大致说来，控制器就是一台小型计算机，安装在它控制的机械或器具里面，带有无线上网系统或蓝牙连接或蜂窝连接。它真的相当简单。比如，安装在烤炉里，控制器会跟烤炉生产商的云服务器连接起来。房子主人在手机上装有一个应用软件，无论身处世界何地，都能跟烤炉联络。他登录云服务器，发送信号给控制器，或从控制器接收信号——关掉或打开烤炉。生产商也在线跟每一个烤炉单独相连，经由控制器收集数据：使用信息、诊断信息、检修计划、故障信息——它甚至会收到警报说烤炉里的灯烧坏了。"

库柏问："DataWise5000 控制器过去有过什么问题吗？在不

该启动的时候启动?"

"我没找到,不过我在用谷歌轮盘,再花点时间,我可能会找到更多东西。"

"那它是怎么把检修口打开的?"莱姆沉思道,"一个偶然的信号命令控制器打开了检修口,也就是商城本身的什么东西?或者来自云服务器?或者控制器短路了,自己发送了打开检修口的指令?"

阿切尔从电脑上抬起头,说:"这里有些东西。看看这个,大概两个月前发在博客上的。社交工程第——二①。我猜这是指时间单位'秒'。每秒更新一次,相对于每月或每周而言。不太管用。"

莱姆说:"有的时候,聪明反被聪明误。"

放纵 = 死亡?

物联网(简称 IoT)② 的危险

消费放纵会让我们丢掉性命吗?

从自动发泡的香皂,到晚餐时间可以及时送到消费者家里、限量限卡路里的餐点,商家们越来越卖力地推销旨在掌控人们生活的产品。理由是,它们可以帮助忙碌的职业人士和家庭节省时间——在某些情况下可以节省金钱——让生活化繁为简。实际上,在这些产品当中,有很多只不过是公司在面对竞争产品已呈饱和、品牌差异几近消失的市场时,为了填满钱袋而做出的疯狂努力。

---

① 原文为"Social Engineering Second-ly",其中"Second"有"第二""秒"的意思。
② 原文为"The Internet of Things"。

但是，便利因素有其阴暗的一面。

我说的是叫物联网的东西，或者说是IoT。

成千上万的家用器械、工具、供热空调系统、车辆和工业产品都在炫耀内部的计算机控制，这可以让消费者进行远程访问。这些东西多年前就已经出现，其形式是家庭安保系统，里面的摄像机实际上就是一台小型计算机，可以连接你的无线网络或移动通讯服务。当你出门在外，你可以登录一个互联网站——据说是安全的——以确保没有小偷在你的客厅里走来走去，或者监视你的保姆。

眼下，这些"内置式设备"（也就是，含有计算机电路）正在呈指数级增长。

它们帮我们省钱，给我们的生活带来便利。

现在，你身在远处可以打开你的烤箱，你人在返家途中可以打开你的火炉，你等着水管工上门时可以命令大门打开一小时（并且通过监视器盯着他干活儿），你在气温零度以下的天气可以远程发动你的车……多么方便！这能有什么问题呢？

谁能对此提出异议呢？

好吧，我能。

让我跟你说说两个危险：

其一：你的信息安全吗？

大部分智能控制系统的运行方式，是家用设备连到网上，跟设备生产商的云服务器相接。虽然他们向你"保证"，你的隐私至关重要，但常常是你还不知情，他们全都在收集有关他们产品性能、你的使用历史的信息。按照惯例，这些信息被卖给数据矿工。为了保持你的匿名身份，功夫是花了一些，但想想这个吧：上周在弗雷斯诺，一个十三岁的孩子拿到了所有拥有智能控制换热式加热炉的人的名字、住址和信用卡号码。下载那些信息，他用了六分钟。

其二：你的生命安全吗？

更麻烦的是，智能系统发生故障时，有可能出现伤亡。因为智能设备的所有功能都由控制器控制，不仅仅限于收集信息。举个例子，一台热水器在理论上有可能收到信号把温度升高到两百度，而你正在淋浴！或者，万一你的房子失火，控制器能把大门锁死，将你困在里面，拒不发送信号给消防部门报告火灾。或者，它甚至有可能联系当局，报告说是虚惊一场，置你和你的家人于惨死境地。

生产商的代表说不会。内置有防护措施，网络密钥啊、加密技术啊、密码啊。

但你们的博主最近买了一个这样的控制器。最为普通的一种，CIR微系统公司出产的DataWise 5000，这在所有东西里面都能找到，从热水器到升降电梯到微波炉。利用外围无线电波大肆袭击设备，就有可能造成设备故障。如果汽车、医疗设备、危险的工业机械、烤炉安装有这种控制器，故障就会酿成惨剧。

扪心自问，为了便利，值得付出你和你的孩子的性命吗？

"好极了。"阿切尔微笑着说。

惠特莫尔更加镇静,若有所思地说:"我们可以列出理由,说控制器有缺陷,因为它没有屏蔽外围信号。"

莱姆说:"这是谁发布的?我们应该跟他聊聊。"

博客几乎没有提供个人信息,也没有给出地址。

莱姆说:"罗德尼。"

"谁?"阿切尔问。

"等着瞧。"莱姆说。他看了一眼库柏,库柏会心一笑,说:"我调一下音量。"他把扬声器的声音调低一些。

虽然音量已被调低,但电话稍后被接通时,激烈的摇滚乐猛地袭入客厅。

"再调低一点。"莱姆朝库柏喊,库柏照做了。

电话另一头的声音说:"呀?"

阿切尔好奇地皱起眉头。

"罗德尼?我们可以关掉音乐吗?"

"好的。嗨,林肯。"嚓嘎嚓嘎的贝斯声变为轻声,但没有被关掉。

罗德尼·斯扎内克是纽约市计算机犯罪调查精英组的高级警探。他擅长抓捕罪犯,以及在案件的计算机方面支援其他调查员,让人印象深刻,不过恼人的是,他热爱这地球上最糟糕的音乐。

莱姆解释说警探的声音正通过扬声器外放,然后向他讲了案子的情况。电动扶梯里的智能控制器有可能出了故障,导致了一起可怕的死亡事件。"但这不是刑事案件,罗德尼。"

"怎么回事呢?"

"这是民事案件。梅尔·库柏在这里,但只是休假。"

"我没明白。"

"我没给警察局干活，罗德尼。"莱姆耐心地说。

"没有。"

"对。"

"如果你不干了，为什么你没有收手？我问是因为我们正在谈论这件事。"

"我放弃的是刑事业务。我在给一起民事案件当顾问。"

一阵停顿。"哦，呃，这样的话，我真的不能帮你。你懂的，我真希望能帮上忙。"

"不，这一点我知道。我只是要你告诉我们，怎样找到某个人的实际地址，他写了一篇有关那些控制器的博客文章。我们想跟他聊聊，也许雇他做专家证人。咱们就假装在鸡尾酒会上吧，你和我。"

"嗯，找网上的某个人？太简单了，域名查询。W–H–O–I–S，用这个查询.com或.net域名。当然，他有可能使用隐私保护服务来注册域名，这样气呼呼的前妻或前夫就没法查出注册者住在哪里。"

莱姆朝库柏看去，库柏正在显示器前敲键盘。他朝搜索结果点点头，莱姆看了看。"上面说'新西兰隐私保护'。"

"对，那是一项可以掩藏真实地址的服务。新西兰？没有法庭指令，你们完蛋了。"

莱姆平静地说："可是我们不能完蛋，罗德尼。咱们再好好想想。"

斯扎内克清清嗓子。"好吧，理论上说，你听明白这个词了吧，理、论、上、说？有人要越过隐私保护服务，就可以上网下载并安装——当然是用闪存盘，随后可以用来刻录数据——一个程序，比如咱们就说HiddenSurf吧。然后这个人运行这个程序，搜索俄罗丝的网站，查找一个叫——咱们就说是叫Ogrableniye的程序吧，这在俄语里是'抢劫'的意思。我们不就是喜欢我们斯拉夫朋友的敏锐吗？Ogrableniye是一种黑客代码，完全非法，很可怕。我一点都不喜欢。因为它可以让人们侵入，比如说，一项隐私保护服务，甚至是在，哦，比如说，新西兰，查询某个你知道其IP的人的真实地址。"

"我们现在最好挂电话，罗德尼。"

"我同意。不过，如果你和我甚至都没通过话，我们怎么挂电话呢？"

音乐提高到高分贝，电话挂断了。

莱姆说："有人记下来了吗，知道怎么做了吗？我们得——"

阿切尔从电脑屏幕前抬起头，说："有坏消息，也有好消息。"

"什么？"

"我照他说的做了。坏消息是，你开始收到俄罗丝的色情广告了；但好消息是：我查到那个博主的地址了。"

18

"这座城里的人太多了。"罗恩·普拉斯基说。随即他好像又后悔说这话了,因为他们眼下搜寻的罪犯,正以他那癫狂的方式处理这种人口状况。

这名年轻的警察其实在抱怨,有太多人闯红灯过马路,而那些交通灯对他和阿米莉亚·萨克斯不利。

然而,她对这两种约束都不是那么担心。没错,车流缓慢,但他们从警察局广场出来,正一路平稳推进,驶向那个吉卜赛出租车司机放下不明嫌疑人四十的十字路口,他就是在那天晚上,用他那粗野却实用的工具杀死了托德·威廉姆斯。萨克斯正在实行她所谓的"非接触式推进"——驱车靠近那些挡路的人,装出十足的分心的样子,如愿地让行人觉得自己身处险境,因此而赶紧从路上走开。

终于,他们逃离了这个城区,此处在十九世纪八十年代被称作"五点地区",是美国最危险的几平方英里(现在好多了,尽管有人讽刺说住的罪犯跟旧时一样多;附近有市政厅)。

十分钟后,他们在下东区看到了那个吉卜赛出租车司机,这个区域的有些地方正成为时髦人士和艺术家的聚集点。这里不算,这里被破旧的商业楼和大片空地占据。

在安排这次会面的电话中,这名司机说:"我会来的,我开白色的福特。湿淋淋的。我刚刚洗过车。"口音是个谜,分辨不清。

萨克斯避开路边一堆堆的垃圾,慢慢将都灵车驶进一个空位,然后他们下了车。司机是个皮肤黑黝黝的矮个子,身穿蓝色的皇家马德里队足球衫和牛仔裤。他下了车,来到他们跟前。

"我是萨克斯警探,这位是普拉斯基警官。"

"嗨,嗨。"他热情地跟他们握手。有些人见警察时紧张兮兮,有些人对警察当局持批判态度,有些人——少数人——表现得就好像他们在跟摇滚明星见面。

爱德华多打算挑战一下白城堡的夏洛特,不让她轻易获胜。

"好啊,我很高兴能帮忙。很高兴。"

"很好。非常感谢。跟我们说说这个人的情况吧。"

"他很高很瘦。怪里怪气,你不知道吗?"

"有没有——"

"突出的特征?"他脱口而出。

"对。"

"没有,没有,看不到太多。他戴着勇士队的帽子。这支球队,你不知道吗?"

"对,我们知道。"普拉斯基看看四周,放眼扫过空空的街道。仓库、小办公楼,没有住宅楼和小商店。他把注意力转回到笔记本上,记下这个男人所说的一切。

"墨镜,他也戴了。"

"发色?"

"我觉得是浅色。不过戴了帽子,你知道。"

"衣服呢?"

"绿外套,黄绿色。深色裤子。有个背包,哦,还有一个袋子。"

"袋子?"

"塑料袋。好像是他买了什么东西,他们把东西装在袋子里。我载着他的时候,他朝袋子里看了好几次。"

夏洛特说过同样的话。

"袋子上有商标吗?"

"商标?"

"商店的名字,图片?笑脸。"

"表情符号!没有。"

"袋子有多大?"萨克斯问。

"不大。草莓。"

"他买草莓了?"普拉斯基感到纳闷。

"不,不,我是说大小大概是草莓包装袋那样的。想想那个就是了。或者蓝莓,或者沙拉调料,或者一大罐番茄酱,就那么大。"爱德华多说着灿烂一笑,"没错。"

"知道里面装的是什么吗?"

"不知道。听到金属的声音,叮当,叮当。哦,还有那些汉堡!一打白城堡汉堡!一打!"

"他有没有打电话?"

"没有。不过他好像有点自言自语,我在电话里跟你说过这个了。我没法听清楚。起初我说:'什么,先生?'觉得他在跟我说话。但是他说:'没什么。'我的意思是他讲了一些东西,'没什么'是他回答我的话。你不知道吧?然后他就安安静静的,只是看着窗外。他没看我,所以实际上我没看到伤疤。你们总是喜欢伤疤。警方嘛,明显的特征,但是我没看到。"

普拉斯基问:"他有口音吗?"

"有。"

"什么口音?"

"美国口音。"爱德华多回答。他没有讽刺的意思。

"这么说,你在这里停的车,在这个十字路口?"

"是的,是的,我觉得你们想看看确切的地点。"

"我们的确想看看。他付的现金?"

"是的,是的,我们只收这个,你不知道吗?"

"我想你不可能还留着他付给你的钱吧?"

"指纹!"

"对。"

"没有。"司机用力摇头。

"你等在这儿,看着他进了其中一栋楼。"普拉斯基查看笔记本。

"是的,没错。我跟你说,"他指着街道,"你可以看得见,就是那栋,浅褐色的。"他把两个音节从这个颜色中挤了出来。

那就是他们在卫星地图上找到的楼。从这里看去,他们只能看到一栋五层楼的一小部分;楼的前面是一条街道。楼的周围,一边是空地,另一边是被拆毁了一半的建筑。

爱德华多继续说:"我记得这件事,是因为我觉得他去见的人也许不在家,或者不在那里,不在这个社区?这里没有兜揽生意的出租车,所以他想回皇后区的话,我又可以赚一笔车费。但是我看到他进了后门。我就是这时候离开的,你们不知道吗?"

"我们很感谢你的帮助。"

"他是个凶手?"爱德华多开心地咧嘴笑了起来。

"他跟一起谋杀案有关,受到通缉,是啊。假如你又看到他,假如他来你们皇后区的办公地,你就打九一一,报上我的名字。"

她又递出去一张名片,"你自己不要轻举妄动,试图阻拦他。"

"不会的,我打电话给你,警探。"

在他离开之后,她和普拉斯基开始朝他指出的房子走去。还没走半个街区,她立即停住。

"怎么了,阿米莉亚?"普拉斯基轻声说。

她眯着眼睛。"那是什么街?那栋楼面对的街道?"

"我不知道。"他拿出三星手机,加载了一幅地图,"里奇街,"这名年轻的警察皱着眉头,"为什么那么熟悉?……见鬼。"

萨克斯点点头。"对,这是托德·威廉姆斯的办公地点。"她了解到受害者的办公室在哪里,就循着他的脚步从谋杀地点回到这里,寻访线索。她还试图询问这栋破旧楼房里的其他人,但在这楼里办公的少数几个人当中——只有三四个,其他地方都是空的——没有人看到任何有助于调查的东西。

"他们彼此认识,不明嫌疑人和威廉姆斯。嗯,这就让一切改观了。"

这根本不是抢劫或随机的谋杀。

萨克斯若有所思地说:"不明嫌疑人在谋杀案发生前四小时来到这里。他们待在那栋楼里?如果是这样,在干吗?还是说他们去了别的地方?"

还有别的疑问:不明嫌疑人经常来这个区域吗?他住在这附近吗?

她四下看看街道。有人使用的建筑,包括几栋公寓,以及看起来像仓库和批发商的房子。调查不会花太长时间,她会从当地分局集结一个小组。

萨克斯发现了一个流浪汉,他又瘦又苍白,正在一个垃圾箱里找吃的。

萨克斯走上前去,说:"嗨,我可以问你一个问题吗?"

"刚刚问了。"他那忧郁的脸皱了起来。

"你说什么?"

他继续翻找垃圾箱。"你刚刚问了我一个问题。"

她哈哈大笑。"你住这附近吗?"

"西蒙说[①]。"他找到半块三明治,放进购物袋,"好吧,我闹着玩儿的。睡大街,不然就待桥底下,视情况而定。"他的手、脖颈和小腿,裸露在油腻腻的衣服外面,相当强健。

"几周前,你看到过什么又高又瘦的人进去那栋楼里吗?或者是别的时间?"

"没有。"他走向另一个垃圾箱。

萨克斯和普拉斯基跟着他。"你确定吗?"普拉斯基问,"再想想?"

"没有。西蒙说。"

萨克斯等着。

这人说:"你问我有没有看到他进去那栋楼里,没有,没看到。你没问我有没有看到他,就这样。我看到过。西蒙说。"

"好吧,你在哪里看到他的?"

"现在你用瓦斯做饭。就站在吉米尼那里。"他用手一指:远处的十字路口,他们正要去的方向。"很瘦的家伙,但吃东西就像一个……水手吃东西吗?不吃,他们发誓。烟囱冒烟。他在吃东西,狼吞虎咽。我打算找他要点什么,但觉得不舒服。他有点自言自语。不是说我不会那样。哈!还有,他吃东西那德行,我觉得他好像很贪婪。大口,大口,大口。我什么都不会要到。"

[①]西蒙说(Simon Says),一个儿童游戏,一般由多人参与,其中一人充当西蒙,其他人根据此人发出的指令做出相应的动作。

"这是什么时候的事?"

"不久前。"

"多久?一周、几天?"

"西蒙说。"

萨克斯又问:"你说不久前是什么意思?"

"十,十五。"

"天?"

"分钟。他就在那里。"

天哪。

萨克斯解开外套的扣子,朝街上望去。普拉斯基也警惕起来,盯着其他方向。

"他从哪条路走了吗?"她问。

妈的,别再给我来西蒙说了。

"没有,只是站在那儿。我接着找东西,就是这样。没再看到他。可能在这儿,可能在那儿,可能在任何地方。"

普拉斯基按下肩上别着的摩托罗拉对讲机的传送键。他请求支援,并且没等她提醒,说道:"悄悄集结。嫌疑人有可能不知道我们在这里。完毕。"

"完毕。"电波回应。

萨克斯知道了流浪汉的名字,但不是西蒙,还知道了他有时去住的容身之所。她向他道了谢,叫他最好离开。她很想给他二十美元,但如果他要在法庭上为不明嫌疑人的在场做证,辩护律师会问他是否收过警方的酬劳。

"你最好回你的住处去。更安全。"

"是,女士。是,警官,长官,警官。"

他走开了。

罗恩·普拉斯基说:"哦,嘿,看那儿。"

那人慢慢转回身。普拉斯基指着街上的某个东西,就在几英尺开外的地方。那是一张二十美元的钞票。

"你掉的?"普拉斯基问。

"我。哈。"

"如果我们捡走,就必须上报。真麻烦。"

"胡说。"

萨克斯附和道:"真的。这是规矩。"

普拉斯基说:"你捡走吧。谁捡到就归谁。西蒙说。"

"还是我来捡吧。你在垃圾里找到半块三明治,是有原因的。没人会把一块好好的三明治扔掉。"他用结实有力的长手指捞起钱币,装进口袋。

萨克斯朝普拉斯基点点头,很认可这一善举。她从没想过用那种方式处理赠礼。

那人慢慢走开了,边走边自言自语。

"你觉得要多久?"她问。

"支援赶来?八九分钟。"

"他不会走太远。咱们检查一下地面,找找脚印,看是否能发现他的去向。十三号的鞋码。"

他们开始慢慢走格子,搜寻脚印。两名警察时不时抬头望一下,察看有没有危险,这种情况无疑拖慢了搜寻工作。

不明嫌疑人没有开枪射杀过人,仅仅这一点,并不意味着他不想和不能试一试。

19

汤姆在楼的前面把埃弗斯·惠特莫尔和林肯·莱姆放下,楼里设有那位博客作者的办公室,朱丽叶·阿切尔追查到了他的地址。汤姆开车走了,要把那辆无障碍厢式货车停到几个街区外的停车场去。

律师又按一次对讲机上的按钮。第二社会工程,位于顶楼。

还是没有回应。

"我们可以继续找找,"惠特莫尔说,"肯定还有别的人研究DataWise。"

但是莱姆想找到这个人,他是阿切尔找到的那篇文章的作者。他想知道,到底是哪种外在的无线电波导致控制器产生反应。

专家证人……

理想的人选。

惠特莫尔四下里看看空荡无人的街道。"我觉得我们可以留一个字条。"

"不,"莱姆说,"他根本不会联系我们。我们现在知道了他在哪里办公。晚点再来吧,我们可以——"

"那是什么?"惠特莫尔突然说。

莱姆也听到了鞋底在鹅卵石上发出的刮擦声。好像就在附近。

当然，惠特莫尔不习惯表露情绪，但从律师那一反常态的飘忽眼神，莱姆可以看出他很担心。

莱姆也很担心。

那脚步声似乎有些鬼鬼祟祟。

律师说："我从来没有办过刑事案件，但因为民事诉讼，我遭遇过两次枪击。那两次行凶者都失手了，可能只是想吓唬我。不过那个感受还是很糟糕的。"

莱姆也遭遇过枪击，深有同感。

又是一声刮擦声。

从哪里传来的？莱姆听不出来。

惠特莫尔又说："我还在邮件里收到过一只无头老鼠。一周后，头到了，暗示我撤诉。"此时此刻，是神经在说话。

"但是你没有。"莱姆扫视着街道和房屋。从统计角度看，这不是一个特别危险的社区，但如果抢劫者想找个容易对付的人下手，这一对就是很好的人选，一个单薄、呆板的律师和一名残疾人。

惠特莫尔说："我没有，案子继续进行下去了。实际上，我对那只老鼠做了法医鉴定，发现了人类的DNA，我的私家侦探弄到了所有跟案子有关联的人的私人物品样本。那只老鼠是被告的兄弟送来的礼物。"惠特莫尔又看一眼四周，主要看上面。有扇黑色的窗户好像特别让他担心，尽管莱姆本可以告诉他，狙击手不是最大的危险。

"你可能会想，那个兄弟很明显是嫌疑人。但他好像认为他可以侥幸逃脱惩罚。我以故意造成精神伤害为由起诉了他。我其实没有那么受伤害，但我当了一个可靠的证人。陪审团深感同情。我做证说我做噩梦，梦到老鼠。这是真的，但对方律师没问是什么时候。我上次梦到老鼠是八岁的时候。莱姆先生，你又听到那个声音了吗？"

他点点头。

"你有枪吗？"

莱姆朝惠特莫尔转过脸，表情是：我看起来像个快枪手吗？

然后又是脚步声，越来越近。

莱姆把头抬向右边，轻声说："他从那个方向过来的。"

一时间，他们都一动不动。从他手指的地方，传来金属的叮当声。

抢劫前子弹上膛？

还是说，打算先开枪射击，等他们死了再偷东西？

该走了。马上。莱姆用头部示意，惠特莫尔点点头。虽然颠簸不平，莱姆还是可以从鹅卵石上快速驶过，驶向一条繁忙的南北走向的大街。

他把汤姆的电话号码悄声告诉惠特莫尔。"给他发消息，让他在百老汇北边的一个街区跟我们会合。"

律师依话行事，把手机放回口袋。他用力拽莱姆沉重的轮椅，驶过路边。

莱姆又悄声对惠特莫尔说："他靠近了。走，快走。"

他们开始沿街而行，从办公楼的前面经过。

当他们来到街角，快速绕过去的时候，两人都僵住了。

他们直愣愣地撞在手枪口上。

"哦，天哪。"惠特莫尔倒吸一口气。

林肯·莱姆的反应要小一些。"萨克斯，你到底在这里干什么？"

20

莱姆盯着他的女友,她困惑不解地皱着眉,打量他和惠特莫尔几秒钟,然后是利落的咔嗒一声,她把小巧的奥地利手枪塞回了塑料枪套。

她眉头一展,转头朝右边喊:"罗恩!安全!"

街角响起脚步声。莱姆看着普拉斯基走过来,他也把枪收进了枪套。"林肯!"他吃惊地看着律师。

莱姆为他们做了介绍。

普拉斯基对着莱姆脱口而出:"你来这里干吗?"

"我也想问你这个问题,菜鸟。"

等他和萨克斯解释清楚,在他们各自执行任务时,是什么因素把他们引到了下曼哈顿里奇街的这栋建筑,答案很快就明了了。过去几周,萨克斯一直在追踪不明嫌疑人,他杀死的受害者托德·威廉姆斯,其实就是那个发布博客、讲述DataWise5000控制器危险性的人。由于莱姆不再从事刑侦工作,她就完全没有理由提及威廉姆斯的名字。

萨克斯说她和普拉斯基在追查一条线索:不明嫌疑人从皇后区租车来过这一带,司机看到他从这栋楼的后门进去了,大概就在威廉姆斯死亡前的四小时。

莱姆说:"威廉姆斯发布过一篇博客文章,讲了一种特定的无线上网智能控制器的危险性——我们认为,就是同一种控制器在电动扶梯里发生故障,可能导致检修口打开。因为那名孀妇不能起诉电动扶梯生产商,因为他们破产了,我们就考虑,对生产控制器的公司提起诉讼。我们希望,威廉姆斯可以担任专家证人,或者至少可以跟我们多讲讲控制器怎样会失灵,可是现在……"

萨克斯问:"你跟我想的一样?"

"是的。你的不明嫌疑人看了托德写的关于控制器的博客,认为这可能是一件精巧的凶器——不管原因是什么。他联系托德,约好跟他在这里会面。他知道了他需要的信息,这样他就能侵入控制器了。"

萨克斯接着讲述这种可能性:"然后他提议去俱乐部,'北纬四十度'。但是还没到那里,他就把托德拽到建筑工地,用锤子将他打死,制造出抢劫案的样子。他在那里动手,而不是这里,可以让调查的焦点远离威廉姆斯的办公室。"

惠特莫尔说:"我糊涂了,莱姆先生。"

莱姆说:"阿米莉亚在布鲁克林的商城追捕罪犯。电动扶梯发生故障的时候,她就在那里,她认为这是一个巧合。"

萨克斯补充道:"但那不是巧合。看起来,不明嫌疑人四十知道怎样侵入控制器,故意打开检修口。"

"转移注意力,然后逃跑?"普拉斯基问,"当他看到你在追捕他的时候?"

莱姆听到这个年轻人充满漏洞的想法,脸色一正。"他怎么知道电动扶梯里有 DataWise 5000 控制器?"

年轻人满面羞红,说:"是啊,是啊,我没想到那个。他会事先计划好。他出现在商城，要么随机找个人杀掉，要么特地找弗罗默下手，通过打开检修口的方式。"

普拉斯基的摩托罗拉对讲机响起了刺耳的声音。他走到一边，接收信息。

萨克斯对莱姆和惠特莫尔解释："大概二十分钟前，有人在这里看到不明嫌疑人，我们呼叫了支援。这就是掏枪的原因。我们听到你们在楼另一边的动静，以为你们可能是他。"

年轻的警察回到他们跟前。"一辆车在附近巡查，另一辆停在这里。还没有发现他。"

莱姆说："他会不会在楼里？"

"流浪汉说看到他站在那个十字路口，"萨克斯边说边点头，"如果不明嫌疑人朝这边走，他或许会看到。"

惠特莫尔说："可是我很好奇，他为什么会回来这里？"

莱姆说："他可能住在附近。"这个区域基本上是商业区，但有少量旧式公寓和较新的——也就是七十五年或八十年房龄的公寓。

"或者他担心没有充分掩盖好踪迹，便回来查找证物。他看见我们，逃走了。"她扫视着这栋建筑，"罗恩，看看有没有人强行闯入楼里。"

他围绕楼体兜一圈，回来了。"窗户完好无损，但是后门可能被撬过，有擦痕。"

莱姆感觉不到麻木胸腔里的怦怦声，但他知道这怦怦声在响——从他额头里面急速的搏动知道。"萨克斯，你说查找证物，他可能也会——"

"——来这里销毁证物。"她飞快地转身，奔向办公楼。

就在此刻，楼里传来一声沉闷的响声。不管不明嫌疑人四十放入了哪种纵火装置,它必定相当大。顷刻之间,烟雾和火焰从底层窗户升腾,窗户玻璃在高热中已经破碎。

莱姆呛了一口烟尘,剧烈咳嗽起来。他驾驶轮椅使劲往后退。埃弗斯·惠特莫尔给他帮把手,踢开一个垃圾桶,它正阻挡这位刑事鉴定专家逃离。罗恩·普拉斯基呼叫调度中心派消防队过来。

阿米莉亚·萨克斯朝楼的前门跑去,捡起一块松动的鹅卵石,砸破门玻璃。她转身朝莱姆喊:"博客作者的办公室在几楼?"

"萨克斯,不行!"

"几楼?"

"顶楼。"他回答道,仍在剧烈咳嗽。

她转身跃进楼里,几乎没有避开像鲨鱼牙齿一样环绕门道的玻璃尖端。

她进去了?

好吧,祝我好运。

我的警察女郎,红,偷走白城堡的窃贼,不知道地下室的火焰中是整整五加仑的低辛烷值汽油池。火焰的海洋。这栋楼干得就像一棵加利福尼亚松树,支撑不了多久。

她呢?她会支撑很久吗?

我正准备回家,回切尔西,在网吧发几封邮件。但是我决定留下来。我待在街对面错开几个门脸的废弃旧公寓里,透过五楼过道的一扇窗户往外看。不利于居住,有利于暗中监视。我蹲下来,缩成一团,观望下面发生的情况。

看不见我在这儿,他们谁都看不见。

确凿无疑。

不会,谁都不会抬头看上面。警车在巡查,但只查看街道和人行道。他们以为我走了。因为谁会傻傻地等着呢?

嗯,我会。看到底是谁追捕我,看谁会因为我留下的礼物烧焦而亡,或窒息而死。楼里冒出的烟已经很浓,而且越来越浓。红要怎么呼吸?怎么看清楚?

警笛声,我听见了。消防车在十字路口发出警笛声,嘟嘟的尖鸣。我喜欢那声音,嘶叫着痛苦和悲哀。

如果事情按计划进行,我留在托德办公室里所有细枝末节的证物,我的粗心大意,就会灰飞烟灭。我从格勒斯纳·李的犯罪现场玩具屋得知,证物是多么能吐露真相——哎呀,瞧瞧红是怎样终结掉我珍爱的汉堡的。

一把火烧掉是最好的。

烧成灰,烧成土,烧成浓稠绵软的烟雾。

而红呢?

我自己,从来就不太喜欢烧焦的骨头。那不称心。敲碎更好。但不管她怎么死,都是好的。头发烧光,皮肤、脂肪熔尽,然后是骨头,很好。只要她死就好。有点痛苦也不算坏事。

烟雾翻腾而上,就像硕大的猪尾巴。救援马上就会抵达,但火势发展迅猛。

我远离失去控制的熊熊烈火,但又不是太远;或许,我可以听到她的尖叫声。

不太可能,但希望总是可以有的。

21

烟湿漉漉的，烟刺啦啦的，烟是溜进体内掐死你的怪物。

楼房正被底部中央的大火吞噬，萨克斯一路爬楼梯冲往顶层，眯眼透过白色的、然后是棕色的、然后是黑色的烟团往前看。

她必须进入那个博客作者的办公室。如果不明嫌疑人不遗余力地要毁掉这个地方，这就意味着里面有证物，有可以导引至他或者未来受害者的东西。

冲呀，她告诉自己，觉得恶心欲吐，然后大声说出了这个指令。

门当然是锁着的，这也是他在地下室纵火的原因。比起他要毁掉的这个房间，那里更容易闯入。她用肩膀撞了撞门。不行，没法强行闯入。你可以用撬棒、木槌和特殊的霰弹块（只能瞄准合页；你没法把锁射开）破开大门，但大部分木门你没法直接撞破。

这么说，她要像个天使一样飞翔了。周围烟雾积聚，热气纠集，因此她跌跌撞撞奔向过道里的窗户，也一脚将其踢破。不像楼下的门那样，留下参差尖利的碎片，这里的窗户化成了碎片瀑布，朝虚空洞开。清凉的空气一拥而入。她深深吸气，吸入氧气后轻松多了，但是，根据身后的轰响声陡然变大，她发现她恰好也助长了火势。

她看看外面,看看下方。窗台当步道不算宽,但足够了。而且,博客作者办公室的窗户,距离萨克斯正在攀爬的长方形洞口只有五六英尺。她尽情地呼吸清新的空气,舒舒服服地将空气吸入刺痛的肺部。她低头望向地面,下面一个人都没有。这是建筑的后部,背对林肯和其他人等候的地方。她希望消防部门正赶来灭火。

没错,她听到警笛声了。但她默默地向他们下命令:如果你们不介意,快到近前来。

她看看身后,滚滚浓烟越来越浓。

她又咳嗽,又恶心。天哪,胸部好痛。

好吧,到窗台上去。

萨克斯出自本能的恐惧是幽闭恐惧症,而不是恐高症,但她也犯不着急匆匆地从五十英尺高的地方跌落到光滑的鹅卵石上。窗台足有八英寸宽,而她只需要跨过两码的距离,就可以抵达威廉姆斯的办公室。最好光着脚,但她要进去,也必须打破那扇窗户,会弄得满地都是尖碴子。鞋子还是穿着吧。

行动。来不及了。

她的手机响了。

眼下不可能接电话……

落到窗台上,抓紧窗框,转身面对楼的外墙。然后她向右移动,脚尖发力,手指抠进染上烟灰的砖石之间的接缝。酸痛自手腕发散开去。

楼里传出一声哀吟。楼的框架之类的东西塌了。

这个办法有多糟?

眼下不要质疑了。

一码，然后又一码，她抵达了威廉姆斯办公室的窗户。室内飘着一层淡淡的烟雾，但能见度好像还不错。她把手搭到窗框上，紧紧抓住，膝盖往后一荡，踢了过去。窗格玻璃碎成无数片，洒在小小的、昏暗的办公室地上。

然而，进到里面比她想象的要棘手。重心的问题。她放低脑袋和肩膀，想钻进去，这使得她的臀部突出至空中，让她开始往后倒。

不……

还好她的手紧紧抓住了窗框——没有玻璃残留的位置。使劲向侧面用力，斜向右方，把左腿伸进去，然后重心转移到那条腿上。萨克斯探身到屋内，想找个东西抓住。摸到一个金属四方体，她猜是文件柜。平滑光溜，没有把手。她只能摸到家具的侧面。但是她想起了探索频道还是其他类似的攀岩节目，脑中浮现出徒手攀岩者用力将手指抠进细小的缝隙，以支撑整个身体重量的情景。她把手移到文件柜的后面，手指抵在金属和墙之间，重心移向室内。

发力的时机到了。

移动几英寸，保持平衡。

往前冲。就是现在。

萨克斯跌进屋内，落在洒了一层玻璃的地板上。

没有伤口。嗯，没有严重的伤口。她觉得膝盖有一点刺痛——遭受关节炎折磨，直到做手术才好的那个关节。现在那份疼痛又回来了，都因为这一摔。但她站起来，动了动。关节活动自如。她看着从门下翻卷而入的烟雾，觉得整间办公室现在都很热。火焰能蹿升这么快？已经在炙烤她脚下的橡木地板。

她剧烈地咳嗽起来。她看到一瓶完好的鹿园瓶装水，拧开瓶盖,一口气喝光。她又啐了一口。

萨克斯飞快地扫视屋内,发现有三个文件柜和书架,装满了各种样式的纸页:杂志、报纸、打印材料、宣传手册。她注意到这些都是高度易燃品。她迅速翻纸页,大部分都是很寻常的文章,讲的是数据挖掘的危险、政府对个人隐私的侵犯、身份的盗用。她并没有立马就找到跟莱姆和惠特莫尔讲的控制器有关的东西,或者促使他们的不明嫌疑人杀害威廉姆斯的别的东西,也没发现他有可能留下的证物。

屋子的一角,火苗从护壁板下面蹿出来,点燃了一个书架。屋子对面,另一条火舌舔舐着一个纸箱,立刻将其点燃。

建筑再次哀吟,门上直冒清漆。

又是一声响,让她倒吸一口气:跟她爬过的那扇窗户相对,位于建筑前部的那扇窗户坠毁在屋里。即刻之间,她拔出了格洛克手枪,不过这完全是本能的反应。她知道入侵者不是危险的,事实上是她一直指望的救援人员。萨克斯朝这名纽约市消防员点点头,对方若无其事地坐在梯子上,梯子连着下方大概四十多英尺之遥的消防车。

那个女人指引梯子的顶部移到离窗台大约两英尺的地方。她大喊道:"这栋楼要塌了,警探,你得马上走。"

如果她有一个小时,或许可以分析一下文件,找出一些相关的东西,这些东西有可能会导向不明嫌疑人的动机、过往的受害者、未来的受害者、他的身份。然而,她只做出了唯一可行的举动。她抓起笔记本电脑,扯掉电源线,用她的弹簧刀割断连接笔记本和显示器的电线,因为来不及拧开电线。

"放下那个。"纽约消防局的消防员透过面罩说。

"不行。"萨克斯说着冲向窗户。

"那要用两只手！"现在说话得大喊了。建筑的框架噼啪断裂，发出哀吟。

但是萨克斯一手搂着笔记本，爬到梯子上，只用右手紧紧抓住梯子。她双腿缠绕着梯子的一侧和另一个横挡。她身体的每一块肌肉似乎都在痉挛；然而，她坚持住了。

地面的操作人员把她们撤离建筑。仅仅数秒之前，萨克斯还身处其中的那间办公室，突然被大火吞没。

"谢谢！"萨克斯大喊。那个女人要么因为轰响声听不见她说的话，要么在恼恨萨克斯不把她的警告当回事，没有回应。

梯子往回收。在她们距离地面二十英尺的时候，梯子猛地一晃，最终萨克斯不得不松开笔记本，以免自己跌到街道上。

笔记本打着转落在人行道上，裂开了，塑料碎片和按键向四面八方飞溅。

一个小时后，林肯·莱姆和朱丽叶·阿切尔已经待在一张证物台前。梅尔·库柏就在近旁。埃弗斯·惠特莫尔站在角落里，同时用两个手机应对两通电话。

他们在等被烧毁的楼里的证物。楼的主体尽数倾颓，塌成一堆闷烧的石头和烧熔的塑料、玻璃及金属。萨克斯叫来了一台挖掘机进行挖掘作业，莱姆希望搜出纵火装置或许还能留下点什么。

至于电脑，罗恩·普拉斯基已经拿去警察局广场，交给纽约市警察局计算机犯罪调查组，希望萨克斯疯狂的垂直式冲锋不是白费力气。罗德尼·斯扎内克会弄清楚，电脑里有没有数据可以修复。

这时，前门开了，又有一个人走进客厅。阿米莉亚·萨克斯满脸污垢，头发蓬乱，打着两条绷带，这大概是包扎碎玻璃造成的割伤——在闯入威廉姆斯办公室的惊险行动中，她好像打破了至少三块窗户玻璃。

事实上，她只受了这点伤，让莱姆感到吃惊。他满腹不快，因为她不管不顾，冒险行动。但是多年前，他们就达成了默契。她把自己推向极端，而这正是她独特的地方。

只要你在动，他们就没法逮着你……

她父亲的话，她的生命箴言。

萨克斯拿着牛奶箱，里面装有从楼里搜来的证物——不过很少，通常犯罪现场被烧毁的案子都是这样。

一阵咳嗽，眼泪都出来了。

"萨克斯，你还好吧？"莱姆问。消防局一发出危险已解除的信号，她就拒绝去急诊室了，待在烧焦的火灾地点挖掘证物、走格子，这时莱姆、惠特莫尔和汤姆已经回到了这里的连栋住宅。

"吸了一点点烟。没什么。"又是咳嗽。她用嘲弄的眼神看着梅尔·库柏。"你看起来很像纽约市警察局的某个人。"

技术员脸红了。

她把牛奶箱递给库柏，后者看了看里面的袋子。

"就这些？"

"就这些。"

他走向色谱仪，着手进行检测分析。萨克斯擦了擦眼睛，打量着朱丽叶·阿切尔。莱姆想起她们还没见过面，于是给她们做了介绍。

阿切尔说："久仰大名。"

萨克斯当然没有伸出手,只是点点头打招呼。"你是林肯提过的那个在帮忙的实习生。"

莱姆觉得他从没说起过阿切尔是坐轮椅的。事实上,他确信他从没对萨克斯提起过他学生的情况,甚至连名字或性别都没提过。

萨克斯瞥了一眼莱姆,那意味不明的一瞥,也许是责备,也许不是。然后她看向阿切尔:"幸会。"

惠特莫尔挂断了一个电话,然后另一个电话响了。"萨克斯警探,你确定你还好吗?"

"没事,真的。"

律师说:"当我接到电话,电话是关于承接一起人身损害诉讼案的,我根本没想过结果会是这样。"

莱姆对萨克斯说:"这么一来,你的案子和我们的案子就是同一回事——顺便一提,常常被错说成同在回事。"①

待在气相色谱/质谱分析仪旁边的梅尔·库柏说:"我有点弄不明白状况了。"

莱姆解释了一通,说不明嫌疑人四十看了托德·威廉姆斯的博客,决定找他帮忙侵入DataWise控制器,将它变成一件凶器。"我们可以猜一下,他说他想帮威廉姆斯揭露这些东西的危险,连同数字信息社会、资本主义,类似这样的狗屁话。"莱姆朝博客文章点点头,文章仍打开在屏幕上,"威廉姆斯教会了不明嫌疑人怎样侵入系统,不明嫌疑人把他干掉了。他是个牺牲品。"

阿切尔补充道:"他也是个麻烦。报道电动扶梯事故的新闻

---

① "同一回事",原文为"one and the same",常被错用为"one in the same"。

可能会提到控制器,威廉姆斯就会知道谁是幕后黑手。"

莱姆点点头,继续说:"阿米莉亚在布鲁克林追捕他,跟着他进了商城,他打算在那里杀死第一个受害者。"

阿切尔问:"你怎么知道这是第一个受害者?"

问得很有道理。但是莱姆说:"他杀死威廉姆斯才几周,我想不起来新闻还报道过什么跟产品相关的可疑死亡事件。我们也许能找到别的案件,但我们暂且假定,电动扶梯事故是第一起。问题是,一次就罢手吗?还是说他有更多的计划?"

"为什么?"律师问,"动机是什么?用控制器杀人相当麻烦。"

莱姆补充道:"而且风险也大很多。"他说这话的同时阿切尔也在说:"而且他的风险更大。"这名刑事鉴定专家扑哧笑起来,"好吧,我们不知道原因,我们也没那么在乎。等抓到他,我们问问。电脑到底什么时候能弄好?"

"罗恩说应该不会超过一小时。"

"那么菜鸟到底在哪里?"莱姆咕哝道,"另外那个案子?古铁雷斯,我记得他提过。"

"我想是吧。"

"古铁雷斯是施害者还是受害者?"

萨克斯说:"罪犯。我不知道这件案子为什么又引发了热度。"

"好吧,我们凑合着来吧……"

这话让萨克斯将注意力集中到了莱姆身上。

"你说的是真的?"

"什么?"他完全不明白她在说什么。

"'我们凑合着来吧。'你打算帮忙?现在这是刑事案件了。"

"我当然会帮忙。"

她淡淡一笑。

莱姆说:"我没有选择。我们抓住不明嫌疑人,然后桑迪·弗罗默以异常死亡为由起诉他。"

莱姆记起了惠特莫尔说过的关于介入因素的话。控制器本身不是格雷格·弗罗默的死因,杀死他的是不明嫌疑人四十对系统的入侵。这就好比有人割断了汽车的刹车线、杀死了司机,汽车生产商不用承担法律责任。

他看着律师。"桑迪能起诉他,对吧?"

"当然能。就像O.J.辛普森的情况。你们的不明嫌疑人有资产的话,我们就走运了。"

"萨克斯,我这不是不退职,只不过我们的路径暂时重合了。"

笑容消失了。"好的。"

梅尔·库柏检测了萨克斯找到的证物。他问:"原发现场?"

"对。"

随着火焰燃起并蔓延开来,纵火案会呈现出鲜明的模式。正是在原发现场,调查人员可以指望找到关于罪犯的最佳证物。

他念着气相色谱/质谱分析仪屏幕上的信息:"微量的蜡、低辛烷值汽油——量不够多,没法跟具体的制造商联系起来——棉花、塑料、导火线。"

"照明弹。"

"对。"

这是用一罐汽油就可以随时制作的简易爆炸装置,使用蜡烛当导火索。

库柏证实了微物证据太过微小,他没法查出不明嫌疑人的简易爆炸装置里其他成分的来源,正如莱姆怀疑的那样。

萨克斯又接到一个电话,她咳嗽了一阵才开始接听。"喂?"她边听边点头,"谢谢。"

莱姆看得出来,不是好消息。

她接完电话,转向屋里的众人。"对社区进行了全面调查。没人看见他。他肯定是放好炸弹就走了。"

莱姆耸耸肩。一切都没有超出他的预想。

一会儿后,又来了一个电话。来电显示是罗德尼·斯扎内克。

啊,咱们就抱着最好的希望吧。

"接电话。"莱姆下指令。

又是摇滚乐,不过只有一小会儿。还没等莱姆说"关掉那该死的音乐,行行好",警探就调小了音量。

"林肯。"

"罗德尼,你这是在扬声器上跟……一堆人讲话,没时间一一点名介绍了。托德·威廉姆斯的电脑可以修复吗?"

电话里一阵沉默,莱姆觉得是惊讶的沉默。"嗯,当然啦。那样摔一下不算什么。你把电脑从飞机上扔出去,数据会留存下来。黑盒子,你知道的。"

"你有什么发现?"

"看上去,这个威廉姆斯和你们的不明嫌疑人是最近才搭上关系的。我发现了他们之间的一些往来邮件。我发给你们。"

一会儿后,电脑屏幕上蹦出一封安全的电子邮件。邮件有附件,他们读了其中的第一份。

你好,托德。我看了你的博客,并且深有同感,社会的发展趋势不好,电子产品和数字世界正使其变得愈加危险。必须得有一些方法来改变这个体系。当然正如你所说,钱是根源，我想为你的大业略施援手。我们可以见面一聊吗？

P.G.

阿切尔说："啊，有首字母缩写。"

"可能吧。"莱姆说，"继续，罗德尼。"

斯扎内克接着说："你们的不明嫌疑人用了一个匿名电子邮件账号，从一个难以追查的IP地址登录。他们在谋杀案发生的那天约好了见面。"

库柏仔细查看邮件。"不是特别聪明。看看这些错误、逗号、同音同形异义词。用的 Y–O–U 撇号 R–E，而不是'your'。还有'their'也一样。"

莱姆纠正道："应该是'Heteronyms'，同音异形异义词。'Homonyms'是同音同形异义词。"

阿切尔盯着屏幕，举了一个典型的例子："Bark——狗的一种行为，树的覆盖层，同音同形异义。"她接着又补充道，"不过我觉得他不傻，而是装傻。不断句，同音异形异义词——这些都是显而易见的，但是他用的从句'as you suggest'是正确的，没用'like you suggest'。"

莱姆表示赞同。"还有'to try'后面的动词不定式。'try and'的说法是不规范的，你应该说'try to'。把'then'写成'than'，大部分拼写检查程序都会把它标出来，即便是在简易的手机上。不，你是对的，他在装傻。"

斯扎内克插进来说："现在说最大的发现，最让人担心的发现。"

惠特莫尔问："是什么，斯扎内克先生？"

"在谋杀案发生之前的四小时——我猜当时托德和你们的不

明嫌疑人正在会面——托德是在线的。他做了两件事。首先,他从商业性的数据矿工那儿买了一个数据库。他假冒成广告代理商——用的是他侵入的真正广告代理商的账号——说他需要这些信息做市场研究。这是一个长长的产品清单,这些产品里安装有DataWise5000。"

"有多少?"

"很多。大概有八百个不同种类的产品、将近三百万件组件被输送到美国东北部,包括纽约都会区。在被第三方控制时,有些不会产生危害,如电脑、打印机、灯具。其他就是要人性命的:汽车、火车、升降电梯、心脏除颤器、心脏监测器、心脏起搏器、微波炉、烤箱、电动工具、熔炉、起重机——用于建筑工程和码头的那种大家伙。这些东西里面,我想百分之六十都很危险。然后,他买了第二样东西,产品购买者的数据库。有些是设备生产商,如中西部交通运输公司,其他的是购买了智能家电的个体消费者。包括姓名和住址之类。同样地,主要分布在纽约和东北部地区。"

阿切尔问:"这可以买得到?这些信息?"

又是一阵沉默,这也许是惊愕之下的沉默。"数据挖掘,阿……"

"阿切尔女士。"

"你不知道聚合器对你的了解之深。数据收集,以现在的情况为例,就是为什么你购买了一个智能烤炉,然后你就开始收到推销其他可能基于云的产品的直邮广告。通过购买烤炉,你宣告了自己属于一个特定的客户群体。"

"所以他只要浏览一下清单,找到一个装有DataWise的产品,如电动扶梯。他侵入进去,等待着——如果他是一个正派的怪物——以便避开乘电动扶梯去二楼的小孩或孕妇,然后按下按钮。"

萨克斯问:"他是怎么侵入的?不可能那么容易。"

这次没有沉默,只有大笑。"嗯,好吧,关于物联网——这个词我讨厌至极,但它就是这样的——我可以跟你简单上上课吗?"

"我喜欢简单,罗德尼。"

"从家用灯具到我刚刚提到的一系列东西,智能产品引号'内置'有无线连接电路。"

莱姆回想起来,威廉姆斯的博客文章提到过这一点。

"好了,内置式产品使用特殊的协议——规则,咱们可以这么称呼——这些协议决定计算机装置和云端如何对话,以及它们彼此之间在网络上如何对话。ZigBee 和 Z-Wave 是应用最为广泛的协议。DataWise 控制器和其他一些公司用的是 Wi-Swift。协议会提供加密密钥,以确保只有合法的用户和设备被识别,但有一个时刻存在着漏洞,那就是在烤炉或网络摄像头跟网络握手的时候,黑客会发现这一点,并拿到网络密钥。

"更糟糕的是,生产商,嗯,别吃惊——贪婪得很!新软件需要时间来编写,而这和高科技公司面临的产品上市时间问题相违背。产品进入市场所花费的时间越长,被他人抢占先机的风险就越大。所以实际情况就是,这些智能控制器公司把现有的软件用在它们的内置式产品上——我说的是旧的、过时的软件。落后的软件。如早期的 Windows 和苹果操作系统,以及一些开放的源代码,被剥除掉纸牌游戏和图形处理软件这种花哨的东西。相比公司针对内置有智能控制器的产品编写新的代码,这些软件可以被利用的安全漏洞更大。"

"利用？"惠特莫尔问，"那是怎么回事？"

"黑客攻击。就是找到漏洞，嗯，并加以利用。几年前的冰箱黑客攻击，你知道吗？前所未有的事。有一条生产智能冰箱的产品线，运行的是给个人电脑编写的旧软件。黑客侵入，将控制器变成了垃圾邮件程序。于是遍布全世界的冰箱，编写有关壮阳和维生素促销的邮件，发送到成千上万个地址。屋主们对此毫不知情。"

"生产智能控制器的公司呢？难道它们不能防范黑客？"阿切尔问。

"嗯，它们也试图防范。它们一直在发送带有安全补丁的更新程序。你有时登录个人电脑，不就得等待，因为 Windows 在安装更新程序，那可能就是一个安全补丁。有时你必须自己安装，有时——像谷歌——它们会自动下载并安装。补丁通常会起作用……当然，直到某个黑客发现新的漏洞加以利用。"

莱姆问："他登录网络操控产品的时候，可以被追踪到吗？"
"可能吧。这事你们得跟控制器生产商谈谈。"
"我们就这么办吧，罗德尼。谢谢。"
他们结束了通话。

萨克斯说："我让警察局广场的人给我们查控制器生产商的联系人的号码。"她走到一边打电话。打完电话后，她说："他们会尽快回复。"

接着，客厅里的三个手机同时响了，萨克斯的、惠特莫尔的和库柏的。

"好了，"萨克斯边看边说，"看来我们有目标了。"她看着手机，脸在屏幕的映照下泛着亮光。

"是什么？"莱姆问。

惠特莫尔说："我的助理给我发了一条消息，可能跟你的差不多，萨克斯警探。这是一篇帖子，发在多家报纸的网络版专栏，宣称对电动扶梯死亡事件负责。"

"在这里。"库柏说。众人都转向电脑屏幕。

> 你们对东西、对物件、对小玩意儿的贪婪会把你们所有人送上死路！你们抛弃了真正的价值，而这么做就失去了宝贵的"掌控"，这在你们使用信息不明智的时候就会发生。你们因为依赖物品上瘾而拒斥家人之亲朋友之爱。你们必须拥有更多，更多，更多，不久，你们拥有的东西就会掌控你们，并且以一记冰冷的钢吻送你们下地狱。
> ——人民卫士[①]

莱姆指出，不明嫌疑人在发给托德·威廉姆斯的邮件里署名为P.G.。

"是真的吗？"库柏问。

真是奇怪，很多人会认下跟他们毫不相干的罪行。

"不，我确信这是他写的。"莱姆说。

"你怎么——"阿切尔开口道，转而又说，"是啊，看'掌控'这个词，带了引号。还提及'明智'和'信息'。[②]"

"正是如此。DataWise遭受黑客攻击不是公开的消息，只有我们的不明嫌疑人知道这件事。一些刻意而为的语法错误是一样的，比如'Y-O-U-R-E'的写法，还有以'that'代替'which'的错误用法。"

[①] 原文为"The People's Guardian"，可对应后文首字母缩写"P.G."。
[②] 此处两个词的原文分别为"wise"和"data"，合起来可写成"DataWise"，正是所指控制器的名字。

萨克斯说:"咱们看看他以前有没有干过……"她上网开始搜索。几分钟后,她说:"国家犯罪信息中心没有结果。"全美国和其他一些国家数以万计的犯罪嫌疑人,他们的通缉令和简历都汇集在国家犯罪信息中心。萨克斯补充说,大众媒体没有报道过跟不明嫌疑人四十的举动有任何相似之处的激进组织攻击行为,也没有哪里提到过"人民卫士"。

莱姆发现朱丽叶·阿切尔驱动轮椅从大家身边走开了,她在浏览电脑屏幕。她喊了一声:"找到了。"

"什么?"莱姆直截了当地问,他正气恼于案子没有新线索,嫌疑人此刻可能锁定了更多的受害者。

"控制器生产商,CIR微系统公司?"她转向众人,朝她刚刚调出来的页面点点头。"这是公司总裁的直线电话,维奈·乔杜里。"

"你怎么查到的?"萨克斯问,似乎很恼怒,因为她请求过的纽约市警察局支援人员还不如一个生手动作快。

"只是一点小小的侦查手段。"阿切尔回答。

"咱们跟他谈谈吧。"莱姆说。

萨克斯在手机上输入号码,接电话的显然是乔杜里的助理,这是莱姆推测出来的。一番解释之后,萨克斯的肢体语言、脸上流露的惊讶表明,她正跟总裁本人通话。他看起来不抵触跟他们通话,不过,她在挂断电话后解释,他刚才不得空。大概再过四十五分钟,他可以跟他们聊聊。

很有可能,要等他把他的律师们召集到身边之后,就好比敌方出现在头顶的悬崖上时,定居者们围守在四轮马车周围。

22

"有什么发现,警官?"警官的耳机里传出流畅的问话。

外交安全局的战术监视车,今天化身为水管修理车,正对着酒吧停在街对面,纽约市警察局的乔·雷利警官可以清清楚楚地看到酒吧里面。他回答道:"两人都坐着,闲待着,喝啤酒,无忧无虑的样子。"大肚子、灰头发的雷利是缉毒警官。多年前,从街头毒品扫荡计划刚开始实施起,他就是该计划的主管,那时的无线电波吱吱嘎嘎,响得像卷起来的蜡纸。令人吃惊的是,他们完全能协调突袭行动。现在,一切都是高清数字化的,就好像跟他通话的战术小组警察就在几英尺之外,而不是在这个破旧的布鲁克林社区的街道上。

车上不止雷利一人。在他身旁,操作摄像机控件的是个刻板正派、健壮结实的年轻非裔美籍警察,一位配有电子眼和电子耳的高手,不过按警官的品位而言,她洒的香水太多了。

"有武器吗?"他耳边的声音问。秘密战术小组跟贝德福德——斯图文森的里奇酒吧相隔半个街区,该死的,他们最好是买了雷利要他们带给他的意大利烤饼。不要菠菜,要火腿和芝士,就这样。苏打水。要节食。

雷利盯着屏幕上那两个受到监视的啤酒客的图像。女警察摇摇头。雷利说："看起来没有。"

这并不意味着他们监视的那两个人没有全副武装。

"只有他们两个？"

他打算说三个的。之前是三个。四个，四个。

"对。"雷利伸了伸懒腰。妈的，希望这不是浪费时间。据可靠消息，多米尼加共和国一个团伙的大佬级浑蛋，正跟本地一个小混混在里奇酒吧碰面。也许是转移什么重要的东西。但是多米尼加的那家伙迟到了，而瘦不拉几、神经兮兮的小混混只是和某个来路不明的人闲待着，这个人是白人，很年轻，举止之间显得有点紧张。

对讲机里，战术小组的警察喝了一口什么，啧啧有声，说："大人物迟到多久了？"

那个多米尼加人不单在团伙里地位高，而且体重超过三百磅。

"半小时，"雷利看着手表，"四十分钟。"

"他不会来了。"战术小组的警察咕哝道。他现在在嚼东西了。

雷利猜，黑帮分子的缺席，可能并不是因为临阵脱逃。多米尼加级别的毒贩就是很忙。

"跟他在一起的那个来历不明的家伙，你确定不是多米尼加团伙里的人？"

雷利哈哈一笑。"不是，除非世道真有这么艰难，难到要雇用唱诗班男童和白人。日子还没到那个份上。"

"知道是什么人吗？"

"不知道。外貌特征是金发，身高六英尺，妈的，瘦得气死人。"雷利仔细看那家伙的脸部特写，"你知道吧，他的样子很奇怪。"

"什么意思？"做记录的家伙边吃边说。

妈的，我要吃意大利烤饼。

"显得很紧张。"

"他发现你们了，警官？"

"我坐在该死的水管修理车上，车停在布鲁克林的街上，这里挤满管道用品店。摄像头只有你家猫的老二那么大。"

"我没养猫。"

"没有，他没发现我。他只是不想跟咱们那小子待一起。"

"谁想啊？"

说得好。阿尔方斯·格拉维塔——又叫阿尔法，但叫爱宝更为人所知，汪汪、汪汪——明晃晃就是让人穷忙活的主儿。这个菜鸟的毒贩够走运，没有被逮住，但他一心想往上爬，想把他的街头生意从他晃荡的海洋山小便利店，扩展到贝德福德—斯图文森和布朗斯维尔去。

"等一下。"雷利坐直起来。

"多米尼加共和国的家伙来了？"

"没有。但是爱宝和他的伙伴……等等，有情况。"

"什么？"咀嚼声停住了。

"好像有交易……拔出来。"后面这句话，是对坐在他身旁的香喷喷的警察说的。

用词不当，他想。或者也算恰当。但她没有领会其中的影射。

这名警察把镜头拉远，扩大拍摄视角，爱宝和那个金发男人的一举一动便全在眼中。爱宝四处张望，把手伸进口袋。金发小子也是同样的动作。然后两人都伸出手。

"好了，交换完毕。"

"是什么？"

"妈的，不少钞票，但没有看到货。你看到了吗？"

"没有，长官。"正在监视的女人说。那股香水味让雷利想到了栀子花，尽管他对栀子花的气味或样子——完全没有概念。

战术小组的警察在对讲机里说："你决定，警官。"

雷利犹豫不决。他们刚刚目睹一起非法毒品交易，可以把两人都逮回去。但在外面单独拿下白人小子，让爱宝继续玩儿，可能才是明智之举。如果他们不能铐住多米尼加共和国的那个人渣，把他带回七十三分局，至少还有一个猎物可以列入战果。那小子可能也知道关于多米尼加人的消息。他们可以对那个紧张兮兮的家伙进行逼供，直到他屈服。

或者这次就算了——显而易见，交易额不大。金发小子走了，他们期待着大人物露面。

战术小组的警察问："他们还在那儿，只是坐在那儿？"

"对。"

"要行动吗？"

"不，不想丢掉爱宝和我们多米尼加共和国朋友的这条关系线。或许可以逮住另外那个家伙，如果他要走的话。我们等到那个时候。"

"多米尼加共和国的家伙迟到五十分钟了。"

雷利做出决断了。

"好，我告诉你怎么做。不过先回答我：你给我买意大利烤饼了吗？"

林肯·莱姆说："我们知道他还会找人下手。我要给每个分局和每个消防站发一份备忘录。任何涉及产品的事故和类似事故的事件，我都要知道。立刻，马上，越快越好，不管你想用什么陈词滥调都行。"

梅尔·库柏说他来处理这事，并抽出了手机，那个方式就跟从他臀部拔出奇怪的左轮小手枪一样。

萨克斯收到一条信息，看了看手机。"是控制器生产商，他们想谈谈。"

"不然，"阿切尔说，"就是要亲自告诉我们，他们多么不想配合。"

就调查工作而论，她学得相当快，莱姆心想，并大呼汤姆过来设置 Skype 通话。

很快，这款应用程序的独有铃声就满屋回响，片刻之后屏幕亮起。

并不是围守四轮马车的架势。屏幕上只有 CIR 微系统公司的两个人，莱姆一下就推测出其中一个是维奈·帕尔特·乔杜里本人，他看上去兼具南亚人和独裁者的特点。他身穿无领衬衫，戴了一副时髦的金属框眼镜。

另外一个男人脸色灰黄，身材结实，五十多岁的样子，很有可能是律师。他身穿西服套装，没系领带。

他们坐在一间非常整洁的办公室里：光秃秃的桌上摆着两台显示器，就像一对书挡。他们身后的墙上，是一抹褐红色和蓝色的涂漆。莱姆一开始以为那是油画，但一看之下，不，那是直接绘在墙上的。一幅艺术化呈现的公司形象标识图。

"我是阿米莉亚·萨克斯，纽约市警察局的警探。我们之前通过话。这位是林肯·莱姆，协助我们办案的刑事鉴定顾问。"只有他们两人。就像之前一样，莱姆觉得在场的人越多，公司可能会更不配合，即便这家公司不再是起诉目标。

"我是维奈·乔杜里，公司的董事长和总裁。这位是斯坦利·弗洛斯特,我们的首席法律顾问。"他语气温和平静,几乎没有起伏变化。他神色镇定,但莱姆猜想,身价四百亿美元的人少有张皇失措吧。

"这里要说的是一起涉及我们产品的犯罪事件?"弗洛斯特问。

"对,你们的DataWise5000智能控制器。有人在纽约市蓄意发送信号给其中一个控制器,这个控制器安装在一架中西部交通运输公司的电动扶梯里。它触发了电动扶梯顶部的检修口,检修口打开,有个男人掉进去遇害了。"

乔杜里说:"这起事故我当然听说了,但我不知道这是蓄意的。多可怕啊。我确实得说一下,我们告诉过中西部交通运输公司,只能将DataWise用于上传诊断、检修数据和紧急切断,不能用于打开检修口。"

"我们有通信可以证明这一点。"律师弗洛斯特说。

公司总裁继续说:"而且中西部交通运输公司的控制器是几年前安装的,自那之后,我们给那家公司发送过四十个、四十五个安全补丁,这些补丁可以阻拦黑客。如果他们没有及时安装补丁,我们也没什么办法。"

莱姆说:"现在不是要谈论你们的责任。我们要追查的是黑客,不是你们。"

"再请问一下,你怎么称呼?"乔杜里问。

"林肯·莱姆。"

"我应该听说过你。在报纸上,不然就是电视节目里。"

"可能吧。好了,这个嫌疑人通过某个写过相关博客文章的博主,知道了怎样侵入控制器。"

乔杜里点点头。"你们指的可能是'第二社会工程'这个博客。"

"是的，是这样。"

"嗯，这个博主用的是早期的型号，故意不下载安装安全补丁。如果下载安装了安全补丁，他根本不可能让DataWise失灵。但在博客上，他当然没提到这事。随便一个十三岁的孩子就可以利用漏洞，这种说法的轰动效应要大得多。当你竖起反抗隐私侵犯和反对故障的旗子，这就会给你的博客大肆增加点击率。DataWise的安全漏洞，比市面上百分之九十的系统都要少得多。"

弗洛斯特补充道："我们跟一个白帽黑客公司有合作——道德黑客，你们知道这个说法吗？"

"我们会弄明白的。"萨克斯说。

"他们成天想方设法侵入我们客户使用的DataWise服务器。一有任何漏洞的迹象，我们就会发送一个补丁。如果那个博主安装了补丁，他根本侵入不了控制器。他对此有什么说法呢？"

萨克斯说："我得跟你们说，我们的嫌疑人在学会了怎样侵入系统之后，把他杀掉了。"

"不是吧！"乔杜里着实大吃一惊。

"这是真的。"

"嗯，我真是非常难过。可怕。"

莱姆接着说："我们的追踪对象有一个清单，列着安装有你们的控制器的产品，以及买过这些产品的个人和公司。一个非常长的清单。"

"那有好几年了。"

律师转向公司总裁，没说什么，但可能是暗示他不要透露公司的资产净值，即便现在谈论的不是公司的潜在责任。

乔杜里轻声说："没关系，我想帮点忙。"

莱姆紧接着说:"我们有理由相信他还会下手,杀害别的人。"

这男人眉头一蹙。"蓄意而为?到底为什么呢?"

萨克斯说:"国内的恐怖分子,你可以这么说。他憎恨消费主义,也许就是通常而言的资本主义。他给不同的新闻媒体发邮件侃侃而谈,我想你肯定能找到这些报道。他自称是人民卫士。"

乔杜里说:"可是……他有精神病吗?"

"我们不知道他是什么人。"莱姆不耐烦地说,"好了,说说我们为什么要打这个电话。有几件事我想弄清楚。首先,在他掌控控制器的时候,有没有可能追踪到他的实际地址?他好像会待在附近,这样他可以看到事故,并决定在什么时候启动控制器。另一个问题,有没有可能追查到他的身份?"

乔杜里回答:"从技术上讲,追踪是可以的。但这又是每个生产商的事——网络摄像头生产商、烤炉生产商、汽车生产商。我们没法在我们的设备上办到这一点。我们只是生产控制器的硬件,编写脚本,控制器里面的软件。他通过我们顾客的云服务器侵入系统。

"然后,如果你事先知道他要攻击哪个器械或设备——我是说实际的装置本身——生产商就可以追踪到他的位置。而即便你可以追踪,他可能会使用代理服务器登录云服务器。你必须把这些事确认清楚。最后,在他攻击之后、退出系统关掉电源之前,你只有几秒钟的时间追查出他的位置。至于身份,毫无疑问,他机警得很,肯定会使用临时手机号码、没有注册的平板电脑或计算机,以及匿名代理服务器或虚拟专用网络。《黑客101》说的就是这些。"

这比预想的更叫人沮丧,于是莱姆说道:"那好吧。还有一件事，你们可以采取什么安全措施阻止他侵入吗？"

"当然，就是我刚才所说的：那些内置式产品——烤炉、空调通风系统、医疗设备、电动扶梯——的生产商只需要安装我们发送给他们的安全补丁就可以了。我在他的博客上知道了这家伙，他叫什么名字来着？"

"托德·威廉姆斯。"

"我知道他是怎么利用漏洞的。对，是有一个漏洞。得知情况后，我们在一天之内就修补好了漏洞，把更新程序发了出去。那是一个月之前的事，可能还更早。"

"为什么中西部交通运输公司不安装呢？"

"公司不更新程序，有时是因为疏懒，有时是因为商业因素。更新程序需要重启服务器，常常还需要修改代码。这会让整个云服务器断网一段时间。服务中断，会让他们的客户不开心。人们一旦习惯了便利，再要拿走这份便利就不可能了。"你离家去度假，如果忘记关灯，那就远程关掉？实时监控保姆的工作？十年前，还没有这种方式；这些事没法做成，你对此绝对不会仔细多想。但现在呢？拥有智能产品的每个人，都希望这些产品始终保持工作状态，不然他们就会选择别的商家。"

"你说这要不了多长时间。"

乔杜里微微一笑。"消费者的心理研究是个迷人的课题。失望感长留不散，忠诚度瞬息改变。好了，莱姆先生和萨……"

"萨克斯警探。"

"我还有个会要参加。不过在这之前，我们会给所有客户再发送一个安全补丁的链接，并附上一份备忘录，提醒他们必须安装这些补丁。用户的生命安全可能正受到威胁。"

"谢谢。"萨克斯说。

"祝你们好运。需要帮忙的话,请联系我们。"

网络摄像头随即关闭。莱姆和萨克斯跟众人重新聚到一起,把乔杜里说的话告知他们。

这或许能阻碍不明嫌疑人以后的攻击,但实质上,对追踪他的下落毫无帮助。

莱姆看着白板,这块白板是他、阿切尔和惠特莫尔为了"中西部交通运输公司案"而设置的。"萨克斯,我想把我们的表格合并一下,看看我们掌握了什么证据。"

萨克斯没有真的把不明嫌疑人四十案件的白板从警察局广场的作战室搬到这里的客厅,而是让重案组的一名助手用手机拍好照片,发邮件给他们。过了一会儿,照片发过来了。

现在,萨克斯把犯罪现场的细节抄写到白板上,并加上他们从威廉姆斯电脑里查出的东西。大家仔细看着这些信息。

莱姆望向萨克斯,萨克斯正盯着表格,右手食指和拇指强迫性地转动着她的蓝色宝石戒指。她摇摇头,咕哝道:"我们还在等锯屑、清漆以及餐巾纸上DNA和摩擦嵴的检测结果,皇后区的犯罪现场调查组一直没给我们回复。"她冷冷地看了他一眼,似乎这迟滞是他的错。他猜,他的确有份,因为他把库柏"绑架"过来了。

"让我看看锯屑的显微图像。"莱姆说。

萨克斯上网登录到犯罪现场调查组的安全数据库,输入案卷编号,调出图片。

莱姆细细观察图片:"我觉得是桃花心木。梅尔?"

技术员快速研究一番,然后说:"百分之九十九确定,是的。"

"啊,萨克斯,你是对的。从你的眼皮底下把他偷走,这是我的错。"他在开玩笑,但她没搭理。莱姆继续说:"你说是砂纸打磨,也是对的。那些颗粒不是锯东西时产生的,而是让人想到精细的木工手艺。"她把这一点写下来。莱姆又说:"关于清漆,看不出什么名堂。没有数据库。我们只能看分析员能得出什么结论。餐巾纸是怎么回事?"

萨克斯解释了一下白城堡的线索。"见鬼,我弄不明白,检测DNA和强化摩擦嵴为什么要花这么长时间。"她掏出手机,给皇后区的犯罪现场调查组实验室打电话,简短说了几句就挂断了。

她一脸阴沉。"花这么长时间,是因为他们把东西弄丢了。"

"什么?"库柏问。

"证物室的人把餐巾纸弄丢了。好像是标签标错了,有个办事员在找。"

莱姆知道,这番搜寻可能大费周章。证物室绝对不是一间房,而是很多个房间,存放着成千上万样证物。大海捞针,莱姆一度如此听闻。

"嗯,这件事不管是谁搞砸的,都要开除。"他气呼呼地说。

他再次审视证物表,留神细看新条目。不明嫌疑人四十要么运气好,要么行事谨慎。证物没有给出清晰的指向,既没指出他在哪里居住或工作,也没指出他可能会在何处实施下次攻击,假设他在考察未来的受害者时沾上了微物证据的话。

犯罪现场:曼哈顿克林顿街一百五十一号,

建筑工地,

毗邻"北纬四十度"(夜间俱乐部)

- 罪行:凶杀,施暴。
- 受害者:托德·威廉姆斯,二十九岁,作家、博客作者，社会话题。

——死亡原因：钝力外伤，可能是圆头锤（品牌还未确定）。

——动机：抢劫。

——信用卡／借记卡还没有用过。

——证物：

——没有摩擦嵴。

——草叶。

——微物证据：

——苯酚。

——车用机油。

——嫌疑人侧写（不明嫌疑人四十）。

——身穿格子外套（绿色），头戴勇士队棒球帽。

——白人男性。

——身高（六英尺二英寸到六英尺四英寸）。

——瘦削（一百四十磅到一百五十磅）。

——长手长脚。

——没看到脸部。

犯罪现场：布鲁克林卓景商城

——罪行：凶杀，逃脱追捕。

——受害者：格雷格·弗罗默，四十四岁，商城窈窕淑女鞋店的店员。

——店员，从帕特森系统的营销主管职位上离职。试图证明他会回到类似或其他高收入工作岗位。

—死亡原因：失血，内脏受损。

—死亡方式：

—不明嫌疑人四十侵入CIR微系统公司出产的DataWise5000控制器，远程打开了电动扶梯的检修口。

—与CIR微系统公司的高管进行探讨。

—追踪信号：这一点只有各个生产商可以做到。难度大。

—确定他的身份几乎是不可能的事。

—生产商安装安全补丁，可以降低黑客入侵的危险。CIR微系统公司正在发送这一警告。

—证物：

—DNA，DNA联合检索系统没有与之相匹配的结果。

—没有足够完整的摩擦嵴可供确定身份。

—鞋印，可能是不明嫌疑人的，十三码锐步气垫缓震跑鞋2.0款。

—土壤样本，可能来自不明嫌疑人，含有结晶硅酸铝黏土：蒙脱土、伊利石、蛭石、绿泥石、高岭石。另外还有有机胶体，该物质可能是腐殖质，在布鲁克林的这个地方不属于原生物质。

—二硝基苯胺（用在染色剂、杀虫剂、爆炸物里）。

—硝酸铵（化肥、爆炸物）。

—带有从克林顿街犯罪现场搜集的机油：也许在制作炸弹？

—更多的苯酚（塑料制造中的一种前体，如制造聚碳酸酯、树脂和尼龙、阿司匹林、尸体防腐剂、化妆品、趾甲内生治疗药物；不明嫌疑人长着一双大脚，所以——有趾甲问题？）。

—滑石、矿物油／矿物油／矿物油、硬脂酸锌、硬脂酸、羊毛脂／羊毛脂、鲸蜡醇、三乙醇胺、甘油月桂酸酯、溶剂油、对羟基苯甲酸甲酯、对羟基苯甲酸丙酯、二氧化钛。

—化妆品？品牌还未确定。等待分析报告。

—金属屑，极其细小，铁质，也许来自磨刀。

—锯屑。木头种类有待确定。来自砂纸打磨，而不是锯切木头。

—有机氯和苯甲酸。有毒。（杀虫剂，毒药武器？）

—丙酮、乙醚、环己烷、天然树胶、纤维素（可能是清漆）。

—生产商有待确定。

—白城堡的餐巾纸在犯罪现场调查组总部被弄丢了。

—为格雷格·弗罗默的死亡提起民事诉讼的理由：

—异常死亡／人身损害侵权诉讼。

—无过失责任。

—疏忽。

—违反默示担保。

—损害赔偿：补偿，疼痛和痛苦赔偿，惩罚性赔偿。

—被告：不明嫌疑人四十。

—事故相关事实：

—检修口打开，受害者掉到驱动器上。开口大约十六英寸。

—检修口的踏板重达四十二磅，前端的尖齿是导致死亡／受伤的原因之一。

—检修口被栓销锁死。弹簧栓。检修口因为不明原因打开。

— 设备失灵的原因？

— 干扰原因——不明嫌疑人四十侵入了 DataWise 控制器。

— 眼下没法拿到调查局或消防局的报告或档案。

— 眼下没法拿到失灵的电动扶梯（处于调查局的隔离之中）。

犯罪现场：皇后区阿斯托里亚区域
阿斯托里亚大道的白城堡餐厅

— 案件关联：不明嫌疑人经常来此处就餐。

— 嫌疑人侧写的增补要点：

— 一次吃十个到十五个三明治。

— 在这里就餐时至少有过一次购物活动。拿着白色塑料袋，内装重物。金属？

— 向北拐去，穿过街道（去乘公交车／地铁？）。没有迹象表明他有车／驾车。

— 目击者没有看清他的脸。也许没有胡须。

— 白人，脸色苍白，也许是秃顶或平头。

— 在阿斯托里亚大道租过车，大概是在威廉姆斯被谋杀那天。

— 在等吉卜赛出租车公司老板的消息。

— 吉卜赛出租车司机报告了车程目的地。

犯罪现场：曼哈顿里奇街三百四十八号

— 罪行：纵火。

—受害者：无。
—案件关联：不明嫌疑人四十就是造成格雷格·弗罗默死亡的同一个人。在布鲁克林的卓景商城，他蓄意打开了中西部交通运输公司出产的电动扶梯的检修口。他跟托德·威廉姆斯见面，学会了如何侵入DataWise5000智能控制器，而这就是电梯事故的原因。
—威廉姆斯死亡当晚，不明嫌疑人从他那里获取了两份清单：
—配置有控制器的所有产品的数据库。
—购买了其中某些产品的消费者。
—嫌疑人侧写的增补要点：
—以人民卫士为名发布宣言。国内恐怖主义，攻击过度消费。
—追踪不到帖子的地址。
—存在刻意而为的语法错误。他可能很有头脑。
—证物：
—简易爆炸装置。
—蜡、低辛烷值汽油、棉花、塑料、导火线。照明弹。成分来源无法追查。

好了，这就是她家了。
红的家。
购物者，阿米莉亚·萨克斯。
这个购物者不够客气，没在托德·威廉姆斯的办公楼里葬身火海。

我正好在她位于布鲁克林的连栋住宅的街对面，一副工人打扮，身穿连裤工作服，呃，把全身遮得严严实实。以免引起注意。此刻，漫长的工作日即将结束，我疲惫不堪（虽然我这会儿很大程度在假装，但疲惫是真实的）。我一手握咖啡，一手拿手机，假装看消息，然而事实上，我在看我那篇长文在媒体上反响如何好。哎呀，甚至还有一些点赞呢。

我仔细打量红的连栋住宅。购物者，没错，她是的，她会为此受到惩罚，但我有点心软了（从冷冻食品区买的白城堡汉堡也不差），我觉得红不是那类虐待狂。她是一个有人性的购物者。假如我邀她约会，她不是那种女人，不会当着我的面哈哈大笑，放肆地拿瘦豆角和骨头架说事。她会满脸通红，娇美的面孔上维持着娇美的笑容。"对不起，我另有安排了。"

一个有人性的购物者……

所以当我摧毁红的生命时，我可能会有些遗憾。但我只是顺带这么一想，又回到手头的事上了。

她这房子真不错。老派的布鲁克林风格，具有传统韵味。阿米莉亚·萨克斯，我猜是德国名字。她看起来不像德国人，但我其实不知道德国人长什么样子。此刻我想了想。她没有金色的发辫和蓝色的雅利安人的眼睛。

我一直在纠结要怎样处置她。红没有内置有 DataWise5000 控制器的产品，至少我没发现。她不在我那美妙的清单上，清单是托德·威廉姆斯在他的骨头断裂前给我弄来的，他真是帮了大忙。当然，一件产品一旦进入公众手中，它就像软木塞一样在大海里漂流，直到它出现在别人的厨房或车库或客厅里。我搜寻红家里的信号，就像托德教我的那样；我发现了一些孤零零的小设备，它们在发送无线电信标信号，请求联网，然而没有一样能帮我把她变成一大堆破碎的骨头或爆裂的皮肉。

  我喝着咖啡，其实没有真的在喝，看着手机，其实没有真的在看……假模假式。我融入一个不耐烦的工人的角色中，在这一天结束时，等着坐车回家。

  然而我根本没有不耐烦。

  我安如磐石。

  这番忍耐有了成果。因为仅仅半小时后，我就看到了有意思的东西。

  我意识到现在有了最后一块拼图，可以解决红的问题了。

  就这样吧，我心想，把捏皱的杯子放进口袋（我受过教训了！）。该走了。我们有的忙了。

23

罗恩·普拉斯基从里奇酒吧的前门走出来。他心情很好，几乎有些飘飘然。

他掉头向南，一路低着头，步履飞快。

他在左前口袋里揣着的东西极其微小，却好像是重达十磅的金子。他漫不经心地将手探入口袋，摸摸那东西以寻求安慰。谢谢你，老天。

谢谢你，他也想到了刚才跟他一起喝啤酒的那个家伙：阿尔法（普拉斯基不喜欢喊那个狗粮绰号，即便街头混混也应该获得尊重）。他帮普拉斯基和他正需要的东西搭上了线。哦，是啊。

他可以……

"对不起，先生，请站住。把手从口袋里拿出来。"

普拉斯基当即停下脚步，脸颊发烫，心怦怦跳。他知道不是抢劫，也清楚接下来会发生什么。那个语气，那个用词。他转过身，眼前是两个大块头男人，身穿夹克衫和牛仔裤，便装打扮，但他马上就明白他们是谁了——不是指他们的名字，而是指他们的职业：战术警察，便衣警察。他瞥了一眼他们的警徽，金色的警徽挂在银色的链子上。

该死……

他慢慢把手拿出来，两个手掌都摊开。这表明没有威胁。他很清楚规则；他曾无数次充当对方的角色。

普拉斯基说："我是纽约市警察局的人，隶属于重案组。我脚踝上的枪套里有枪，我的警徽在夹克里面。"他尽量说得理直气壮，但他声音发颤，心脏狂跳。

他们眉头一皱。"好的。"块头更大的秃头警察趋步向前。他的搭档一直把手放在武器近旁。秃头说："我们只想确保大家都安全，你理解的。我要你转过身去，双手贴墙。"

"好的。"争辩无益。普拉斯基心想自己是不是要吐了。深呼吸。好了，稳住。他大体上稳住了。

警察——像是特别小组的人——拿走了枪和警徽。他们没有还回来。钱包也一样，他意欲为此分辩几句，但放弃了。

"好了，转过来。"另外那名金发刺头警察说，刺头。他在翻检钱包。他合拢钱包，左手拿着枪和警徽。

两名警察看看四周，把普拉斯基带进一处门廊，避开人行道上的视线。他们一直在监视里奇酒吧，也许是监视阿尔方斯，等着接头者露面。他们现在不想让人发现，因此而破坏主要行动。

秃头朝对讲机说："警官，我们逮住他了。问题是他是警队的人。重案组……我知道……我会弄清楚的。"他脑袋一扬，"普拉斯基？你在这里有行动？重案组向来都跟我们协调行动，我们是外交安全局的。所以我们弄不明白了。"

"不是行动。"

"你买了什么？"秃头似乎喜欢讲话。他们靠得很近，他嘴里散发出比萨、大蒜和牛至的气味。他瞥了一眼普拉斯基的口袋。

"没什么。"

"听着，伙计，我们在监控视频里看到了。所有事都看到了。"

该死，街对面的水管修理车。他不得不为他们叫好。这个街区有一打管道用品店。贮木场卡车、墨西哥卷饼餐车、暖通空调维修车……那可能显得可疑，但水管修理车不会。

"不是你们想的那样。"

"是啊，就是我们想的那样，普拉斯基。我们没有办法了。事情都被摄像机录下来了，有人要登录访问的。"金发搭档说。他好像很恼火，因为要抓捕一个非法获取毒品的警察同行。但恼火归恼火，并不能让他放手。两人都不会放手，只不过金发警察似乎不像他的搭档那样喜欢这场抓捕。

"这事我们已经很清楚了，普拉斯基。你必须把你弄到的东西交给我们。如果数量是轻罪级别的，事情不会那么糟。你可以在地方检察官和警察工会那里想点办法。"

他们可能也在考虑，普拉斯基本人或许就是一个圈套——明知有人监视，还非法购买毒品，就看秃头和金发小子会不会放他走，行个方便。然后内务部的人猛然袭来，将他们拿下。因此，他们必须像对待其他毒品买家一样对待他。

"我没买毒品。"

沉默不语。

"搜我的身吧。"

两人交换一下眼神。金发警察搜身了。好一番搜身，他们干得很地道。

接着，秃头朝对讲机说："警官，他身上什么都没有……完毕。"他结束通话，咆哮道："好了，普拉斯基，这他妈的到底是怎么回事？"

"那个。"他点点头,指的是金发警察从他口袋里掏出来的一卷纸片。金发警察将东西递给他,他打开一张小纸片,递了回去。

"这是什么?"

"上个月我手头紧,要的数额大。有人让我联系了阿尔法,阿尔法帮我牵线搭桥,找到了一个有钱人。今天我还清了最后一笔利息,他把借条还给了我。"

两名警察看着借条。

警察借高利贷,可能是触犯了警局的某些规定,但不算违法,除非是为了洗钱。

秃头朝对讲机说:"警官,不是毒品。借了高利贷。来还利息,拿回借条……是啊……我会的。"

"你知道的,警员,这他妈的好蠢。"

"是吗?朋友得了癌症又没保险,一条腿快要保不住了,我为他借点钱,这他妈的有多蠢呢?"恐惧转化成了愤怒,而且他觉得要是打算编造点什么,就挑最荒诞不经的事来编。

这有点把他们唬住了,但秃头没有退缩太久。"你可能会破坏这里的一个重大行动。你那个伙计,爱宝,要跟一个多米尼加共和国团伙的高级人物碰头。他走进来,觉你是警察,谁知道会出什么状况?他可能会带枪。"

普拉斯基耸耸肩。

"他说起过一个多米尼加人吗?"

"没有。我们聊了运动,聊了借高利贷付百分之二十的利息,他妈的,人的处境得有多不堪。我的枪和警徽,还有钱包。"

普拉斯基接过东西,蹲下来,重新把枪别进枪套。他把小手枪用带子绑好,站起来。"还有别的事吗?"对方没有回应。普拉斯基盯着他看了一会儿,然后一句话都没说,转身走了。

几分钟前，他要是觉得自己的心跳很快，那现在这心跳就像机关枪一样了。

天哪，天哪，天哪……你这幸运的王八蛋，他心中暗想。但也不是全靠运气。他事先做了安排。阿尔法早先打电话给他，说有线索可以找到奥登，就是那个可以给普拉斯基提供新型奥施康定的人。"卡炽，还是随便你说的什么鬼东西。"他们会在里奇酒吧碰头，普拉斯基会掏两千美元的消息费。

他把市中心火灾现场的电脑送到警察局广场，但他在离开那里时，就开始疑虑重重了。如果有朋友或警察同行看见他跟阿尔法交易呢？他需要一个借口，为他跟这家伙的相处开脱。他从他那里买过一次毒品，但不会再这么干了。

不知怎么，他的脑子里突然蹦出借条的主意。不错。他草草写了一张假的借条。当阿尔法把奥登的消息交给他时，他把它和借条放入同一个口袋。借条过不了刑事鉴定这一关——除了他自己的摩擦嵴，没有别人的……更别提笔迹分析了。但他猜那里的外交安全局警察不是太在意他，他们只想回去吃他们的披萨，监视多米尼克暴徒。

现在，他拿出阿尔法给他的纸条，看了看，记住上面的地址和其他信息。他闭上眼睛背了十几遍，然后把纸条扔进下水道。

时间越来越晚了，林肯和阿米莉亚必定会纳闷儿他在哪里。他自己也想知道，威廉姆斯的电脑里有没有什么可能指向不明嫌疑人四十的东西。他看了看手机，但他们都没打过电话。他给阿米莉亚发消息说他回家了，古铁雷斯一案比他预想的费时更久，但如果她有需要，就给他打电话。

她生气了吗？可能吧。但他也没办法。

他正要拦下一辆出租车，但又痛苦地意识到，刚刚掏了多少自己的钱给阿尔法,所以还是坐地铁吧。他往回朝百老汇地铁交汇站走去,踏上这趟去往妻子和孩子身边的复杂之旅。他觉得自己恶劣不堪、污秽不已。他还肯定,就算见到他们温柔的笑脸,心中也不会有多少安慰。

阿米莉亚·萨克斯把都灵车停到路边,熄灭引擎。她坐了一会儿,查看消息。她把手机收起来,但仍旧没有下车。

从莱姆家出来后,她又接着执行了两件任务。第一件是会见本地一家大型报社的记者,告诉他"人民卫士事件"的后续情况。作为报道的一部分,他会把安装有智能控制器的产品的清单刊登出来——不过只刊登在网络版上,因为这些产品的数目太大了。她还把乔杜里说过的话解释了一遍,即生产商要么不情愿,要么太懈怠,不安装补丁以提高安全性。那位公司总裁会再跟他们联系,但她觉得,一篇反映那种不情不愿的报道能给他们制造一些公关压力,促使他们安装安全更新程序。

记者感谢她提供消息,并同意她匿名,因为关于打电话给他这事,她还没有获得警察局广场的上层批准。记者走了,要作进一步的调查研究,整理报道。

然后,萨克斯顺道去了警察局广场,现在就来这里执行第二件任务了——在小意大利;的确很小,逐渐被北边的时髦客、南边的中国餐厅及礼品店侵占了。她抓起公文包,钻出车子朝南边走去。她注意到前面那家咖啡馆的窗户上的男士剪影,便慢下脚步,最终停下。

这家咖啡馆在这里已经很多年了,正像二十世纪四十年代电影里的经典的咖啡糕点店。店名叫安东尼奥斯(只有一位店主叫这个名字；那个家族，或者招牌绘制者，一直没费事去加个撇号）。在格林尼治村中南部的这个地方，还有其他三四家小餐馆存活了下来，它们全都灵活应变，抗拒连锁咖啡店的模式，萨克斯更喜欢这一家。

萨克斯推门而入，装在门上的铃铛欢快地叮当响，咖啡、肉桂、肉豆蔻、酵母的浓郁香味扑鼻而来。

她仍然盯着尼克·卡瑞里，他正在浏览平板电脑。

她停顿了一小会儿，然后走上前去，说："嗨。"

"嘿。"他站起身来，看着她的眼睛，就那么一直看着。没有拥抱。

她坐下来，把公文包放在膝上。这是防御的态度，就像接受盘问的嫌疑人有时抱起双臂那样。

"你想喝点什么？"尼克问。

他喝的是黑咖啡。她的记忆里涌现出一个寒冷的周日上午，她和尼克都不用上班，她穿着睡衣的上衣，他穿着配套的裤子，她把热水倒入圆锥形的过滤器，那个声音就像玻璃纸在沙沙作响。她会立刻把咖啡喝掉，而他会把杯子放到冰箱里冰几分钟；他喜欢温饮料，从不喜欢喝热的。

"不用了，我待不了多久。"

他失望了吗？她觉得是。

"新鲜玩意儿。"他指着平板电脑，微微一笑。

"变化很大。"

"我觉得我很吃亏。这样的东西，难道不是十三岁时就该掌握的吗？"

"那是上限。"萨克斯说。又一次，她发现尼克状态不错。甚至比她上次见到的时候还要好，不像那时么憔悴。身姿挺拔，不再是没精打采的样子。他还理发了。现在的他比年轻时更好看，她觉得他那时太瘦了。黑发中闪现的丝丝灰白，增添了他的魅力。他那耀眼的孩子气，似乎没有随着岁月——监牢——的磨耗而变得暗淡，他的内心永远都有一点兄弟会男孩的味道。她那时就相信，他不会那么冷酷无情，策划和实施抢劫行动，跟那些坏东西同流合污。她觉得他是闹着玩儿，想尝试一些大胆的事，没有考虑后果。

"好了，给你。"她打开公文包，交给他三个厚厚的文件夹，里面大概有八百页纸，都是他的案子及相关调查的文件资料。她多年前就翻阅过这些资料——不是想看，而是忍不住。她了解到，那时城里有好几个劫持团伙在活动。三个月中有七次逮捕事件，尼克的被捕是其中之一。罪犯当中还有一些别的警察。如果只有他一个劫持者——尤其是一个认罪的劫持者——资料就会少得多。他飞快地翻阅其中一个文件夹，微笑着碰碰她的胳膊。

他没碰她的手，那好像不妥当。只是碰碰她的前臂。即便隔着层层棉绒衣料，她还是感觉到了记忆中多年前的那种电流。她但愿没有那种感觉，真的但愿如此。

他肯定感觉出了她的僵硬。当然，他也看到她转开了目光。尼克把手从她的衣袖上拿开了。

她说："尼克，你要谨慎行事。你不能跟有犯罪记录的人产生瓜葛，你的假释官告诉过你的。"

"如果有谁能帮我，又有风险，甚至只是貌似有风险，你知道，我会通过中间人跟他们联系的，通过朋友。我保证。"

"确保万无一失。"

她站起来。

"你真的没时间吃顿便餐？"

"我要回家看我母亲。"

"她怎么样?"

"准备好做手术了。"

"阿米莉亚,我不知道该怎样谢你。"

"证明你的清白,"她说,"就这样谢我吧。"

24

尼克·卡瑞里知道，警务工作主要是文书工作。

你想抓住罪犯，但你又讨厌抓住罪犯，就因为所有那些表格、记录、一式三份、一式四份和随便什么一式五份的东西。

但现在好消息是，办理他这件案子的内务部警察和普通警探的确做足了功课，他有大量的文书资料可以查阅。资料这么多，也许是因为他们觉得逮到了一个坏警察，而坏警察是那种最理想的罪犯。你逮到一个图谋失败的警察小子，这世界就是你的了，上新闻，荣获晋升，享受公众追捧。

现在他在公寓里了。他坐在桌子前，自从搬回来后，他一直想用一张叠起来的纸把桌子塞平。尼克在查阅阿米莉亚给他的东西，一大堆文书资料。寻找拯救的密钥。

他喝着温的黑咖啡。不热，也不冰。不知为什么，他总是这样喝咖啡。他记得跟阿米莉亚在一起时，她煮咖啡用的是旧式滴漏法，那是还没有克里格咖啡机的年代——将咖啡倒入圆锥形过滤器。他最珍爱的回忆之一，就是某个冰冷的上午，两人合穿一套全世界最丑的米黄色条纹睡衣，她的趾甲涂成蓝色，而他的趾甲涂成蓝色。

从他开始查阅阿米——不，是阿米莉亚——带给他的资料时起，他已经灌下好几杯福杰仕咖啡。有几个小时了？他懒得去想。

他突然觉察到一种香味，这种香味把他带回多年以前。他仰起头，深呼吸。没错，绝对是的。哪里来的？他拿起其中一个文件夹，毫无疑问，阿米莉亚拿的就是这个地方。她不喜欢用香水，但她喜欢用同一种乳液和洗发水，它们具有独特的香味。他现在闻到的就是这种香味。他确信是娇兰护手霜。他感到吃惊，自己想起了这个名字。

他好不容易才抛开其他几段记忆，回到文书资料上来，一页一页翻看。

一个小时过去了，又是一个小时，他整个人都麻木了。他决定再过五分钟出去夜跑。

但只花了两分钟，他就找到了极度渴望的东西。

老天哪，哦，仁慈的老天！

他查阅的是一份报告，这份报告作为一个部分，被归入对警方涉入劫持事件而展开的大规模调查。时间是他入狱将近一年后。报告里有一份警探手写记录的复印件，内容难以辨认——那名警探用的似乎是铅笔。

2/23。讯问阿尔伯特·康斯坦特方调查44-3452——"撤销行动"调查对象没有参与劫持但有涉毒记录。省去了法庭上的咆哮，罪罚减轻，降为"包含轻罪的定罪"，调查对象报告说偶然听到……在弗兰尼根酒吧，货物偷盗的关键人物，总是躲在幕后，受到层层保护，对布鲁克林的"所有事情"一清二楚，白人男性，五十多岁，名字以j打头，和南茜是夫妻，康斯坦特说j是关键。

就是嘛，他是关键，尼克·卡瑞里心想。至少对我的任务来说是这样。弗兰尼根酒吧是那些有组织犯罪活动的秘密聚集场所之一。这个神秘人物 J 在 BK——布鲁克林——活动，关系广，有个妻子叫南茜，他可能知道那时劫持现场中的人是谁。他如果没法直接帮到尼克，或许知道有谁可以。他翻阅剩下的资料，希望找到更好辨认的记录副本，但没找到。没有太多别的信息，没有关于人物 J 和他妻子南茜的进一步发现。

然后他就知道缘由了。

有一份纽约市警察局的备忘录宣布"撤销行动"结束。因为劫持案发生率大大降低，腐败警察涉案的现象显著减少，局长表扬了那些行动人员。很多劫持者和他们的警察同伙进了监牢；其他没法被起诉立案的人，则被赶出了这个行业。真正的答案出现在其他几份备忘录中，这些备忘录宣告成立了几个反恐和扫毒专案组。纽约市警察局的资源有限，这一直都是事实。跟冲着犹太教堂和时代广场去的韦斯切斯特的基地组织崇拜者相比，打击电视机失窃就变得很不紧要了。

嗯，对他来说是好事。这说明可能性更大了，那就是 J 和南茜依旧是自由身，可以给他提供帮助。

他的第一反应是拿起手机打电话给阿米莉亚，跟她说她所做的——在他身上押注——有了回报。但随后他又决定不这么做。他早些时候给她打电话，她没接。他感觉她现在也不会接。不管怎样，他要告诉她一些更实在的东西，他还是得找到这个 J，说服他帮忙。尼克没有多少街头信誉。做过警察，又当过囚徒。这就意味着很多人，沼泽地两边的人，都不会真正愿意救他出来。

还有，找阿米莉亚说话，会让那些感觉再次恣意泛滥，他不觉得那是个好主意。

或者是吗?

他又想起她的模样,她那长长的红发,她的脸庞,她丰满的双唇。他在里面的时候,她似乎没怎么变老。他记得,他躺在她身旁听着收音机的闹钟醒来,播音员说:"一〇一〇千赫新闻台……你给我们二十二分钟,我们给你全世界。"

他直截了当地告诉自己,以后再想吧。赶紧忙起来,你有事要干了。

25

这是他们第一次具有实质意义的争执。

争执的事情很小。但刑事鉴定工作的一个重要方面是,小小的事意味着的差别可以是凶手会再次杀人,或绝不会再杀人。

"这是你的数据库,"朱丽叶·阿切尔对莱姆说,"你整合的。"某种程度的让步。但随后她又说,"当然,这有一段时间了,不是吗?"

他们正在客厅里,在场的只有梅尔·库柏。萨克斯回去陪她母亲了,普拉斯基也回家了。

库柏拿着马克笔,看看阿切尔,又看看莱姆,就像等着蜜蜂落在花蕊上一样等着结论落定,脸上显出无限的耐性。到目前为止,只有翅膀翩翩飞。

莱姆回答道:"以我的经验来看,地质发生转变是相当缓慢的,事实上要经历数百万年。"这对她的观点是一个微妙却尖刻的攻击。

争执的问题很简单,跟萨克斯在早先的犯罪现场找到的腐殖质——经过分解的土壤——有关。莱姆确信,腐殖质的成分决定了它的来源地是皇后区,并且由于其中含有大量化肥和除草剂(他也不太相信是炸弹和人体毒药),因此在那个地方,引人瞩目的草坪很重要，如乡村俱乐部、度假村、豪宅、高尔夫球场。

阿切尔认为，尽管莱姆的土壤数据库——没错，他多年前在纽约市警察局建立的数据库——表明，萨克斯找到的微物证据来自与纳苏郡搭界的皇后区东部，但皇后区还是太局限了。

她解释了她的推想："我同意你说的土壤物质可能源自皇后区，但园艺和景观绿化公司有多少呢？一大堆。"

"一大堆？"莱姆的语气是在讥讽用词不精确。

"很多。"阿切尔纠正道，"它有可能被运往韦斯切斯特的度假村，在那里沾上除草剂和化肥。或者被运往斯塔腾岛的高尔夫球场，用在那里的渣滓或什么东西上——"

莱姆说："我觉得他们的高尔夫球场没有那些东西。渣滓。"

"不管他们有什么，高尔夫球场从皇后区订购了景观美化材料和土壤，让人运到新泽西州、康涅狄格州和布朗克斯。"她回答道，"我们的不明嫌疑人有可能在他生活或工作的博根郡沾上微物证据，在犯罪现场留下样本。他在那里的一家豪华乡村俱乐部做木工活。"

"可能吧。但我们讲的是概率，"莱姆解释道，"我们的罪犯沾上腐殖质的时候，更有可能是在皇后区。"

阿切尔不肯让步。"林肯，当我们在流行病学领域做医学调查的时候，最糟糕的事就是过早下结论。你知道有关近视的研究吗？"

近视跟这个有关，为什么？莱姆感到纳闷。"不知道。"他自己的双眼正盯着那瓶纯麦威士忌，东西看得清清楚楚，但悬在那里遥不可及。

阿切尔继续说："几年前，一些医生发现开灯睡觉的小孩更容易得近视。眼科医生便开始创设项目，修正孩子的睡眠习惯，改换房间的照明设备,为孩子安排疏导服务——如果他们在黑暗中情绪焦虑的话。大量的金钱花在了减少近视的运动上。"

"然后呢?"

"研究人员最开始将这个因果关系固化在脑子里了,开灯导致近视。"

尽管不耐烦,他的好奇心被激起来了。"但那不是事实。"

"不是。近视是遗传的。因为他们的视力问题,有严重近视的父母跟视力正常的父母相比,往往让孩子房间的灯更频繁地亮着。开灯不会引起近视,开灯源于近视。这个错误的因果设定让研究倒退了好多年。在我们的案子里,我的观点是,如果我们认定了他跟皇后区有关联,我们就会放弃考虑其他可能性。一旦你的脑子里装进了什么东西,你知道再把它清除掉有多难吗?"

"就像《帕赫贝尔的卡农》?我真的不喜欢那首曲子。"

"我觉得好听。"

莱姆强硬地说:"他跟皇后区有关联,我们知道这是一个事实。白城堡的汉堡,他在那里用过的租车服务,也许还有一些他光顾的商店。那个塑料袋,记得吧?"

"那是皇后区的西区,位于东河边上。土壤和化肥来自数英里之外的东边。听着,我不是说不管皇后区,我只想说梯度性地减轻它的重要性。"

他确信他没听说过那个副词。

阿切尔坚持不懈。"在纽约城区找找其他场所,这些场所要有从皇后区运来的景观绿化材料。就这样。他有可能在布朗克斯或新泽西的纽瓦克沾上微物证据。"

"或者蒙大拿州。"莱姆沉思着说,他特别喜欢这种冷酷的讽刺口吻,"咱们就调集一打警察,让他们去海伦娜市调查,看有谁去皇后区东区的景观美化公司买过草坪守护精灵像。"

库柏的耐性终于耗光了,他再次挥舞着马克笔问道:"你们想让我在白板上写什么?"

莱姆说:"写腐殖质来自皇后区,但我们的罪犯有可能是在蒙大拿州沾上这东西的。不,咱们按字母顺序来吧,阿拉巴马,阿拉斯加,亚利桑那,阿肯色……"

"林肯,很晚了。"库柏说。

他问阿切尔。"你接受吗,给'皇后区'打个问号?"

"两个问号。"她反驳道。

真是可笑。这女人服过软吗?"好吧,两个该死的问号。"

库柏写了下来。

莱姆说:"别忘了写'精心照管的草坪'。"他看了一眼阿切尔,她似乎没有异议。

事实是,他喜欢这样。争辩是犯罪现场调查工作的灵魂,来来回回的争辩。他和萨克斯过去总是这样做。

汤姆来到门口。"林肯。"

"哦,又来了。朱丽叶,你最好习惯这个:铁腕看护。他要确保你刷好可爱的小牙齿,撒尿,上床睡觉。"

"你今天忙得太久了。"汤姆说,"近来你的血压很高。"

"血压高是因为你缠着我量血压。"

"不管原因是什么,"看护用恼人的欢快语气说,"血压这么高,我们可承受不起,对吧?"

实际上,是的,他承受不起。四肢瘫痪者的身体状况会导致好几种致命疾病,褥疮引起的败血症、呼吸道问题、血栓和病中之最:自主神经反射异常。即便一个细微的刺激——如膨胀的膀胱——没有得到缓解,这时由于大脑意识不到状况,身体便会自行调节,各种变化随之产生。通常,心律开始变缓,作为补偿,血压便升高。这可以导致中风和死亡。

"好吧。"他说着投降了。他本可以奋战更长时间,但他想到必须给阿切尔树立一个理智的榜样。她也有发生自主神经反射异常的危险,她必须慎重对待这种威胁。

"好了,我哥哥马上就来了。"她说,"明天见。"她驱动轮椅驶入前厅。

"好的,好的,好的。"莱姆盯着证物表,嘴里咕哝着。他在想:线索告诉我们什么了——不明嫌疑人四十,你下一步要去哪里?你住在何处?

是蒙大拿、阿拉巴马、韦斯切斯特……布朗克斯?

还是皇后区?

"男子走进酒吧,说:'妈的,好痛。'"①

尼克对一个男人的后背说。他是悄悄来到男人身后的,这人坐在酒吧里——另一种酒吧。

弗雷迪·卡拉瑟斯没有转身,眼睛一直盯着高档酒水上方的电视机。这是布鲁克林公园一家有点上档次的酒吧。"见鬼,这声音太熟了。不,不可能。尼克?"

"嘿。"

这会儿弗雷迪转过身来了,上下打量着尼克,过了足足半秒钟才抱上来。

这个男人像极了一只癞蛤蟆。

---

① "男子走进酒吧……"(A man walks into a bar…),是一个笑话开头,后面可编排各种不同的笑话妙语。

不过是一只亲切、讨喜的癞蛤蟆。他那张马屁精的脸上绽出一抹笑容。

"嘿，嘿，嘿。听说你出来了。"他往后一退，隔着一点距离看他，"妈的。"

弗雷迪和尼克交情很深。他们是同班同学，公立学校的同班同学（桑迪胡克没有私立学校，至少对他们来说没有）。尼克外形英俊，是运动健将。弗雷迪——那时身高五英尺两英寸，现在仍是——挥不了球棒，接不住传球，更别说灌篮。但他另有绝技。你需要一篇学期论文，他写给你，免费。你想知道迈拉·汉德曼有没有毕业舞会的约会对象，他会告诉你那人是谁，并给你出好点子，教你怎样说服她爽约、转而答应选你。你考试需要帮忙，弗雷迪有本领知道会考什么题目（学生们猜测，他头一天深夜溜进了教师办公室——有人说穿着忍者装），但尼克觉得，弗雷迪只不过按照老师的思路在想问题。

尼克通过令人惊叹的平均击球率和班级学生代表之类的事建立了声望——当然，还有相貌。

弗雷迪积攒声望的方式不同，他玩转这个体系的方式，就像阿米莉亚给化油器安装针形阀。有传言说，弗雷迪在高中泡过的女孩比谁都多。尼克对此表示怀疑，但他依然记得那个令人向往的琳达·罗林斯，她高出费雷迪一英尺，像《时尚》杂志里的美人，是他高三舞会的女伴。尼克则待在家里，跟电视机和纽约大都会棒球队为伴。

"怎样，伙计，你最近在忙什么？"尼克说着坐下来。他向酒吧侍者打手势，点了一杯姜汁汽水。

弗雷迪在喝啤酒。

"咨询。"弗雷迪大笑起来，"这个头衔怎么样？哈！真的，听起来好像我是个职业杀手或什么坏东西,但这工作跟《鲨鱼坦克》① 很像。"

尼克摇摇头,完全不明白。

"一档有关创业的电视节目。我呢,就帮创业者联系投资人。小生意。我学了亚美尼亚语——"

"你什么?"

"亚美尼亚语,一种语言。"

"我知道,但是为什么?"

"这里有很多亚美尼亚人。"

"哪里?"

"纽约。我把亚美尼亚生意人和投资者撮合到一起。不单单是亚美尼亚人,什么人都可以。也有很多中国人。"

"你会讲——"

"你——好!"

"有意思。"他们互相击掌。

弗雷迪扮了个苦脸。"中文很难。这么说,你坐牢了,又出来了。真好。唉,我听说你弟弟去世了,真叫人难过。"

尼克看看四周,深吸一口气,然后轻声跟弗雷迪讲了他弟弟的事、他自己的无辜。

马屁精的眼睛眯起来。"不会吧,嘿……真是棘手。"

"唐尼不知道他摊上的是什么事。你记得他的,就是个孩子。"

"是啊,我们一直觉得他有点问题。没人在意这事。只是他不太对劲,各个方面都是。"

---

① 《鲨鱼坦克》(Shark Tank),美国真人秀电视节目,创业者可以在节目中通过展示自己的发明和项目获得嘉宾的投资赞助。

"没事。"尼克边说边喝他点的汽水。

"德尔加多。我不觉得惊讶。混账东西,彻头彻尾的混账。罪有应得。"

尼克说:"你待他很好——唐尼。"

"他坐不了牢的。"弗雷迪把玩着啤酒瓶,剥下湿湿的标签,"你做得对。天哪,我觉得我做不到。"他咧嘴一笑,"当然了,我弟弟是个浑蛋,我会任他自生自灭。"

尼克哈哈大笑。"但现在我要重新开始生活了,我已经错失了这么多年。我打算做点生意。"

"找个女朋友,尼克。男人的生活里得有个女人。"

"哦,我找着呢。"

"很好。你还可以要几个孩子。"

"你有一对双胞胎,对吧?"

"又生了两个。双胞胎是男孩,还有两个女孩,一个四岁,一个五岁。我老婆说够了。但是,见鬼,老天让我们来到这世上不就是为了这个,对吧?这么说你需要钱?我可以支持你一点。不多,一万、一万二的。"

"不,不,我还好,有一些遗产。"

"妈的,是吗?"

"可是弗雷迪,我的确需要帮忙。"

"什么事?"

"我查出来了,有人或许知道唐尼干的这桩劫案。也许他是个销赃者,也许他只是提取了一些货物,也许他资助了这次活动。我希望他知道我不是幕后策划者,我得找到他。"

"这人是谁?"

"问题就在这里。我没什么法子。我可以四处去打听,但你知道——"

"是啊，没人相信你，觉得你当过线人什么的。"

"嗯，那个，是啊，但最主要的是，如果这家伙的确有牵连，我真的不能让人看到找他说话。"

"哦，妈的，当然了。假释的事。"

"就是啊。"

"你想要我去打听？"

尼克双手一举。"你不答应也行的。"

"尼克，我得说周边有很多人不相信这事。他们认为是别的警察欺负你，因为你不合作。大家都喜欢你，你是'警界金童'。我要帮你，肯定的。"

尼克重重拍了一下弗雷迪的胳膊，觉得眼眶一湿。"伙计，这对我来说很重要。"

"你在考虑做什么生意？"

"开餐厅，我已想好了。"

"好啊。这行当很辛苦，但有钱赚。我经手过一些亚美尼亚餐厅的生意，你吃过亚美尼亚菜吗？"

"没有，从没吃过。不想去吃。"

"你会喜欢的，中东风味，你知道。我做得更多的是鞋店、服装店和手机充值卡店的生意，但餐厅的生意也做一些。"

"我的律师在帮我物色餐厅。"

"那这家伙呢？"弗雷迪精神头十足，将啤酒一饮而尽，又点了一瓶。

"我提到的这家伙？对，他在弗兰尼根酒吧活动，不然就是以前在那里活动。"

"哦，那么很有可能有牵连。"

"对。他的名字以 J 开头,他有个老婆叫南茜。"

"没了?你就知道这些?"

"恐怕是这样。"

"好吧,这只是个开始。老兄,我会尽力而为的。"

"不管怎样,我会报答你的。"

"别客气。"弗雷迪大笑起来,"那些日子啊,高中的日子。我们去谢亚球场,去北边的布朗克斯。你还记得赛季初的那种感觉吗?你——"

"哦,天哪。我知道你要说什么。在比赛开始之前,你走上台阶,走进体育场,穿过通道进入看台,整个球场铺展在眼前,就像圣彼得开启了天堂的大门。"

"各种东西的气味啊,塑胶跑道、爆米花、啤酒、草地。"

"我想还有化肥。"

"从来没想过那个。对,可能有化肥。尼克,兄弟,你知道,找到这家伙也许不是那么难,J,还有他老婆……她叫什么名字来着?"

"南茜,名字里有个 i。"

"南茜。自从你进去之后,就有了这个叫数据挖掘的东西。"

"那是什么?"

"咱们就这么说吧,你屁股都不用抬一下,就可以搜到所有你想要的东西。"

"我用谷歌。"

"那是最起码的,但有比那更好的。有专门的服务商。你付一点钱,他们可以帮你找东西。我不骗你。运气好的话,你会弄清楚他的名字、住址、他在哪里上的学、他养的是哪种狗、南茜的奶头有多大以及他的老二有多长。"

"真的吗?"

弗雷迪眉头一皱。"好吧,也许不包括奶头和老二,但那也不是不可能。这世界已经变了,我的朋友,这个世界已经变了。"

第四部分
　星期五
人民卫士

26

上午十二点半，亚伯·贝恩科夫喝完最后一口白兰地，关掉了流媒体视频《广告狂人》，这集还剩十分钟。他喜欢这部电视剧——他从事广告业，任职于市中心一家大型广告公司，不过是在公园大道，而不是麦迪逊大道——但露丝不在，剧集看起来就没那么有意思了。这一集他先留着，等她后天从康涅狄格的母亲家回来后再看。

五十八岁的贝恩科夫坐在皮躺椅上，正待在他们夫妻俩位于默里山的城区住宅里。这里有很多老房子，但他和露丝找到了一套三居室的合作公寓，房龄只有六年。卖主着急出手，这时刚巧亚伯晋升为 WJ&K Worldwide 公司的合伙人，这就意味着分红。这笔钱做了首付款。严格来讲，房子仍旧超出了他们的承受能力。但孩子们都成人离家了，露丝说："咬牙试试吧。"

他们就买了。

这是个休闲的好地方，而且离他和她上班的地方都是步行距离，她任职于时代广场的一家出版社。

亚伯和他妻子投入了好几万元，用在装修和家电、不锈钢材、玻璃和黑檀木上。最先进的厨房——亚伯不允许文案人员放入广告里的一个词，尽管它的确真真切切描述了这个房间。拉丝钢面的炉灶和烤箱，以及其他配件。

但是今晚，他只打算开动微波炉，快速处理一下左宗棠鸡，鸡肉是从街上的"湖南东道主"买的。从热量看，有些超标，但他一天下来忙得够呛，到家已经很晚了，没有精力或兴致鼓捣健康的吃食。

左宗棠是湖南人吗？他一边琢磨，一边僵硬地从椅子上起身，收拾餐具。如果不是，他被一家餐厅赋予一个不同于自己家乡的籍贯地，会对此感到生气吗？

也许，"湖南东道主"是台湾人或韩国人，或一对有魄力的老挝夫妻开的？

正如亚伯所熟知的，这一切都在于市场营销，而"柬埔寨之星"可能会招致一些疑问，让食客止步。或者叫"波尔布特①快餐"，他想着微微一笑，承认自己品位太差了。

他把杯盘刀叉端进厨房，冲洗一下后，堆到洗碗机的架子上。正要走开，亚伯又迟疑着转回身。然后，他把餐具按照露丝喜欢的方式重新摆放一遍。他们往洗碗机里放东西的方式不同，他觉得他是对的——尖利的一头朝下——但犯不着为这事去争吵，这就像极力要劝服一个民主党人投共和党的票，或者反过来也一样。

冲过澡后，他披上睡衣，从马桶上方抓起一本书，拖着沉重的身子上床了。他想了想健身俱乐部，把闹钟定在六点半。他暗自发笑，重新定了七点半的闹钟。贝恩科夫打开惊悚小说，翻到第三十页。他读了五段就合上书，关了灯，侧过身子睡着了。

刚好四十分钟之后，亚伯·贝恩科夫气喘吁吁，在床上坐

---

① 波尔布特（Pol Pot, 1925—1988），原柬埔寨共产党总书记。

起来。

卧室里飘荡的东西让他完全清醒过来,大汗淋漓,恶心欲吐。

毒气!

满房间的瓦斯!臭鸡蛋的气味。炉灶出问题了。该死的,赶紧出去!拨九一一。但要先出去。

他屏住呼吸,出于本能去摸床头灯,打开了。

他整个人都僵住了,手指还捏着开关。你疯了吗?但灯光不像他在一阵冰冷的恐慌中所想的那样,点燃瓦斯,把公寓炸个粉碎。他不知道什么东西可能会引起爆炸,但一个灯泡显然还不够。他的手抖个不停,趁着灯泡还没变热,关掉了台灯。

他跌跌撞撞站起来,心想,好吧,危险的不是爆炸,现在还不是。但如果你出不去,就会窒息而死。马上走。他穿上睡袍,觉得晕晕乎乎。他跪下来,慢慢地呼吸。当然还是那股臭味,但靠近地面的低处没那么臭。不管天然气里有什么,好像比空气轻,他在地面可以正常呼吸。他深吸几次,然后站起来。

他攥着手机穿过没开灯的公寓,多亏屋外充足的照明,让他得以辨清方向。灯光洒入十英尺高的窗户,没有窗帘的遮挡。这是他妻子的坚持,虽然他不是太在意别人的注目和隐私的缺乏,但他现在为此暗暗感激她。他可以肯定,如果有窗帘,他在黑暗中可能会踉踉跄跄,打翻灯或家具,使得金属跟石材相撞……绽出火星引爆瓦斯。

贝恩科夫沿着过道走向起居室。

气味越来越浓。到底出什么事了?管子裂了?只有他家这样,还是整个楼层都如此?或者整栋楼?他想起有关布鲁克林一套公寓的报道,里面的瓦斯大爆炸将那栋五层楼房夷为平地,导致六人死亡。

他的脑袋越来越轻飘飘的。还没抵达前门，他就会晕过去吗？他必须经过厨房，瓦斯可能就是从那儿来的，那儿的气味最浓。也许，他可以把书房的窗户打开一扇——他就在外面的门口——多呼吸一点空气。

不，继续走。最重要的是，出去！

而且现在不要打电话报火警。手机可能会点燃瓦斯。继续走，快，快。

越来越晕，越来越晕。

不管出了什么事，他非常庆幸露丝不在家。在商业会议结束后，她决定留在康涅狄格，这纯粹是运气。

谢谢你的眷顾，他泛泛地想着一个神明。亚伯·贝恩科夫上一次去寺庙还是二十年前。他决定，在下周五结束这个疏失——如果他能从这里出去的话。

然后他来到门厅，摇摇晃晃走向前门。他脚下绊了一次，手机掉在地上。他抓起手机，又开始往前爬。他要出去，关上门，按响火警警告其他住户，拨打九一一。

二十英尺，十英尺。

公寓前厅跟炉灶隔了一些距离，这里的臭味不是太浓烈。还有五英尺就安全了。

贝恩科夫，一个满脑子文字和数字的男人，一个休憩在家的职场精英，此时变成了一名战士，唯一想的是活命。我会成功的，该死的，我会的。

27

林肯·莱姆被嗡嗡响的电话吵醒了。

时间是清晨六点十七分。

"接电话",这是给电话迷迷糊糊下指令。"怎么了?"这是问呼叫者。

"莱姆,又有一起。"

他问阿米莉亚·萨克斯:"不明嫌疑人四十?"

"对。"

"怎么回事?"

"在默里山。瓦斯爆炸。看起来他破坏了一个烤炉——罗德尼找到的清单上的产品之一。"

"而受害者在第二份清单上,购买者清单?"

"对,几年前装修了一间新厨房。数据库里有购买信息。"

莱姆按了看护按钮,召唤汤姆。

萨克斯继续说:"受害者叫亚伯·贝恩科夫,五十八岁,广告业高管。"她停顿了一会儿,"莱姆,他被烧死了。罗恩正在提取受害者的关键信息。我现在过去那里,查看现场。"

他们结束了通话。莱姆预计要分析萨克斯在贝恩科夫家找到的东西,便打电话给梅尔·库柏,召他回连栋住宅。

汤姆过来处理晨间例行之事，十分钟后，莱姆就下楼来到客厅。他把轮椅转到一个倾斜的角度，轻轻驶向证物表，审视着先前犯罪现场的调查结果，担心他们可能疏漏了什么——他果然疏漏了，那本可以让他们预见到这次攻击的。

默里山……

高级烤炉……

瓦斯爆炸……

罪犯以后可能会在哪里下手，根据之前罪案的证物对此做出有根据的推测，这种尝试的成功可能性通常不大。本质上，这么做有赖于不明嫌疑人为了策划犯罪去到现场，在那里不慎沾上证物，然后在另一个现场留下证物被人发现。大部分的连环杀手或多次犯案者可没这么乐意帮忙。

但不明嫌疑人四十的日程这么古怪，用的凶器这么不同寻常，看上去他好像必须提前一两天甚或更长时间做准备，以确保他能杀人得逞。

他冷冷地想，贝恩科夫的死可能跟巴克斯特的案子相反，那个诈骗高手的死导致了莱姆的退休。那时，莱姆掌握了太多证据，分析得太细致了。也许在不明嫌疑人四十的案子里，他疏忽了先前犯罪现场的某些线索，这些线索有可能指明亚伯·贝恩科夫的公寓就是未来的攻击地点。而且，他产生了那种焦灼不安的空虚感，他得知那个商人的死讯时就是这种感觉。不安和——好吧，内疚，促使他下决心结束他的刑事鉴定调查员职业生涯。

这便验证了那个决定是正确的。他迫不及待地想办完这件案子。他可以再次回到平民[①]世界的生活里去——他想到这个双重

[①]原文为"civil"，有"平民的""民事的"意思。

意义的词汇，微微一笑。

他的电话又嗡嗡响了。

他看了一眼来电显示。

"喂？"

"我看新闻了，"朱丽叶·阿切尔说，"默里山的火灾。炉灶发生故障。是我们那小子干的？"

"好像是。我正准备给你打电话。你有空？"

"事实上，我在路上了。"

我想着疼痛这回事。

我在切尔西刚睡醒，待在床上吃早餐。我吃了一个波隆那熏肠三明治，现如今得到的评价太低了——这会儿在吃另一个。

时间是早晨六点五十分。

昨晚忙完所有事之后，我累了。我想睡个懒觉，但睡不着。太兴奋了。

疼痛……

因为最近的尝试，我已经研究过这个课题。我知道有各种各样的疼痛。比方说，神经性疼痛发生于神经遭受攻击或撞击的时候（打中你的"笑骨"——哦，是啊，那可不好笑，对吧）。那不一定是剧痛，更多是抽痛和刺痛。

然后还有精神性疼痛，或心因性疼痛。这种疼痛源于环境因素、压力和一些生理刺激，如偏头痛。

但在我们的日常生活中，最为普遍的疼痛叫伤害性疼痛。当你用锤子的时候，没锤中钉子，反而砸烂了拇指，我觉得这个词就很贴切。有几类不错的伤害性疼痛，让我这样的鉴赏家有很多东西可以捣弄。我想起了托德·威廉姆斯：钝挫伤的冲击。或者用剃锯切割（我不久前用过那玩意儿）。另外一种：灌威士忌灌到麻木的阿莉西亚的丈夫，将她一扭一拽，她的桡骨就透过血肉戳了出来。

然后还有热伤害性疼痛。是的，冷也痛，但最糟糕的肯定是高热。冰冻带来麻木，大火让你尖叫、尖叫、尖叫。

受害者临死前的最后几分钟，我看得再清楚不过。我身处街对面一栋不太安全、没有电梯的五层楼房，自始至终都在屋顶平台观察他。透过巨大的窗户，很方便看到他。他醒过来，傻乎乎地打开床头柜上的台灯——这让我担心了。我当时不确定那地方的瓦斯是否充足，可以让事情如我所愿。

但是一会儿后，他朝门走去，接着是爬。

那时我就确定，瓦斯够多了——而且随着倦劲上来了——我打开了开关，这时他离门只有一两码远，安全尽在他的掌握之中。

只不过，他当然没有掌握。

通过云服务器，一个简单的指令被发送出来，CookSmart豪华炉灶就被点燃了。一万一千美元，能让你买到一件反应非常灵敏的电器。

我的受害者变成火焰中一道抽搐、摇晃的影子，而且当烟雾把他吞没时，他仍在摇晃，不过我看到了他躺在地上打滚，浑身颤抖，像打拳击一样双手双腿上举。烟雾翻涌、翻涌、翻涌，我便看不清了。

至少，他用那个高级炉灶享用了几顿美餐。

事情办完我就离开了，带着强烈的满足感回到这里，想小睡一会儿。

人民卫士稍后会另写一篇文章给媒体，提醒他们过度消费是一件糟糕的事，等等。你烧死了某个人，之后撰写宣言时，就没必要表达过于清晰、行文过于机敏。实物教学的效果最好。

我从床上爬起来，穿着睡衣头晕目眩地坐在床沿，想着接下来这忙碌的一天。

我有针对另一个可怜购物者的计划。

伤害性疼痛……

针对红也有计划。关于她的习惯，我想该知道的我现在都知道了。应该不错。对我来说，我计划的东西肯定很好玩。

我还有一些时间，便走进了玩具房。

制作微缩模型的时候，我的工作模式是先画一张蓝图，虽然那不是蓝色的。然后，我集中精力打造我手头物品的每个部件。支腿啊、抽屉啊、顶部啊、框架啊——不管那可能是什么。而且，我按照先难后易的顺序来进行。比如，十八世纪的支腿雕刻起来就非常难。细长却又复杂，有凸起、球节和波纹，棱角分明。我用一块块木料把它们慢慢雕出来。我用刀片和砂纸细细打磨。然后就该组装了。现在我手头的这个微缩模型，是给一位"美国女孩"客户制作的一张爱德华七世时期风格的床，她的父亲是明尼阿波利斯的一位律师。我知道这事，是因为他开给我公司的支票里含有'esq.'①的三字母组合缩写，列在他的名字后面。这活计我差点没接，因为阿莉西亚告诉过我，她跟丈夫发生状况后在律师那里碰到的麻烦。她没有任何不法行为，你觉得她应该会一切顺利。但不是的，而这就拜律师所赐。但我需要维持生计，而她也不会在意这事，我觉得不会。不管怎样，我

---

① "Esquire"的缩写，原意指"先生""绅士"，在美国用来称呼律师，列在姓名之后。

没告诉她。

透过放大镜,我将榫钉接缝拼到一起,就知道会正好合适,因为我已经测过两次了①。说句老话,开个玩笑。事实上,我在切割之前测过十几次了。

家具和人生,经验相通。

一个小时后,床差不多完工了,我把它放在放大镜的工作面的环形灯下,观察了一会儿。我想再修饰一下,但这时克制住了。很多作品被糟蹋,就因为工匠不知道何时该收手(我说的是人生教训)。但我知道何时该收手。再过几天,等清漆干透、打磨光滑,我就用泡沫包装膜和泡沫花生把它包好,然后寄走。

在研究作品和处理收尾工作的时候,我打开了播放器。我现在只是听着,稍后会把这篇日记记录下来。

> 这个春天相当有趣。我辅导他们学微积分,不过作为运动健将来说,他们非常聪明,让我感到惊讶。弗兰克和萨姆。这个说法带有偏见,就好比人们说我真的很聪明,因为我是瘦豆角,是怪人,而我不是。我还算聪明,数学学起来容易。科学、计算机也是,不过别的事就不行了。
>
> 我们在萨姆家吃比萨、喝汽水,他父亲进来跟我打招呼了,他特别亲切。他问我喜不喜欢棒球,我当然不喜欢,因为我父亲一连几小时坐着不动、抽烟、看比赛,不搭理我们。但正因为我们的父亲一连几小时坐着不动、抽烟、看比赛,特别是打比赛的如果是圣路易红雀队或亚特兰大勇士队的话,因此我知道了足够多的比赛的事,聊起来就不像个白

---

① 出自谚语"Measure twice and cut once",原指木匠工作时"测两次,切一次",意为"三思而后行"。

痴了（我还知道怎么投蝴蝶球，哈！虽然投得不是很好！）。我还可以聊聊一些球员、一些统计数据。

弗兰克来了，我们开始闲聊，萨姆说咱们开个毕业派对吧，一开始我以为他说这话没过脑子，一时疏忽了，因为我在这儿，因为我在学校除了数学俱乐部和计算机俱乐部的派对之外，从来没被邀请参加过派对——但那些不是真正的派对。而且，我是三年级的学生。但弗兰克说派对很棒，然后转头对我说让我负责音乐，就这样。这就意味着我不但被邀请了，还有一件重要的任务要完成。

音乐可以算是最重要的部分。我不知道——因为，是啊，我以前从没参加过派对。但我要把事情做得漂亮。

我关掉播放器，受到鼓舞，开始工作。我在电脑前坐下来，连续登录多个虚拟专用网，然后连到保加利亚和其中一个"斯坦"国家，寻求代理服务。

我往后一坐，闭上眼睛。然后，我调适到"人民卫士"的角色，开始打字。

尼克·卡瑞里的手机嗡嗡作响。

是他的律师。

他刚进监狱的时候，来电显示还处于起步阶段。现在这东西到处都是，他觉得这是过去一百年来最重要的发明。

"你好，萨姆。"

"尼克，还好吗？你适应得还行？"

"跟预想的差不多。"

"好的。嗯，我找到了一个地方，你可以看一下。我给你发邮件了，有地址和交易单。这是初步的调查，因此我们还有很多尽职调查要做。这个地方位置偏僻，所以要价不会吓到你。靠近高级地区和时髦区，生意是更好，但你负担不起。"

"很好，伙计。谢了。先等等，我现在就看一下。"

尼克上网记下地址和店主姓名——在布鲁克林，踏实可靠、蓬勃发展的工薪阶层社区。"他现在在那里？"尼克再次感觉到了电流般的刺激，焦躁难耐。他想起了阿米莉亚的座右铭：只要你移动，他们就没法逮着你……

"是啊，他在。我刚跟他的律师聊了。"然后萨姆陷入沉默，"听着，尼克，你确定你想干这个？"

"你以前给我上过课了。"

"我是讲过，对。你要是把我的话听进去就好了。"

"得了吧。"

"饭店是有史以来最大的烧钱坑之一。这家嘛，好，它有不错的现金流和忠实的顾客。这我是知道的，我去过那里。饭店经营了二十年，有实打实的好信誉。但是话说回来，你以前从没经营过一家公司。"

"我可以学。说不定我可以请店主留下来，当个顾问。他会有兴趣的，以确保这地方顺利营业并且生意兴隆。"他的提议是，店主拿到饭店的转售价外加收入分成。"他对这个地方有情感依恋，你觉得呢？"

"我猜是的。"

"萨姆，对我来说已经太晚了，我得开始我的生活了。哦，我问你的另外一件事。"

"我再三查过了，没有犯罪活动的迹象。店主、他的家人、所有雇员，都没有犯罪记录。国税和州税方面也很清白，顺利通过了好几次审计。我还在办饮酒许可的事情。"

"很好。多谢了，萨姆。我好期待。"

"尼克，别着急。你听起来好像今天就准备要签合同。最起码，你不想先尝尝千层面吗？"

28

阿米莉亚·萨克斯回到了连栋住宅,带回来的证物在莱姆看来少得可怜。两个牛奶箱,装着六个纸质的和塑料的证物收集袋。

可恶的不明嫌疑人把东西烧了个一干二净,证物都化成了灰烬。水是犯罪现场最糟糕的主要污染物,火紧随其后位居第二。

她把这些箱子交给梅尔·库柏,他身穿白色短袖T恤、米黄色灯芯绒休闲裤,外面套着实验室工作服,还戴着外科手术帽和手套。"就这些?"他这么问着,朝门口望去,觉得可能还有证物搜集小组的其他成员拿来别的证物。

她那愁眉苦脸的样子说明了一切。再没别的东西会被送来。

"他是什么人?"阿切尔问,"受害者?"

罗恩·普拉斯基浏览了一下他的记录。"五十八岁的广告公司业务经理,相当资深。名叫亚伯·贝恩科夫。一些很出名的电视广告就是他负责的。"这名年轻的警察列举了其中的一些。莱姆从来不看电视,没听说过这些广告,但这些广告客户他自然是知道的:食品公司、个人用品、汽车、航空公司。"消防局局长说,他们要再过一个星期,才能弄清楚有关火灾如何发生的具体情况,不过私下的说法是:有瓦斯从CookSmart的炉灶和烤箱泄漏出来。六个灶头的灶台,电烤箱。你利用智能控制器,可以远程打开炉灶——灶头和烤箱都可以打开。它们大部分的设计是，你如果离家在外，觉得炉灶可能还开着，就可以让它们关上。但反过来也是可行的。看起来，不明嫌疑人解除了点火器的功能——那些咔哒咔哒响的东西——然后打开了瓦斯。

"消防局局长说，考虑到爆炸的规模，瓦斯泄漏必然持续了将近四十分钟。然后不明嫌疑人打着了点火器，整个地方一下就炸了。贝恩科夫离前门大概六英尺远，似乎想逃出去。他们认为是瓦斯让他醒过来的。"

阿切尔说："那个地方有别的人吗？"

"没有。他已婚，但他妻子出远门了，在出差。他们有两个孩子，都成年了。楼里没有其他伤者。"

萨克斯用另外一块白板，开始记录这个犯罪现场的情况。

手机震动，她接了一个电话。一番简短的交谈之后，她挂断电话，朝莱姆耸耸肩。"是另一个记者，询问我对媒体发表的声明——询问 CIR 微系统公司上传给客户的安全补丁。那个报道靠谱。"她满心欢喜。她在新闻媒体上的匿名身份不存在了，她现在是记者们需要找的可靠警察，他们要撰文介绍智能控制器的危险性。很明显，消息正在传播，说的就是内置 DataWise5000 控制器的产品的危险性；而且，根据报道来看，这引起了人们的关注。

她又说："即便公司无惧危险，不安装乔杜里的安全更新程序，至少我们可以指望它们的顾客看了报道之后会断网，或者让设备断电。"

莱姆的电脑发出了声响，RSS 订阅源传来了一则新闻报道。"他又发表了一则宣言。"

大家好：

又一个教训来了。

我的感觉是，人性本善。很久以前，某个哲学家，我不知道是谁，说过这话。很著名的一个哲学家。我们生来纯洁可爱：我们不是天生就想要不必要的东西，想要更好的车、更大的热水浴缸、更清晰的电视机。想要更昂贵的烤炉！我们必须经过教导。不过，我觉得"教导"这词还不对。正确的词是"灌输"。正是产品制造商、营销人员、广告商吓唬和威胁我们去购买更大更好的东西，让我们觉得没有这个那个就活不下去。

对，想想这事，想想你的财物。你有什么东西是你离了它就活不下去的？几乎没有。闭上眼睛，在脑海中走过你的房子。拿起一个物件仔细瞧瞧，想想你是从哪里得来的？一份礼物？朋友送的？重要的是友谊，而不是友谊的象征物。把它扔掉。每天这样做一次，每天扔掉一样东西。

还有更重要的，别再买东西：购物是一种决望[①]的举动，远超基本衣食之外的追求是一种上瘾。

你不需要一件那么贵的厨用电器，那够得上一个四口之家吃上一年。好吧你付出代价了……真正的代价。

——人民卫士

"疯子。"梅尔·库柏咕哝道。

再好不过的诊断。

[①]原文为"dasperation"，故意的拼写错误，本应为"desperation"（绝望）。

"如果他是在保卫民众,那他为何对他们下杀手?"

"他只杀拥有贵重产品的人。"莱姆指出这一点。

"这个特质我没领会到。"阿切尔说。她仔细浏览这篇抨击之词,说道:"如果他知道'白板'这个哲学假设,他就肯定听说过约翰·洛克①。他又在故意装傻。刻意而为的拼写错误,几处不必要的字母大写——可以这么说吧。"

莱姆听到她的评论笑起来;那些词当中有一个就是"不必要的"。

"用冒号的地方用分号更合适,但用了这个,就意味着他知道怎么用另一个。'Whom'用错了。"

"好了。"莱姆对犯罪侧写没什么兴趣了,他说道,"我们已经确认了他是在故意破坏皮博迪女士②的英语课。咱们来看看证物吧。萨克斯,你从哪里找到那个的?"她好像搜查了两个不同的地方,他从不同的箱子能看出这一点。

"我在贝恩科夫的公寓里很快就走完了格子,因为不明嫌疑人用的是远程控制,他不需要进入受害者的屋里。通过清单,他知道谁有带智能控制器的产品。但不管怎样,我还是取了一些样本,就怕他万一进了贝恩科夫的厨房去添加助燃剂。"

"啊,对,"莱姆说,"他有可能不相信天然气可以造成足够大的损害。梅尔,先查这个。"

萨克斯指出来的证物袋,每个都贴着格拉辛不干胶带,上面写着这是从哪个房间搜集的。袋子里装的是几勺灰烬。

库柏开始进行色谱和光谱分析。仪器运行起来,他留意着分

---

①约翰·洛克(John Locke,1632—1704),英国哲学家。他提出心灵是一块"白板"的假设,主张心灵在人出生时是空白的,理性和知识都通过经验获得。
②应指伊丽莎白·帕玛·皮博迪(Elizabeth Palmer Peabody,1804—1894),美国教育家,在美国开设了第一所英语幼儿园。

析结果,与此同时萨克斯继续说:"我在想作案模式——他需要看到屋子里面,确保有受害者在场。"

阿切尔补充道:"还记得罗德尼说他是个'正派的怪物'这话吧;他可能想确保现场没有孩子,如说上门来玩的孩子。也有可能,他不想伤害穷人,那些不买奢侈品的人。"

"或许吧。"萨克斯说,但莱姆看得出来她心存怀疑。在这一点上,他倾向于站在萨克斯这一边。不明嫌疑人四十似乎并没有受到经过精细分析的道德问题的困扰。"我觉得,确保视野里有受害者出现,这对他更为重要。我发现了一个地点,他在那里可以清楚地看到贝恩科夫的公寓里面。街对面的屋顶。就在爆炸发生之后,那里有位居民看见一名高瘦的男子从门厅走出来。白人男子,背着背包,穿着连裤工作服,像个工人。还戴着棒球帽。我在他有可能站立的位置搜集了一些微物证据。"

"怎么进去的?"莱姆问。

"他本来可以走防火梯,没那么招人耳目,但他选择了走前门。"

"公寓的门锁呢?"阿切尔问。

又一次,她从莱姆嘴边把问题抢走了。

"老房子,旧门锁。很容易撬开。没有窗户被打破,没有值得一提的工具痕迹。我在门厅搜集微物证据,但是……"她耸耸肩。

阿切尔说:"莱姆的书里讲过。聪明的罪犯走人流量大的路线,也因此,在这些路线上,隔离可用微物证据的可能性呈对数方式减小。这就是他从那里进入的原因。"

莱姆心想,这说明他自己的观察是显而易见的。他一直都后悔,不该把这写进书里。"那么我们有什么发现?"他不耐烦地问,"屋顶上的?"

"首先,一片玻璃。"这是阿切尔的观察。她驱动轮椅凑近检测台,盯着一个透明的塑料证物袋,袋子里似乎只装有尘土。

"把它展开,梅尔。"

技术员照做了。

"我还是看不见它。"莱姆咕哝道。

"是它们。"阿切尔纠正道,"有两片,不,有三片碎片。"

"你有显微视力吗?"

阿切尔笑了起来。"老天给了我好指甲和好视力,就这么回事。"

不提老天要拿走的东西。

借助放大镜,库柏找到并取出了玻璃碎片,放到显微镜下。图像被传送到屏幕上。阿切尔说:"是窗玻璃,你不觉得吗?"

"对。"莱姆说。他研究犯罪现场细节多年,分析过上千份玻璃样本——从子弹、落体、岩石和汽车碰撞造成的碎片,到受人钟爱、被人故意当成利刃的碎片。萨克斯搜集的微小碎片的裂纹和圆滑表面,说明它们毫无疑问来自窗玻璃。不是汽车车窗玻璃,而是住宅窗玻璃——安全玻璃大不一样。他提到了这一点。

库柏指出来:"那里,右上象限,有瑕疵。"

看上去是个小气泡。莱姆说:"要我说,老旧,而且廉价。"

"我也是这么想的。七十五年了?也许更老。"

新式窗玻璃是近乎完美无瑕的。

"把它们跟对照样本比较一下。样本在哪里,萨克斯?"

她指出来几个信封,里面装着从屋顶的一些地方取来的微物证据样本,这些地方离不明嫌疑人站立的位置很远。库柏便用显微镜对几样不同的东西进行比对。

"好了……没有其他的玻璃碎片。"

托德·威廉姆斯的办公楼里也没有玻璃碎片——不明嫌疑人是从后门闯进去的。这里的底楼也没有。他是从哪里沾上的？

"还有别的吗，微物证据？"

库柏得过一会儿再用气相色谱／质谱分析仪分析样本。他还在等萨克斯搜集的灰烬的分析结果。几分钟后，分析完成了，他把经过编译的数据读出来。"没有助燃剂。"

"所以这就告诉我们，他很可能没闯入屋内，没在周遭施放瓦斯或倾倒煤油。"

"总之不太可能。"阿切尔说。

"你为什么这么说？"萨克斯问。

"直觉。用控制器当谋杀工具，他很得意。必须添加汽油，这就……我不知道，显得不高明了。"

"也许吧。"萨克斯说。

莱姆认同阿切尔的说法，但未置一词。

"他把其他微物证据都烧掉了。从他在屋顶的有利位置。"

库柏大概用了半小时在仪器上分析几个不同的样本，色谱仪分离成分，质谱仪确定成分为何物。莱姆焦躁不安地看着。终于，库柏将它们一一列出来了：

柴油，品牌还未确定。两份土壤样本，其来源地为康涅狄格州、哈德逊河、新泽西州和韦斯切斯特郡的水岸地带。

"没有带两个问号的皇后区？"莱姆嘲弄地说。阿切尔朝他微微一笑。萨克斯注意到了这一点，又转向她正在记录他们的发现的白板。

技术员继续列举。若干软饮料样本：雪碧、普通可口可乐和健怡可口可乐，都是不同程度的稀释液，这说明液体来自盛有冰块的杯子，饮料不是直接从罐子或瓶子里喝的。白葡萄酒，含糖量高，是典型的廉价起泡白葡萄酒或无气白葡萄酒。

客厅陷入一片安静，打破安静的只有气相色谱仪冷却下来的嗒嗒声。这个装置的工作方式，是让样品经受高温，这温度比样品中挥发性最小的元素的沸点大概还高五十摄氏度。换句话说，这就是一个地狱。

萨克斯接到一个电话，她走到一边接听。她站在客厅的一角，低着头。最后，她点点头，脸上如释重负。她挂断电话。"巡逻局召集了射击小组。"莱姆想起来了——她为了救格雷格·弗罗默的命，朝电动扶梯的驱动器开了一枪，这之后便有事故审查。"马迪诺，那个警监，说这个小组不错，都是街头巡警。他说我只需写一份枪械开火报告就行了。"

莱姆为她感到开心。纽约市警察局有那么多条条框框，它们能把一个只想好好工作的警察整垮。

库柏说："这里还有一些东西。微量的橡胶、氨水和纤维，可能是纸张里面的——纸巾。"然后他念了一个长长的化学物质清单。

"玻璃密封胶。"莱姆心不在焉地说。

"你知道这个？"实习生问，眼睛盯着长达三行的一堆物质。

他解释了一通。多年前发生过一起案子，案中的妻子用一块尖利的窗玻璃割断了丈夫的颈动脉，玻璃是她从娱乐室的窗户上取下来的。趁着丈夫熟睡的时候，她用玻璃抹了他的脖子，他很快就失血而死。她把玻璃清理干净，放回窗户上，装回原来妥妥帖帖的样子。（她那离奇的策略就是，没有凶器，也即刀或其他利刃，可以追查到她身上。当然不是这么回事，因为她忘了清除衬衣上的玻璃密封胶痕迹，她杀人后在窗户上用过这个。总共只花了五分钟，警察就找到了那块窗玻璃，发光氨测试确认了血迹的存在。)

萨克斯又接了一通电话。她的反应神秘莫测,眼神从窗户飘到地板又飞到洛可可风格的天花板上。是什么事?他感到纳闷。

她挂断电话,一脸愁闷。她朝莱姆走过去。"抱歉,是我母亲。"

"她还好吧?"

"还好。不过他们把一项检查提前了。"她还是一副苦恼的神情。案子和她唯一的亲人,他知道她在这中间难以抉择。

"萨克斯,去吧。"他说。

"我——"

"去啊,你必须去。"

萨克斯一句话都没说,走出了客厅。

莱姆看着她离开,然后慢慢转过来,轮椅的驱动器发出一阵轻轻的鸣鸣声。他盯着充满挑衅的白板。

犯罪现场:曼哈顿东三十五街三百九十号
(纵火案现场)

- 罪行:纵火/杀人。
- 受害者:亚伯拉罕·贝恩科夫,五十八岁,广告公司业务经理,名声卓著。
- 死亡原因:烧伤/出血。
- 死亡方式:
- 安装有 DataWise5000 控制器的 CookSmart 豪华炉灶发生瓦斯泄漏。
- 没有助燃剂。

— 嫌疑人侧写的增补要点：
— 深色衣服，棒球帽。
— 观察现场以确保只有成年人受害？
— "人民卫士"发布了另一则消息。
— 又一次故意装傻。

犯罪现场：曼哈顿东三十五街三百八十八号
（不明嫌疑人的监视地点）

— 证物：
— 玻璃碎片。窗玻璃，老旧。
— 二甲苯、甲苯、氧化铁、氧化矽、邻苯二甲酸二辛酯和滑石粉（玻璃密封胶）。
— 他的职业？也许没有。
— 纸巾纤维。
— 氨水。
— 橡胶碎片。
— 柴油。
— 两份土壤样本，其来源地为水岸地带。
— 康涅狄格州或韦斯切斯特郡或新泽西州。
— 汽水，稀释程度各不相同，来源多样。
— 白葡萄酒，含糖量高。典型的廉价起泡白葡萄酒。

阿切尔也在仔细研究白板上的内容。"问题多，答案少。"她嘀咕道。

欢迎来到刑事鉴定的世界，莱姆心想。

29

《理发师陶德》[①],哎,那可是个挑战。

乔·黑迪在时代广场的惠特莫尔剧院当木工,他想起了一年前桑德海姆[②]音乐剧的成功重演。他和其他布景师和灯光师必须制作一张可以活动的理发椅——嗯,活动到这个程度,舰队街的恶魔理发师割开顾客的喉咙之后,它会根据指令打开活板,让顾客滑入地下室。

他们忙碌了好几个月,让椅子运行得天衣无缝。并且创设了一个令人惊叹的哥特式狄更斯时代场景。

但这次活计要造的场景?完全是小孩子把戏,非常无聊。

黑迪把一些二乘四规格的普通级别松木木板搬到剧院后面的布景工场,扔在水泥地上,剧院地处四十六街。为了这个剧,他要干的活儿是造一个大迷宫,就是故事里的老鼠——这儿被做成了一只双足的全息投影老鼠——在不同的时间点可以穿过的那种迷宫;故事讲的是家庭聚会、吵架争闹和一堆别的破事。整整两

[①] 陶德最早出现于英国维多利亚时期"一便士恐怖故事"《一串珍珠:浪漫史》(1846—1847)中,该故事成为情景剧和都市传奇的主题被反复演绎,其中最著名的是获得托尼奖的百老汇音乐剧《理发师陶德》,以及由蒂姆·波顿执导的电影《理发师陶德》。
[②] 桑德海姆(Stephen Joshua Sondheim, 1930—),美国作词作曲家,作品有《理发师陶德》、《春光满古城》等。

小时，没有一次割喉，没有任何变化。黑迪已经看过剧本，认为来点文字上的血腥会更好。

但迷宫就是布景设计师想要的，迷宫也是她会得到的。

黑迪是个大块头，头发浓密，黑灰夹杂。他把木板按照他要切割的顺序摆好，然后艰难地站起来。事实上，他在呼噜呼噜地哼哼。他六十一岁了，曾尝试过退休；他在底特律的流水工作线上干了三十六年，然后和妻子搬来这里。跟新泽西的儿孙们住得更近，某种程度上说，这很好。但黑迪还不想退休，他的女婿帮他联系了这份工作。黑迪基本上是个车工——底特律那套东西——但有手艺就是有手艺，剧院当场雇用了他，让他干布景的木工活儿。他喜欢这活计。唯一的问题是：木头比二十年前重了许多。真奇怪，怎么会这样？

他把迷宫的设计图铺在近旁的桌上，然后从腰带上抽出一把钢卷尺，从口袋里拿出一支铅笔——他用折叠刀削尖的老式铅笔——把它们放在图纸旁边。他戴上老花镜查看图表。

这是百老汇较为优质的剧院之一，当然也是曼哈顿最好的布景工场之一。空间宽敞，六十英尺见方，靠南墙存放的木头比大部分贮木场的存量还多。西墙边上是一箱箱的五金器件（钉子、螺母、螺栓、弹簧、螺丝、垫圈，应有尽有）、手用工具和电动工具、工作台、油漆和一个小餐厨区。正中央，是安装在地上的大型电动工具。

天气很好，巨大的双开门——大到可以将最大的道具搬进搬出——朝四十六街敞开。微风吹拂，送来黑迪喜欢的气味：汽车尾气，来源不明的香水味，坚果和椒盐脆饼摊贩的炭烟味。交通一片混乱，人流不息涌向四方，各种你能想象的衣着打扮都有。他对"汽车城"从没生出过喜爱之情，但现在有了转变，他是一个忠诚的曼哈顿区人，尽管他住在帕拉姆斯。

他也喜爱他的工作。像这样的好天气，大门敞开，过路人有时会停下来往里瞅，好奇地看着正在干活的布景师。在黑迪最得意的日子里，有一天，有人把他叫到门口。这个木工预计问题会跟一样工具或他手头的场景制作有关，当那人向他索要签名时，他大吃一惊。那人喜欢重演剧目《国王与我》的场景设置，想让黑迪在节目单上签名。

黑迪用微波炉把水加热，冲入星巴克速溶咖啡，一边做笔记记录他要切割的切口，一边喝着黑咖啡。他看着工作台，确保一件必不可少的辅助物就在手边：隔音耳罩。他绝对得戴上耳罩，这是因为坐落于工场正中央的一样装置。

这台巨大的阿约尼台锯是这里最新添置的。百老汇的大部分布景工作都是木工活儿——切割、架构、组装。阿约尼台锯很快成为承担木工活儿的主力。这台机器有三百多磅重，装配着边缘如鲨鱼牙齿般锋利的圆锯片。锯片是可以替换的，锯片厚度、齿缘深度和形状各不相同——锯片越厚，锯齿越大，用于切割粗大的框架，更薄更细的则用来做修整工作。这些危险的圆盘转起来，速度达到每分钟将近两千转，像喷气式飞机的引擎一样大声尖啸。

这台锯切割最厚的木板，就像撕报纸一样，配备的芯片可以记住过往五十次操作的设置和规格。

黑迪从墙上的架子上取下一个沉重的粗切割锯片，用来切割二乘四规格的木板，以作迷宫底座之用。然而，要卸下现已安装在阿约尼台锯上的锯片，替换上这个锯片，他必须先关掉电源。由于电机——以八马力的强劲功率运行——使用二百二十伏的电压，耗电量大，机器便被硬接线接驳到剧院的电力系统中。

生产商建议，在更换锯片前要关掉主断路器上整个设备的电源，但这里的工人都没这么做过，因为主断路器在地下室。但阿约尼公司可能知道买主不会每次都切断主电源，台锯本身便带有两个切断设置。一个是机器本身的断路器，另一个是让锯片转起来的开关。伸手下去够机器的底座，找到断路器并关上，这有点不方便，但黑迪绝对不会跳过这一步去更换锯片。这台器具就像断头台一样危险。（他听说过一起事故，阿约尼机器还在运转的时候，一名助手跌倒在近旁，下意识伸手想稳住自己。他的前臂碰到锯片，一下就从手腕和手肘中间被切开了。切得那么干净利落，足足十秒钟，这可怜人没感到一丝疼痛。）

所以，他现在就探手下去关掉断路器。

然后，只为了再检查一下，他打开了电源开关。没反应。他把开关还原到关闭状态。现在，黑迪左手抓着锯片稳住一会儿，右手开始用套筒扳手松开将锯片固定在转轴上的螺母。他对自己的慎之又慎很满意；他想，如果机器正好开始启动，他不但会失去左手的手指，右手也会被扳手碾成肉酱。

每分钟转两千转。

但五分钟后，锯片稳妥地换好了。电源又打开了，他已准备好要切割第一块木板。

台锯的工作高效毫无疑问，让所有木工的日子轻松多了。另一方面，黑迪必须承认，他并没有巴望着接下来几小时都换锯片、切割迷宫木板。

事实是，这玩意儿把他吓得要死。

女服务员在调情。

尼克猜她大概三十五六岁。漂亮的心形脸蛋，黑头发油光锃亮，紧紧扎起，缕缕卷发只想趁机散开。紧身制服是低胸剪裁。如果他成了饭店的老板，这一点他要改。他更喜欢稍具家庭亲和力的员工。不过，社区里的老鬼们可能就欣赏汉娜这种风情。

他笑着回应，但跟她的笑不同，礼貌又客套，并说要找维托里奥。她走开了，回来时说他过几分钟就出来。"坐吧，喝点咖啡。"

她又试图调情。

"请给我杯黑咖啡。一块冰。"

"冰咖啡？"

"不是。一杯咖啡。热咖啡，但加块冰。"

她把尼克带到临窗的卡座，他坐下来，环顾四周。太好了，他暗自评判。他当即喜欢上了这里。油毡布必须拿掉——鞋跟印太多了——墙纸也要去掉，他会把墙壁粉刷一下，也许刷成暗红色。这地方窗户多，采光好，这间屋子能承受那种颜色的墙壁。他还会挂些画作。去找一些描绘老布鲁克林的画作，如果能找到，就很有社区气息了。

尼克喜爱自治城镇。多数人不知道，直到一八九八年，布鲁克林都是一个自成一体的城市。事实上，布鲁克林曾是全国最大的城市（仍是最大的自治城镇）。他要找些水滨公园和展望公园的图片来。也许会找些布鲁克林名人的肖像。沃尔特·惠特曼，当然啦，必须得有他。那首诗，《过布鲁克林渡口》——好，他要弄张渡口的图片来。阿米莉亚的父亲也是布鲁克林人，他告诉过他，华盛顿及殖民地军队跟英国人在这里打过仗（吃了败仗，但多亏河流结冰，安全撤退到曼哈顿）。乔治·格什温。据说，马克·吐温是用布鲁克林一名英勇消防员的名字给他的小说人物汤姆·索亚命名的。他要把他们的画像都找来。也许找那些钢笔画。酷。时髦。

但是,本地人阿尔·卡彭①的画像肯定不要。

一道阴影盖过来,尼克站起身。

"我是维托里奥·基拉。"来者是个壮实的男人,橄榄色肤色,同时又显出病态之色。他身上的西装大了一号。尼克心里嘀咕,不知饭店出售是不是因为他身体不好。可能吧。灰色的头发完美无缺,浑若一体。

"我是尼克·卡瑞里。"

"意大利人。祖籍是哪里?"

"弗拉特布什。"

"哈!"

尼克又说:"很早以前,是博洛尼亚。"

"我们有意大利餐。"

"我听说千层面很好吃。"

"是啊,"基拉说,"不过有难吃的千层面吗?"

尼克微笑。

女服务员把咖啡端上来。"你要来点什么吗?"她问基拉。

"不用了,别管我,汉娜。谢谢。"她转身走了。

这个人将沧桑的双手合到一起,低下头。"好了,叫我维托吧。"

"呃,维托。我对你这地方感兴趣,很感兴趣。"

"你开过餐馆吗?"

"这辈子只在餐馆里吃过饭。"

---

① 阿尔·卡彭(Al Capone, 1899—1947),美国黑帮首领,生于布鲁克林。

"嗯，这辈子的大部分时间……"

大块头男人笑起来。"不是所有人都适合开餐馆的。"

"这是我想做的事。这种地方总是有的，你知道，一个有社区气息的地方，大家在这里消磨时间。和和气气的，搞搞社交。不管经济形势怎样，大家还是得吃饭啊。"

"这倒是实话。但很辛苦，很辛苦。"他审视他，"不过你不像那种怕干活的人。"

"不，我不是。好了，我从我的律师那里拿到了交易单，我看过了。好像不错。要价的话？我手上有些钱，是从我母亲那里继承的，她去——"

"真是难过。"

"谢谢。我在跟几家银行谈。现在，关于价格，我们有了一个差不多的数字。做一点点让步，我相信我们可以谈成。"

"是啊，我出价，你掏钱，这就成了。"这人半开玩笑半认真。这就是生意。

尼克往后一靠，放心大胆地说，"在我们继续之前，我有些事必须告诉你。"

"好啊。"

"我有犯罪前科。"

维托往前一探，紧紧盯着尼克，就好像他刚刚说他长着塑料皮肤，他要看一下。

尼克跟他四目相对，脸上露出诚恳的微笑。"罪名是抢劫和施暴。我没干。我从没犯过罪。我在着手证明我的清白，我觉得我会被免除罪责的。或许过几天我就可以拿证明给你看，或许时间要再久一点。但不管怎样，我真的希望我们可以继续谈下去。"

"你没干。"不是疑问，而是鼓励他继续说下去。

"没有。我想给人帮忙,被抓进了监狱。"

"你拿不到卖酒执照。这占我们收入的三分之一。"

"我的律师正跟政府办理饮酒许可的事。他觉得可以批下来。我被免除罪责的话,就没有问题了。"

"我说不好,尼克。这完全是另一回事。我在这里当老板有二十年了。你知道的,这是声誉问题。"

"当然,我理解。"尼克说得自信满满,因为他就是自信满满,"但我的律师说了,我可以拿到法庭的赦免书,完完全全的无罪证明。"

"尼克,我得快点出手。"维托双手一抬,手掌向上,"我遇到些麻烦。身体原因。"他放眼店内,大概坐着三十个顾客。有个男人想结账。基拉朝一名服务员喊了一声,指了指。

"人员是个问题,"他说,"人来了又走,不再出现,不然就是对顾客态度恶劣。他们偷东西。你必须放他们一马。你就像一个父亲和老师,你知道的,校长,一直都这样。他们还想抢劫你。"

"肯定的,跟别的行业一个样。你必须精于此道。我在想,或许可以请你当一段时间顾问。"

"这事我不了解。我身体不好。我老婆和我们的女儿在照顾我。我的大女儿,她搬回家里了。我必须悠着点儿。你知道的,外面有专业人士。顾问,餐饮业顾问。他们很贵,但对你来说是个好方法。"

"我知道。但考虑一下吧,维托。我很乐意付你报酬。你甚至不用来店里,我每周来见你两次之类。"

"你是个好人,尼克。你没必要把你的过往告诉我。这又不像应征煎炸师,我要查你的推荐信。我们达成交易了,你签协议的时候露个面，我关心的只是你有支票。但你对我坦诚相告。可是我得告诉你，我需要考虑一下。"

"我没抱别的指望。还有，维托——那报价？"

"怎么了？"

"我可以接受。"

"你不怎么擅长讲价。"

"我识货。好了，考虑考虑。帮个忙？"

"什么事？"

尼克说："不要不给我机会让我再争取一下，就卖给别人了。只要给我那个机会就行。"

一番仔细的审视。"好的，我会跟你说的。哦，还有，尼克？"

"怎么了，维托？"

"我很欣赏这一点，你没跟汉娜调情。我的小女儿。"他朝那个穿紧身制服的黑发女服务员点点头，"你得分的地方在这里。我会考虑的，尼克。我跟家人商量一下，再告诉你。"

两人握握手。"好了，维托，我还有另一个问题。"

"说吧，孩子，什么事？"

尼克往后一靠，面露微笑。

30

"阿米,我不了解。"

萨克斯倒了一些川宁红茶,用探询的眼光看了一眼她母亲。

罗丝做完了 X 光和心电图检查——为了几天后的手术,一切都在顺利进行——她们已经回到了萨克斯的卡罗尔花园连栋住宅,坐在阳光充足的厨房里。这里和罗丝自己的家隔着六个街区,她两边都住。有预约时,这个女人住在这里就方便一些,因为她的医生和进行心脏搭桥手术的医院就在附近。手术之后,她会在这里休养康复。

"我不了解尼克。"罗丝拿着盛有茶水的纽约市警察局纪念杯,加入一点点稀奶油。萨克斯摆弄的是半空的星巴克杯子。温温的,跟尼克的一样。她用微波炉把它加热到冒热气,在罗丝对面坐下来。

"吓了我一跳,他出现在这里。"萨克斯打量她母亲,她穿着衬衣和半身裙,套着长筒袜,戴着一根细细的金链子,跟瘦瘦的脖子很是相称。一如往常,她打扮一番赴医生的预约,就像要去教堂似的。"我还是不确定该怎么想。"

"他过得怎样,在监狱里面?"罗丝能来点幽默感,这是后来在生活中形成的。

"我们没聊这个。没理由聊。我们再也没有任何共同点了。他就像个陌生人。我不会跟商店店员或大街上碰到的什么人聊私事。为什么要跟他聊呢？"

萨克斯觉得她解释得太多，也太快了。罗丝似乎也看出了这一点。

"我只希望他顺利。"萨克斯这么说着，结束了话题，"我该回林肯家了。从没遇到过这样的罪犯。"

"他是国内的恐怖分子？新闻媒体是这么说的。你听说微软全国广播公司的报道了吗？人们不敢乘电动扶梯和升降电梯了。市中心有个男人在办公楼爬了十层楼，心脏病发作。他信不过升降电梯。"

"没有，我没听说。人死了吗？"

"没有。"

又一个可以算到不明嫌疑人四十名下的受害者。

她问："你想让我带点什么当晚餐？等等，萨丽过来吗？"

"今晚不会。她要玩桥牌。"

"你想去吗？我可以送你去她家。"

"不了，不想去。"

萨克斯想起了以前，那时她父母亲称霸社区桥牌俱乐部。多么美好的时光啊……鸡尾酒流淌，半数人群像着火的轮胎一样吞云吐雾，最后几手牌玩得可笑的笨拙，这是因为龇牙咧嘴加酒后迷糊炮制出的离谱策略。（萨克斯在那些夜间聚会上玩得不亦乐乎；她会偷偷溜出去，和社区里的其他孩子一起玩，甚至开车去兜风，或者组织一场直线加速赛。萨克斯自己也承认，她是个坏女孩。）

门铃响了。萨克斯走向门口往外看。

好吧。

她把门打开。

"嗨。"她对尼克·卡瑞里说。她的声音听起来肯定小心翼翼。他迟疑一下，微微一笑。

"我开车经过，来碰碰运气。看见你的车了。"

她往后退，他走进门厅。他穿着黑色牛仔裤、浅蓝色正装衬衫和深蓝色休闲外套。对尼克·卡瑞里来说，这就算打扮了。他拎着一个大购物袋，她闻到了蒜和洋葱味。

"我不能久待，"他说着把袋子递过来，"我给你和罗丝买了午餐。"

"你没打个电话。"

"没有。我离得不远，在一家餐馆里。"

"好吧，"萨克斯低下头，"谢谢，不过——"

"全城最好吃的千层面。"

那个"不过"不是指食物。她拿不准那话要针对什么。她低头看着袋子。

尼克放低声音。"昨晚我有了突破。在你给我的资料里，我发现了一条线索。我想有个家伙可以确认我跟劫持案没有关联。"

"真的？在资料里？"现在，说起话来就像涉水而行。他出乎意料的到来动摇了她保持距离的决心。

"还需要做些调查。好像在重新当警察一样。"

她随之皱起眉头。"尼克，他有牵涉其中吗？"

"我不清楚。可能吧。但我之前告诉过你那些的。我让学生时代的一个哥们儿去查具体情况。他没问题，清清白白。从不跟违法的事沾边。"

"尼克，我很开心。"她的脸色柔和下来。

"嗯，阿米……阿米莉亚，咳，你母亲在吗？"

她迟疑一下。"她在。"

"我可以打个招呼吗？"

"我不知道这样好不好。我跟你说过她的状况不太好。"

门厅里传出一个声音："阿米，我还好，打声招呼还是能行的。"

他们转过身去，看到门厅里那个瘦削精干的身形，背对着远处墙上大飘窗的亮光。

"你好，罗丝。"

"尼克。"

"妈——"

"你带了午餐来？"

"只有你们俩的，我不能久待。"

"我们是不吃午餐的女士。"罗丝慢吞吞地说。萨克斯不知道罗丝是不是要继续为难他，但她母亲又说："我们是用餐的女士。我们留着晚上吃。"罗丝瞧着袋子上的标志。"维托里奥餐馆。我知道，好地方。"

"千层面，香煎小牛排，沙拉，蒜香面包。"

她又看了一眼沉甸甸的袋子。"对了，尼克，要跟我们一起用餐的那五个人在哪里？"

他大笑起来。萨克斯勉强自己笑。

"来客厅吧。我有力气说说话，可没法长时间站着。"

她转过身去。

哦，天哪！这真是太奇怪了。萨克斯叹了口气，跟着那两人。她折向厨房，把食物冷藏起来，纠结着要不要给尼克来点咖啡。但她觉得煮咖啡再把咖啡冷却到符合他的口感，花的时间太长。她希望这趟来访赶快了事。她回去后发现罗丝坐在躺椅上，尼克则坐在沙发前的搁脚凳上；往无靠背家具上的这一坐，似乎就说明了停留的短暂性。萨克斯站了一会儿，然后从餐桌旁拉出一把椅子，搬到她母亲身边坐下。她坐得笔直，微微前倾。她很好奇，关于她的姿势及其透露的信息，她的朋友凯瑟琳·丹斯会做何结论。她是加利福尼亚的一名调查员，擅长肢体语言分析。

"阿米跟我讲了你弟弟的事，你顶罪的事。你想证明你的清白。"

别人告诉她的事，罗丝从来都憋不住。萨克斯经常想，她母亲对社交媒体基本一无所知，这真是一件好事。互联网上飞来窜去的无数谣言，可能会在她这儿形成集散点。

"对。我找到了一些线索，我希望这些线索会有结果。或许没有，但我接下来还会努力。罗丝，阿米莉亚告诉我你隔三岔五跟她住，所以今天我就碰碰运气过来了，不单单是为了当送餐员。我想跟你道个歉。向你们两个一起道歉。"

这个女人探入他的眼神深处。值得赞扬的是，尼克没有躲闪。萨克斯相信他非常平静，他这个终于将胸口沉重又痛苦的东西卸下来的人。

"切断跟阿米莉亚……和你的联系，这是我做过的最艰难的事。我没把有关唐尼的真相告诉你们。我不能冒那个险，让消息传出去，说他是涉事者而我不是。如果你想知道的话，阿米莉亚可以告诉你具体情形，但我心里清楚得很，唐尼惹上的这家伙，这个统领着一个团伙，一个帮派——"

"我知道团伙是什么，我丈夫当了一辈子警察。"

"当然。抱歉。嗯，这家伙？如果我不揽下罪名，他会杀了唐尼。实际上没有证据可以指向我，我担心如果我把真实情形告诉任何人，内务部或检察官根据事实一推断，就会得出结论说我在造假。他们不用怎么查，就会查出唐尼来。他是……"尼克哽咽起来。他清清喉咙。"他就是个孩子，没法好好照顾自己。你知道的，满不在乎的样子。他不小心卷入这一团糟，被一些坏人控制住了。"尼克的眼睛好像湿润了。

"他是个好孩子。"罗丝慢条斯理地说，"我没想到他有问题。"

"他想把问题解决掉，但是……毒瘾很顽固。我应该多尽些力的。我让他参加了几个活动，但没有按照我应该用的方式跟进。"

罗丝·萨克斯从来不是会鼓掌叫好的人：好啦好啦，你尽力啦。她只是点点头，双唇紧抿。那实际上是说：对，尼克，你本来应该那样做的。这样你就不会进监狱了，唐尼说不定也还活着，你也不会伤透我女儿的心。

"罗丝，你可能不想和我有任何瓜葛了。"他露出惨淡的一笑，瞥一眼阿米莉亚，"我想你们两个都不想。我完全理解。我只想告诉你们，我不得不做出抉择，而我选择了我弟弟，舍弃了阿米莉亚和你，还有很多别的人。我差点儿放弃他，差点儿把他扔进狼群，但我做了相反的选择。对不起。"

罗丝慢慢接受了这番话，说："谢谢，尼克。对有些人来说，道歉是件难事。好了，我觉得有点累了。"

"好的。我要走了。"

萨克斯把他送到门口。

"我知道你不想这样，只不过这是我必须做的事。就像唐尼？在十二步骤①里要做的？他必须一一上门拜访说'对不

---

① 指匿名戒酒协会的十二步骤，其中第八步为列出曾经受到你伤害的人的姓名，自愿想向他们道歉；第九步为在不伤害这些人及其他人的情况下，尽量当面向他们道歉。

起'。"他耸耸肩,"或者说如果他能走到那一步,他会那么做的。"

他不由自主地给了她一个拥抱,很短。但他的手贴住她的脖颈时,她感觉到那只手在颤抖——她想了想,是她的脊椎上部,正好是林肯的脊椎被击断的地方。她往后退。有一瞬间她在犹豫,是否要他告诉她有什么发现——那条神秘的线索。但她没开口。

不关你的事,她提醒自己。

她在他身后关上门,然后回到客厅。

"真是古怪,"罗丝说,"说到这个恶魔。"

做女儿的对母亲的用词感到奇怪。萨克斯用微波炉重新加热咖啡,喝完后把纸杯扔掉了。

"我说不好。"老妇人摇摇头。

"我相信他,妈妈。他不会骗我的。"

"哦,我觉得我也相信他,我认为他是无辜的。我的意思不是这个。"

"那是什么呢?"

"尼克觉得他那时候犯了个错误,你应该排在第一位的。"

"是的,他在道歉。这有什么问题?"

"他为什么要找你帮忙?"

这是一个诱导性的问题。萨克斯没跟她说过尼克请求帮忙的事,也没向她透露过她做了合乎法律却是道德模糊的举动,下载了他的案件资料交给他。她告诉她的只是,他声称自己无罪,她也相信他,并且他在忙着澄清罪名。

"难道没有一个程序——律师啊,审查委员会啊——可以让你为自己辩护吗?"

萨克斯解答了她母亲真正问的问题："妈妈，尼克会继续他的生活，我会过我的生活，就这样。我可能不会再见他了。"

罗丝·萨克斯微笑起来。"我明白了。可以再给我来点茶吗？"

萨克斯走进厨房，一会儿后，端着一杯新冲泡好的茶回来了。就在她把茶递给她母亲时，手机响了。她从口袋里掏出手机，看了一眼来电显示，接起电话："莱姆。"

"萨克斯，我们有了真正的突破，实时的。不明嫌疑人四十正在时代广场，现在可能正在追击目标。赶紧行动，路上我再跟你细说。"

31

萨克斯疾速驶向时代广场。在曼哈顿的罗斯福快速道上,她一路飙车向北。

交通状况不算糟糕……但糟糕的是司机。他们钻来钻去,她的都灵车也钻来钻去。这样的芭蕾共舞一出现疏失,其后果就是每小时四十英里的速度差下钢碰钢。即使不送命,也可能鲜血淋漓、骨头断裂。

电话打过来了。她按下免提键。"继续说吧。"

"我们掌握的情况是这样的,萨克斯。你听得到吗?那是什么?那声音?"

"换低挡。"

那声音就像喷气式飞机利用反推力落地。

林肯·莱姆继续说:"我们掌握的情况是这样的。我们在检查微物证据。你在其中一个现场发现了化妆品。我们将品牌离析出来了,是StarBlend的舞台化妆品。还有来自康涅狄格州、韦斯切斯特郡和新泽西州的地质土壤,所有这些都取自不明嫌疑人的两个脚印。柴油、装在杯子里的汽水和廉价葡萄酒或香槟。"

"剧院区的游客:来自城外的巴士,幕间休息喝的饮料!"

"正是。他要么在时代广场居住,要么在时代广场工作,比如剧场……要么是策划另一次攻击时在那里沾上了微物证据。"

"是什么样的突破?"

"我和阿切尔一弄明白——"

"阿切尔?"

"朱丽叶,那个实习生。"

"哦。"那个坐轮椅的女人,长着漂亮的眼睛和天赐的指甲。用她的姓称呼她,这让萨克斯糊涂了。

交通恢复畅通,她再度平稳前行。

"我们一弄明白是剧院区,我就给纽约市警察局的社区观察中心打电话了。"

纽约市警察局的社区观察中心设在警察局广场一个空荡如洞穴、没有窗户的房间里,数十名警察注视着由全城二十万个摄像头提供图像的监视器。屏幕太多,没法监控全城去查找一个嫌疑人;你没有不明嫌疑人的脸部识别要点时——只是"高瘦,可能戴着一顶棒球帽,背着一个背包"——计算机算法也帮不上忙。

但是,莱姆解释说,证物指向一个相当小的区域,监控摄像头高度集中,有名警察便锁定了时代广场区域,并在十分钟前发现了长得像不明嫌疑人四十的人。

"确切是哪里?"

"百老汇大道和四十二街,往北边去了。他们在西四十五街的一家店铺里跟丢了他,他可能从后门出去了。西百老汇大道的摄像头零零星星的,他们再没有发现他。"

一辆油罐车突然变道,萨克斯绕着它一个打滑,稳住都灵车。好了,肾上腺素飙升。

莱姆继续说:"梅尔给中城北区分局打电话了,有半打人员正赶往交叉路口。紧急勤务小组也去了。"莱姆不能调配警力,但梅尔·库柏作为警探有权力这么做,尽管他的专长是刑事鉴定学。"普拉斯基带着一队人马正往第十二大道和四十四街赶去。"

萨克斯和中城北区分局的人员往西边搜查,罗恩·普拉斯基的人员直指东边,可以形成夹击行动。

"根据证物——你知道他可能去往哪里吗?明确的去向?"

没有回应。

他在跟别人说话,可能是库柏。

不是,萨克斯听到了女人的声音,是朱丽叶·阿切尔。

接着声音停顿下来。

萨克斯问:"莱姆?"

"什么?"

"我在问,证物里有东西可以缩小范围吗,他在哪里,或者他要去往何处?"

"有些东西我们还无法辨别,碎玻璃、玻璃密封胶、纸巾,来自任何地方都可能。土壤来自皇后区,或者说源自皇后区。"她对这个用词的强调感到奇怪。他继续说:"我们还发现了化肥和杀虫剂,但在中城的百老汇,你见不到连绵的草场。我不介意猜测,但我不猜。不,在这个时候,我们只好让追捕行动来决定。"

"继续观察吧。"她说,"我到现场以后给你打电话。"

萨克斯没等他回答就挂断了电话,然后驶离高速道,飙车向西上了地面街道。

交叉路口……该死的交叉路口。

她猛踩离合器和刹车,眯眼看着仪表板上的蓝色闪光灯。

萨克斯一只手按喇叭,另一只手换低挡,然后两只手再一起抓住方向盘。

右边空了，左边空了，冲！冲！

这个过程重复了五六次，只有两次，她被曼哈顿狂乱的交通逼到了路沿上，不过有三次、也可能是四次，她差点撞到了堵在她路上的车的防撞杠上。

她驶到一个通畅的路段时想，有意思，不明嫌疑人四十正在他父亲负责的区域晃荡。赫尔曼·萨克斯在时代广场的街道上巡查多年，主要集中在"堕落街"，即四十二街上，那还是很久以前，这里还没有演变为今天的迪士尼主题乐园。事实是，萨克斯怀念这个地方充满色情生意、欺诈把戏、低级酒馆的日子，正如她怀疑她的父亲也会这般怀念。

她的手机嗡嗡响了。

手动变速箱，还是电话？她选择了三星手机，放下四挡挡位，就让变速箱去抱怨吧。"我是萨克斯。"

"阿米莉亚，我是博比·基娄，中城北区分局的巡警。莱姆警监把你的电话号码告诉我了。事情有关你的不明嫌疑人。"

"博比，我记得你。"

还没当上警探的时候，她偶尔跟基娄共事，他是中城北区分局一个天真无邪、精力充沛的年轻巡警。他现在可能还是同一副样子，不过这"年轻"不会严丝密缝地吻合。"你有什么发现？"

"我在四十六街调查。有几个人觉得在这里见过他，就是五分钟前的事。"

四十六街两头与河流相接，贯穿剧院区中心。

"具体在哪儿？"

"百老汇大道往西几个门脸。他躲进了一家纪念品商店，目击者说他疑神疑鬼的。他盯着窗外看，好像觉得被人跟踪了。这是店员的说法。等到安全了或没事了或怎么样——也是店员的话——他就出去了,往西走掉了。"

"我……哎。"

"那是什么?"

那是一名小型摩托车骑手,跟罗马的那些骑手一样忘乎所以,飞速插入她的车道,想看看一辆福特都灵和一辆小巧的韦士柏①仿造车较量起来谁能赢。

尽管险些丧命于一辆垃圾车下面,萨克斯还是很好地控制住了打滑。紧接着,车轮飞转,车子重新上路。

"博比,罪犯的特征描述呢?"

"深蓝色或黑色防风外套,没有标志,牛仔裤,红色或绿色棒球帽——这是目击者的描述。深色背包。"

"好。我再过五分钟赶到。"

实际上,她花了三分钟。她在百老汇大道和四十六街的交叉口一个刹车,把车停在中城北区分局的三辆巡逻车旁边。她朝博比·基娄点点头。是的,跟以前一样像个天使。站在一旁的八人小组,其中有几个她也认识,她跟他们打了声招呼。

已经有趁火打劫的人围了过来:观光客拿着手机连连拍照。

她的手机嗡嗡响了,是罗恩·普拉斯基的电话。

"喂,罗恩,你在哪里?就位了吗?"

"是的,阿米莉亚。"这名年轻的警察解释说,随行的是一个四人巡警小组和六名紧急勤务人员,他们正在四十六街,靠近哈德逊河的地方。

"我们在百老汇大道。你们向东搜索,朝我们这边来,我们向西行动。"她讲了嫌疑人的最新特征描述,补充说他有可能在

---

① 韦士柏(Vespa),意大利摩托车品牌。

这里居住或工作。如果是这样,他长相独特,就意味着邻居或小商店老板很有可能认识他。

"如果他来这里是因为追踪受害者,并没有别的关联,嗯,那就是另一回事了。我们只希望可以截住他,趁还来得及。"

通话结束,萨克斯对面前的警察简要介绍一下情况。她说他们不能确定不明嫌疑人的目标是谁,只知道是正使用"内置式"产品或待在产品旁边的人,而他可以通过他的智能手机或平板电脑破坏该产品。

萨克斯继续说:"我们不知道他有没有枪,但他以前用锤子。"

"他就是那个电动扶梯杀手,对吧?"

"对。"

"他会针对哪些其他类型的产品下手?"

她跟他们讲了有关亚伯·贝恩科夫家的烤炉的事。她回想了一下托德·威廉姆斯给他下载的那个长长的产品清单,那些在核心部位装有 DataWise5000 控制器的产品。"可以是家电、热水器、厨房器具、重型设备、工具,也许车辆也算。还有医疗设备。不过他喜欢炫耀,想得到关注。如果你看到有什么东西可以把你烫死或压死,你就假设那东西里面有控制器,不明嫌疑人会按下按钮。"

"老天,"其中一名警察咕哝道,"你的老婆和孩子正在厨房里烤饼干?炉灶会发生爆炸?"

"就是这样。咱们开始吧。"

他们开始向西搜索,一名警察低声说:"想知道他为什么挑这个地带。"

对萨克斯而言,答案显而易见。这里有许多商店、餐馆和娱乐场所，这些地方都有高耸的高清视频广告牌做主导，威吓或引诱路人和游客消费、消费、消费……

对于任何以攻击消费主义为要务的人来说，时代广场是全世界的最佳猎场。

32

调查展开。

萨克斯这边的警察分成两队,分别负责街道的两边,向西推进。

调查方法没有花里胡哨的讲究,只是问有没有人见过一个高瘦的男人,戴着棒球帽,穿着深色外套和牛仔裤,背着背包。他们进展缓慢,人行道上行人密集,商贩众多。

还有,他们肯定要小心提防。

他们要密切注意任何可能对他们发起攻击的东西。

他会操控这辆车的引擎使之爆炸或燃烧起来吗?他会指挥那辆垃圾车突然前行吗?城市基础设施呢?一百万伏高压电和大量过热蒸汽就在脚底下数英寸的地方奔涌。

产品无处不在。

让人分心。

萨克斯没有什么发现,但一名警察在对讲机里说他发现了疑似者——大概十分钟前,有一名符合不明嫌疑人特征描述的男子,站在人行道边上低头看平板电脑,就在第七大道和第八大道之间。除此之外,他什么都没干。一名目击者——剧院区一家纪念品商店的老板之所以注意到他,纯粹因为他那不同寻常的外形。

"知道他去哪儿了吗？"

"不知道，警官。"

她沮丧地环顾四望。

"那里或许是目标区域。去那边集合。"

几分钟后，他们聚集在不明嫌疑人被发现的地方，继续搜索。没有别的人看见过他，因此他们接着向西推进。他们行动缓慢，查看餐馆、商店、汽车和卡车、剧院的前门和后门。什么都没有。

罗恩·普拉斯基从四十六街西端打电话报告说没有看到嫌疑人。他和同行的警察继续向东搜索。现在两个搜索小组大概相距半英里。

萨克斯向第八大道靠近，她看见一个剧院，剧院对面是一个大型建筑工地。刺耳的噪声顶风而来，那是电动工具的嘎吱声。当她走过去的时候，声音就特别大了，变成尖啸声直刺耳膜。她原以为那个声音来自工地——一栋高层建筑。数十名工人在焊接、捶打，让钢骨架就位。但很奇怪，不是，那个声音从街对面两扇敞开的大门里传来。那是一家剧院的后台区域，是个工场，里面有个木工在切割木板，大概要为即将上演的剧目组装场景。谢天谢地，那个木工戴着鼓鼓囊囊的塑料耳罩——她去射击时戴的那种。圆锯的巨大尖啸声可以摧毁未加保护的耳膜。等木工停下来时，她或者搜索小组的成员要去问问他有没有看见过嫌疑人。

不过此刻，萨克斯和同行的警察穿过了胶合板围挡上的缺口，围挡包围着建筑工地，高达六英尺。这幢拔地而起的大楼有三四十层高，很多钢结构和毛地面都已完工，但里面几乎没有墙体。地面挤满了重型设备、工具站和耗材站。萨克斯继续往里面走，和一个干瘦的工人说要见经理或工头，这人嘴里衔着一支没点燃的烟。他慢吞吞地走开了。

过了一会儿,走过来一个戴安全帽的大个子男人。他的不高兴一目了然。

"你好。"她说着朝这个工人点点头,此人显出一副资深的派头。她朝他亮出警徽。

他没有回应,而是眉头一皱,转向另一个更年轻的工人——不是叫他过来的那个。"你报警了?我还没说报警。"

"头儿,我没报警。"

"谁报的警?"男人,头儿,大叫,放眼扫视近旁的工人,挠着大肚子,肚子外面紧绷绷地裹着格子衬衣。毛发从扣子之间的空隙钻出来。

萨克斯可以做出合理的推断。"有人要报警?"

"是啊,不过——"他说,四下里寻找罪魁祸首。

助手朝头儿点点头,对萨克斯说:"伊吉,他叫伊吉,想确保报警是有理由的,你知道。不是假警报。公司不喜欢警察,抱歉,不喜欢工地上有警察。影响不好,你知道。"

"你觉得是什么问题?为什么有人报警?"

现在伊吉在心里又跟他们站到一起了。"非法入侵。好像有个家伙偷偷溜了进来,我们还不确定。在报警之前,我们只想先确认一下。我们本来会的。只是,我们想确认一下。我们不想浪费谁的时间。"

"他很高、很瘦吗?穿着深色防风外套和牛仔裤?戴着棒球帽?"

"我不知道。你在找他?为什么?"

萨克斯既恼火又烦躁地说:"你能弄清楚是不是这个人吗?"

"是的,我猜。"

"是的，你猜是他。还是说是的你猜你可以弄清楚。"

"嗯——哼。"

萨克斯眼睛一瞪。"伊吉，这人涉嫌一起谋杀案，我们现在正在追捕他，你能……"她不耐烦地张开手掌打了个手势。

伊吉大喊："嘿，卡莱。"

另一个工人走上来，背后藏着一支点燃的烟。

"怎么了？"

"你看见走来走去的那个浑蛋了？"

萨克斯又把特征描述说了一遍。

"是他。"吸烟者的眼睛立刻转向他的头儿，他显得畏怯不安。"我没报警，伊吉。你不想让人报警。我没报警。"

该死。萨克斯从腰带上抽出对讲机，召集她的和普拉斯基的小组尽快赶到工地。

"知道他去哪里了吗？"她问卡莱。

"可能上去了。他在西边的升降电梯附近。"他朝高耸的大楼钢架构打了个手势。

"那里会有人发现他吗？"萨克斯问。她从地面看不到工人。

"我们在做铁活。"工头说，她猜，那意思是那里显然有人在。

"给他们打电话，问清楚有没有人看见他。"

伊吉指派他的副手或三把手照做。那人当即接过任务，用对讲机呼叫。

萨克斯问工头："他可以怎样出工地？"墙是六英尺高的胶合板，顶覆铁丝网。

伊吉挠挠安全帽，好似挠脑袋一样。"四十七街的入口。或者这里，不过这个是主入口，他可能会被人发现。没人看见他，不然他们会告诉我的。"

她派了两名警察往四十七街的入口方向去了。她对工头伊吉说:"哦,告诉你的人别使用升降电梯。"

"他们不能走下来——"

"他有可能蓄意破坏电梯。"

他双眼大瞪。"老天。真的吗?"

伊吉的副手结束了通话,说:"他可能上去那里了,上了一个低区楼层。高个子。大家都不确定他是承包商的人还是怎么的。"

这似乎是最有可能的目标:安装在脚手架轨道外部的电梯轿厢。她猜DataWise5000控制器轻而易举就可以关掉自动制动器,工人们会以一百英里的时速摔向地面。

伊吉大喊:"关掉电梯,所有的都关掉。告诉上面的人别搭电梯,等检查过后再说。"

很好,这就……但紧接着萨克斯想了一下:等等。不对,该死的,我在想什么啊?不对,不对,弄错了。绝对错了!想想他的作案模式吧。他不是要对工地使坏;他来这里,这样他就可以观察他要攻击的地点。他需要高层建筑作为有利地点。这正像他没有置身于贝恩科夫的公寓里,他待在街对面。这正像他坐在星巴克,这样他在检修口张口吞下格雷格·弗罗默时可以观察电动扶梯。

好了,他从这里的钢架构上能看到什么?

随后,萨克斯意识到了安静。

街对面的剧院工场里,台锯停止了尖啸。萨克斯转身就朝建筑工地的围挡开口奔去。从那儿看去,她可以看见场景搭造工场里的那个木工一手抓着凶险的锯片,一手拿着套筒扳手。台锯的样子很新,属于先进设备。

它肯定内置DataWise5000控制器。

他的目标是这个！不明嫌疑人四十在等这人关掉台锯、更换锯片，然后——尽管木工觉得设备安全——设备会开动起来割断他的手，或甩开没有固定好的锯片，从他的腹部或大腿根部旋转切过，或有可能把锯片甩到街上打中行人。

萨克斯冲过街道，边跑边举起手掌挡住车辆，朝敞开的剧院门大喊："离开台锯！离开！它就要发动了！"

但他戴着防护耳罩听不见。

萨克斯跑到工场门口。"停下！"没有回应。

台锯和不明嫌疑人要加害的受害者还在四十英尺开外的地方。这时，她注意到连接台锯的电源线是从她身旁墙里的一个固定装置延伸出来的，就在几英尺远的地方。可是没有插头，电线隐没在墙壁里。

来不及了。不明嫌疑人待在建筑工地的某个高处，他会看到她，会立刻侵入台锯的控制器，启动锯片切掉那个一无所知的木工的手。她的右边是一张工作台，上面摆满手动工具，其中就有一把大型断线钳。手柄是木头的——良好的绝缘体，对吧？碰到二百二十伏的电压时，她不确定是否如此，台锯毫无疑问用的是这个电压。

但别无选择了。

她从架上拽下工具，用锋利的钳齿夹住电线两侧，闭上眼睛将手柄按到一起，周围顿时火花四溅。

33

我以最快的速度穿过拥挤的人行道，甩开剧院和那些人。那些人想截住我，把我关进监狱，把我从阿莉西亚身边带走，从我弟弟身边带走，从我的微缩模型那里带走。

购物者！该死的购物者。

当然，还有红。

所有购物者里最可恶的一个。我多么后悔有过犹豫，给她占了便宜。我现在恨她、恨她、恨她。

不过我必须承认，我看到她出现在建筑工地时并不吃惊，不是真的吃惊，当时我正站在三楼观测杀戮区——剧院后面的工场。

然而：怎么回事？她怎么猜到在剧院会有袭击的？

绝对不是猜测。

如今的警察机智得很。所有那些科技设备。DNA与指纹和一切的一切。他们可能在哪里找到了我留下的一些证物，我之前来这里为今天的袭击做准备时留下的证物。也有可能，我被人发现了。有人会说，外形与众不同。香肠干，骨头架……

该死。

现在朝西边走，低头耸肩装矮一点。

要继续伪装吗？我在犹豫。我爬上三楼办正事之前，在工地偷了一顶安全帽和一件卡哈特外套。不知道有没有人看到铁工弗农。不过我决定了：赶紧把衣服丢掉为好。或许丢在地铁站的卫生间里。不，地铁站有监控摄像头，警方勤勤恳恳地盯着呢。去梅西百货，去那里的卫生间，把衣服塞进垃圾桶。

弄件新外套，帽子当然也要。也许再弄顶浅顶软呢帽，当个时髦客。我的短平头、金发显得相当特别。

我要赶紧回玩具房。子宫。游得飞快的彩色鱼儿。我需要安慰。我需要阿莉西亚过来。我叫她过来的话，她会来的。

是我，弗农？

回头看看。没人跟踪。我——

呃。

我的侧腰突然疼了一下，我撞到人了。一开始我吓一跳，以为是警察，拿出手铐要逮捕我。但不是。是一个身体健壮、长相好看的男人——衣着打扮显摆出大公司商务人士的身份——从星巴克走出来，边走边用蓝牙耳机讲话。

他怒气冲冲地对我说："天哪，你这瘦骨嶙峋的浑蛋。看着点路。"

我只能瞪着他的脸，气得满脸通红，我脑子里爆开"怒不可遏"这个词。

好看，他长得很好看。小小的鼻子，精致的眉毛，结实的身材。他朝我举着他那宝贵的星巴克饮料，不像干杯，而像开枪射击。"你把这个洒我身上了，这够你赔的，你这行尸走肉的浑蛋。你一个月赚的钱都不够买这件衬衣。我可是律师。"然后他打着电话走开了，"亲爱的，对不起，有个瘦骨嶙峋的怪物、艾滋病患者，以为人行道是他家的呢。我现在回家，过二十分钟就到。"

我的心怦怦狂跳，就像往常遭遇购物者之后那样。他把我这一天都毁了，把我这一周都毁了。

我想尖叫，想大喊。

我不理会梅西百货卫生间的计划了。我脱下卡哈特外套、摘下安全帽，丢进垃圾桶。肉色棉手套也丢掉了。戴回圣路易红雀队的帽子。不，我告诉自己选另一顶。我从背包里找出一顶黑色的耐克基本款帽子。就这样。

想尖叫，想大喊……

但最终，一如往常，这些感觉消散了，取而代之的是另一种欲望。

伤害，噢，狠狠地伤害。

火花不是那么惊人。

一小簇橙色的闪光，伴随着一小团烟雾。如果这是电影场景，导演肯定会喊停，会要求重来或随便他们怎么说，会召来烟火特效师把火花增大十倍。

然而实际情况是，断路开关关了，就算不是整个剧院，工场已经陷入昏暗。她自己没触电，也丝毫没被火花灼伤。

随后，萨克斯举起警徽，示意木工走到敞开的门外来，他已经转过身，懊恼地盯着她。不明嫌疑人仍旧下落不明。他扯下耳罩，张口就要问问题。她竖起一根手指，示意等一会儿，仔细看看剧院四周。萨克斯提醒自己，她推测剧院很可能、但未必一定是攻击地点，因此她指挥搜索小组的其他警察在这里继续沿街搜索，尤其是建筑工地，至少他们知道他去过那里。

几分钟后，她的手机嗡嗡响了。打电话的是基娄，她那个圆圆乎乎、性情温和的巡警朋友。"阿米莉亚，我在建筑工地。

工头的助手找出了一些工人,他们见过我们那小子。他来过这里——三楼,南边。有人看见他离开。完毕。"

三楼,南边。观察木工和台锯的绝佳视角。

"知道了。他往哪儿走了?"

"等一下。"一会儿后,他回到电话上,"四十七街。穿着棕色的卡哈特外套,戴着安全帽。我们还在搜查。完毕。"

"明白了。让我——"

罗恩·普拉斯基的声音插入无线电波。"目标出现。有人在街角看见他,在四十八街和第九大道的街角,他往北走了。我们正在追捕。没有进一步发现。完毕。"

"罗恩,盯住他。我敢肯定,他会扔掉卡哈特外套和安全帽。搜寻高个子、瘦巴巴的人。他带着背包——包里有锤子,或者有别的武器,有他用来控制DataWise5000控制器的随便什么玩意儿,手机或平板电脑。"

"知道了,阿米莉亚,好的。完毕。"

该死,他们就差那么该死的一点点。那么接近了。她感觉自己像磨石一样在咬牙切齿,自己左手的食指在抠拇指根部的表皮。她觉得痛,告诉自己停下来。她没有停。该死的紧张习惯。

木工消失在楼下,剧院里的灯又亮了。那人回来了。她得知他叫乔·黑迪。她问他是否在剧院或剧院附近看见过长得像不明嫌疑人的人。

他想了一会儿,然后说:"没有,从没见过,警官。这是怎么回事?"

"有一个杀手,他利用产品杀人。他蓄意破坏电动扶梯——"

"电视里的那个报道?"木工问。

"对。还有烤炉。引起瓦斯泄漏,然后点燃。"

"对,我听说那件事了。哦,天哪。"

"他找到一个方法侵入智能控制器,掌控产品。我们认为他去了建筑工地,从高处盯着你。我觉得他打算在你握着台锯的时候把它打开。"

黑迪当即闭上了眼睛。"那玩意儿开动起来,而我的手还在锯片上?老天。每秒钟两千转,它切木头就像切黄油。我的手肯定都没了,我可能会失血死掉。这真是混蛋,请原谅我说脏话。"

"肯定会这样。"萨克斯说。

她在做记录的时候,手机又响了。打电话的是普拉斯基。她对黑迪说:"抱歉,我接个电话。"他点点头,朝工场的餐厨区走去。她看着他把一包星巴克速溶咖啡放在台子上,用微波炉加热一杯水。他做着这些简单的事,手在发抖。

普拉斯基说:"阿米莉亚,跟丢了。我们把搜索范围向北扩展到五十二街,向南延伸到三十四街了。目前为止没有发现。"

她叹了口气。"随时联系。"

"好的,阿米莉亚。完毕。"

她挂断电话,黑迪转过身来。"但为什么是我?我是说,是劳工问题吗?我在底特律加入汽车工人工会多年,我在这里也是工会成员,但不再有人攻击工会了。"

"不是你个人的问题。他是那种国内的恐怖分子,企图伤害的是那些昂贵产品的拥有者和使用者,把这当作一个宣言。他说我们对那些产品太过依赖,花的钱太多。这就是他的主旨。他为什么选剧场?谁知道呢?也许因为时代广场所有这些娱乐的放纵,"她淡淡一笑,"也许因为百老汇的票价。"

"真是乱七八糟。"黑迪看着微波炉上倒计时的定时器。他转回头面对萨克斯。

"有个问题?"

"是什么?"

他盯着台锯。"你说他侵入了这个控制器或什么的?"

"对。"

"嗯,问题是台锯只有一个打开/关闭的开关,你不可能遥控它。"

"但你可以上传数据进行诊断,对吧?"

"不可以。它里面有个芯片会记住切割的规格,就这样。"

微波炉叮地响了一声,黑迪走过去,伸手去抓门把手。

萨克斯眉头一皱。

不可以!

在他打开微波炉门的时候,她往前一扑,猛地撞到他身上。他们翻滚在工场的水泥地上,与此同时,微波炉里的陶瓷杯轰然爆炸,射出无数碎片,碎片在灼热的气雾中直往外飞。

34

"老兄,你还好吧?"弗雷迪·卡拉瑟斯问。

尼克把这个小个子男人让进屋,回到沙发上。他这会儿看起来特别像个马屁精。

屏幕上在放映《法官朱迪》。尼克说:"想不到我会看这个,对吧?但所有这些节目我都喜欢,探索频道、A&E频道。我进去那会儿,频道是五十个。现在呢,七百个。"

"好看的只有十个。ESPN和HBO,我看的就这些。还有《生活大爆炸》,很有意思。"

尼克摇摇头。"我不知道这个。"

"你没回答我。"

"回答你?"

"你还好吗?"

"好日子,坏日子,不好不坏的日子。今天是个好一点的坏日子。"

"这会是一本很好的自助书,《好一点的坏日子生活指南》。"

尼克大笑,抛开了这个话题。他没有解释,最坏的日子就是这些日子,生活欺骗了他,而他对这一事实无法释怀;发生的烂事没有一件能怪他。不公平,这事他跟监狱里的心理治疗师谈过很多。沙拉那医生。"生活不公平。"

"对,有可能是这样,不过咱们还是聊聊你该如何面对吧。"

这时,他对弗雷迪解释说:"你从没蹲过监狱。这,这事的作用,是它会将你清零重置,就好比你的肚子里或脑袋里或哪里有个时钟,它转动一下钟盘,生活静止不动了。然后你出来了,天哪,一片混乱。路上的车辆,动来动去的人。"他点点头说:"单说电视节目就知道了,我是说所有这些频道。一切的一切,都太多了。这就像化油器里的混合物,太丰富了。"

但说到这里,他停顿了一会儿,因为这话让他想起了阿米莉亚·萨克斯,她是配置化油器的行家里手,甚至弄来最棘手的阻风门达到她要的效果。

"我小时候读过一本书。"弗雷迪说。

"一本书?"

"我还是个孩子的时候读的。《异乡异客》[1]。有个外星人来到地球,他不是要入侵地球或拿射线枪朝人们扫射之类的,不是那种故事。总而言之,这个外星人,他可以改变时间感。你去看牙医,你就加快速度,看牙医的过程一会儿就过去了;你在做爱,你就让它慢下来。"弗雷迪哈哈大笑,"这个我可以用用,我是说慢下来。有的时候吧。"

"书里有这个?"

"没写牙医或做爱。这本书很出色。是科幻小说,但很出色。"

"异客——"

"——异乡。"

---

[1] 美国现代科幻小说家罗伯特·海因莱因代表作之一。

尼克喜欢这个概念。"对,这正是生活的状态。现在所有的事都在加快速度,我出局了。我有些慌张。我在里面读了很多东西,但从没听说过这个。我读一读。喝啤酒吗?"

弗雷迪四下看看。尼克把屋子收拾得像牢房一样井井有条,干净、光亮、整齐。屋里也像牢房一样空荡。他要借辆车跑一趟宜家。还在里面的时候,他就梦想过去那里买东西。然后弗雷迪看看手表。"我们马上就得走了,但行吧,来点啤酒。"严肃的交谈似乎打住了,他看上去松了口气。

尼克拿来两瓶百威啤酒,用瓶起子打开瓶盖,坐下来,递了一瓶过去。

"你在里头有酒喝吗?"弗雷迪问。

"你可以弄到私酒,又贵又差,真的很差,可能有毒。"

"他们把那叫作月光[①]?"弗雷迪问。这好像把他逗乐了。

"在我待的地方,他们是这么叫的。大部分囚犯喜欢羟考酮或扑热息痛,容易偷运进去。不然就找守卫买。"

"两样都不能碰。"

"我知道。有一回我挨揍了,因为一些烂事。断了一根手指,真的很痛。医务中心的医生说可以给我两片药,我说不用。他很吃惊。我猜他想让我出钱买。"

法官朱迪在唠叨什么事。尼克把电视关了。"好了,这个能帮我的家伙是谁?"他问。

"他叫斯坦·冯,我不是很了解,但他拍胸脯保证过。"

"冯。他是干什么的,德国人?"

他又想起了阿米莉亚。

[①] 美国曾实施禁酒令,私酒酿造者通常在夜间非法制作私酒,以免被人发现,"月光"(moonshine)一词便被拿来指代私酒。

"我不知道,也许是犹太人。可能还是德国人。不清楚。"

"我们在哪里跟他见面?"

"海湾岭。"

"他知道那名字? J 和南茜?"

"我不确定。但他说他掌握的情况会帮你指条正道。"

"他不是通缉犯,对吧?"

"不是,我查过了。"

"如果是,我就不能见他。"

弗雷迪让他放心。"他是干净的。"

"不能带武器。"

"我跟他说过了,肯定不会。"

尼克记得监狱里的生活,街面上的生活他也记得。"那么他想要什么回报?"

"一顿饭。"

"一顿……这是像代码什么的吗?"他心想:"M"代表一千美元,或者代表兆字节,就像一大笔钱一样。[①]

弗雷迪耸耸肩。"意思就是一顿饭。"

"就这样?"尼克感到惊讶,"我在想要五百呢。"

"不是。我给他的老板帮过一些忙,所以这跟钱没关系。总之,有人帮别人的忙,他们只想吃顿饭。这就显得更亲密或什么的,我不知道。"尼克瞥了他一眼,弗雷迪轻声笑起来。"不,不是那种亲密,我只是说他们更像在做好事。"这个好像两栖动物的男人一口气喝完最后一点啤酒。"要不他可能就是饿了,谁知道呢。"

[①] "一顿饭"(meal)的英语首字母是"M","M"在英语中可代指"一千";"兆字节"(megabytes)的英语首字母也是"M"。

* * *

"不严重,就是一点点烫伤。我在火线下面。"

在莱姆的客厅里,萨克斯回应着莱姆对她身体状况的询问。

她把左胳膊露出来,那条胳膊被微波炉里的水蒸气灼伤了,现在有点发红。为了处理烫伤,涂抹药膏,她把蓝宝石戒指取下来了。此刻她显然想起来了,从口袋里摸出戒指,小心翼翼地戴回去。她活动一下手指,点点头。"很好。"她前臂上的绷带很薄。

"所以,是怎么回事?"萨克斯问。这个问题是问朱丽叶·阿切尔的,她刚用语音指令挂断一个电话。他们当然知道不明嫌疑人调大了微波炉的功率,但那差不多造出了一个炸弹,莱姆和萨克斯都猜不出是怎么办到的。

实习生回答道:"刚才是生产商方面的消费品专家,"她朝电话点点头,"他说,我们的不明嫌疑人好像利用控制器架空了控制面板,成倍增大了功率。他说那是很多倍,可能有四五十倍。不管他在烹制什么,茶或者咖啡,都是过热状态。当他打开微波炉的门,空气要冷得多,便让里面的液体和瓷杯本身的水分产生了蒸发——所有陶瓷在某种程度上都会吸收液体。杯子就像一个手榴弹一样爆炸了。"

阿切尔朝屏幕点点头。"即便是没有受到干预的微波炉,如果你把东西加热到过热,你也会得到同样的效果。但那需要时间。我们的不明嫌疑人呢?十五分钟的大功率辐射,他大概用六十秒就实现了。"

莱姆不知道这么一个随处可见的器具会如此危险。

萨克斯的电话嗡嗡响了,她查看了一下信息。"他又发布了一则宣言。"她按了几下键盘之后，一封电子邮件出现在他们旁边的高清显示器上。

  大家好！你们了解到你们放纵无渡[①]的便利欲求会有什么恶果了吧？？？现在，每当你们想热一下汤或咖啡，都会面临风险，五百度的蒸汽和致命的陶瓷及玻璃碎片会刺穿你们的身体！是你们家里的微波炉？还是办公室的？还是你们儿子宿舍的？

  你们终于看到我对你们所做的无非就是你们对地球母亲所做的！你们知道你们对物品那种可巫的爱对大气、海洋所造成的影响吗？垃圾填埋，你们是在向坏境注入毒素。

  尼买尼伤，尼花尼亡。

  直到明天，我依然是——

人民卫士

莱姆总结说，除了他在继续假装比实际的样子更无知，从这则宣言得不出任何结论。

  尼……

什么都没有，除了这番夸夸其谈的实质：还有更多计划好的攻击。

  梅尔·库柏说："一个爆炸的微波炉……这会引起关注。"

这已经引起了关注。

自从跟萨克斯聊过的那名记者撰写的第一篇报道面世以后，一系列蹭热度的文章和广播新闻报道就冒出来了，都在关注物联

[①] 如同此前人物所发表的宣言，此处原文即为人物的错误用词，下文错字错词同此。

网产品的危险性。许多撰稿者和评论员推测,智能家电和设备的销售很快会大幅下降,退货会增多,人们根本不使用有可能会对他们发起攻击的产品了。

莱姆、萨克斯和办案小组或许是在保护一些潜在的目标,但不明嫌疑人也在赢得他的反消费主义战争。

萨克斯与莱姆和CIR微系统公司的维奈·乔杜里开展过一次后续谈话,他告诉他们,每个客户都重新收到了安全补丁,这个补丁可以阻止任何人入侵网络、掌控内置式产品。总裁本人亲自发送备忘录或打过电话,提醒他们更新软件的重要性。

另外,他下令改进未来所有产品的代码,准备通过CIR微系统公司自己的服务器进行自动更新。

"还有什么别的发现吗?"莱姆问,眼睛盯着萨克斯从时代广场的现场带回来的证物袋。

"一个有充分接触的现场。"她告诉他。这指的是不名嫌疑人重新设定微波炉的程序后,从工地出逃的地点。这在工地的另一面,位于四十七街,他必须用撬棒撬开那里的挂锁和锁链。在犯罪现场调查工作中,罪犯从事多种多样或耗时长久的活动的地方,就是有充分接触的现场。比如,受害者或警察跟罪犯发生搏斗,不明嫌疑人肢解尸体(耗时耗力),或者逃犯打破防护严密的门窗。

"摩擦嵴呢?"

"有上百个。"萨克斯说,但她已经把摩擦嵴发送到综合自动指纹识别系统里了。她得出了几个目标,但指纹属于很久以前因为轻罪而遭逮捕的人——建筑公司的雇工或送货员。

"脚印呢?"

"对,有一个跟他对得上号。我们从脚印的纹理中弄到了一点微物证据。"

"是什么?"莱姆驱动轮椅,朝梅尔·库柏靠近一些,后者在用光学显微镜,用的是低倍率。在犯罪调查实验室的新手当中,莱姆发现有个普遍的错误:把显微镜转到一百倍的放大率。这种观察精度通常毫无用处。观测少量微物证据时,你只需要五倍或顶多十倍的放大率。如果你想要更细微的图像,通常可用扫描电子显微镜。

库柏看着屏幕说:"又有锯屑。"

萨克斯说:"我在工地找到的,在他站立的位置,但这跟工地原有的粗切割颗粒不同。这个要细得多,跟早些时候犯罪现场的桃花心木锯屑很相似,但木头不同。"

莱姆细细观察。"我猜是胡桃木。不,我不确定。检测细胞结构和色温。五千开尔文。"

库柏表示赞同。

阿切尔问萨克斯:"你搜查了剧院的工场吗?"

"没有。"

莱姆注意到萨克斯在仔细打量她,定定地看了一眼她左手腕上套着的凯尔特风格金手链,那只手被拴在暴风剑轮椅的扶手上。萨克斯收回目光,盯着证物表。

一阵缄默。阿切尔说:"在攻击之前,他有可能进去过那里,查看微波炉的牌子。我们知道他提前到了剧院区。"

"没有搜查的必要。"萨克斯正在琢磨锯屑微粒,心不在焉地回答。

阿切尔的目光从萨克斯转向莱姆。"你不觉得……"她开口道,隐约是在质疑萨克斯的决定。

警探回答道:"工场有一个两天循环覆盖的监控摄像装置。

在纽约的剧院里，偷纪念品的窃贼很多。我让保安公司检查过了，罪犯没有进去，没有出现在现有的监控视频里……地板每天晚上都有人擦洗。"

"哦，我——"

萨克斯说："怀疑有道理。如果是在一个完美的世界，资源不受限制，我会搜查的。你要按概率来。"

换做莱姆，可能会派人搜查现场，但有关资源，萨克斯说得对。而且，他不想在两个女人之间站队。

莱姆说："梅尔？其他方面呢？"

库柏发现了更多微物证据，做了检测。"又有玻璃碎屑，可能跟之前的一样出自同一批，而且又有玻璃密封胶。"

"那是什么？那个袋子里？"那是一个小塑料袋。

"一小片什么东西……"

"让我看看。"

库柏把那个东西装到仪器上，将图像投射到屏幕上。那看上去像一小片不透明的鱼鳞，上面沾着一片锯屑。库柏说："我可以用气相色谱仪检测，但保留给法庭的证物就不够了。"

莱姆说："我们会有大量的证物可以用来起诉，但首先我们必须找到他。"他朝梅尔点点头，"烧吧。"

库柏把样本放到气相色谱／质谱分析仪上检测。一会儿后，他浏览着电脑屏幕。"硫氰酸铵和双氰胺、尿素、胶原蛋白。"

莱姆说："某种胶水，我敢打赌用于木工工艺。"

"正是，"库柏在数据库中查询过已发现物质的数量后，说道，"强力液体明胶，主要用在乐器上，但各个行当的木工都用。"

阿切尔俯身向前，表情冷峻地盯着证物袋。"乐器制作？大家有什么看法？"

莱姆心存怀疑。"这个爱好或职业实属罕见。如果是这样，他可能也是一个乐手。但我们没有找到其他微物证据，能让人想到这一点。没有来自琴弦的松香，没有来自小提琴或大提琴琴弓的马毛——顺便一提，它们会脱落大量马毛。没有调节器的润滑油，没有来自琴马的毛屑，没有源于指板或键盘使用而蜕掉的硬茧细胞。"

"你是一个乐手吗，林肯？"阿切尔问，"我是说，以前当过乐手？"

"从来没碰过乐器。"

"你怎么知道所有这些的？"

"了解一下潜在罪犯和潜在受害者所属行业的用具，是有好处的。用来追查来源的时间会缩到最短，带来的差别有可能是逮住不明嫌疑人，还是去往他的下一个犯罪现场。所以，我倾向于认为是家具制造或精细木工活。但是：属于爱好还是职业？不知道是哪一种。他用清漆和胶水与砂纸和特种木料到底制作什么？你继续，梅尔。"

"有一点点植物，"他叫道，"是茎或一片叶子。"

莱姆仔细观察。他笑起来。"还有，阿切尔，有时尽管你勤勤恳恳做了功课，你还是完全不知道你找到的是什么。把细胞结构和色温图片发给园艺学会研究数据库。"

库柏发了邮件，把样本的图片传给了园艺学会研究数据库。"应该会在一天左右拿到结果。"他看着回复的邮件说道。

"催一下，"莱姆不高兴地说，"事情紧迫，关乎生死……别管某人研究维纳斯捕蝇草的博士学位论文了，这个是优先事项。"

库柏发了一封补充邮件，然后继续处理证物袋。"好了，另外一些东西。一片黑色的软塑料碎片，上面有印刷字体。太小了,看不出是什么字母。"

"放上来。"

莱姆盯着屏幕,马上看出来那是导线绝缘层。"我们这小子做了一些电力活。他用剃刀割断了电线。你不觉得吗,萨克斯?"

但她在看手机,读消息。

阿切尔说:"所以他不是专业人士。"

"你为什么这么说?"

"专业人士会用缆线剥皮工具,不用刀子——我想是钳子之类的东西。"

"很好,没错。但咱们还是说,或许不是专业人士。他有可能必须把他惯用的工具腰带留在家里,发觉只有一把锋利的刀子可以用来作业。不然,非专业人士带两个问号?"

阿切尔微微一笑。库柏正要写下标点符号,莱姆说:"开玩笑的。"

他凝视着证物表,真是迷雾重重。莱姆决定听听一位专家的外部分析,便把电子文件和照片上传到一台安全的服务器上,然后把链接发给了他心里的人选。不一会儿,有消息回复过来。

啧,啧,明天。

他被这傲慢不恭的态度逗乐了,但也很气恼,因为他必须等。他回了一条消息。"好,就这样吧。"

他心想:好吧,要饭的哪能挑三……但话还没念叨完,他就把这陈词滥调毙掉了。他把轮椅转向客厅门口,因为他察觉到了罗恩·普拉斯基的脚步声,后者刚用钥匙开门进屋。

"菜鸟,你去哪儿了?你把古铁雷斯拘起来了吗?"

"得去见个人问条线索。本来可以等等的,但我想最好马上行动,去见见这家伙。赶快把事情了结,而且——"

"行,行,行。阿米莉亚说你去时代广场调查了。你有什么发现?"

"不明嫌疑人,他从工地的另一边逃走了。"

"这个我们知道。说说我不了解的情况。"

"他穿着卡哈特外套,就是建筑工人穿的那些棕色玩意儿,还戴着安全帽。但他肯定把这些东西扔掉了。我们搜索了那个区域,没找到。没有谁看见符合他特征描述的人。"

"这不是一个词,'descrip'。有'nondescript'和'description',但没有'descrip'①。"

"嗯,街面上普遍这么用。"

"'甲基苯丙胺'也一样。但不能因为这个原因就欣然接受。"

"哎,地铁站的监控系统和社区观察中心的监控摄像机里什么都没有。我的想法是,他坐公交车往南或往北走了。那样的话,他的身高不会那么打眼,他是坐着的。我给公交系统发过备忘录。警察会对所有驾驶员展开调查,看他们是否见过符合特征描述的人。有些公交车有监控录像,他们也会查查。"

"很好。工地工人呢?"

"有几个工人看见他,但他们只说又高又瘦,拿着平板电脑之类的东西。"

"那是他的武器,他用来破坏微波炉的东西。"莱姆把轮椅往后倒,重新盯着证物表。"大家都想想,推测一下。答案就在那里。"他跟阿切尔目光相接,她面带微笑着看他。他想起来了,

---

① 普拉斯基以缩略形式"descript"代替"description"(描述)。"Nondescript"的中文意思为"毫无特色的"。

他那天在学院就是这么开始讲课的。"咱们把它找出来。"

犯罪现场：西四十六街四百三十八号，
街对面的建筑工地

——罪行：企图攻击。

——受害者：乔·黑迪。

——百老汇木工，工会成员。几年前在底特律当电工和汽车工。只是轻微受伤。

——攻击方式：侵入安装有 DataWise5000 控制器的微波炉。

——证物：

——胡桃木锯屑。像桃花心木一样用相同的刀刃切割。可能是手持型锯子或其他工具，不是电动的。

——强力液体明胶。主要用于乐器制作，但各行各业的手艺人都用。

——玻璃碎屑，可能跟之前的属于同一批。

——又有玻璃密封胶。

——树叶碎片。发送到外面做分析，在等结果。

——电绝缘材料碎片，用剃刀割断的。

——嫌疑人侧写的增补要点：

——可能不是专业电工。

——木工手艺人或乐器制作者（可能是前者）。

——穿着卡哈特外套，戴着安全帽。可能扔掉了。

——"人民卫士"又发布了一则宣言。

35

一个凉爽的春日傍晚。

天气舒适宜人。尼克·卡瑞里和弗雷迪·卡拉瑟斯走在海湾岭的第四大道上,经过一家瑜伽商店,经过"出租你的短褶裙",尼克不禁多看了一眼。是的,那就是店名。

从这里,你可以看到一点点韦拉扎诺的顶部。好一座大桥!被逮捕之后,他想过从那里跳下去。但想和做是截然不同的两回事。他弟弟和母亲会为此伤心欲绝。疯狂的冲动过去之后,他很羞愧,因为自己竟然动过那个念头。

"那里。"弗雷迪用手一指。

相距一个街区,有家"湾景"咖啡馆。小餐馆看上去相当不错,不过招牌诓人,看不到海湾景色。首要的一点,它面朝东边,什么水景都没有——没有港口,没有大海,没有排水渠,没有水洼。

"应该把它叫作海湾旁边某地的咖啡馆。"

"嗯?"弗雷迪问,马上又明白过来,"不错,哈。"

咖啡馆里干干净净的。尼克的眼神四处飘,留意着服务台在什么位置、他们用哪种收银机、厨房在什么位置、开向厨房里面的门、每日特色菜招牌的样子。服务员和勤杂工有多少,他们是不是把英语当作第一、第二或第三语言,或者根本不会讲。食品存放在哪里。后墙那里堆着大大的番茄酱罐子,都是空的吗,仅作装饰之用?

尼克知道,关于餐饮业他还要学习很多,然而他对前景一片看好。他真的希望维托里奥·基拉能给他消息,接受他的出价。

弗雷迪拍拍尼克的胳膊,把他带到咖啡馆后部的一个卡座,那里坐着一个瘦削的男人,对着酒瓶喝山姆·亚当斯啤酒,他身穿牛仔裤和黑T恤,套着棕色休闲外套。他没用服务员拿来的磨砂玻璃杯,空杯子上水汽淋漓。

"斯坦,我是弗雷迪。"

"嗨。"

"这是尼克。"

双方握握手,尼克在冯的对面坐下,冯有一头浓密的黑发,完全可以用洗发水洗洗、修剪一下。握手的时候,尼克感觉他的右手粗糙起茧。不知道他是干哪一行的。指节发红,也许他是拳击手;他那身肌肉也与之相称。警察尼克在这样观察,囚犯尼克也一样。由于他两者都不是了,他不打算压制本能。

尼克往旁边挪一挪,好让弗雷迪在卡座这一边跟他坐在一起。但弗雷迪说:"我要打几个电话,五分钟、十分钟的样子吧。这里就交给你们了。"

"你要吃点什么?"尼克喊道。

"我无所谓,汉堡吧。你们先点,别等我。"他拿出手机,朝咖啡馆的前面走去,边走边拨了一个号码。他跟接电话的人开始聊天,脸上露出微笑。有些人是这样的,说话时会微笑或皱眉,即便线路另一端的人看不见他们。

"这么说,你和弗雷迪是老相识?"冯在看菜单,好像随后要参加考试一样。

"学生时代认识的。"

"学生时代认识的。"冯的语气似乎隐隐在说,那是浪费时间。"你开车吗,尼克?"

"我……你是说工作吗?"

他哈哈大笑。"不是,就是问你开不开车?"

"我会开车,但我没有车。"

"是吗?"

"真的。"

冯又笑起来,似乎这是世界上最好笑的事。

"你开什么车?"尼克问。

"哦,什么都行。"冯继续看菜单。

尼克也浏览着菜单,琢磨点什么最快。他希望这事赶紧结束。不是因为冯的古怪性格。好吧,部分原因在于此。主要还是尼克的直觉告诉他,尽管有弗雷迪的调查摸底做证明,但冯有可能牵涉其中,或者他上头的那个人有可能牵涉其中,并且他们当中有一个或两者都可能有犯罪记录。对尼克来说,这是"禁飞区",违反了假释规定。他不想问冯,因为如果答案是肯定的,他就算是确切知情了。他想告诉假释官,他一无所知。

最好是问到关于J和南茜的信息,拿菜单上最好的牛排招待这家伙,闭上嘴巴别啰唆,让他尽快吃完。然后离开这个鬼地方。

但即便事关紧迫,客套理所当然是要的。两人聊了运动,聊了社区,聊了生意,甚至聊了该死的天气。冯笑个不停,那些事都没什么可笑的。"骑士社交俱乐部原来所在的地方,要盖一栋高楼,你相信吗,狗娘养的?"

这也值得大笑一两声。

服务员注意到了尼克的眼神，走了过来。"可以点餐了。"

冯首先点了一份沙拉，另外要了千岛沙拉酱和帕玛森鸡排。

尼克点了一个汉堡。"五分熟。"

冯盯着他咧嘴笑，笑里带着惊奇。"你不怕吗，虫子和屎？"

尼克耐着性子，说："我不怕。"

"随你的便。"

"不要薯条。"尼克说。

冯眨眨眼，往后一靠。"妈的你疯了。这里的薯条很好，最好。我是说，最好的。"

"那我要吧。"尼克说。

"你不会后悔的，狗娘养的。也给他来一份沙拉，他需要沙拉。同样的沙拉酱。"他转头看尼克，咧嘴一笑，"他们自己做的，你可以把那叫作'两千岛沙拉酱'，好吃极了。"

尼克朝他冷淡地笑笑，给弗雷迪点了同样的东西。"两瓶啤酒。"

"我也要，这个喝完了，露西。"冯说着敲敲酒瓶，虽然那个女人名牌上的名字是卡梅拉。她板着脸，转身走了。

尼克说："谢谢你帮忙。"

"我老板欠弗雷迪的。你发现没有，"冯的声音低下来，"他看起来像只青蛙？"

"从没发现，没有。"

"他真的像。嗯，很乐意帮忙，只是我不知道有多大帮助。"

"你知道弗兰尼根酒吧？"

"上个月在那里做了一些活儿。你做手艺活儿吗？"

"差不多吧。我会做电工活儿、管道活儿。"

"管道活儿？"他大笑，"妈的，我做框架活儿。我在那里，在弗兰尼根酒吧做活计。弗兰尼根这个老头子给我发了奖金，棒极了。他说那是他见过的最好的框架活儿。总之，我开始在那儿晃荡，结识了一些人，调酒师啊，员工啊。"这时冯懒得压低嗓门了，"他们都不错，跟我们是一路人，你知道吧。不是从别的国家来的，就像你在很多地方见到的那样。"他朝露西／卡梅拉那边点点头。

尼克产生一种冲动，想去洗洗手。

"我说了，我跟那里的人认识了。大家喜欢跟我聊天，我很会闲聊瞎扯，这遗传自我的父亲。所以，我四下里打听关于弗雷迪问的事。根据事实推测，我拼出了这个名单，这里面可能有你要找的家伙。叫J.的人一大堆，叫南茜的什么消息都没有。但他们都找婊子的，跟人结婚了，或者正跟人搞着。哈，要不两样都是。给你吧。"他把外套拉到一边，伸手到口袋里掏纸条。

哦，老天，尼克着实倒吸一口气。

冯带了。

尼克看到一个小东西的木柄。那可能是一把小小的点三八手枪。

天哪，这可糟了。弗雷迪说他不可能带枪的。

也许冯忘了，或者在骗人。

尼克接过那张脏兮兮、软塌塌的纸。

"你还好吧，狗娘养的？"

尼克什么话都说不出来。他四下里看看，没有别的人看见那玩意儿。

"还好。一整天没吃东西，我饿了。"

"啊，好了，开吃吧。"沙拉被端上来了，两份都淋满了沙拉酱。一点胃口都没有。

冯盯着尼克，用大嗓门，用非常大的嗓门说："结尾是'K'，意思是'intercourse'的四字母单词是什么？"

卡梅拉听到了；尼克知道这笑话是说给她听的。

尼克说："我不知道。"

"你呢，露西？"冯问女服务员，她满脸通红。他大声说："哈，答案是'talk'！明白了？"①

她点点头，礼貌地笑笑。

尼克赶紧开始狼吞虎咽，气都喘不过来了。

"慢点，狗娘养的。你会噎死的……你瞧见那个了吗？她没想出来。她不知道'intercourse'也有'talk'的意思。我闲聊瞎扯的就是这个，跟他们。"

老天哪，我跟一个持枪的男人面对面坐着。不，一个持枪的傻瓜。

无计可施，只能祈祷最好的结果。

尼克在浏览冯给他的那些名字的时候，用叉子吃了些东西，直犯恶心。杰基，乔恩，乔尼。总共十个。

"不怎么样的候选名单。"冯边说边嚼。有些沙拉酱直往桌上滴。

"不是的，伙计，这很好。谢谢你。"名字和一些地址、一些行业名称，什么名堂都没有。他只能多下些功夫，但他已经料定必然如此。

冯继续说："从我的哥们儿和姐们儿那里打听的，这些家伙时不时去弗兰尼根晃悠。要不然就是以前去。对他们所做的事，

---

① "Intercourse"的中文意思是"性交"，也指"交流、交往"，"talk"的中文意思为"交谈、谈话"，两者有相近之处。

几乎嘴巴都很紧。你明白我说的是什么吧。嘴巴紧,明白吧?"

"好极了。当然。"

他继续吃沙拉,狼吞虎咽。

冯说:"狗娘养的,你真是饿坏了。"又发出那怪异的傻笑。

"是啊,我说过了。"他大嚼大咽,强忍着不吐出来。该死的,汉堡来了。

尼克把纸条收进牛仔裤口袋。

就在这时,他看到了外面的那个人。

那是个穿西装的家伙,西装不太合身,是灰色的。蓝衬衣,纽扣领,配领带。平头。他从咖啡馆前经过,边走边看里面,表情寻常。他脚步一停,往前一凑,眯起眼睛朝窗户里面看。

不要……哦,不要……拜托。

尼克低头盯着沙拉。

再次恳求。

再次祈祷。

没用。

咖啡馆的门打开又关上了,他听到了、他也感觉到了那个大块头男人朝卡座走来,径直朝他们走来。

该死。

尼克看没看那个新来的人,这都无关紧要了,那人直直朝这两人走来。他觉得可能最好还是看他——显得没那么有罪恶感。现在他看他了,打量那张脸,自己则尽可能保持面无表情的样子。他想不起名字。但那并不重要,他知道那家伙是干什么的。

"啊,这不是我的老伙计嘛,尼克·卡瑞里。"

他点点头。

冯仔细打量他。

"搞什么鬼,尼克?他们让你出狱了,是吗?怎么回事?你不给守卫吹喇叭了,用你那可爱的小嘴巴?"

冯咽下一大口沙拉,说:"滚一边去,浑蛋。我们——"

那枚金色的纽约市警察局警徽,戳在冯面前一英尺的地方。"在干吗?"

冯不说话了,继续盯着他的沙拉。即便没有前科,他因为持枪,可能会面临一年的牢狱之灾。"不好意思,伙计,我不知道。你刚才在为难他。你说的是什么意思,让他出狱?"

冯肯定知道。他只想夸大他的无辜做保护。

但警探文斯·卡尔——尼克想起这名字了——没理他,转向他的首选猎物。"你还没回答我呢。你在这里做什么,尼克小子?"

"得了,文斯,饶了我吧——"

"或者我可以给你第三次机会,回答问题。"

"跟朋友吃饭。"

"你的假释官知道这事吗?"

尼克耸耸肩。"如果他问起来,他想知道什么我都告诉他。我向来如此。纯粹吃顿饭而已。你为什么要为难我?"

"你跟你的朋友们重新勾搭上了?"

"听着,我没有烦扰任何人。我服完刑了。我现在清清白白的。"

"不对,坏警察不可能清白。一朝坏过,永远都坏。跟妓女一样。她或许不干那营生了,但她永远都是一个靠卖肉赚钱的人。我说得对吧?"

"我只想找份工作,有点事做,好好过日子。"

"尼克,你狠狠揍过的那家伙怎样了,你因为人家而被逮捕的那家伙？我听说他的脑袋受损还是怎么的。"

"好了，拜托。"尼克不打算跟卡尔来那套"我是无辜的"说辞。这种警探从来不信这一套，这只会更加激怒他。

卡尔转向冯，冯在专心致志地吃沙拉——有些过于专心。"你的这位小朋友是谁？你叫什么名字？"

冯咽了一口沙拉，一副罪恶至极的样子。"吉米·沙尔。"

"吉米，你是干什么的？"

"你可以问这个吗？"

"我可以问你晚上对着什么手淫，我可以问你的男朋友喜欢你亲他哪里，我可以问——"

"工程总承包和施工。"

"给谁干活儿？"

"一大堆公司。"

"我问话的时候，大部分家伙会给我一个爽快的答案。他们会说赫姆斯利或富兰克林开发公司。你说的是一堆人。"

"呃，长官——"

"警探。"

冯这时往后一靠，冷冷地抬头瞪眼，态度从眼神里流露出来。"嗯，警探长官，这是事实，我给很多人干活儿。因为我活儿干得好，很多人想用我。还有，你用那种方式跟我说话，我不是很高兴。"

"真的吗？吉米，你高不高兴有什么重要的？"

尼克一直在想，可能出现的最糟糕的情况是：警察发现冯的枪，把他逮捕，然后消息传到尼克的假释官那里说他们混在一起。在一场听证会过后，尼克很有可能因为违反假释规定被踢回监狱。但还有更糟糕的结局：冯觉得卡尔欺人太甚，便用手枪柄揍他，甚或将五颗实打实的点三八子弹射入这个警探愚蠢的身体。不，四颗射入身体，一颗射到脸上，以防他万一穿了防弹背心。

尼克试图劝说："听着，文斯，咱们消消火，好吧？我——"

"闭嘴，卡瑞里。"他往冯面前一凑，"你，浑蛋，让我看看你的身份证件。"

"身份证件，身份证件，好的。"冯脸上挂着那古怪的笑容，用餐巾擦擦厚嘴唇，又把餐巾放回膝盖上。接着，他开始伸手摸向口袋。"我给你看他妈的身份证件。"

对，他要掏枪。卡尔要没命了。

尼克也会。

他估判着角度。从卡座的这个深度，他没法跳上前去，夺下冯手里的枪。如果他朝卡尔嚷嚷冯有武器，他就是承认他知情。

冯准备站起来，手伸在枪的旁边。

但就在这时，卡尔的腰带上传出噼噼啪啪的静电声。

"所有单位。一〇，三〇①。有劫车案正在发生。海湾岭第四大道四百八十四号。两名黑人男性，二十多岁，被确认带有武器。银色丰田。新款。目前没有牌照。"

"妈的。"警察看着窗外。地址差不多就在街对面。

他从腰带上拽下对讲机。"警探七八七五。正在一〇，三〇现场。海湾岭。派遣支援。完毕。"

"七八七五收到。两辆无线电巡逻车正在路上。估计四分钟后到达。完毕。"

余下的无线电对讲声，尼克听不见了。警探伸手握枪，朝外

---

①警察通讯代码，意思是"危险／请注意"。

面走去。他推开门，往左一拐，消失在视线之外。

还没等门关上，弗雷迪闷头走了进来。他风急火燎地奔向他们。"快点，伙计们。走，快点！"他朝桌上扔了两张二十美元的钞票。冯从卡座上一跃而起，尼克跟在他后面，两人随同弗雷迪穿过厨房，出了后门来到一条气味冲鼻、堆满垃圾的小巷子。

"这边。"

尼克对弗雷迪说："你打电话报的警？你干的？"

"必须想点办法。不管发生什么，看起来不妙。不过我们得离开。大概再过个五分钟，他就会发现那个警报是假的。"

"他们会追查到你的。"冯说。

"临时电话号码。老天，你以为我是三岁小孩？"

他们走进一座后院，一直往西走。弗雷迪说："找辆吉卜赛出租车。不打表，吉卜赛出租车。到底出什么事了？"

"警察认出了我，"尼克说，"嘴上为难我。本来没事的……只是，只是我们这小子有枪。"

"是啊，怎么了？"冯戒备起来。

弗雷迪怒气冲冲，朝他发火："怎么了？我告诉过阿特：不能带武器。就是这样。我这兄弟刚出来。"

"阿特什么都没跟我说，我不知道。我在海湾岭跟一个陌生人见面，我可不傻。"

"唉，你还不傻，因为那把枪，你得在莱克斯岛监狱被关上一年。你觉得那怎么样？"

"好吧，好吧。"

"他问出你的名字了？"弗雷迪问冯。

"没有。"尼克说，"但他会回来找我们。冯，他确实记住你的样子了，他还认识我。把枪扔掉，我是说马上。扔到水里。"

"这些玩意儿可是花钱买的。"

弗雷迪说:"不,我不信任你。把枪给我,我来扔。"

"嘿……"

"你要我打电话给阿特吗?"

"妈的。"他把枪递过来,弗雷迪用一沓纸巾裹着接过来。

"黑枪?"弗雷迪问。

"对,对,查不出来的。"

弗雷迪问:"你拿到名单了,尼克?"

"对。"

弗雷迪说:"谢谢你,冯,但现在要分头走了。"

"我的饭还没吃上呢。"

"老天。"

冯满脸不高兴,沿着黑黢黢的人行道走了。

"我要去海湾那里,把这个扔掉。"弗雷迪拍拍口袋。

"谢了,伙计……你最好了。"

"那份名单看着挺好的?"

"很不错,一个好的开始。我只是要做一点侦查工作。"

"见鬼,你以前就是侦探,这算小菜一碟。"

"谢了,弗雷迪。伙计,我欠你一个人情,大大的人情。"他淡淡一笑。

弗雷迪碰碰前额,半是致意的样子,然后往西朝海滨走去,他会在那里把枪扔进纽约湾海峡。几分钟后,尼克找到了一辆吉卜赛出租车;这种车在自治城镇的外围区域更多,因为有出租牌照的出租车很难找到。他坐进车座,深吸一口气。随后,他的手机嗡嗡响了,他一阵惊慌,以为咖啡馆里的那个警探追过来了,要他去城里。他看着来电显示。

他着实感到体内咚地一下,不过跟他刚刚体验的那种感觉不同。

他接听了电话。

"阿米莉亚,嗨。"

36

莱姆和阿切尔都坐在轮椅上,对着证物板。只剩他们单独待着了。

推测、猜测、假设,这样过了极其没有成效的好几个小时,破案小组才喊停,说今晚就到此结束吧。普拉斯基和库柏走了。萨克斯在门口打电话。她的声音很低,他很纳闷儿她在跟谁打电话,一脸严肃的样子。商城开枪事件好像基本解决了,是对她有利的。还会是什么别的事呢?

她打完了电话,回到客厅,闭口不提电话里的谈话。她没把格洛克手枪取下来,说明她又要待在布鲁克林了。萨克斯从挂钩上把外套拽下来。

"我得走了。"

她看了一眼阿切尔,然后又看着莱姆,似乎有话要说。

莱姆眉毛一扬。他差不多是个不苟言笑的人,说道:"跟我说吧,什么事?"

萨克斯考虑了一会儿。然后她犹豫了,抓起手提包挂到肩上,点点头告别。"我会早点回来。"

"回头见。"

"晚安,阿米莉亚。"阿切尔说。

"晚安。"

萨克斯走进门厅,莱姆听到前门打开又关上了。

他转回头看阿切尔。她困了吗?她的眼睛是闭着的,随后又睁开了。

她说:"真叫人沮丧。"

他看着证物板。"是啊,不明不白的,这样的地方太多了。这个谜语不是那么容易解。"

"你解开了?我们的谜语?"

"是字母'e'。"

"没作弊?对,你不会。你是搞研究的。解决问题的时候,过程最重要。答案差不多位居其次。"

这是实话。

她又说:"但我说的不是案子。我是指一般而言的沮丧。"

她是指残疾者的生活。她说得对。每件事都更费时间,大家把你当宠物或孩子对待,生活中有那么多东西无法触及——不只是上二楼和去卫生间,各方面都是:爱情、友谊、你本来非常适合的职业。这个单子可以一直列下去。

不久前,他注意到她正费力地打电话,试图呼叫她哥哥载她回他的公寓。电话开着免提,但没法识别她的语音指令。她放弃了,用右手操控触控板,气呼呼地输入数字。每输入一个数字,她的凯尔特风格手链就丁零丁零响。在电话接通之前,她的下巴一直在颤抖。

"你沉入一种节奏,"他说,"学习,提前计划,选择可以将挫败减到最小的路径。你无须给自己制造不必要的挑战。大多数商店都能进去,但你可以了解一下哪些商店通道过于狭窄,不去这些地方。诸如此类。"

"要学的东西有很多。"她说，然后好像对这个话题感到不舒服了。"哦，林肯，你会下棋吧。"

"是的，有很长时间没下了。你怎么知道的？"他没有真正的棋具，他下棋都是在网上。

"你有武科维奇的书。"

《国际象棋攻击艺术》。他看着书架，那本书在书架的另一端，存放私人书籍而非刑事鉴定书籍的位置。他从这里看不清书脊，但他想起了视力和指甲是她天赐的优势。

她说："我和前夫在一起的时候，我们经常下子弹棋——一种快棋的形式。每个棋手总共有两分钟的时间走棋。"

"每走一步棋？"

"不是，是整盘棋，从第一步到最后一步。"

唉，她是高难度国际象棋爱好者，也是谜语高手，更不用说她快要成为一名非常出色的刑事鉴定专家了。莱姆找了个最有意思的实习生。

"我从没下过那种棋。我喜欢有点时间想策略。"他想念下棋。没人和他下，汤姆没时间，萨克斯没耐性。

阿切尔继续说："我们也会换一种形式下限步棋。我们的目的是在二十五步或更少的步数里获胜。如果没有达到目的，我们就都输了。我说，如果你什么时候想下……我认识的人里没有谁真的喜欢玩这个。"

"或许，改天吧。"他看着证物表。

"我哥哥大概过十五分钟来接我。"

"我知道。"

"所以，"阿切尔说，带着不好意思的轻快语调，"我没法拿两个棋子到身后让你挑黑棋或白棋。但我不会作弊：想一个一到十之间的数字,偶数还是奇数?"

莱姆仔细打量她,一开始不明白是什么意思。"哦,我很多年没玩过了。不管怎样,我没有棋盘。"

"谁要棋盘呀?你不能想象一个吗?"

"你在脑子里下棋?"

"当然。"

嗯……他沉默了一会儿。

她又说:"偶数还是奇数?"

"奇数。"

"是七。虚拟的投硬币方式,你赢了。"

莱姆说:"我选白棋。"

"很好,我更喜欢防守……在击溃他们之前,我喜欢尽量多了解对手。"

她用手指操控轮椅,移到离他大概三英尺的近处面对他,她那凯尔特风格的金手链碰到触控板丁零响。

他问:"没有时间限制,你说的?"

"没有,但在二十五或更少的步数之内,棋局必须被将死或以和局告终——在这种情况下,黑棋赢,不然……"

"我们都输了。"

"我们都输了。好了,"她闭上眼睛"我看到棋盘了,你呢?"

莱姆又盯着她的脸看了一会儿,看那雀斑、那细细的眉毛还有那淡淡的微笑。

她睁开眼睛。他赶紧移开眼神,闭上眼睛,将脑袋往后靠在靠枕上。棋盘完完全全在脑子里装好了,就跟一个春日下午的中央公园一样清清楚楚,跟今天的中央公园一样清清楚楚。他想了一会儿。"兵 e2 走到 e4。"

阿切尔说："黑棋兵 e7 走到 e5。"

莱姆想象着：

他回击道："白棋国王的骑士走到 f3。"

阿切尔说："黑棋王后的骑士走到 c6。你看清楚了吗？"

"是的。"

嗯，她确实攻击性强。莱姆很高兴。没有犹豫不决，没有嗯嗯啊啊。他说："白棋国王的教士走到 c4。"

阿切尔爽利地说："黑棋王后的骑士走到 d4。"

现在她的骑士停驻于莱姆的教士和兵之间。

他们总共下了多少步？他心想。

"六步。"阿切尔说，浑然不知地回答了他的问题。

他说："白棋国王的骑士吃掉 e5 的黑棋兵。"

"啊，对，对。"然后阿切尔说，"黑棋王后走到 g5。"她把她威力最大的棋子置于战场的中间地带，特别容易受到攻击。莱姆忍不住想睁开眼看看她的表情，但还是决定集中注意力。

莱姆发现了一个机会。"白棋国王的骑士吃掉 f7 的黑棋兵。"如此就准备好吃掉她的城堡了，又不会受到她的国王的威胁，因为这枚棋子有教士的保护。

"黑棋王后吃掉 g2 的白棋兵。"

莱姆眉头紧锁。他必须要放弃他在棋盘右上角布置的战术了。她的棋步气势逼人,攻入他的领地——他的大部分棋子还没加入战斗呢。

他说:"白棋国王的城堡走到 f1。"

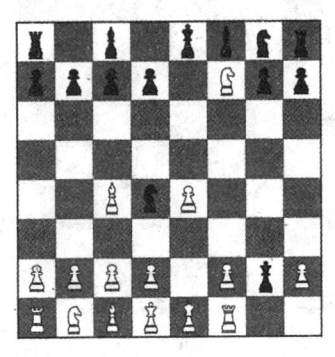

阿切尔语气欢快地说："黑棋王后吃掉 e4 的白棋兵。将军。"

莱姆仍然闭着眼睛，可以清楚地看到这是怎么回事。他轻声笑起来，只好说："白棋国王的教士走到 e2 应将。"

毫不意外，阿切尔说："黑棋王后的骑士走到 f3。将死。"

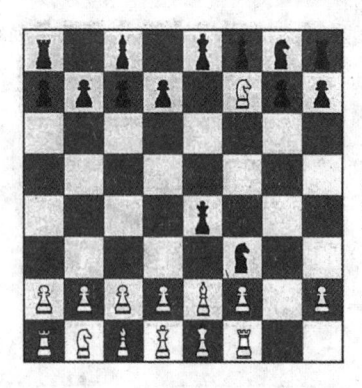

莱姆审视着装在脑子里的棋盘。"我想是十四步。"

"对。"阿切尔确认道。

"创纪录了?"

"哦,没有,我赢过九步的。我前夫赢过八步。"

"这个游戏,很精妙。"表面上,林肯·莱姆是个富有风度的输家,但他心里觉得不舒服,决意再也不当输家。"一会儿再玩一次?"

等他练过以后。

"行啊。"

"但现在——酒吧营业了!汤姆!"

她大笑起来。"你教我刑事鉴定,你教我怎样当一个有效率的残疾人,但我觉得你也在教我一些坏习惯。我不要了。"

"你不开车,"莱姆说,"嗯,不完全是。"他朝暴风剑轮椅车点点头,这车可以以每小时七英里的快捷速度,载着她驰行于人行道上。

"总之我最好保持脑子清醒,我今晚要去看儿子。"

汤姆倒了些莱姆的格兰杰威士忌,望向阿切尔,她摇摇头。门铃响了,是阿切尔的哥哥,他在汤姆的陪同下走进客厅,高高兴兴地跟他们打招呼。他看上去是个好好先生,"伙伴"是个适合他的词。莱姆可不想跟他待太久,但他好像是他妹妹面对残疾生活所需要的后盾。

她驱动轮椅驶向拱形门廊。"我明天早点回来。"她说,和萨克斯的告别话相呼应。

他点点头。

她驶出了门外,她的哥哥跟在后面。

门关上了。忽然之间,莱姆意识到了屋内巨大的安静。他有一种怪异的感觉，心里涌现出"空虚"一词。

汤姆回到厨房里了。金属相碰的声音、木头和陶瓷相碰的声音、锅中注水的声音，从那边传进客厅。但是没有人声。莱姆不喜欢这种形式的孤独，这对他来说颇不寻常。

莱姆抿了一口威士忌，闻到了大蒜、肉和苦艾酒的香味，是加热后的气味。

还有别的东西。一种芳香的气味，富有魅力，舒缓安适。啊，萨克斯的香水。

但他随即想起，她不用香水的——在可能发生交火的时候，为什么要给罪犯提供有关你的位置的指引？不，不用说了，这香味肯定是朱丽叶·阿切尔的气味。

"晚餐好了。"汤姆说。

"来了。"莱姆说着出了客厅，指示触控板在他离开的时候把灯关掉。他想知道连栋住宅里的声控照明系统是否碰巧内置有DataWise5000控制器。

37

"就是很短的聚会。"

"亲爱的,不行。"

她的丈夫执意劝说:"二十分钟。阿尼说他有一瓶新的苏格兰威士忌,产自斯凯岛。我以前从没听说过。"

如果有种苏格兰威士忌是亨利不了解的,那它肯定大有名堂。

晚饭已经吃完了,金妮感到惊讶的是,他居然夸她烩鸡腿做得好(尽管话是这么说的:"亲爱的,没有上次难吃。")。她正在清洗餐具。

"你去吧。"金妮跟他说。

"卡罗尔想要你也来。他们开始有想法了,觉得你不喜欢他们。"

的确不喜欢,金妮想。她和亨利是上东区的外来移居者,而阿尼和卡罗尔在这个衰颓的社区是本地人。她发觉走廊那头的邻居傲慢自大、虚伪做作。

"我真的不想去。我要收拾好这里,还有工作上的那个项目要做。"

"只要四十五分钟。"

变成刚才所说的两倍了。

毫无疑问，这可不只是邻里拜访而已。阿尼是一家小型科技创业公司的头儿，亨利想让他成为他的律师事务所的客户。她的丈夫没有承认这一点，但对她来说这是明摆着的事。她也知道，他在极力争取阿尼这样的人时喜欢让她陪着——不是因为她聪慧风趣，而是因为她有一次无意中听到他跟一个律师同行说的话，当时他不知道她就在附近："咱们就面对现实吧，一个没有偏向的潜在客户，他会跟谁签约呢？有老婆陪着的合作者，他可以在幻想中上她。"

她最讨厌的事，就是跟巴西特夫妇喝酒。他可能会让她尝尝威士忌，那酒虽然贵，但对她来说尝起来都像洗碗剂。

"但我们刚让特鲁迪睡下。"两岁的小家伙睡觉断断续续的，有时在理应睡觉的时间没法入睡。今晚，七点睡觉算是恰到好处。

"我们有保姆啊。"

"但你知道，我不喜欢把她撂下。"

"四十五分钟，一个小时，就是打个招呼，喝点威士忌。你知道那种拼法的，带一个'e'的威士忌是波本威士忌，爱尔兰威士忌也是。没有'e'的是苏格兰威士忌。① 谁想出来的这主意？"

亨利非常善于转移话题。

"真的，我们不能不去吗，亲爱的？"

"不能，"亨利说，一副毅然决然的语气，"我答应了他们的。好了，快去换衣服。"

"只是喝酒而已。"金妮说。她看看身上的牛仔裤和运动衫，随即意识到她已经屈服了。

亨利那英俊的脸庞转向他（是啊，是啊，他们是一对璧人）。

---

① "威士忌"的英语词写法有"whiskey"和"whisky"，前者主要用于表示美国、爱尔兰等地生产的威士忌，后者主要用于表示苏格兰、加拿大、日本等地生产的威士忌。

"啊，亲爱的，为了我好吗？拜托。那件蓝色的小东西。"

高缇耶。

他抛给她一个性感的眨眼。"你知道我喜欢那件。"

金妮走进卧室换衣服，偷偷看着他们的女儿，这个有着金色长卷发的天使仍在睡觉。然后她轻轻走向窗户，窗户面朝一条安静的小街，下面有一段楼梯。尽管早先检查过，她还是要确保窗户是锁住的——她拉下了百叶窗。奇怪的是，特鲁迪有可能因为窗台上一只鸽子的咕咕叫醒过来，却能在消防车的尖啸声和十字路口的喇叭嘟嘟声中安睡。她想亲亲小姑娘或摸摸她的脸蛋，但这有可能惊醒她，破坏这临时冒出来的聚会。亨利会不高兴的。

当然，如果孩子打算醒来，金妮就有了不去的理由。

要，不要？

但她不能那么做，把女儿当手段来对付丈夫。不过，她还是暗自笑了笑，心想：那是个好办法。

五分钟后，他们来到了灯光幽暗的走廊里，按响了巴西特家的门铃。门开了，大家互亲脸颊、握手、寒暄。

卡罗尔·巴西特穿着 T 恤和牛仔裤。金妮垂眼看看衣服，然后又看看亨利，但他没看到这个意味明显的眼神，伴随这个眼神，她那小巧的光润嘴唇上泛出苦恼的表情。男人们转身走向吧台，那瓶富有魔力的酒就在那里。感谢老天，卡罗尔似乎记得金妮只喝葡萄酒，于是就往她手里塞了一杯灰皮诺。她们碰杯、抿酒，走进起居室，起居室正对着一部分中央公园的景色。（亨利心怀怨恨，因为就在这套独特的房子空出来的时候，正巧巴西特夫妇也决定要搬来这里，他们是这栋楼的新住户。亨利和金妮的房子面向俗鄙的八十一街。）

男人们回到伴侣身边。

"金妮,你要尝尝吗?"

"好啊,她尝尝。她喜欢威士忌。"

棕榄①是我最爱的品牌,仅次于多姿②。"已经有葡萄酒了,不想破坏口感。"

"你确定?"阿尼说,"八百美元一瓶。这是因为我的人帮我弄到了便宜的价格,我是说便宜的价格。"

卡罗尔睁大了眼睛,低声说:"他给我们弄了一瓶一千美元的柏图斯。"

亨利哈哈爆笑。"骗我的吧?"

"我发誓。"

金妮注意到她丈夫在往卡罗尔的身上瞟,就是卡罗尔画十字发誓的部位。没错,那只是一件T恤,但是是薄丝质地,相当紧身。

阿尼说:"柏图斯?那就是天堂。我正准备说的。"他假装对自己的话感到震惊。"听我说:我们贿赂了领班,让他允许我们偷偷把柏图斯掺到罗曼尼里。你知道,他们没有开瓶费的规定。"

"我不知道,"金妮假装惊讶地说,"哦,天哪。"

阿尼又说:"我知道。那种餐厅嘛。"

两对夫妻坐在一起,东拉西扯地闲聊着。卡罗尔问起特鲁迪和他们打算让她上的学校(金妮知道,这话表面上惊人其实不然;曼哈顿的父母必须为子女的教育早做打算)。巴西特夫妇要年轻几岁,三十岁出头——刚开始考虑要孩子的问题。

卡罗尔又说:"明年听起来不错,我是说怀孕。明年时间合适。公司正在推行新的产假政策,人力资源部的一个朋友告诉我

---

① 棕榄(Palmolive),日用消费品品牌,产品包括牙膏、牙刷、洗发水、清洁剂等。
② 多姿(Duz),宝洁公司旗下的香皂品牌。

的。他说他应该保密的,但我可以等等再怀孕。"她坏笑起来,"这有点像内幕交易。"她仔细观察金妮的表情,看她有没有听懂这下作的玩笑。

她听懂了,想赶紧应付过去。

"必须戒掉葡萄酒,"卡罗尔说,"那可难了。"

"这不算什么,只有十八个月。"

"十八个月?"卡罗尔问。

"哺乳啊。"

"哦,那个。嗯,如今这种事很随意,对不对?"

男人们聊生意、聊华盛顿,聊的时候一直拿杯子品着,仿佛杯中的琥珀色液体是独角兽的血。

卡罗尔站起身,说想显摆一幅新版画,这画是从苏豪区她的"最爱"画廊得来的。金妮心想:她有多少家画廊啊?

他们穿过起居室,刚走到半路,这时有个男人的声音冒出来。

"嗨,你好啊,小家伙。"

大家都僵住了,四下看看。

"你真是一朵可爱的喇叭花。"

这个男中音的话是从金妮的手机话筒传出来的,手机就在咖啡桌上。她手里的葡萄酒杯落到地上摔得粉碎,她朝手机猛扑过去。

阿尼说:"不是沃特福德水晶杯,别在意——"

"那是什么?"卡罗尔问,同时朝手机那边点点头。

那是亨利和金妮嘴里的"保姆"——实际上是一个最高级的婴儿监视器。麦克风就在特鲁迪的婴儿床旁边,足够灵敏,可以捕捉孩子的呼吸和心跳。

也可以捕捉房间里的任何人声。

"宝贝,你跟我一起走。我知道有人想给你一个全新的家。"

金妮尖叫起来。

她和亨利箭一般冲向门口,拉开门冲进走廊,后面跟着巴西特夫妇。亨利怒冲冲地朝她嚷:"你锁上那该死的窗户没有?"

"锁了,锁了,锁了!"

"小家伙,继续睡吧。"

金妮的脑子就像一团飞旋的龙卷风。眼泪奔涌而出,心在胸腔震颤。她举起手机,点击一下监视器应用程序的"语音"按键。她朝麦克风——这是一个双向通话系统——大吼:"你这狗娘养的,警察在这里。别碰她。你如果碰她,我就杀了你。"

麦克风里一阵停顿,也许是因为闯入者注意到了监视器。他咯咯笑起来。"警察?真的?我从特鲁迪右边的窗户往外看,一个警察都没发现。我要走了。不好意思,你的小宝贝还在睡觉,我只好代她跟你说再见了。拜—拜,妈咪。拜—拜,爸爸。"

金妮又尖叫起来。然后说:"哎!哎!开门!"

亨利左掏右摸把钥匙找出来,金妮从他手里一把夺过钥匙,将他往旁边一推。她打开门锁,推门而入。她绕到厨房,抓起刀架上的第一把切肉刀,冲向女儿的房间,推开门,打开顶灯。

特鲁迪因为响动轻轻扭动了一下身子,但没有醒。

紧接着,亨利冲了进来,他们两人都仔细检查了小卧室。没人。窗户依旧紧锁,衣柜空空荡荡。

"但是……"

她把刀递给丈夫,抱起孩子紧紧搂住。

阿尼和卡罗尔就在他们后面。看到小女孩,他们脸上的表情松弛下来。

"他在这里?"卡罗尔四下看看,战战兢兢地问。

但阿尼这位高科技行业的创业者摇摇头，拿起特鲁迪婴儿床旁边的监视器。"没有，他不在。他可能离这里有一百英里远。他侵入了服务器。"他把监视器放回桌上。

"那他现在可以听见我们说话？"金妮大叫着把监视器关掉了。

阿尼说："这常常没有切断连接。"他拔掉插头，又说，"有人这么做，就是想骚扰你。有时遇到视频监视器，他们会对孩子截图或截取视频，发布到网上。"

"哪种变态会这么干啊？"

"我不知道是哪种，我只知道有很多。"

阿尼问："需要我报警吗？"

"这事我来处理。"金妮说，"你们回去吧，拜托。"

亨利说："亲爱的，真是的。"他看了一眼他的朋友。

"马上走。"她厉声说。

"好的。真是难过。"卡罗尔说。她抱抱金妮，看起来真的关心她。

"还有，"阿尼主动说，"别在意那只酒杯。"

他们走后，金妮又拿起刀，抱着仍在睡觉的特鲁迪，把每个房间都检查一遍。亨利跟在她旁边。是的，所有窗户都锁起来了，不可能有人真正闯进来。

金妮回到他们自己的卧室，紧紧抱着女儿，坐在床上擦眼泪。她抬眼一看，她的丈夫在手机上拨了三个数字。

"不行。"她半起身，从他的手里抢过手机，挂断了电话。

"你在干吗？"他没好气地说。

她说："手机马上会响，九一一会打过来。你跟他们说你拨错了。"

"妈的我干吗要那样做？"

"如果我，一个女人，跟他们通话，他们会认为是家庭纠纷，不管怎样都可能派人过来。你一定要跟他们说是失误。"

"你疯了吗？"亨利勃然大怒，"我们就是想要他们派人过来。我们受到了攻击。那浑蛋把我们这个夜晚搞砸了。"

"警察可不会听到我们丢下女儿不管，去跟两个白痴一起喝超级昂贵的酒，就因为你想发展一个新客户。你真的认为这是个好主意，亨利？"

手机响了，没有来电显示。她把手机递给他，狠狠地瞪他。

他叹了口气，接听电话。"喂？"他语气和悦地回应，"哦，真是抱歉。九一一是我快速拨号里的第一个，我要打电话给我的母亲，拨错了。她的号码是第二个……对，是亨利·萨特……"他报了地址，看来是在回答另一个问题，"真的抱歉……不过也感谢你们这样跟进情况。晚安。"

金妮走进特鲁迪的育儿房，单手将婴儿床拖进客卧。"我今晚睡在这里。"

她关上门。

金妮把女儿放进婴儿床，脸上几乎漾出了笑意，但又不怎么像是笑意。因为小女孩在惊扰事件中没被吵醒。她脱掉上千美元的裙子，愤怒之下把它甩到房间的角落里。然后，她没刷牙、没做脸部保湿就爬到床上。她把灯关掉，知道她跟女儿不一样，即便能够睡着，今晚的觉也睡不长。

但没关系，她有很多事要思考。最重要的是：她明天要怎么跟律师说，她跟那人聊过几次离婚的可能性。直到今晚，她都模棱两可。明天她就要告诉他，要尽可能快速、决绝、冷酷地推进这件事。

38

我猜,这不专业。

但有时你要为自己出手。因为你不得不这样。

我离开了上东区的咖啡店,咖啡店就在亨利和弗吉尼亚·金妮的公寓附近。我来到了街对面。我告诉你,那真是好大一栋楼。无法想象住在那种地方,我大概也不想住。都是长得漂亮的人住在那里,我不会受欢迎的——一个购物者的窝点。

为自己出手。

这一切相当容易,就是对购物者进行报复。我只不过从时代广场的星巴克跟踪亨利回家,这天下午我们在那里撞到了一起。

你把这洒到我身上了,这够你赔的,你这行尸走肉的浑蛋。你一个月赚的钱都不够买这衬衣的。我可是律师……

我一发现他的住址,便比对合约和车管所的照片,查出了他的身份证件。亨利·萨特先生,和弗吉尼亚是夫妻。有一小会儿,我遇到了阻碍——数据挖掘记录显示,他们没有任何内置有 DataWise5000 控制器的东西。但随后,我偷偷看了脸书,亨利和金妮——她喜欢的昵称——的确把两岁的特鲁迪的照片发布上来了。傻瓜……但对我是好事。城里的婴儿就意味着婴儿监视器。没错,简单检测一下房子,就把网络协议地址和品牌名称查出来了。我利用网络握手实施漏洞攻击,然后在平板电脑上运行密码破解程序,很快我就进去了。我听着特鲁迪轻柔的呼吸声,打好了腹稿要跟这小家伙说什么,这肯定会打破当下妈妈和爸爸内心的平静。

(打开一个充满可能性的世界。毕竟,我不是死抱着DataWise5000控制器的主意不放,别的选择也很好。)

我一直走啊走,其实是大步慢跑。我经过了地铁站入口。切尔西远着呢,但我只能骑"两脚马"走回去(这是我母亲的母亲的说法,尽管我认为,她从没亲眼见过马,也没走过超出几百英尺的路,那是从车子到她那印第安纳州的"滚地小猪"自助商店的距离)。我担心有人认出我来。那些讨厌的闭路电视监控系统,到处都是。

我在想,晚餐吃什么?今晚要吃两个,不,三个三明治。然后我要做新的微缩模型,一艘小船。我通常不做船的。满世界都是航海模型制作者(就像飞机和火车模型制作者一样——这种对交通工具的迷恋导致这个领域过度饱胀)。但彼得说他喜欢船,所以我就造一艘沃伦小船[①]给他,一艘带往复式船桨的经典划艇。

然后,阿莉西亚可能会过来。她最近心烦意乱,因为过去的事又回来了。伤疤——内伤——隐隐作痛。我尽量改善状况,但有时我真不知道怎么办。

然后,我又想起了刚才的乐事,想起了这天早些时候,我们在星巴克外面撞到一起之后,他的表情是那么轻蔑、长相又是那么帅气。

[①]沃伦小船(Warren skiff),伊利诺伊州利物浦的克林特·沃伦(Clint Warren)手工制作的一种小船。

行尸走肉……

哎,亨利,这句话很好,很妙。但我在想一句更好的:
它必须跟笑到最后有关。

"嗨。"

阿米莉亚·萨克斯走进尼克·卡瑞里的公寓。

屋里东西稀少,但干净整洁,井井有条。

"你有电视了。"

萨克斯想起来,他们还在一起的时候是没有的。他们有太多别的事要忙。

"我在看一些警察节目,你看这些吗?"

"不看。"

现在也有太多事要忙。

"他们应该做一个有关你和林肯的节目。"

"有人找过他,他拒绝了。"

她带了一个搬家用的大纸箱过来,递给他。箱子里装有他的一些个人用品,是他们同居时的东西:年鉴、明信片、信件、许许多多家庭照片。她打过电话给他,说她在地下室发现了这些东西,觉得他会想要。

"谢谢。"他打开箱子,翻检物件,"我以为再也见不到这些东西了。嘿,瞧,"尼克举起一张照片,"我们的第一次家庭度假。尼亚加拉瀑布。"

一家四口,他们身后是那经典的飞瀑,一道彩虹从水珠上闪现出来。尼克大概十岁,唐尼七岁。

"谁拍的。"

"别的游客。还记得那时的照片吗?你得去冲洗。"
"去杂货店取照片时总是很紧张。对焦好不好,曝光对不对?"
他点点头,继续翻找。"哦,嘿!"他拿起一个流程单。

纽约市
警察学院
毕业典礼

底下是他毕业的日期。封面上有印章:培训局,培育精英。他脸上的笑容消失了。

萨克斯想起了自己的毕业典礼。她这辈子戴过两次白手套,那是其中一次。另一次是她的父亲去世,在警察局举办的悼念仪式上。

尼克把流程单放回箱子,若有所思地看了一会儿。他合上箱子,问道:"来杯葡萄酒吗?"

"好的。"

他走进厨房,拿着一瓶葡萄酒和一罐啤酒回来了。他给她倒了一杯霞多丽。

酒的香气、金属和酒杯的相碰、他的手指从她手上扫过的感觉,触发了另一段记忆。

砰……

她把这段记忆毙掉了。近来她经常这样毙掉记忆。

他们喝着橡木味的葡萄酒和啤酒,他带她在屋里四处看看,尽管没什么可看的。他从仓库里拿出了一些家具。他挑拣了几样东西,有从亲戚那里借的,有打折时买的。一些书、几箱文件。然后就是"纽约州人民诉尼古拉斯·J.卡瑞里案"的案卷资料。

这许多资料都摊开在餐桌上。

萨克斯仔细看着相框里的家庭照片。他把照片摆在壁炉台上任人观看,她喜欢这一点。萨克斯跟他的父母在一起度过了许多时光,也喜欢有他们陪伴在侧。她还想起了唐尼。他住在布鲁克林,离尼克不远。尼克被捕以后,萨克斯努力跟卡雷尔一家保持联系,尤其是尼克的母亲。但最终,联系日渐稀疏,最后完全断了。这就像经常会发生的那样,当两人之间共同联系的支点消失——或者其中一方进了监狱的时候。

尼克又倒了一些葡萄酒。

"一点点就好,我要开车。"

"你觉得都灵和科迈罗相比怎么样?"

"我更喜欢雪佛兰科迈罗,但那辆车变成了一个金属块。"

"见鬼,怎么会这样?"

萨克斯说起那个罪犯的事,那个人任职于一家数据挖掘公司,侵入到受害者生活的方方面面——也包括她的生活。对他来说,让人把漂亮的科迈罗SS拖走并压成废金属,就跟系鞋带一样轻而易举。

"你抓住他了?"

"我们抓住他了,我和林肯。"

尼克沉默一阵,然后说:"怎么说呢?我喜欢去看罗丝。我不确定她是不是相信我。就是有关我弟弟的事,真正发生的事。"

"不会的,我们后来聊过。她相信你。"

"听你之前说的,我以为她病得更重。她很好啊。"

"有些女人不化妆就不会出门。那就是她的健康脸色,美宝莲。"

尼克喝了口啤酒。"你相信我,是吗?"

萨克斯扬起头。

"关于唐尼和这一切,你一直没说什么。"

萨克斯朝他微微一笑。"如果不相信你,我就不会给你资料,我现在也不会在这里。"

"谢谢。"尼克低头看着地毯。地毯的磨损呈现出一种特定的图案,她认为这是鞋后跟造成的,穿这鞋的人很重,双腿常伸。她记得他们那时坐在沙发上——对,就是这个沙发——沙发是有罩子的,但她从形状看得出来,这是同一个沙发。他把那箱工艺品收起来。"案子的进展如何?那个用器械乱搞的家伙?顺便说一下,那真变态。"

"案子?进展缓慢。这个罪犯很聪明。"她叹了口气,"那些控制器现在无处不在。计算机犯罪调查组的人说,未来几年内置式产品的数量会达到二百五十亿。"

"内置式?"

"内置的控制器。炉灶、冰箱、锅炉、报警系统、家用监控器、医疗设备,所有这些东西,里面都装有无线连接或蓝牙连接的计算机。他可以侵入心脏起搏器,把它关掉。"

"天哪。"

"你看到电动扶梯出什么事了。"

"我现在爬楼梯。"尼克看上去不像是开玩笑。他又说,"我在报纸上看到一篇文章,是讲他的所作所为的,还讲了那些公司应该如何修整它们的服务器或什么的。在云服务器里,阻止他入侵。不是所有公司都在这么做。你看了吗?"

她笑起来。"是我干的。"

"什么?"

"我把消息透露给了一名记者。有一个安全补丁,让不明嫌疑人无法侵入控制器,但好像不是所有人都安装了安全补丁。"

"我没看到警察局广场召开新闻发布会。"

"嗯,我并没有告诉别人我在做这件事。通过电视台发布,花的时间太久。"

"警务工作中的某些事永远都不会变。"

她听到这话,举了举酒杯。

"国内恐怖主义?这就是他的计划?"

"看起来是这样。是泰德·卡钦斯基① 那类人。"

过了一会儿,尼克问:"他怎么样?"

"谁?"

"你的朋友,林肯·莱姆。"

"健康状况跟预想的一样,一直都有危险。"她跟他讲了其中的一些危险,包括有可能致命的自主神经反射异常,可以导致中风、脑损伤和死亡的血压迅速增高。"但他自己非常注意,他做锻炼——"

"什么?他怎么做?"

"那叫FES,功能性电刺激。肌肉内的电极……"

"《五十度灰》②……哦,见鬼,不好意思。那太过火了。"他好像脸红了,这可不是平常的尼克·卡瑞里。

萨克斯微微一笑。"林肯不怎么研究流行文化,但如果他知道这是什么书或什么电影,他会哈哈大笑,说:帅呆了。他对自己的身体状况可有幽默感了。"

"你觉得难以接受?"

---

① 泰德·卡钦斯基(Ted Kaczynski, 1942—),美国天才型凶手,反技术,以"邮包炸弹"的形式作案。
② 《五十度灰》(Fifty Shades of Grey),英国女作家E.L.詹姆斯的作品,被改编成电影,其中的情爱描写尺度较大。

"我？是啊。我跟一个女朋友去看的电影。片子太糟了。"尼克大笑起来。

她决定不再谈莱姆和她自己的事。

萨克斯站起身，又倒了些葡萄酒，喝的时候感觉脸上发热。她看了看手机：晚上九点。"你有什么发现？"她朝案卷资料点点头。

"找到了一些很好的线索，可靠的线索。还要下很多功夫。有意思，证明自己的清白，就跟起诉罪犯一样艰难。我原以为要容易一些。"

"你很小心吧？"

"找了我的好朋友，让他干大部分的跑腿工作，就是我跟你说过的那个。我嘛，刀枪不入。"

他还在警队的时候，人们就是这么说他的。刀枪不入。萨克斯记得尼克不但是个好警察，还是个冒险者。为了拯救受害者，他可以不顾一切。

在这方面，他们很相像。

"你想……"他试探道。

"什么？"

"吃点晚餐吗？你吃过了吗？"

她耸耸肩。"我可以吃一点。"

"只不过问题是，我没去全食超市。"

"你去过全食超市买东西？"

"去过一次。我觉得有必要花上八美元买一份水果沙拉。"

她哈哈大笑。

他又说："冰箱里有冷冻咖喱，是达戈斯蒂诺超市的，还不错。"

"是吧，不过我敢打赌热一下更好吃。"她给自己又倒了一杯葡萄酒。

那是什么声音？

这名即将退休、六十六岁的印刷工正在他的公寓楼走廊里，一栋普普通通、有几十年历史、在纽约城这个平淡无奇的地带很有代表性的公寓楼。他在萨蒂酒吧喝了一两杯之后，走起路来就摇摇晃晃了。此时将近午夜。他一直在想，酒吧里的那个乔伊，说到政治和所有那些的时候是个浑蛋，但至少你说要这样那样投票的时候，他没有辱骂你。跟他斗嘴很好玩。

但随着他慢慢顿住脚步，侧耳倾听他正经过的公寓里传来的声音，他对这个夜晚，以及晚上那四五杯酒的记忆就慢慢消退了。

爱德温·博伊尔凑近房门。

电视。

肯定是电视。

但是，即使是新电视机、新音响设备，听起来跟这个声音也有区别。不是同样的声音。现场的就是现场的，而这就是现场的。

另外，在电视和电影里，情侣做爱的声音要么干脆明了（并且通常伴有音乐），渐渐变成黑幕，要么像色情影片里一样持续不停。

这是真枪实战。

博伊尔咧嘴一笑。有意思。

他不知道这是谁的公寓，不太清楚。主人似乎很正派，只是显得安静。不是那种去萨蒂酒吧晃荡、闲聊瞎扯政治或什么的人。在私家侦探身上,你可以看到那种同样的安静,至少电影里是这样。这名印刷工从不认识私家侦探。

现在,女人低声呢喃,节奏加快。

男人也说了什么。

博伊尔心想:如果录下来,他可以把录音发给谁?

嗯,当然是操作纸板裁切机的老色鬼汤米。还有干会计的金杰——她总是把性挂在嘴边,总是打情骂俏。还有处理应收账款的约瑟。

博伊尔拿出手机,慢慢贴近邻居的房门,然后把这个声音秀录下来,边录边暗自微笑。

还有谁会欣赏呢?

嗯,他要想想。但他今晚肯定不会把录音发给任何人——在萨蒂酒吧待了几小时之后不会。他到头来可能会误发给前妻和儿子。明天上班的时候发。

终于,他的邻居和他的哪个女友加快速度,事情结束了——一声长长的叹息,可能是他,也可能是她,又可能是他的想象。

博伊尔关掉手机上的录音器,把手机收起来。他沿着走廊,摇摇晃晃走向自己的公寓。他努力回想最近一次做爱的时间,想不起来——这是七八杯酒下肚后的作用——但他敢肯定,那是上届政府任职期间的某个时候。

第五部分
*　星期六 ———*
将军……

39

上午八点。

阿米莉亚·萨克斯打了个哈欠。她很累，脑袋阵阵抽痛。说得婉转一点，她度过了一个不眠之夜，不，是动荡之夜。

一个小时前，她离开了尼克的公寓，现在是在警察局广场的作战室。几天来，她第二次在这里查看案卷，这些案子都不在她的案件清单上。

首先，是尼克的案子。

而现在是这个，一个容量少很多、跟他的情况无关的案卷。

时间还早，但自从她不久前从档案室下载了案卷，她已经看了三遍。查找一些有利的东西，那或许可以解释她的怀疑。什么都没找到。

她望向窗外。

她又把目光收回到案卷上，案卷一点都不配合。

没有有价值的东西，没法挽救。

该死。

门口出现一个身影。

"我一收到你的信息，"罗恩·普拉斯基说，"就马上赶了过来。"

"罗恩。"

普拉斯基走进来。"空荡荡的，不一样了。"他扫了一眼作战室。证物表立在角落里，但不完整。由于萨克斯的和莱姆的两个案子，实际上是一回事，这个装置就不再是不明嫌疑人四十抓捕行动的一部分。阳光刺眼，以锐利的角度洒进屋内。

普拉斯基一副心神不宁的样子。他有时是会犹疑不定——主要因为头部的损伤。那个损伤夺走了他的自信，对，还夺走了一点点认知技能，他通过毅力和街头办案的天分大大弥补了这一点。毕竟，大部分罪案的侦破方式都相当平常；警察工作更多是建立在汗水，而不是福尔摩斯式推理的基础之上。但今天？萨克斯知道问题出在哪里。

"坐吧，罗恩。"

"好的，阿米莉亚。"他注意到了她面前打开的案卷。他坐下来。

她把文件夹转过去，往前一推。

"这是什么？"年轻的金发警察问。

"看一下最后一段。"

他扫了一眼那些文字。"哦。"

她说："古铁雷斯案六个月前就结案了，因为恩里科·古铁雷斯死于吸毒过量。罗恩，如果要撒谎，最起码的，你难道不能核实一下事实吗？"

电话吵醒了他。

是嗡嗡声，不是铃声，不是颤音，不是音乐声。

手机放在他从杰西潘尼商场买来的床头桌上，只是嗡嗡作响。梦起了作用，让他一直处在醒来的边缘：在里面，他梦到出去；在外面，他梦到牢房。因此，睡眠是警觉的，就像排水沟里打着旋儿往下流的水一样繁忙。

"喂？嗯，喂？"

"啊，嗨，是尼克吗？"

"是，是。"

"我没吵醒你吧？"

"是谁？"

"维托，维托里奥·基拉。那家餐馆啊。"

"哦，对。"

尼克双脚一荡，坐起来。他揉揉眼睛。

"我吵醒你了？"基拉又问。

"是啊，你把我吵醒了。不过没关系，我反正要起来了。"

"哈，实诚。大多数人会说没有，但你总是能听出来，对吧？他们听上去就迷迷糊糊的。"

"我听上去迷迷糊糊吗？"

"有点吧。听着，说道，你知道，为人实诚，我就直说了，尼克。我不打算把餐馆卖给你。"

"你碰到更好的出价了？这一点我可以解决。我们是怎么谈的？"

"不是钱的问题，尼克。我就是不想卖给你，抱歉。"

"前科问题？"

"什么？"

"我蹲过监狱。"

基拉叹了口气。"是啊，前科问题。我知道你说你是清白的，而且你知道，我相信这一点。你看起来不像坏人。但依然会有风言风语,你知道那是怎么回事。即便是谣言,即便它们是谎言。你知道。"

"我知道,维托。好吧,如果事情是这样的话。嘿,你很有勇气,亲自给我打电话。不是你的律师打电话给我的律师。很多人会以那种方式来处理。谢谢。"

"尼克,你是个好人。我知道你会顺利的,我有这种感觉。"

"是啊。嘿,维托?"

"什么?"

"这是不是说,我可以跟你的女儿约会了?"

沉默不语。

尼克哈哈大笑。"我逗你呢,维托。哦,顺便说一句,那天的那份外卖,我的朋友说,那是她吃过的最好吃的千层面。"

沉默不语。可能是愧疚的沉默不语。"你很好,尼克,你没问题的。保重。"

他们结束了通话。

该死。

尼克叹了口气,站起身,僵硬地走向梳妆台,他的裤子堆放在梳妆台上。他套上裤子,把昨天的T恤换成一件新的,随意地梳了几下头发。

一个小时前,阿米莉亚·萨克斯离开了公寓,脚步声和关门声把他吵醒了一会儿。

他走进起居室,泡好一壶咖啡并倒了一杯,坐在餐桌前等它凉。与此同时,心里浮现出对她的想念。但接下来,他查阅着她提供的资料,警察生涯的记忆就取代了阿米莉亚的影子和餐厅交易泡汤带来的失落感。

现在,就像当年一样,当他开始展开一项调查时,脑子里有什么东西豁然开朗。仿佛开关一摁，啪嗒，他进入了一种不同的模式。首先，产生怀疑。筛查，挑出可信的，筛掉其余的。这对尼克·卡瑞里而言并不难。

还有更重要的，产生跳跃。他的思维会产生那些稀奇古怪的跳跃。正是这一点，让罪犯落网。

"你跟我说你开车去了萨福克。"

"对，卡瑞里警探。我去的就是那里，看朋友。他可以为我做证，你跟他谈谈吧。"

"来回一百一十英里。"

"所以呢？"

"我拦你时的油表呢？上面显示几乎是满的。"

"又来了。我这么说吧，我重新加油了。"

"你开的是涡轮增压柴油机汽车。我这么说吧，你走的那条路上没有柴油可加。"

"哦，啊，我想跟我的律师谈谈。"

对他而言，那种跳跃——打电话给加油站，核查柴油泵的问题——是自然而然就想到的事。

彼时警探，此时警探。

他把那张带有"J"的人名清单拿过来，这些人都是出没于弗兰尼根酒吧的人，冯说他们是常客，他祈祷其中某个人可以帮他扭转命运。

　　杰克·巴塔利亚，皇后大道汽车和维修公司
　　乔伊·凯利，曼哈顿哈瓦沙姆工程总承包公司
　　J. J. 斯特普托
　　乔恩·佩罗内，皇后区 J&K 金融公司

埃尔顿·詹金斯

杰基·卡特，皇后区"你来存"自助仓储站

迈克·约翰逊，皇后区爱默生咨询公司

杰弗里·多默尔

乔万尼·"乔尼"·马尼特，长岛市老乡村餐饮设备公司

小卡特·杰普森，可口可乐分销公司

这些人他都没听说过，不过他愉快地猜测，其中某个人在成长过程中肯定吃了苦，他的名字跟一个连环杀手的名字非常像，足以引得孩子们残忍地戏弄他。

警察的头脑在全力运转，但那还不够。他需要输入信息，研究一番。那就开始吧。尼克开始上网核查这些名字。谷歌、脸书和领英。他还登录了弗雷迪告诉他的寻人网。老天，有很多信息。他在警队的时候，查出所有这些东西，得花数周而不是几小时。他还感到惊讶的是，人们发布了那么多自己的信息。有个叫J.J.斯特普托的家伙，在脸书上的一张照片里得意地抽着大麻。有个链接连到一个YouTube视频，视频里的杰普森正在加勒比海，酒气熏天、跟跟跄跄地跌进了游泳池，他随后爬了出来，吐得一塌糊涂。

至于"J"的妻子南茜，他们都没那个运气。

但也许"J"先生跟南茜离婚了。或者南茜是他的女朋友。也许有办法查清楚，也许纽约市警察局的程序可行，那个程序能将人和人关联起来，即便没有夫妻关系或亲戚关系。如果"J"坐过牢，也许会有南茜探监的记录。

但所有那种程序他都进入不了，他也肯定不会请阿米莉亚帮他搜索。他已经越界了。

他浏览着下载的信息。他一直希望,"J"是跟执法部门有关的人,在他当初被捕时了解劫持行动。但这些人当中没有一个执法人员。那么就退而求其次,寻找跟黑社会有关系的人(尽管他知道,跟他们联系时要慎之又慎)。然而,这方面也没有结果。詹金斯被抓过——罪行轻,时间久远。另有两人接受过民事调查——一起是美国证券交易委员会的调查,另一起是美国国税局的调查——但什么结果都没有。

尼克往后靠了过去,喝着微温的咖啡。他看了一眼时钟,这件事已经耗费了三个小时。出现了一堆信息,但一点收获都没有。

好吧,再仔细想想,像警察那样思考。当然,名单可能没什么用,斯坦·冯随便凑足一些名字,给自己赚了一顿裹了过多面包屑的帕玛森鸡排。但你只有这个,名单,那就拿它下功夫吧。就像街头最不可靠的线索,就像你过去所做的那样。把它变成有用的东西。

他决定更细致地调查这些人经营或受雇的公司。他们当中,是否有谁比其他人更有可能跟劫持或收受赃物扯上关系?冯的名单没有把他们所有的任职机构列出来,但尼克可以查到其他大部分信息。运输公司和批发商是劫持案的核心,但这样的机构一家都没有。(巴塔利亚的公司经营二手车和维修业务。)杰基·卡特有一家自助仓储加盟店,似乎有那个可能性。乔恩·佩罗内的J&K金融服务公司引起了他的关注,他们有可能借钱给许多参与不正当交易的人。而约翰逊的咨询公司呢?谁知道他们是做什么的?

尼克喝了一大口温咖啡。杯子突然停在半空中。他放下杯子,往前一坐,盯着名单。他大笑起来。哦,天哪,我怎么会漏掉这个？我到底是怎么漏掉这个的？

他读了一遍：乔恩·佩罗内，皇后区的 J&K 金融公司。

Fi NANCI al.①

"南茜"不是妻子或女朋友。它源于他的公司名称。他的误读，要怪那个警探褪色的笔记。

尼克顿时满怀兴奋，他记得在办案的日子里，每当有了这样的突破性进展时，就是这般兴奋。

好了，佩罗内先生，你究竟是谁？他没有发现任何犯罪活动的迹象。佩罗内看上去是个正直向上、遵纪守法的商人，他为人慷慨，回报社区，积极参与教堂活动。不过，尼克还是要谨慎行事。如果佩罗内实际上跟黑社会活动有染，他可不能冒风险，让自己跟这人的名字扯上关系。他心里记着对阿米莉亚的承诺。

"如果有谁能帮我，又有风险，甚至只是貌似有风险，你知道，我会通过中间人跟他们联系的，通过朋友……"

他找出手机，打电话给弗雷迪·卡拉瑟斯。

---

①此处为"financial"（金融）的拆解形式，中间的"NANCI"即为"南茜"。

40

罗恩·普拉斯基盯着摆在他和阿米莉亚·萨克斯中间的古铁雷斯案案卷。

作战室里,他跟她隔桌相对,在椅子上坐不住了。

该死,他为什么不查查古铁雷斯是否还在活动?这个问题有一个答案:主要因为他确信没人会知道或关心他在做什么。

我想错了,不是吗?

该死。

"罗恩,好好跟我说,到底怎么回事?"

"你告诉内务部了吗?"

"没,还没有。当然没有。"

但他知道,如果她发现他犯罪,会立刻向内务部报告。阿米莉亚就是这样的人。她可以通融,但当你越过纽约刑法的"铁栅栏",那就是罪恶,无可饶恕。

因此他往后一坐,叹了口气,把真相告诉了她。"林肯不应该辞职的。"

她眨眨眼,不明白这是怎么回事。

他不能怪她。"他不应该的。那不对。"

"是啊。那又有什么关系呢?"

"关系大着呢。我来解释吧。你知道情况的,他在巴克斯特案上用力太猛了。"

"事实我都知道。怎么——"

"让我说完,拜托。"

普拉斯基心想,关于美,真是有意思。阿米莉亚·萨克斯跟昨天一样美,但现在是冷冰冰的美。他无法承受她的目光,掠过她看向窗外。

"我检查了巴克斯特案的案卷。我看了无数次,研究过证词的每个字、刑事鉴定的每个句子、警探的所有记录。一遍又一遍。我发现了一些不合情理的东西。"普拉斯基往前靠了靠,尽管事实是他的掩护被揭穿了,他的任务岌岌可危——按理说,阿米莉亚应该立刻了结此事——但他感觉到了身处狩猎中的冲动,而这场狩猎尚未结束。"巴克斯特是罪犯,不错。但他只是一个欺诈别的有钱人的有钱人。归结到最后:他不会害人。他的枪是纪念物,枪里没有子弹。枪击残留物的来源模棱两可。"

"罗恩,这些我都知道。"

"但你不知道奥登的事。"

"谁?"

"奥登。我不知道他是谁,是黑是白,年龄多大,除了知道他跟纽约东部的团伙有关系。侦办巴克斯特案的一个警探在记录中提到了他。巴克斯特跟奥登关系密切。我跟那个警探聊过,他一直没有追查奥登,是因为巴克斯特被杀,案子被撤销了。反黑组和缉毒组没听说过这名字。他这人很神秘。但我在街面上打听过,至少有两人说他们听说过他。他跟某种新型的毒品有关,叫卡炽。你听说过吗?"

她摇摇头。

"他也许是从加拿大或墨西哥偷运进来的。他也许提供了资金,甚至可能制造毒品。我在想,那可能就是巴克斯特被杀的原因。那不是一起随随便便的监狱斗殴。他被人盯上了,因为他对那东西知道得太多。总之,我在秘密调查……没有,没有得到批准,只是我自己行动。我告诉别人我需要奥登制造的这东西,我声称我头部的损伤很严重。"他觉得自己脸红了,"老天会为此而惩罚我的,但我已经留疤了。"

"还有呢?"

"我的目的是向林肯证明,巴克斯特根本就不是无辜的。他跟奥登合作,提供资金制造或偷运卡炽。我想证明巴克斯特可能的确用过枪,证明有人因为他参与其中的这狗屁东西而送命。"普拉斯基摇摇头,"林肯会意识到,他并没有犯那么大的错,他会取消辞职。"

"为什么——"

"——我没告诉任何人,何苦要费劲编故事?你会怎么说?放弃,对吧?一个没有经过批准的秘密行动,我自己掏钱买毒品——"

"什么?"

"只有一次。我买了一些奥施康定,五分钟后就扔到下水道里了。但我必须买这玩意儿,必须在街头树立一点威望。我放过了一次持枪指控,让某个小混混为我做担保。阿米莉亚,我行事很小心。"

他盯着古铁雷斯案的案卷。真蠢。他心里想:我为什么不先查一下?

"我快查出来了,真的快查出来了。我花两千美元买了一条有关这个奥登的线索。我感觉这条线索有用。"

"关于感觉,你知道林肯会怎么说。"

"他现在在帮忙侦办不明嫌疑人四十的案子,转过头来为纽约市警察局工作,他有没有说什么?"

"没有。他告诉我一切都没变。"她一脸苦相,"他跟我们协作,主要是为桑迪·弗罗默提起民事诉讼。"

普拉斯基依旧一脸坚毅。"阿米莉亚,我但愿你没发现这事。但现在你知道了,只不过我不会罢手。我就跟你直说吧,这事我要干到底。我不会让他不争取一下就辞职的。"

"纽约东部,是这个奥登活动的地方?"

"还有布朗斯维尔和贝德福德-斯图文森。"

"城里最危险的地带。"

"格拉美西公园也一样危险,如果你在那里被枪杀的话。"

她微微一笑。"你不听我的话收手?"

"不听。"

"那么有个条件,所有这一切就都算了。如果你不同意,我就告发你,让你停职一个月。"

"什么条件?"

"我不想让你单枪匹马地干。你去见奥登,我希望有人跟你一起去。你知道有谁能支援你吗?"

普拉斯基想了一下。"我心里有个人选。"

林肯·莱姆拨了萨克斯的手机号码。

没有回应。今天早上他已经打过两次电话,一次在早些时候——六点。她没有接电话,然后又是如此。

他跟朱丽叶·阿切尔和梅尔·库柏正待在实验室。时间还早,但他们已经在研究证物表,像足球赛中的球员踢球一样来回讨论想法。鉴于其中两名参赛者久坐不动的特质,这个比喻莱姆用起来有点不好意思。

库柏说:"这里有东西。"

莱姆驱动轮椅驶过去,差点跟阿切尔的轮椅撞到一起。

"是阿米莉亚在早先的一个犯罪现场发现的清漆。结果刚从调查局的数据库被传过来。"

布莱登制造,富屋牌

"他们真够慢的。"

库柏接着说:"用于制作精品家具。不用在地板或普通木工活上,价格昂贵。"

"有多少家销售店铺?"阿切尔问。

恰到好处的问题。

"这就麻烦了。"梅尔·库柏回答道,"这是市场上最普通的一种清漆,我在这个区域查出了一百二十个零售点。他们还散装直销给家具生产商,大大小小的都有。而且他们通过半打的中间商,也在网上销售——这个调查结果不会让大家开心的。"

"写到证物表上,好吗?"灰心丧气的林肯朝阿切尔咕哝道。

客厅里一片沉默。

"我,嗯。"

"哦,是的,"莱姆说,"对不起,我忘了。梅尔,写上去。"

这名警察用工整的字迹把品牌和生产商加进去。

阿切尔说:"即便有很多销售点,我也会着手调查售卖清漆的商店,看是否有人能认出我们的不明嫌疑人。"

莱姆说:"也有一种可能,那就是不明嫌疑人——"

阿切尔把话接过来:"——在商店工作。这事我想到了,我想我先采取一些初步的措施。调查一下商店,看是否有雇员照片。查查它们的网站、脸书、推特,也许有垒球队、慈善活动、献血活动。"

"好。"莱姆又驱动轮椅驶向证物表,仔细琢磨。他感觉形势紧迫逼人。既然他们已经确认"人民卫士"、他们的不明嫌疑人四十是连环作案者,他们完全有理由怀疑他很快会再次行动。那通常是多次犯案者的特征。不管动机是什么,性快感还是恐怖分子的言论,欲望往往会加快他们的杀戮频率。

明天见……

门锁里传来钥匙转动的声音,门开了,脚步声在前厅响起。

萨克斯和普拉斯基来了。这个年轻人有时穿警服,有时穿便装。今天他穿的是便装,牛仔裤加T恤。萨克斯一脸疲惫,两眼通红,身体松弛无力。

"对不起,我迟到了。"

"我打电话了。"

"忙了一晚上。"她朝证物表走去,浏览着内容,"嗯,我们进展到哪里了?"

莱姆给她讲了清漆的大概情况、阿切尔在忙的事——调查商店,查找买东西的顾客。萨克斯问:"有关于餐巾纸的进一步情况吗?"

"没收到总部的消息。"梅尔·库柏回答。

她一脸愁闷。"还是缺失。"

莱姆也在仔细检查证物表。

答案就在那里……

只是它不在。"我们漏掉什么。"莱姆利落地说。

有个男人的声音在门口响起。"当然是的,林肯。我得跟你说多少遍呢,你必须看全貌。是不是要我一直手把手牵着你啊?"

伴随那个声音,满脸皱纹的纽约市警察局警探朗·塞利托撑着精干的手杖,一瘸一拐地慢慢走进屋里。

41

尼克·卡瑞里在等车的时候,看着公寓沙发上的床单笑了。不是暗自发笑,是真正的满脸带笑。

昨晚,阿米莉亚留下来过夜,他表现得像个绅士。他们一起坐在沙发上——餐桌上乱糟糟地摆满了"我无罪行动"的资料——吃了咖喱鸡肉,喝光了葡萄酒,喝得一点都不剩。他知道她要来,买了一瓶好酒。

他和她坐得很近,但他像个绅士。她带了点醉意,说没法开车回家,要叫一辆出租车,这时他说:"你想睡沙发吗?或者睡床上,我来睡沙发?别担心,我不会骚扰你的。你就是看上去,嗯,你看上去好像一小时前就要睡着了。"

"你不介意?"

"不会。"

"沙发吧。"

"我会把沙发整理好一点。"

他没整理好,不过她也不介意这马马虎虎的活儿。五分钟后,她就睡着了。尼克盯着她美丽的脸庞看了两三分钟,也许更久。他不知道。

现在,尼克把床单从沙发上拽下来,拿进卧室丢入洗衣篮。

他把枕套也取下来了,举到脸上闻了闻,闻到了她的洗发水气味,觉得心里怦然一动。枕套也要洗的,但他改变主意了,把它放在梳妆台上。

他的手机收到信息,发出哔哔声。卡拉瑟斯到了。他站起身,穿上外套,离开了公寓。在公寓楼前面,他钻进朋友的越野车——一辆凯迪拉克凯雷德,比较旧了,但保养得很好。他告诉弗雷迪一个皇后区的地址,弗雷迪点点头,出发了。他这样那样转弯,转了十几次。他没用导航。弗雷迪好像完全了解这个区域。这男人坐在凯迪拉克的大方向盘后面,看上去小小的,但今天上午因为某些原因,显得没那么小了。

他们一路往东,尼克靠坐在皮椅上,看着城区景色变得柔和起来。周围环境从酒店和不带电梯的公寓转换到7-11便利店,再到平房,再到有片片草地和花园环绕的大型独栋住宅。在皇后区,你开车不用跑多远,就可以看到这种转换。

弗雷迪把文件夹拿给他。"我能找到乔恩·佩罗内的所有信息,他的联系方式。这人很有头脑。"

尼克看了看,做了一些记录,比对一下弗雷迪发现的信息和他自己拼凑起来的东西。他的心怦怦直跳。是的,这可能就是他需要的。

救星。他又一次露出微笑。

他把纸页放进外套的里兜,两个男人闲聊起来。弗雷迪说这个周末他要带他姐姐的孩子去看棒球赛。

"纽约大都会队。他们一个十二岁,一个十五岁。"

"纽约大都会队?"

"哈,男孩子呀。有些自我,但对我还好。你十五岁的时候不自我,就不对劲了。"

"还记得皮特森在体育馆抓到我们喝啤酒吗?"

弗雷迪笑起来。"你对他说了什么?是……我不记得了,但后果可不好。"

尼克说:"他好像是说你们喝酒干什么?难道你们不知道这对你们有害吗?我就说:'那你老婆干吗要给我们酒呢?'"

"老天,就是这样!这话真妙。他揍你了,对吧?"

"推了我一下,就这样……还停学一周。"

他们行驶了几个街区,沉默不语,尼克沉浸在学校时期的回忆中。弗雷迪问:"你和阿米莉亚的情况怎样?我是说,她现在跟那家伙在一起,对吧?"

尼克耸耸肩。"是啊,她跟他在一起。"

"有点不可思议,你不觉得吗?他是个残废。等等,你可以这么说吗?"

"不,不可以这么说。"

"但他是,对吧?"

"他是伤残者。我查过了,你可以说伤残者。他们也不喜欢残疾者的说法。"

"文字游戏而已。"弗雷迪说,"我爸爸称黑人为有色人种。你不应该这么称呼的。但现在你又应该说'有着有色皮肤的人种',跟有色人种很像。所以,我不明白呢。你们真是天生的一对,你和阿米莉亚。"

是啊,我们是。

尼克看了一眼后视镜,浑身一僵。"妈的。"

"什么?"弗雷迪问。

"你看见我们后面的那辆车了吗?"

"那——"

"绿色的,我不知道。我想是别克。不对,是雪佛兰。"

"我看见了。怎么了?"

"它一路跟我们拐同样的弯。"

"不是吧。这是怎么回事?据我所知,没人跟踪我啊。"

尼克又看看后视镜。他摇摇头。"该死的。"

"怎么了?"

"我觉得是卡尔。"

"是——"

"文斯·卡尔。我跟冯在'湾景'咖啡馆的时候,那个浑蛋警探来纠缠我们。"

"妈的,监视你的住处。太过分了。我把枪扔掉了,他们永远都找不到。你什么都没干,即便枪露出来了,你可以说你不知道他有枪。冯也没有说出他的真实名字。他是怎么回事?"

"他是个警探,就这么回事。要不就这样开车带着我吧。天哪,我不希望他把跟佩罗内的这件事搞砸。这太要紧了。这是唯一的方法,我要证明自己的清白。"

他四下看看。"听着,弗雷迪,他对你一无所知。他不知道你报假警了。帮我一个忙。"

"好,尼克,没问题。"

他看看四周。"开去那个车库。"他指指前面。

"这里?"

"对。"

弗雷迪加快车速,轮胎尖啸。那是一个四层的车库,隶属于一个封闭式购物中心。

"我在这里下车。你开车转悠半小时吧。"

"你要干什么?"

"我从商场穿过去,坐出租车去找佩罗内聊聊。回来后跟你在这里见面。不好意思。"

"没事,这很好。我去吃点早餐。"

弗雷迪在商场的一个入口附近停车。尼克问:"你在咖啡馆看见他了,对吧?"

"是啊,我记得他。"

"如果他上来打探我——"

"——我就跟他说我不能说话,我在等他的老婆。"弗雷迪眨眨眼。

尼克咧嘴笑笑,拍拍这小个子男人的肩膀。他从越野车上跳下来,消失在商城里。

J&K金融公司的大厅里没有真人保安,只有一个平淡无奇的对讲装置。尼克按下按钮,报上姓名。

一阵停顿。

"你有预约吗?"一个女人的声音问。

"没有,但我希望能有机会跟佩罗内先生谈谈。事情和阿尔冈昆运输公司有关。"

又是一阵更长时间的停顿。

门锁响了,尼克觉得那个声音大得刺耳。

他踏入一部小型升降电梯,在三楼进入一间办公室;考虑到社区的环境和办公楼的破旧外观,办公室好得让人吃惊。乔恩·佩罗内似乎干得还不错。接待员是一个有着深咖啡肤色的漂亮女人。

在她身后,通过打开的门可以看见两间办公室。两间办公室里都有人，梳着棕色短发的大块头男人。他们身形粗大，穿着熨过的商务衬衣。一个在打电话，另一个在近旁的办公室里，把视线转向尼克。两人当中，他的身形更大，穿着淡绿色的衬衫和吊带裤，眼神冷冷的。

接待员放下座机电话。"佩罗内先生现在可以见你。"

尼克谢过她。他走进套房内最大的那间办公室，里面摆满了书、电子表格和商业文件，还有纪念品和照片。照片有好几百张，墙上、办公桌上、咖啡桌上都是，很多是家庭照。

乔恩·佩罗内站起来。他个子不高，身材结实，像根圆柱。他身穿灰西装、白衬衫，系着领带，颜色像环绕希腊岛屿的大海。黑发，大背头。他刮胡子时划伤了自己，尼克怀疑他是否用的折叠式剃刀。他看上去是那种有可能用折叠式剃刀的人。他的右手腕上套着一个金手镯。

"卡瑞里先生。"

"叫我尼克吧。"

"我是乔恩。坐吧。"

两人都坐进了柔软的皮椅里。佩罗内仔细打量他。

"你提到了阿尔冈昆运输公司。"

"是的。你听说过吗？"

"这家公司已经倒闭了，但我相信这是一家私营卡车运输公司。"

"对。这家公司给大品牌制造商运送药品和香烟，用的是没有标记的半挂式卡车——没有标记，当然是因为劫匪会瞄准带有菲利普·莫里斯或辉瑞公司标记的卡车。"

"我知道这种做法。这和我有什么关系？"

"十五年前，一辆阿尔冈昆公司的半挂式卡车运载着价值两百万美元的处方药,在格瓦纳斯运河上的一座桥附近遭到劫持。"

"是吗?"

"你知道是的。劫匪把药品藏在皇后区的一个仓库里,但他还没来得及回去销赃给买家,就被逮捕了。布鲁克林某个团伙的人发现了被劫走的货物,并且把整卡车的货物偷走了。我查了一段时间,发现那帮家伙是你手底下的。"

"我对此一无所知。"

"不知道?好吧,但我知道。"

佩罗内有一会儿沉默不语,然后说:"你怎么这么确定?"

"因为我就是那个劫匪。"尼克让这句话停了一会儿,"好了,我干那票活儿的报酬是七十万美元,你从我这里抢走了。通货膨胀和利息呢?给我一百万美元吧,我们就两清了。"

42

"嗯,瞧瞧呀。"梅尔·库柏咧嘴笑着,一只手插在越来越稀疏的头发里。

朗·塞利托走进客厅,慢慢移动脚步,朝在场的众人点点头。当莱姆这个刑事鉴定专家还在纽约市警察局工作的时候,两人搭档了好多年。最近,塞利托给莱姆做顾问,帮重案调查组做刑事鉴定和其他调查工作。

"朗!"普拉斯基站起身,用力握着警探的手。

"好啦,好啦,对老人悠着点儿。"事实上,塞利托还舒舒服服地在中年期晃荡着。

把警探让进屋的汤姆说:"朗,要吃点喝点什么吗?"

"好极了,如果你烤了面包的话,我就太喜欢了。"

看护微微一笑。"其他人呢?"

其他人都谢绝了。

由于受到一名罪犯的毒害,塞利托成了自己的"精华荟萃"[①]版,处在边缘状态很久了。他差点死掉,接受了大量的治疗和调理。过去这一年,莱姆猜他瘦了四十磅。他的头发渐稀渐

[①] "精华荟萃"(Cliffs Notes),一个学习指南品牌,由克利夫·希莱加斯(Clifton K. Hillegass, 1918—2001)于一九五八年创立。

白。他这柔韧的新体格,使得他比平常更显邋遢。衣服不合身,新近瘦下去的皮肤也松松垮垮。

塞利托往客厅里面走了走,盯着朱丽叶·阿切尔。"这是什么……"他的声音低了下去。

莱姆和阿切尔笑起来。"尽管说。"

"我……"

阿切尔昂起头。"轮椅陈列室?"

塞利托脸红了,莱姆看见他脸红的次数很少,这是其中一次。他说:"我打算说会议的,不过你的说法更有意思。"

莱姆给他们做了介绍。

她说:"我是实习生。"

塞利托朝莱姆瞥了一眼。"你?是导师?天哪,朱丽叶,祝你好运吧。"

萨克斯拥抱了塞利托。她和莱姆时不时见到这位警探和他的女朋友雷切尔,但由于莱姆不再从事刑事工作,塞利托又在休病假,他们很长时间没在一起工作了。

"啊。"汤姆把一盘丹麦面包端进客厅,塞利托两眼放光。他一阵狼吞虎咽。汤姆递给他一杯咖啡。

"谢谢。"

"你不要糖?对吧?"

"要,我要。两包。"塞利托的减肥方式是喝黑咖啡,搭配甜甜圈。现在他瘦了,就放纵起来。

这位重案组警探用挑剔的目光扫视客厅,半数设备盖着塑料布。十几块白板被翻转过去,对着远处的墙。"天哪,我才休息一下,一切都变成了这副鬼样子。"然后他微微一笑,"还有你,阿米莉亚,我听说了你的狩猎大行动,布鲁克林商场里的电动扶梯啊。"

"你到底听说什么了？我按时把事故报告提交给射击小组了。"

"一切都很好。"警探继续说，"他们推举你为'机灵女士'。好上加好的是，马迪诺名声很好，他刚刚被委派到警察局广场的职位上——所以你有个'力量型击球手'支持你。"

莱姆酸溜溜地说："朗，应该是粉丝支持击球手，而不是反过来。"

"天哪，学校里的孩子经常把你打得屁滚尿流吗，'最先举手说出正确答案'先生？"

"咱们稍后再追究不相干的问题，好吗？朗，你是说'全貌'？"

"我看了你发过来的资料。"

塞利托就是那个专家，莱姆把不明嫌疑人四十案件的资料上传给了他。他想到这人简洁的回复，暗自发笑。

啧，啧，明天……

"首先，这是一个变态的浑蛋。"

准确，但无关紧要。莱姆强忍着不耐烦说："朗？"

"好，我们知道什么？他喜欢我们带进家里、对我们发起攻击的产品和消费品。唉，我的看法？他从两方面实施计划[①]。"

"你说什么？"莱姆条件反射式地发问。

"我跟你开玩笑呢，林肯，就是忍不住。都好几个月了，你没拿语法课把我折磨得蛋疼。原谅我说脏话了。"他冲着阿切尔说。

她面露微笑。

[①]原文中有"agendizing"一词，为对话人物自创的"agenda"（议程）的动名词形式，实际不存在。

塞利托继续说："好吧，他有两个计划。他利用控制器这东西来发布宣言或针对富人，他们买奢侈的狗屎还是什么玩意儿。这是他的首选武器。真糟糕，但就这么回事。计划二：自卫。他需要阻止追踪他的人，也就是说，我们。呃，是你们。他一直在现场输入代码，操控控制器，对吧？"

"对。"阿切尔说，"他可以从世界上任何一个地方侵入云服务器，但他似乎想待在近处。我们认为他可能有某种道德感——确保不会伤害孩子，或者还有不大肆挥霍钱财购买奢侈品的穷人。"

"或者，"萨克斯说，"通过观看现场，他能获得兴奋感。"

"呃，那就意味着他可能会留下来看看谁在追踪他。证物搜集小组，你们——阿米莉亚和罗恩。"

"我也在现场待过，"莱姆说，"当时他毁掉了教他破解控制器的那个人的办公室。"他做了个鬼脸，"他还看见埃弗斯·惠特莫尔在那里。"

"他是警队的？"塞利托问。

"不是，是律师。我跟他一起合作，办理那起民事案件，那起电动扶梯事故。那时我们还不知道这是谋杀案。"

塞利托喝了一口咖啡，然后又加了一包糖。"对你们的不明嫌疑人来说，要查出他的身份并不难。还有你，你太出名了，林肯。查到你和你所有的小妞，很容易。我会弄清楚针对每个人的保护性细节，我可以搞定这事。"

莱姆向电脑下达指令，打印出惠特莫尔的地址和电话号码。塞利托提醒他，说他已经有库柏和萨克斯的个人信息，他会了解关于他们住所的详细情况。阿切尔说她不太可能有危险，但莱姆语气坚决。"不管怎样，我希望有人待在你哥哥家。不太可能并不意味着不可能。从现在开始，我们都必须假定我们就在他的视线范围之内。"

在今天的日程表上：人民卫士策划了更多的恶作剧。

这也是一个搞恶作剧的美好日子。

我花了一些时间陪阿莉西亚，安慰她。她走了，去工作了（她是个簿记员，有点像会计，不过我不能告诉你她在哪里工作或确切做些什么。事实是，她对这工作没有激情，因此我也没有。我们不是一对典型的情人，我们的生活当然也并不是完全重叠的）。我在切尔西的公寓窗户边吃了第一份早餐三明治，然后是第二份。味道可口，充满盐分。我的血压这么低，医生做检查时开玩笑地问我是否还活着。我笑了，虽然这话从医生口中说出来并不真的好笑。我想把他的脑袋敲碎，但我没有。

我狼吞虎咽地吃着第二份三明治，准备好出门。

不过，我还没完全准备好发动猛烈的攻击；我有个任务要先完成。

今天换新装束了——没戴帽子，换换风格，这下全世界都可以看到我的金发平头了。一身深蓝色的运动装，裤腿上有竖条纹。鞋子，没什么可做处理的。我要穿特殊的尺码。我的脚很长，就跟我的手指一样，就跟我瘦巴巴的身子那么高一样。这种状况叫马凡氏综合征[①]。

嘿，弗农，骨头架……

嘿，豆角小子……

[①] 马凡氏综合征，一种遗传性结缔组织疾病，为常染色体遗传，患病特征为四肢、手指、脚趾细长不匀称，身高明显超出常人，伴有心血管系统异常。

不能跟人理论，不能说：这不是我的选择。不能说，上帝眨了眨眼睛，或者开了个玩笑。指出亚伯拉罕·林肯也是我们这种人，没用；说这没什么大不了的，没用。

所以你就随它去，嘲笑啊、拳头啊、溜进你储物柜的图片啊。直到你选择不放过它。红的伴侣，这个林肯·莱姆，他的身体背叛了他，他应付过来了。一个卓有成就的社会成员，真有他的。我采用的是不同的方法。

在这个明媚的春日，我把背包往肩上一背，来到街上，整个人都容光焕发。有意思，你在执行任务的时候，全世界都绽放着美丽的花朵。

好了，我向西朝河边走去，越接近灰色的哈德逊河，时光就越往前回溯。离我不远的切尔西东区和中央区，布满公寓楼、精品店和《纽约时报》点评过的雅致餐厅。往远处去的西边，是工业化区域——我觉得这里就像十九世纪一样。我看到我要找的大楼了。我停下脚步，戴上棉手套，用预付费电话打了个电话。

"珠穆朗玛图形公司。"一个声音回应道。

"好的，请找爱德温·博伊尔听电话。有要紧事。"

"哦，等等。"

三分钟，我等了整整三分钟。如果不是要紧事，会等多久？——事情其实不要紧，但没关系。

"喂，我是爱德温·博伊尔。你是谁？"

"彼得·福克警探，纽约市警察局的。"我不太喜欢看电视，不喜欢，但爱看《神探科伦坡》。

"哦。怎么了？"

"很抱歉通知你，有人闯进了你的公寓。"

"不会吧！出什么事了？是吸毒者？那些在街上晃荡的孩

子？"

"我们不知道，先生。我们想让你来看一下，说说丢了什么。你过多久可以来这里？"

"十分钟。我离得不远……你怎么知道我在这里工作？"

我准备好了的。"我在你家的地板上发现四张名片。这里被洗劫一空。"

多么好的一个词。

"好的，我马上过去，现在就出门。"

我挂断电话，仔细看看人行道。还有其他公司和商业机构占据在这里。有家不景气的广告公司，努力在撑下去。人行道上空空荡荡。我走进一个废弃仓库的装卸区。不到三分钟，一个身影闪过去，六十岁左右的爱德温·博伊尔眼睛盯着前方，满脸忧虑。

我赶紧走上前，一把揪住他的衣领，将他拽到装卸区的阴影里。

"哦，天哪……"他转头看着我，瞪大双眼，"你！走廊那一头的！搞什么鬼？"

我们是邻居，相隔两套公寓，或者三套，不过我们彼此不怎么说话，只是偶尔点点头打招呼。

这时我什么都没说。有什么意义呢？没有俏皮话，没有吐露临终遗言的机会。人在这种时候会变得阴险狡猾。我只是将圆头锤圆圆的一端敲进爱德温的太阳穴。就像对托德·威廉姆斯那样，当时我们正要去喝一杯，庆祝我们的联合冒险活动，这项活动要让世界远离过于聪明、对我们不利的智能产品。

敲，敲。

骨头裂开，鲜血涌现。

他在地上扭来扭去，眼神涣散。我把锤子拽出来——这可不容易——重复一遍同样的事。再重复一遍。

他终于不扭了。

我朝街上看看。没有行人,只有几辆车,但我们处在模糊的阴影深处。

我把可怜的爱德温拖向这个废弃仓库的废弃装卸区的供应柜,打开胶合板柜门,将他用力塞进去。然后,我蹲下身,拿起他的手机。手机有密码保护,但没关系,我昨晚把密码识别出来了。我和阿莉西亚在鱼缸旁的沙发上做爱,我抬眼看安全监视器,看到了爱德温。就像大多数晚上一样,他喝得醉醺醺回家,正在门外录我们做爱的声音。我没告诉她,什么都没说。这会让她不安——她是个神经衰弱的女人。

但我知道,爱德温干了这事,我就必须敲断他的骨头。我就知道这一点。不是因为有什么证据可以让人利用,从而追查到我。只是因为那么干——录我们做爱的声音,这很残暴,是购物者的行径。

让这个男人去死,这理由足够了。真希望这过程中有更多伤害性疼痛,但你不能事事如意。

我把他的手机也敲坏了,这些机型的电池真难取出来。我稍后要扔掉它。

我注意到近旁有几只好奇的老鼠。小心翼翼却又不屑一顾的样子。我突然就想到了,这是消除证据的好方法,饥饿的啮齿动物会把尸体上的微物证据消化掉。

我走上人行道,深吸一口气。这片城区的空气有点难闻,但让人精神振奋。

一个美好的日子……

而且马上会更美好。干大事的时候到了。

* * *

"站起来。"乔恩·佩罗内说，抚平乌黑发亮的头发。用了一整瓶发胶吗？可能吧。

尼克清楚套路。他把衬衣拉起来，慢慢转个圈。然后把裤子也褪下，还有内裤。佩罗内往下瞟一眼。吃惊，沮丧？很多男人是这般反应。

尼克扣好扣子，拉好拉链，塞好衬衣。

"关掉手机，取出电池。"

尼克也照做了，把东西放在佩罗内的桌上。

他看了一眼门，有个穿吊带裤的男人在那里。尼克纳闷儿他在那里有多久了。

"没事，拉尔夫，他没带武器。"

尼克盯着拉尔夫的眼睛，直到这人转身离开办公室。他把目光转向佩罗内。"乔恩，我只是要拼凑线索，弄清实情。我的一个朋友查到了你的一个朋友——诺曼·林恩，眼下在蹲监狱，要在希尔赛德服刑五年到八年。他之所以有这么长的牢狱时间，是因为他同意保守秘密，不出卖你。不过我知道得够多了，能把你们俩联系起来。"

"天哪，嘿，妈的。"尼克猜测，佩罗内红润的脸色源于周末打高尔夫和度假，这下脸在染过色的头发的映衬下显得更红了。

"这些全都写在信里寄给我的律师了，万一我有事，信会被打开。你知道接下来会怎样，对吧？所以咱们就别在这里生气，或者大动干戈，或者舞枪弄棒的。咱们就谈谈正事吧。你难道没想过你偷的货物是从哪里来的？"

"阿尔冈昆运输公司？"佩罗内现在冷静多了，"我一直在等什么人从哪里突然冒出来,但没人出现。我该怎么办,打个广告?招领:价值两百万美元的奥施康定、氯乙烯和异丙酚。请拨打如下号码。"

"没关系。但是时候要回我的钱了。"

"你没必要弄得像个该死的教父一样。"

尼克眉头一皱。"恕我冒昧,乔恩,我把那些狗屁玩意儿存在货仓里,货仓主怎样了?斯坦·雷德曼?"

佩罗内迟疑不定。"出了点意外。在建筑工地。"

"我听说他试图自己转移货物,然后你把他活埋了。"

"我不记得发生过这种事。"

尼克抛给他一个讽刺的眼神。"现在说钱的事。我赚的,我要。"

"我给六十万美元。"

"乔恩,我们不是在协商。你就算去找城里最不好说话的销赃者,去掉五十五个百分点,那也不止一百万美元。我敢打赌你没有,你绝对不是那种会打折的人。你拿到街面上去卖,你可能轻轻松松就赚了三百万美元。纯利润。"

佩罗内耸耸肩,等于是说:对啊,差不多。

"所以这样吧,我想要一百万美元。我想要文件上体现的是贷款——别人没法通过借贷的公司追查到你或任何有犯罪记录的人。只是我们要签一个补充协议,书面的,规定债务被免除。如果涉及这事,我会担心国税局的。"

佩罗内做了个鬼脸,更像是不情愿的赞赏。"还有别的想要的吗,尼克?"

"其实,对,还有。阿尔冈昆劫持案,格瓦纳斯河?我想要你放话出去,就说不是我干的,就说是我的弟弟,唐尼。"

"你的弟弟?你把他打晕了?"

"他死了,他不会在乎的。"

"不管人们在街面上听到什么,没人能推翻定罪。"

"这我知道。我就是想让一些圈内人听到这消息。"

佩罗内说:"我就知道那货物的事会回来纠缠我。我们两清了吗?"

"还差一点点。"

"哦,天哪。"

"好了,有个叫维托里奥·基拉的家伙,在布鲁克林开了一家餐馆。餐馆名就是他的名字,维托里奥。"

"怎么了?"

"我要你派人去找他,让他把那地方卖给我。给他一半的要价。"

"如果他不肯呢?"

"你就让那人威胁他的老婆和女儿,我想他还有外孙。只要在公园里拍点他们的照片,再把照片寄给他。那应该管用。如果不行,就让人去找他最小的女儿,汉娜,她看起来像个婊子。带她在街区周围兜兜风就可以了。"

"你真有一套,尼克。"

"佩罗内,你抢了我的东西。我没要求多余的。"

"好了,我会把文件整理好。"佩罗内随即皱起眉,"你是怎么找到我的,尼克?不可能那么容易。我真的把痕迹掩盖得很好。痕迹总是有。你这个朋友是谁?"

"名叫弗雷迪·卡拉瑟斯。"

"这么说,他可以把我跟阿尔冈昆劫持案中的货物联系起来?把你跟我联系起来?"

尼克说:"说到这里,我要提最后一个请求了。"

佩罗内缓缓点头,眼睛一直看着尼克身后的什么东西,看着衣帽架上的帽子,或者墙上的油斑,或者他在梅多布鲁克打高尔夫的照片。

抑或根本没看什么。

"他今天开车送我到半路。我跟他说我担心有警察跟踪我,我们躲到了大中央商城的车库。余下的路,我是坐出租车走的。"

"警察?"

"没有,没有,我瞎编的。我只想把弗雷迪晾在一边。"尼克想好了,事情就这么收尾。

佩罗内轻声说:"这事我们可以解决。"他打了个电话。一会儿后,胸脯结实、眼神冰冷、穿着惹眼吊带裤的拉尔夫回来了。

"这是尼克·卡瑞里,这是拉尔夫·塞维尔。"

一番眼神对眼神的较量,然后是握手。

"有个活儿要派给你。"佩罗内说。

"好的,头儿。"

尼克拿起手机,装好电池,重新开机。他发消息给弗雷迪;他不想听到这人的声音。

> 我回来了。看到卡尔了吗?

> 肯定没看到。

> 没有。

尼克输入消息,发送:

你在哪儿？

回复是：

"永远二十一岁"大门附近的紫色楼层。

尼克的下一条消息是：

十五分钟后见。

弗雷迪回复：

一切都好？

尼克迟疑一下，然后输入信息。

好极了。

尼克把弗雷迪的地址信息给了拉尔夫。"他开一辆黑色的凯雷德。"然后他瞥了一眼佩罗内，"不要活埋的把戏。要快，没有痛苦。"

"好的。我用不着发消息了，这只是枝节问题。"

"我不想让他知道是我。"

拉尔夫做了个鬼脸。"我尽力而为，但是……"

"尽量吧。他手机里有我发的消息，车里有我的指纹。"

"一切都会处理好的。"拉尔夫点点头，离开了办公室。尼克看到他的腰带上有把镀镍的大型号半自动手枪。他想,半小时后,其中一颗子弹就会射进他朋友的脑袋。

尼克站起身,跟佩罗内握握手。"我坐出租车回城。"

"尼克?"

这人停顿一下。

"你有兴趣跟我合作吗?"

"我只想创业做生意,安定下来,结婚。但当然啦,我会考虑的。"尼克走出办公室,拿起手机拨了个号码。

43

莱姆看着阿米莉亚·萨克斯，这时她的手机响了。

她把目光从他身上移开，走到客厅深处接电话，背对着房间。他琢磨着是不是她的母亲。她耷拉着肩膀。一切都好吗？他清楚母女间麻烦的过往，也知道多年来状况有所改善。罗丝变得温和起来，萨克斯对待母亲也宽容些了。岁月流逝，棱角磨平，就像熵值一样。而现在，当然是这个女人的病。他清楚得很，人的身体状况可以改变一切。

他听不清也推测不出什么。终于听到："餐厅""解决"和"祝贺"。她看上去满怀热情。她听了一会儿，然后说："我对你有信心。"

不是罗丝，那是谁？

他把目光转回到证物表上，驱动轮椅靠近一些。朗·塞利托打断了他的沉思。"国家犯罪信息中心有什么相近的结果吗？"

"没有。"莱姆说。国家犯罪数据库里的十四个人物档案和七个财物档案是针对还没被抓捕归案的通缉犯的，不然就是嫌疑人，还针对被盗财物。搜索犯罪概况和犯罪模式，再抛出几个名字，这是不可能的；联邦调查局的系统也不是这么设计的。

朱丽叶·阿切尔说："在社交媒体和学术网站上，我发现了大量入侵智能系统的故事或报道。多半就是为了入侵,我的儿子跟我说这属于爱好的范畴。算是挑战吧。虽然有些黑客操控汽车和红灯,但没人故意把电器变成武器。"

"红灯。这个想法真可怕。"塞利托说。

她继续说:"使用无线控制器更便宜——公共工程就不需要挖沟和铺电缆了。"

塞利托说:"背景知识很扎实。你可以当一个好警察。"

"通过体检是个问题。"

塞利托咕哝道:"林肯整天都坐着。你也可以做顾问的。给他点竞争的压力,让他保持敏锐的状态。"这个脸上满是皱纹的警探再次浏览证物表,"这是他的侧写?也许是爆炸物,但最近我们没有遇到爆炸事件。毒物嘛,但没人被毒死。他是精木工工匠。你们觉得他制作什么东西?柜子或书架?带玻璃的,也许就是这么回事。"

"不对,"莱姆说,"玻璃碎片很旧,阿米莉亚还发现了玻璃密封胶。我觉得家具上的玻璃不会用密封胶来安装。那是用在住宅上的。另外,看到橡胶了吗?这是跟氨水一起被发现的。这样我就知道,他更换了一块坏掉的窗玻璃,并用橡胶擦刷器和纸巾清洁了新玻璃。"他看着证物表,声音低下去,"窗户。"

普拉斯基说:"即使是疯子杀手也需要修理房屋。这可能跟案子没关系。"

莱姆沉思道:"但他刚刚干的修理活儿。微物证据很新鲜,是跟其他证据一起在现场被发现的。我只是推测,如果你要闯入某人的房子或办公室——"

"你可以装作修理工。"塞利托说。

萨克斯说:"穿上工装裤,带上一块新玻璃,闯进屋里拿到你要的东西,然后换好玻璃,把玻璃擦干净再离开。任何人看到你,都会认为你是管理员,或是被雇来干修理活儿的。"

阿切尔补充道:"他之前在剧院区也假扮过一次工人。"

塞利托说:"也许他闯进什么地方,去查找是否有设备装有那种控制器,叫DataWise的那个东西。"

"他没必要那么做,"阿切尔指出来,"他的第一个受害者,托德·威廉姆斯,下载了装有控制器的产品的清单,以及购买产品的个人或公司清单。"

她真的说了"vic"[①]？莱姆被逗乐了。

"是啊,是啊,"塞利托说,"是这样。"

莱姆说:"如果我们发现的玻璃碎片是毛玻璃,我能理解这一点——他用透明玻璃来替换,这样他可以看清楚他的杀戮区。但坏掉的玻璃是透明的。老旧,或者说便宜,但是透明的。我想琢磨一下这一点。假设我们关于窗户修理工的推测是合理的——咱们大胆设想一下,他在策划另一起攻击,那么这是因为目标地点没有内置式产品。"

萨克斯随即说道:"这是因为他在追击不在清单上的某个人。某个特定的人,而不是随便哪个顾客。"

"很好,"莱姆说,"我们就琢磨一下这事。"

"可是为什么？"阿切尔问。

莱姆当即闭上眼睛,然后很快又睁开了。"能构成威胁的某个人。朗刚才提过,这是他的第二项任务:阻止那些追查他或对他构成威胁的人。我们。也可能是一个目击者,某个认识他并有可能引起怀疑的人。证物表上有什么东西可以让人想到跟产品无

[①] 上文提到"受害者"时,用的是缩写"vic",而不是完整拼写"victim"。

关、跟他反对消费者的宣言无关的受害者吗?"

他审视着证物表。虽然有些物品的来源还未离析出来(皇后区?),但一切都已鉴定清楚,除了一样东西。

"该死的,梅尔,那到底是什么植物?我们老早就问过园艺学会了。"

"是昨天。"

"我说过了,很早了。"莱姆凶巴巴地说,"打电话,弄清楚。"

库柏再次查电话号码,打电话。"是阿尼斯顿教授吗?我是纽约市警察局的库柏警探。我给你们发了植物微物证据的样本资料,那是我们在犯罪现场找到的。有什么进展吗?我们的时间有点紧迫……好的。"库柏朝大家看一眼,"他现在查。"

"这说明从一开始,这就不是一个特别复杂为难的请求。"莱姆咕哝道,可能不应该说这么大声的。

随着通话的接续,库柏的肢体语言发生了改变。他在旁边的便签本上做着记录。"明白了,谢谢,教授。"他挂断电话。"罕见。不是经常能发现。"

"那就是罕见的意思,梅尔。那到底是什么?"

"木槿叶的碎片,但罕见之处在于,碎片是蓝色的。来源有限——"

"天哪!"萨克斯拿出手机,按了快速拨号。"我是警探五八八五,萨克斯。我要人去布鲁克林马丁街四二一八号。可能有炸弹威胁正在发生。嫌疑人为白人男性,身高六英尺二英寸到六英尺四英寸,体重一百五十磅。可能持有武器……我在路上了。"

她挂断电话,抓起外套。"是我母亲的房子。我送过她一盆蓝色的木槿，做生日礼物，摆在后院，就在地下室的窗户旁边。他在那里动了手脚。"

萨克斯冲向门口，又打了一个电话。

断路器跳闸了。

此时，罗丝·萨克斯正在布鲁克林连栋住宅的地下室里，这个地方阴暗潮湿，有股霉味。她慢慢地朝仪表板走去。走得慢，不是因为她的心脏状况，而是因为杂物。

她看着那些箱子、搁板、架子，架上挂着用塑料包裹的衣服。

即使在这里，她也感觉很好——说"即使"，是因为她正躲开了一个精巧的蜘蛛网。

很好。

在她自己的房子里待待，换换环境。

她爱女儿，感激阿米为她所做的一切。但这个女孩，女人，对手术的事，嗯，这么婆婆妈妈。待在我这里，妈妈。来吧。不行，我开车带你去；不行，我买晚餐回来。

她真贴心。但事实是，在手术前的这些天里，她不会垮掉。不对，阿米显然是这么想的——外科医生切掉她心脏的组件，用她体内更小部位的小血管加以替代，这个过程中她可能会就此长眠，不再醒来。

女儿想尽量多陪陪母亲——就是以防 A 部分和 B 部分不相容，顺便说一句，老天绝对不会故意这样做。

楼上，她的手机在响。

他们可以留言的。

或许，阿米莉亚的坚持和执着纯粹来源于她那不妥协的天性。

罗丝笑着想,这应该怪她自己。她想起了她跟女儿激烈争吵的日子。罗丝的情绪、偏执和怀疑的根源是什么?以为父亲和女儿要合起伙来从妈妈身边逃开?

但这根本不算偏执。他们就是合起伙来了。

他们也应该这么做。我真是个泼妇,谁知道什么原因呢……也许我可以吃药,也许我可以和治疗师谈谈,但那是软弱的行为。

罗丝·萨克斯向来不服软。

现在,她陷入深思,感到一阵骄傲。因为这种态度的好处是,她创造了一个坚强的女儿。赫尔曼给了女儿爱心和幽默,罗丝给了她刚强。

不妥协……

地下室的灯是亮的——熄灭的灯在二楼。她感到纳闷,断路器为什么会跳闸?她什么都没用,没用熨斗,也没用吹风机。她一直在阅读,啪,灯就熄了。但房子的年头久了,也许其中某个断路器不好用了。

这时家里的固定电话响了——老式的丁零、丁零、丁零声。

她迟疑了一下。嗯,固定电话上也有语音留言的。也许是电话促销员在打固定电话。她不怎么用那部电话了,主要用手机。

欢迎来到二十一世纪。赫尔曼会怎么想呢?

她挪开几个箱子,把通向断路箱的路清理出来,心里想到了尼克·卡瑞里。

罗丝觉得那个说法是真的,他替他的弟弟顶了罪。这件事表面是好,是高尚,但正如她跟她女儿说的,如果他真的爱阿米,难道他不会找到更好的方式来处理?事关法律,一名警察必须秉持行事端正的做法。她的丈夫当了一辈子警察,一名街头巡警,在很多地方徒步巡逻,主要在时代广场。他恪守职责,冷静果决，从不挑起冲突，不煽风点火，会化解矛盾。罗丝永远都不可能看到他替人顶罪。因为即便出于正当理由，那也是作假。

她抿紧嘴唇。还有一个问题：她的女儿再跟尼克有任何联系，都完全是错的。罗丝看过他的眼神。他想重修旧好，这再清楚不过。罗丝想知道，林肯对这件事了解多少。罗丝的建议是，阿米要立即跟尼克断绝关系，即便市长亲自送给他一条又大又宽的蓝丝带以示"赦免"。

但孩子就是这么回事。你生下他们，竭尽所能地塑造他们，然后把他们推到外面的世界——他们承载着你所有的荣耀，也包含了你所有的挫败。

阿米做事会得当的。

罗丝希望如此。

她继续朝断路箱走去，发现断路箱旁边的窗户相当干净，焕然一新。也许花匠清洗过了。等他下周来的时候，她得谢谢他。

罗丝经过几个旧箱子，上面贴着"阿米的中学"标签。她想起那些疯狂的年月，轻声笑起来。阿米把空闲时间都拿来修车，以及给曼哈顿的一些顶级代理公司做模特了（她记得，有一次在时装拍摄中，十七岁的女儿怎样不得不涂上黑色的指甲油，这不是因为场景涉及哥特风格，而是因为她指甲下面的通用汽车润滑油被确定是没法抠下来的）。

罗丝决定把其中一个箱子拿到楼上去。看看箱子里的东西，这多有意思啊。她们可以一起看。可能等今晚吧，吃过晚餐后。

她把挡道的箱子推开，清理出通向断路箱的路。

44

我又是一个工人了,头戴帽子,身穿工装裤,坐在门前台阶上休息一下。我手拿报纸和咖啡,磨磨蹭蹭的,之后就必须回去干活了。

在田园牧歌般的布鲁克林,我透过罗丝·萨克斯太太连栋住宅的地下室窗户往里看。啊,她在那里,出现在视野里。

我的计划很成功。那天,在离这里只有六个街区的地方,我监视红的连栋住宅,发现一个老妇人从女警察的屋门口走出来,锁上防盗锁。长相相似,显而易见。是她的姨妈或者母亲。所以,我跟踪她到这儿。用谷歌稍微一查……关系就明了了。

嗨,妈妈……

红必须收手,必须吃点苦头。杀掉这个女人,就可以漂亮地实现目的。

罗丝,一个美好的名字[①]。

很快就会干枯、凋亡。

我本来想再次使用我那值得信赖的控制器漏洞,但那天我仔细搜索了房子,没发现有内置式电路请求接入网络或向空中传输

---

①原文为 Rose,意为玫瑰。

数据。但正像我从木工活了解到的,有时你必须随机应变。巴西玫瑰木,供应短缺?那就用印度的。没有那么丰腴,没有那么艳丽的紫色,切割方式不同,平滑度不同,但你将就着能用。

有的时候,婴儿车、梳妆台、铺有格子棉布的床做出来比你设计的还要好。

好了,咱们就瞧瞧我这次的随机应变能否奏效。这事真的相当简单。我在车库门开启器的电路上动了手脚,好让罗丝起居室的一盏灯短路。几分钟前,我按了遥控器上的开关按钮,断路器就跳闸了。罗丝起身下楼,找断路箱重启断路器。

正常情况下,她要做的事很简单,只要把开关掰回到开启的位置就行了。

要有光……

只不过这不会发生。因为我还把主线从传入导线转接到了断路箱上面。那扇金属门,实际上成了通电的电线,带有二百二十伏的电压,以及许多奇妙的、惊心动魄的电流。即便她做事明智,行事稳妥,先关掉总电源再重启断路器,她还是必须打开那扇门。

呦。

现在,她离断路箱只有几步远了。紧接着,很遗憾,她脱离了视线范围。

但她人在哪里,一清二楚。现在她要伸手去够把手了。

就是这样!

不够带劲儿,但我知道效果很棒。

当她以自己的身体接通电路,主线就短路了,切断了房子的所有电力——楼上、地下室和前门的灯都灭了。

我想我听到了轰隆隆的嗡声,但那肯定在我的脑海里。我离

433

得太远，听不见。

再见了，罗丝。

我起身匆匆离开。

我沿着这条舒适的街道走了一个街区，听到了警笛声。声音越来越大。真是奇怪，他们来了？他们有可能是来抓我的吗？

红猜出什么了？猜出我要将爱迪生的怒火施加到她妈妈头上？

不，不可能。只是巧合。

我不禁为这个杰作感到开心。警探红，你吸取教训了吗？我可不是好欺负的。

好累的一天，好忙的一天。

他迫不及待想回家。

内森·伊根医生开着大轿车，行驶在布鲁克林高地的亨利街上，从容地穿过车流。不是太拥堵，很好。他伸了个懒腰，听到关节"嘎巴"一响。这名五十七岁的老外科医生很疲劳。他今天在手术室待了六小时，做了两台胆囊手术、一台阑尾切除手术还有几个别的手术。他没必要做这些的，但那个拿手术刀的年轻人需要帮助。有些医务工作是关于诊断、转诊和案头的，有些则跟划开人体有关。

那名年轻的住院医生还不堪重任。

内森·伊根可以。

筋疲力尽，但多少还算满意。他感觉很好，身心洁净。没人像医生，尤其是外科医生那样经常擦擦洗洗。你结束你的轮班——这就是轮班，像流水线工人的轮班一样——用最热的热水淋浴结束轮班。用干涩的香皂。你的身体感觉刺痛，激烈的水流声在耳朵里嗡嗡响。

有关胆汁和血液的记忆被冲洗掉了,他现在处于为人夫、为人父的心理状态。他悠闲地开着车,穿过他喜爱的舒适的城区。他马上就会见到妻子,今晚稍晚点还会见到女儿和第一个外孙。是个男孩,叫贾斯珀。

嗯,贾斯珀。

他的女儿告诉他的时候,这还不是他最中意的。"贾斯珀,是吗?有意思。"

不过,看着眼前皱巴巴的一小团,摸着他细细的手指和脚趾,沉浸在婴儿那迷茫的笑容带来的快乐中,他就觉得什么名字都很棒。巴尔萨泽啊,费德里科啊,阿斯兰啊,休啊,都无所谓。这就是人间天堂;那一刻,跟外孙四目相对,他记起了他为什么立下希波克拉底[①]誓言。因为生命是宝贵的,生命是惊奇的。生命值得你以命相守。

伊根打开卫星广播,按了预选按钮,是国家广播电台的一个频道。他开始收听特里·格罗丝的精彩节目。

"这里是《新鲜空气》……"

就在这时,他的车发起狂来。

毫无预警,引擎开始尖叫,好像他踩了油门似的;巡航控制灯自行闪烁——他的手没有靠近过开关!——系统一定是指示引擎要加速到一百英里。

"天哪,不要!"

转速表变红,车子疾速向前,轮胎冒烟,车尾像改装赛车一样摇摆。

---

①希波克拉底(Hippocrates,约公元前460—前377),古希腊医生,在西方被尊为"医学之父"。

伊根冲入对向车流，惊慌大叫，眼下车道还是空的。车的时速达到五六十英里——他的头往后撞到靠枕上，眼睛一花。他抬脚重踩刹车，但引擎的喘振强劲不减，因此车根本没有减速。

"不！"他彻底吓坏了。他松开刹车，一遍又一遍踩下去。他感觉脚上的一根跖骨断了。现在车速是每小时六十英里，还在往上攀升，车继续打滑、钻来钻去。车辆都从他那条道上绕开了，喇叭轰鸣。

医生猛按引擎的发动／关闭按钮，但引擎继续像恶魔一样怒吼。

动动脑筋！

变速杆！对！空挡。他把变速杆推到中间位置，感谢老天，起作用了。引擎仍在咆哮，但变速器脱开了。车子慢下来，减速到每小时六十五英里，六十英里，他往前一倾。

现在踩刹车。

根本不起作用。

"不，不，不！"他大叫。

车子飞速奔驰，冲过红灯，冲向前面的十字路口，他惊慌失措，浑身麻痹，只能愣愣地看着前方，并且注意到车辆要么停着不动，要么在垂直的车道上慢慢行驶。数辆小轿车，一辆垃圾车和一辆校车。他会撞上其中一辆的侧车身，时速接近五十英里。

他的脑中闪过一抹理智的思绪：你死定了，但你能救谁就救谁。撞卡车，别撞校车！往右，只要偏一点。但他的手跟不上他的脑子，他一转方向盘，车直接转向一辆丰田轿车。他目瞪口呆，看着小汽车司机恐慌的脸，直直飞撞过去。那位老人跟内森·伊根一样吓呆了。

方向盘又一转，医生的车撞上了那辆日本车的驾驶侧后部，离司机只有几英尺远。

安全气囊把他打晕了，接下来的事，外科医生只知道他苏醒过来。他僵在原地，皱瘪瘪的汽车的钢骨架把他包围起来。被困住了，但还活着，他想。天哪，我还活着。

外面，人们跑来跑去，用手机拍事故。浑蛋……至少有那么一个正派人可以拨打九一一吗？

随后，是的，他听到警笛声。他最后会进自己的医院吗？真是相当讽刺，也许还是他帮过的同一个急救室……

但是等等，我觉得好冷，怎么回事？

我麻痹了？

内森·伊根随即意识到，不，他的知觉是完好的；他感觉到的东西是泼洒在他身上的液体，来自被撞坏的丰田车后部，他几乎把那辆车切成了两半。

从腰部以下，汽油浸透了他身体的每一英寸。

45

罗斯福快速路上，阿米莉亚·萨克斯加速到八十英里。

这么做不容易。喇叭尖叫，手指竖起，萨克斯无视她招惹的这些抗议，全神贯注寻找车辆之间的空当，凶猛地刹车，迅速变换车道。转速要一直高，高，高。最大开到五挡。四挡要更好——她称其为够有种的挡位。三挡算基本操作。

只要你移动，他们就抓不到你。

结果必然是：只要你移动，他们就逃不掉。

"不，"她在用免提电话说话，对方是她母亲连栋住宅附近的分局巡警，"他就在近处的什么地方。这是他的作案模式。他……哦，该死。"

"怎么了，警探？"巡警问。

有辆车紧急刹车，突然驶出出口，那个司机和她事先都没想到这一步，她从旁边飞掠而过，控制住打滑。福特都灵和福特金牛座算是远亲，错过了一个很有可能致命的亲吻，顶多只差两英寸。

萨克斯继续说："他的作案模式是——发起攻击的时候，他会待在附近。他可以制造一起事故，然后离开，但他不会。他很可能轻轻按一下开关，等在那里以确定受害者——"她的声音哽咽起来,"以确定我的母亲落入陷阱。他刚动手十分钟,我们认为他没开车。吉卜赛出租车有很多。"

"我们正在搜索,警探。只不过——"

"多派些警力。我想要那里的警力多一点。他跑不了那么远的。"

她没听见他其余的话——如果他说了的话。她全神贯注地插入两辆车中间,那个空间不应该有第三辆车通过的。在都灵车的引擎轰鸣声中,她听不出是否有擦碰。喇叭尖叫。去告我啊,去告这个城市啊,她想。她因为刹车浪费了几秒钟,恼火得很,于是猛地换到低挡,又探入到红线区。

"现场要多去些人。"她对巡警重复道,挂断了电话。随即,她对着手机说:"呼叫莱姆。"

他立刻接了电话:"萨克斯,你在哪里?"

"刚上布鲁克林大桥……等等。"

她偏转方向,绕过一个骑低矮自行车的笨蛋,人们骑那种自行车时要斜撑在上面,头顶飘着一面旗子。车子没怎么打滑;桥的地表紧紧抓住了轮胎,她猛地把车子转过来。福特车恢复平衡。然后,她的前面出现一片空阔地带,她再次加快车速。

"朗已经打过电话给社区观察中心,还没有结果。也在检查地铁。"

"好的,那么……哦,天哪。"

踩离合,刹车到底,换二挡以防需要,提手刹,来个打滑换取一点空间……

"萨克斯!"

都灵车停下了,距离前面的出租车两英尺,在车道上形成四十五度角——好吧,是一条半车道,因为她,没错,斜在一个角度上。一场交通大拥堵从她差点撞到的出租车旁延伸开去。

"莱姆,交通堵塞。该死的,完全不动。我正在桥中间。我一从这里脱身,你可以让梅尔或朗给我找条路线吗?一条通畅的路线?"

"等一下,"莱姆大喊,"朗,我需要一条通畅的路线,从布鲁克林大桥东头到阿米莉亚的母亲家。"

她钻出车子,眺望前方。一片车的海洋,纹丝不动。

"为什么是现在?"她咕哝道,"究竟为什么?"

她的手机嗡嗡响,号码她认识。是不久前她通过话的那名巡警。她让莱姆待机,接听电话。"警员,你们有什么发现?"

"抱歉,警探。十多辆无线电巡逻车已经上路,紧急勤务小组也派了一辆卡车,只是很诡异,交通完全堵塞了,抱歉,完全瘫痪了。布鲁克林高地,卡罗尔花园,科布尔山,所有人都动不了。"

她叹了口气。"保持联系。"她接回莱姆的电话。

"……你还在吗,萨克斯?你能——"

"我在,莱姆。情况怎样?"

"你还要堵一会儿。几乎在同一时间,好像发生了五起严重的交通事故。在你母亲家附近。"

"妈的。"她骂道,"我敢打赌是他,不明嫌疑人四十。还记得罗德尼说的话吗?他可以用控制器搞坏车子。这就是他干的事。我把车留在这儿,搭地铁。让朗派人来把车弄走。钥匙在后面的脚垫下面。"

"好。"

萨克斯没有费事去走人行道,而是沿大桥向东赶去。两趟地铁,而后是慢跑。她花了半小时,抵达了母亲的连栋住宅,冲进起居室，朝警察和医生点点头。然后，她停顿一下。

"妈妈。"

"亲爱的。"

两个女人抱在一起。在女儿的手掌下，母亲的身形纤弱得让人担心。

但她平安无事。

萨克斯往后退了两步，仔细打量她。罗丝·萨克斯脸色苍白，但可能是因为惊吓。她没有遭受来自不明嫌疑人四十的身体伤害——医生来这里，是因为她的心脏状况。这是防范措施。

然而，情况真是千钧一发。莱姆告诉萨克斯，当他们意识到罗丝可能是被攻击的目标时，他和破案小组推测，不明嫌疑人可能在她家设置了某种电路陷阱，因为他们已经发现电线被剥去绝缘皮的证据。

起初，他们不知道怎么办才好——除了叫罗丝出去。但这个女人不接电话。萨克斯打过电话，邻居不在家。他们努力猜测罪犯为了攻击罗丝，具体做了什么，这时，朱丽叶·阿切尔脱口而出："我们必须这么做，用阿米莉亚在剧院区对付台锯的做法。切断电源。电网！切断她那个街区的整个电网。"

莱姆指派朗这么做。

他们勉强及时赶到。反馈的消息表明，不明嫌疑人破坏了断路箱，罗丝在电网一断的瞬间，伸手去够断路箱。现在社区的电力恢复了——萨克斯不想去考虑那些投诉、丢失的电脑数据和通信信息，但这些事他们必须处理。最重要的是，她的母亲还活着。

"妈妈，对不起，出了这样的事。"

"他为什么想伤害我？"

"为了打击我。这就像我跟他之间的象棋比赛,一步对一步。他肯定以为,我们不会想到你会成为目标。现在,有个警察会带你去我的房子里,陪着你。我要在这里搜索现场,在地下室,在他闯进来的地方。也许他还去了屋里的其他地方。这会儿没有我陪,你可以吗?"

罗丝握着女儿的手。萨克斯注意到,这个女人的手指一点也没抖。"当然可以,我没事的。我这就走。抓住那狗娘养的。"

这让萨克斯和在场的一名巡警笑起来。母女相拥,然后萨克斯走到屋外,看着她上警车,同时等候犯罪现场调查组的巴士。

我现在回玩具房了,因为它的舒适。我在给弟弟做沃伦小船。

我用柚木做的,一种难以处理的木料,因此挑战更大。因此,最终的结果会让我特别骄傲。

新闻出来了,我知道我其实没有烧死红的母亲。我知道这事,不是因为新闻提到她,而是因为这个报道:在布鲁克林的那个区域,电网中断了一小会儿。肯定是红这个购物者干的。她或她的警察朋友推测出来我要干什么,出手阻止了。

聪明,哦,他们真是好聪明。

另一则正说得吓死人的报道(我把电视新闻称为"矮胖子",每一则都是"爆炸性的"),有关一连串重大交通事故、一个肯定跟电网故障无关的巧合——我弟弟最喜欢的词语之一——事故跟熄灭的交通信号灯无关。不,这场大屠杀完全要归功于我和美妙的DataWise5000控制器。

我感到惊讶,没有聪明的记者提到人人都最喜欢的对象:智能控制器。

我不确定逃跑计划是否可行。我从没试过侵入汽车。托德教过我怎么做,但当时那对我的任务没有作用。我以为车辆上的云系统只用于诊断——或者你把车钥匙弄丢了,又需要发动车,于是你拨打汽车公司提供的免费电话号码,告诉他们出了什么事,报给他们一个代码。他们可以发动车,让方向盘锁失效。但是,哦不,各种奇妙的事你都可以做。巡航装置啊,刹车啊。

但问题是,我无从知晓,布鲁克林有哪些车装有DataWise 5000控制器。也许很多,也许寥寥无几。

结果是,寥寥无几。我快步离开罗丝的连栋住宅,听到了警笛声;我觉得这个声音表明,可能有访客正为我而来。因此我开始运行汽车控制器软件。没反应,没反应,没反应。

直到最后,我听到了汽车引擎高速转动的巨大轰鸣,十秒钟后,是巨大的嘎吱声,声音就从大概一个街区远的地方传来。

交通立刻开始堵塞。

太棒了。回想起这事,我竟然笑起来。

再往远处几个街区,我又听到撞击声——真的!结果是汽车追尾。我让一辆车在街区中间停下。一辆日本进口车对一辆混凝土搅拌车,猜猜谁赢了?

向东四分之一英里,又是一声响。

有几分钟,什么事都没发生,但最终,在布鲁克林—皇后区快速路上,又有一辆车出事。我后来得知,那是一辆加长豪华轿车。

好了,我学到了一个奇妙的新把戏。真遗憾,红开那样的古董车。她要是在车祸中撞断骨头,倒蛮合适的。嗯,我的朋友还有别的选择。

现在,透过高倍放大镜,我仔细检查沃伦小船。小船完工了,我小心地把它包起来,放到一边。然后,我回到日记上,开始记录录音。

　　毕业派对,弗兰克、萨姆和我的毕业派对。
　　可能来了四十人。那帮运动能手,他们大多相当友好。有几个看我的眼神像在说,是他?但多数时候没人盯着我看,没人嘀嘀咕咕。
　　我在放音乐——我花了很长时间才想好要放什么、大家都喜欢什么——萨姆说快点回来这里。在客厅还是休息室,有个叫凯伦·德威特的姑娘,对我盈盈一笑。我见过凯伦,她读三年级,属于那种漂亮女孩,也瘦瘦的,但不像我这种瘦。她的鼻子很大,但我又算老几?客厅暗沉沉的,她开始摸我的肩膀和胳膊。我就想,这是干吗?只不过,我当然知道这是干吗,虽然我从没想过会发生这事,至少几年内不会,虽然班上半数家伙有过性经验。
　　她拉开我的拉链,用嘴巴做她要做的事。
　　接着客厅里来了一些别的人,凯伦说咱们走吧,那边有卧室。她要去小便,然后我可以找她,我们可以干那事。所以我等了几分钟,她把我喊进房间,里面黑黑的,她在那里,一丝不挂,趴在床上,我便干起来。我进到她里面,把该做的都做了。
　　然后,不,不,不——灯亮了。萨姆、弗兰克和凯伦都在,只是凯伦不在床上。趴在床上的那人是漂亮的辛迪·汉森。她昏过去了,嘴上缠着的床单湿透了,她一直流口水。
　　萨姆用宝丽来相机拍我和辛迪。全都拍下来了——她被下过药的昏昏沉沉的脸、我那瘦巴巴的身子和你知道的我那什么。其他人也在那里,笑啊笑啊。

我抓起衣服穿好,大叫:"你们在干吗?你们在干吗?你们在干吗?"

弗兰克和萨姆在看照片,笑得甚至更厉害,其中一个说,嘿,你真是天生的色情明星,瘦豆角!

弗兰克依旧放肆大笑,揪住辛迪的头发,一把拽起她的脑袋。"你还是很享受的嘛,婊子?"

这下我明白了。我记起一个月前,他们从辛迪家出来,看到我走秘密路线回家,我第一次跟他们讲话。辛迪拒绝了他们。不乱搞,不口交,滚出我家,诸如此类的话。

那时他们就想好了。他们看到我,想好了要怎样报复辛迪·汉森。

"史诗般的事"是个谎言,"异形探索"游戏是个谎言,派对音乐是个谎言。

所有这一切,都是谎言。

46

阿米莉亚·萨克斯走进客厅，放下证物箱，箱子里装着从她母亲的连栋住宅搜集的证物。她径直走向朱丽叶·阿切尔。她张开手臂抱住这个吃惊的女人，差点把她绑在暴风剑扶手上的手腕弄脱。

"我——"这个女人开口说道。

"谢谢你，救了我母亲的命。"

"是我们大家。"阿切尔说。

"但是，"莱姆说，"是她想出断电策略的。"

"我不知道该怎样感谢你。"

阿切尔耸耸肩，跟莱姆所能做到的耸肩差不多。

萨克斯从实习生看向莱姆。"你们两个真是好拍档。"

莱姆通常对多愁善感或无关事宜没什么耐心，他问梅尔·库柏："最新情况怎样？"技术员刚刚挂掉电话，结束跟交通部门的人的通话。

他说没有人员丧命。跟死亡擦肩而过的是一名医生，他的轿车撞到一辆丰田车的尾部，撞裂了油箱。他和另外那名司机浑身浸满汽油，但被一个路人拉了出来，随即，两辆车就被大火湮灭了。(医生当街脱个精光，扔掉湿淋淋的衣服，以确保双重安

446

全。）

不过，有六人严重受伤。

这会儿，莱姆打电话给罗德尼·斯扎内克，咨询有关事故的事。"有什么办法可以追踪信号吗？"

这名调查计算机犯罪的警探解释了一长串，有关手机基站、公共无线网络和虚拟专用网络。

"罗德尼。"

"抱歉，答案是没有。"

他挂断电话。"棒极了的武器。"萨克斯对莱姆和阿切尔说。

人在市中心的塞利托，打来电话说小组的所有人和他们的家人，现在都处在保护之中。"是UAC优先级。"他咕哝道。

莱姆已经放弃努力，不想去了解纽约市警察局的简约表达法。"这是？"

"在那浑蛋被抓住之前，这会一直适用①。"塞利托说。

阿切尔笑起来。

萨克斯和库柏把证物取出来，证物由她搜自她的母亲家——花园、屋子本身和街对面的台阶，有目击者看到一个瘦巴巴的工人在那里休息、看报纸、喝咖啡。

莱姆扫视一眼客厅。"菜鸟到底在哪儿？"他嘀咕道，"忙另外那起案子？"

"没错。"萨克斯点点头，但没多说什么。

"拜托，什么人找到这个古铁雷斯，毙了他吧。"

出于某种原因，萨克斯笑了。莱姆并不觉得好笑。

萨克斯逐一列出证物。"不多。电线，断路器面板上的电工

---

①原文为"It'll be in place Until the Asshole is Caught"，其中"Until the Asshole is Caught"的单词首字母大写组合即为上文的"UAC"。

胶带。他用这个弄坏了一盏灯。"她举起一个塑料袋,里面是一小块电路板,"当他触发电路板的时候,灯内的两根电线相交,导致断路器断开。这是为了把我妈妈引向断路箱。这是环境微物证据,自然没有摩擦嵴或头发,除了我和我妈妈的。还有一些纤维。他戴着肉色的棉手套。"

"你之前找到了铜屑,现在我们则发现了真正的电线。"库柏说。

根据美国电线标准,这是八号线,直径大约为零点一二八英寸。

莱姆说:"可以承载相当高的电压。什么,梅尔?四十安培?"

"对,在温度六十摄氏度的情况下。"

"生产商的情况呢?"

莱姆看到,黑色的绝缘层上有字母。

库柏查了一下首字母缩写。"亨德里克斯电缆,大众品牌。很多地方有卖。"

莱姆嘲讽道:"罪犯们为什么不去特色店买东西?……他又是用剃刀剥皮的?"

"对。"

"电工胶带呢?"

"可能质量很好,"技术员说着用钢探针戳了戳其中一部分,"黏性强,粘得劳。便宜胶带通常覆盖不均匀,而且很薄。"

"烧一点点,看能不能查出品牌名。"

在气象色谱仪发挥魔力之后,库柏看了一遍结果,又把结果放到显示器上展示给屋里的人。

阿切尔说:"它们看起来很普通。每种品牌的电工胶带不都含有这些成分吗?"

"数量,"莱姆说,"数量决定一切。"

库柏进一步解释:"我把这些物质当中每一种的量放到数据库里搜索。微克之差,情况就大不相同。数据库给出结果,要过……啊,我们现在看看吧。是这其中的一种。"

屏幕上显示:

鲁德伦胶带和黏合剂
康菲工业产品
哈默史密斯黏合剂

"很好,很好。"莱姆咕哝道。

萨克斯在检查她之前举起来的袋子,那个让罗丝的灯短路的远程继电器。库柏将这个装置安放在一台低倍显微镜的载物台上。他们仔细看着屏幕。"天线在这里。"他指出来,"信号从这里进来,关闭开关。这不是现成的开关。这是别的什么东西的组件。看到了吗?这个基座?他让电路板产生了疲劳。上面有个编码。"他把编码读出来。莱姆没法看见编码。

库柏目不转睛地盯着显示器,像平衡滚球那样快速盲打。一会儿后,他们转向屏幕。

"家宁公司的阿特拉斯车库门开启器,延展型号。可以从五十码远的地方开门。我猜,他取出开关,把其余部分扔掉了。"

剩下的微物证据表明,有更多胡桃木锯屑,有一些来自罗丝连栋住宅的玻璃碎片,有更多跟先前现场的黏合剂有关联的胶水,但没有别的新东西。

"把每一样都记到白板上。"

犯罪现场：布鲁克林马丁街四二一八号，

- 罪行：企图攻击。
- 嫌疑人：不明嫌疑人四十
- 受害者：罗丝·萨克斯，未受伤害。
- 攻击方式：操控断路箱，让人触电
- 证物：
- 没有摩擦嵴、DNA。
- 亨德里克斯电线的绝缘层。
- 更多黏合剂，跟先前现场的一样。
- 胡桃木锯屑。
- 玻璃碎片，跟先前的现场有关（这个地点）。
- 不明嫌疑人戴着肉色棉手套。
- 电工胶带，属于如下品牌之一：
- 鲁德伦胶带和黏合剂。
- 康菲工业产品。
- 哈默史密斯黏合剂。
- 家宁公司的阿特拉斯车库门开启器。

"都是普通的东西，梅尔？"莱姆问。

"对，这个区域有上百家店铺在卖。没什么帮助。"

有两个声音一齐发声："但他攻击你母亲的连栋住宅，是临时起意的，萨克斯。"与此同时，阿切尔说的是："但他不是预先计划好对你母亲发动攻击的，阿米莉亚。"

他们又一次被对方的话绊住，莱姆大笑起来。他向萨克斯解释:"不明嫌疑人对其他所有受害者发动攻击,都是预先筹谋好的。但他攻击你妈妈,是最后一刻才做的决定。他没料到你会这么不屈不挠,对他有这么大的威胁,这就意味着他大致在同一时间买了胶带、电线、玻璃、玻璃密封胶和车库门启动器。很有可能,有些东西是在同一个地方买的,或者全部都是。在几天或几周的时间段内分别购买,这才是明智之举,但他别无选择。他必须阻止你。"

阿切尔浏览着证物表。"他在市中心用到的汽油炸弹,那些组件或许也是这样的情况——为了毁掉托德·威廉姆斯的办公室。"

"很有可能。"莱姆说,"咱们就从车库门启动器着手,你不觉得吗?萨克斯?"他一直对她说话。

"什么意思?"她在看短信,分心了。

"车库门启动器。弄到零售地点的列表,然后展开调查,看有没有人在店里买其他东西。"莱姆补充道,"从皇后区开始,从那里铺开。"

萨克斯打电话给重案组,组织一个调查小组,让他们着手搜查那些所购物品。随后她挂断电话,给他们发邮件,提供物品清单,都是不明嫌疑人四十有可能购买的东西。莱姆注意到,她有一会儿望了望窗外。接着,她转身走到他的近旁。

"莱姆,你有空吗?"

这属于那种毫无用处的表达。为什么不直说:我想跟你谈谈,咱们避开周围的人吧。但他自然是点点头:"有啊。"

他驱动轮椅驶向她,两人一起进入过道对面的客厅。好一会儿,她沉默不语。他非常了解她。当某人是你的爱人和职业伙伴,她的心理就几乎没有隐藏的余地。她没做戏。她在权衡她想说的话,就像仔细测定半身像里发现的毒品,以便最为精准地确立对嫌疑人的控告。在某些事上,萨克斯确实喜欢冲动,但贴近她内心的事,是经过深思熟虑的。

她叹了口气,转过身,然后坐下。"有件事我得跟你谈谈。"

"好啊,你说吧。"

"几天前我就可以告诉你的。我没有。我不知道我为什么没这么做。尼克出来了。"

"卡瑞里?你的朋友。"

"我的朋友,对。他被释放了。他联系了我。"

"他还好吗?"

"非常好。就身体而言。我以为待在里面会让人改变很多。"她耸耸肩。莱姆明白得很,她不想继续这个话题。"有件事,我犹豫着要不要告诉你。我之前没说,但现在我必须说了。"

"这是开场白,萨克斯?继续说。"

第六部分
星期日 ——
……将死

47

上午十一点半,调查小组大有所获。他们在调查不明嫌疑人买来制作简易武器,企图以此杀害罗丝的东西。

莱姆懊恼不堪,因为费了那么长时间,不过,他们有了有关车库门启动器和其他所购物品的发现,仅仅是在昨天深夜,当时多数五金店已经关门。而今天,星期日早上,很少有店铺赶早营业。

"该死的蓝色法规①。"他气呼呼地说。

罗恩·普拉斯基显然正处于古铁雷斯案的调查空当,说道:"林肯,我觉得清教徒并没有通过立法,规定五金店在圣日迟开门。"

"呃,在我需要结果的时候,他们不应该这样做。"

随即,萨克斯接到调查组成员的电话。她听着电话,坐在那里身子微微一挺。"我打开免提。"

咔嗒一声响。"好的,喂?我是吉姆·卡瓦诺,重案支援组的。"

---

① 蓝色法规(blue laws),也称星期日法规,是美国殖民时期清教徒所制定的规定,禁止在星期天饮酒、跳舞等娱乐活动。名字源于起初法规印行在蓝色纸张上。现在依然在美国某些州施行。

"警官,"莱姆说,"我是林肯·莱姆。"

"萨克斯警探跟我说了,你在查这个案子。这是我的荣幸,长官。"

"好的,好。呃,你们有什么发现?"

"在斯塔腾岛发现了一家店铺。"

这么说,不是皇后区。阿切尔朝莱姆苦笑一下。

带两个问号……

"经理说两天前店里来过一个人,符合不明嫌疑人的特征描述。他想要车库门开启器,那可以在三十码远的距离起作用,可能还更远。他还买了玻璃、玻璃密封胶、电工胶带和一些电线。跟你们提到的产品全都对得上号。"

但愿……莱姆问道:"用信用卡?"

"现金。"

当然了。

"经理知道他的情况吗?姓名,住址?"

"不知道这些,但他的确有几个发现,长官。"

"叫我林肯就好。你继续说。"

"不明嫌疑人看到店里在卖一些工具,问了一下。是专用工具,好像是制作工艺品的那种。"

萨克斯问:"工艺品?哪种工艺品?"

"爱好性质的。类似飞机模型这种东西。剃刀、锯子和很小的砂纸。他买了一套微型夹,他一直在找这样的东西。他通常光顾的店铺没有存货了。"

"很好,我喜欢'通常'。这说明他是常客。他提到店名了吗?"

"没有,只说在皇后区。"

莱姆嚷道:"谁把皇后区所有工艺品商店都给我找出来。马上!"

"谢谢,警官。"萨克斯挂断了电话。

一会儿后,最大的那台显示器上出现一张地图。在皇后区,显示有十六家工艺品商店。

"哪家?"莱姆咕哝道。

萨克斯俯身向前,手放在他的轮椅后背上。她抬手一指:"那家。"

"你怎么知道?"

"因为从那里坐三站地铁,就到了皇后区那家白城堡的附近,他买完东西后总去那里吃午餐。"

"人人工艺"跟它的名字不太相符。

没有纱线,没有泡沫花艺,没有手指画颜料。

但如果你想制作轮船或宇宙飞船或娃娃屋家具的模型,这就是你要的专门店。

店里弥漫着油漆、木料和清洁剂的气味,货架满满当当,摆着货品和工具。阿米莉亚·萨克斯从没在一个地方见过这么多琢美牌电动工具和轻质木料。还有很多《星球大战》的人物、生物和车辆模型,《星际旅行》的也是。

她朝柜台后的年轻人亮了亮金色的警徽,这人长得很帅,更像运动员,而不是,呃,怪胎商店的店员。

"什么事?"不过,他的声音确实沙哑起来。

她解释说,她在找某个牵涉一系列罪案的人接受审问。她描述了不明嫌疑人的样子,问最近是否有人购买桃花心木、胡桃木、强力胶和布莱登富屋牌清漆,还买手工艺工具。

"他很聪明,"萨克斯说,"善于言辞。"她想起了不明嫌疑人在他那反消费主义的夸夸其谈中,就企图掩藏他的才智。

"嗯,你知道,"店员说,吞咽一下才继续,"是有这样的人,但他温和有礼,我没法想象他会干坏事。"

"他的姓名呢?"

"我只知道他的名字,叫弗农。"

"他符合描述?"

"又高又瘦,是的,有点怪。"

"有信用卡收据吗?"

"他一直付现金。"

然后她问:"你知道他住哪儿吗?"

"曼哈顿,我想是切尔西。他提过一次。"

"他多久来一次?"

"每隔几周吧。"

"他没在特殊订单上留电话号码?"

"没有,抱歉……既然你问我了,他好像一直有点多疑,你知道。他好像不想暴露太多。"

她递给他一张名片,告诉他如果这个弗农再来,就打电话给她,不要再通过九一一这个中间环节。她绕过一对仔细观看"自制绝地武士雕刻展"的父子,离开了商店。她坐进陪她来的便衣警车的副驾驶座。当地分局的警探,一个富有魅力的拉美裔,问道:"得手了?"

"是,也不是。罪犯名叫弗农,别的名字还不知道。我要你留在这里,他可能会回来。那个年轻店员,太紧张了,弗农只要看着他,他这个杀手就会知道出事了。"

"好,阿米莉亚。"

她现在考虑的是,如何在切尔西的这个相对较大的社区缩小地址范围。她把警探的电脑转过来,输入信息、调出房地产数据库。在切尔西,没有名叫弗农的人拥有房产。那两个在房契档案上显示姓弗农的人,比罪犯年纪大很多,都是已婚,这种状况对这类罪犯来说似乎极不可能。所以,如果那个年轻人说的名字是对的,他们的罪犯可能是租房住。

她心里冒出一个主意:她搜索切尔西的犯罪统计数据,查看最近的罪案。出现了一些有趣的事。昨天刚刚上报一起凶杀案,发生在西二十二街。遇害者是一名叫爱德温·博伊尔的男子,印刷公司的雇员,尸体被塞入一个废弃仓库的存储柜。他的钱包和现金还在身上,只有手机不见了。死亡原因是"钝力外伤"。

她打电话到法医办公室,电话马上就接通了。她表明身份。

"嗨,警探,"女技术员说,"你想了解什么?"

"那起凶杀案,博伊尔?昨天发生的,在切尔西。关于钝力外伤,你那里还有别的信息吗?凶器的类型?"

"等一下,我查查。我没做尸检。"不一会儿,她又拿起电话,"我查到了。奇怪,这跟我们不久前做的另一个尸检很相似。不是常见的东西。"

萨克斯说:"凶器是圆头锤?"

技术员大笑一声。"歇洛克·福尔摩斯,你怎么知道的?"

"看不出来,警探。他在卧室窗户上装了百叶窗。金属的,肯定是。没法探测进去。完毕。"

目标公寓外面的街上,停着一辆紧急勤务小组的面包车,车旁的阿米莉亚·萨克斯对着长柄状话筒回复:"有光线透过吗?"

特勤人员待在对面的屋顶上,他那精密的装备瞄准了西二十二街那套二楼的两居室公寓。"没有,警探。没有热读数,不过有百叶窗的话,他可以在里面玩烛光纸牌游戏,人人抽雪茄,而我还没法告诉你这一点。完毕。"

"收到。"

不明嫌疑人不再是不明嫌疑人,他是已被确定身份的对象。

弗农·格里菲斯,三十五岁,纽约市居民。他在长岛拥有一所房子,房子是继承的,最近被卖掉了。他租住在切尔西这里大概有一年了。因校园斗殴有过少年犯罪行为,但成年后没有犯罪记录。而且奇怪的是,他的过往跟社会激进主义无关,直到几天前,他作为"人民卫士",开始用消费品谋杀纽约市的好市民。

爱德温·博伊尔一直是他的邻居,直到格里菲斯在几个街区之外将他锤死,用的是同样野蛮的方式,就像对待托德·威廉姆斯那样。

"我们实施防范禁闭了。在整个街区。"

说话的是鲍尔·霍曼,纽约市紧急勤务小组——这个城市的特警队——的头儿。这个瘦削的男人头发灰白,长着一张蚀刻般的脸,他和萨克斯在他的笔记本电脑上浏览着公寓楼的布局图。这张示意图来自房屋局,历史很久,大概有十年了,但纽约市的公寓很少进行重大的内部装修。房东不想花这个钱。只有当业主们看准了这座金矿,要将一栋楼改造成合作公寓或托管公寓时,他们才会掏出支票簿来改善结构。

"没有太多选择。"霍曼说,意思是进去抓格里菲斯,基本只有一个策略。大楼在西二十二街只有一个入口,在后巷有一扇门。格里菲斯的公寓本身有一扇门,通往客厅。进门的对面是两间卧室，右边是小厨房。

霍曼召来六名紧急勤务小组人员。像萨克斯一样，他们身上都是战术装束——头盔、手套、凯夫拉背心。

他轻轻点着电脑屏幕，说："三人在后面支援，四人从前门进入。"

"算我一个。"萨克斯说。

"四人从前门进入。"霍曼纠正道，大家都露出了微笑，[①]"一个破门，另外三个依序排开。一个右边，一个左边，一个中间，掩护。"

他们配备的武器和杀死奥萨马·本·拉登的武器相同：H&K 416突击步枪。这款枪是D14.5RS卡宾枪，数字指的是枪管长度，以英寸计。

他们平静地接受了指示，就好像头儿在办公室给他们交代新的茶歇规定。对他们来说，这就是日常工作。但就萨克斯而言，她精神亢奋，完全进入了状态。没错，她擅长犯罪现场调查工作，她喜欢让证据活起来的心理游戏，但没有什么事像动态的进入行动这样。这种兴奋感，跟她经历的其他事都不同。

"咱们行动吧。"她说。

霍曼点头表示同意，小组列好队形。

五分钟后，他们沿着人行道快速奔跑，示意路人离开这个区域。随着螺旋端门锁啪的一声响，一名紧急勤务小组的警察灵巧地一拉，打开了公寓楼的前门，萨克斯和另外三人鱼贯而入。他们穿过大厅和走廊，奔向格里菲斯的公寓。随即，她打了个手势，让小组停下。她指了指嫌疑人房门上方的摄像头。四名警察

[①]两处"四人"的原文不同，其一为"four-man"，纯指男性，其二为"four-person"，纳入了性别考虑。

都往后退，躲开镜头的视野。

无线电波传出声音："B组，已在后巷就位。确认安全。"

"收到。"A组组长说。此人名叫海勒，身材瘦削，肤色黝黑。他就在萨克斯的旁边。"他在门上装了摄像头，我们必须快速进入。"对话以耳语的形式进行，通过高科技的耳机和麦克风传送。

通常，他们穿着橡胶底靴子，会悄悄地趋身向前，然后破门的警察等着，与此同时，有名警察会把装在缆线上的微型摄像头伸入门下。但现在，罪犯有可能在监视他们，所以他们必须冲向房门，快速冲进去。

海勒指指萨克斯，又指指右边。然后指指另一名警察，拇指朝左边示意。然后指指他自己，手上下动动，就像牧师献上祝福，意思是他待在中间。

萨克斯喘着粗气，点点头。

破门手从他的帆布包里拿出破门锤——一个四英尺长的铁块。随着海勒一点头，四人都朝格里菲斯的公寓冲过去。破门的警察拿金属块用力砸向门把手和锁板，门向里面撞开了。他往后一退，解下H&K突击步枪。

另外三名警察迈入屋内，萨克斯和另一名侧翼警察分散开来，举着武器搜查陈设简陋的房间。

"厨房安全！"

"起居室安全！"

左边卧室的门半开着。海勒和另外那名警察向前移动，萨克斯掩护。他们进入小卧室。海勒喊道："左边卧室，安全。"

他们折回去，走近前面那间卧室紧闭的门，门上既有数字密码锁，又有固定栓。

海勒说："特勤人员报告一下。前面的卧室被锁死了，我们要进去。里面有生命迹象吗？完毕。"

"还是看不出来，长官。遮蔽得太严实。"

"完毕。"

海勒盯着数字密码锁的把手。在他们闹哄哄地进来之后，就不存在突袭的因素了，因此海勒捶着门说道："我们是纽约市警察局的。里面有人吗？"

没反应。

再来一次。

然后，他朝拿着柄状摄像头的警察打手势。他试图把摄像头塞到门下，但缝隙太小，设备进不去。

门道狭窄，一次只能进去一名警察。海勒指指他自己，竖起一根手指。又指指萨克斯，竖起两根手指。另外那名警察，三根手指。随后他示意破门手上前。那名身材魁梧的警察拿着撞门锤来了，他们准备开始"进入行动"的最后阶段了。

48

真是诡异。我刚刚在写日记：

最糟糕的一天。

那是过去的事了，那天。但现在，今天，同样糟糕。

不算最糟糕，不。因为我还没被逮捕，没被红和购物者开枪射死。

但相当糟糕了。我明白"人民卫士"不可能永远存在，但我以为我可以从这个城市悄悄溜走，隐姓埋名，继续过我的生活。现在，他们知道我的名字了。

我推着两个行李箱，背包里装着我最重要的俗世财产。一些微缩模型，日记，一些照片，衣服（我的尺码不好找），锤子，美妙的日本剃锯，几样别的东西。

真是运气好，运气好。

就在半小时前，我回到切尔西的家里，考虑着对购物者的下一趟拜访，计划用热水去烫，就在这时，想想这场景吧，我接到一个电话。

"弗农，听我说。"是那个声音沙哑的小子，"人人工艺"的人。

"怎么了？"我问他，因为有什么事不对劲。

"听着,警察刚刚来这里了。"

"警察?"

"问你买的东西。他们找到了一些票据,上面有你的名字。我什么都没说。"

这小子在撒谎。这说不通,不会有什么票据上会有我的名字。他出卖了我。

"只不过,他们没有找到你的姓。"

只不过,是啊。

"谢谢。"我挂断电话,开始打包。必须马上离开。工艺品店的那小子得死,而且要死得痛苦。他终究是个购物者,我还拿他当朋友呢。不过现在没工夫去烦恼这事了。

我收拾好了,制造了一些惊喜,留给红和很快会赶去那里的购物者。

现在,我低头耸肩,以隐藏我这副骨架的真实身高,拉着两个大行李箱前往市中心,就像一个刚刚抵达港务局、需要住旅舍的芬兰游客。刚好,我找到了这样一个地方,呃,一家便宜的酒店,而不是旅舍,便走了进去。我问了问价格;当前台接待员走开的时候,我找到行李主管寄存行李,告诉他我的航班今天傍晚才起飞。比起我的解释,他更在意那五美元。我再次离开时只带着背包。

二十分钟后,我抵达目的地,一栋跟我那地方没什么不同的公寓楼,这让我很难过。我的切尔西子宫,我的鱼,我的玩具房,全都没了。一切都被毁了,我的整个生活……当然,这是红干的好事。我气得直发抖。至少,溜进玩具房的人会得到一个美妙的惊喜。我希望红是第一个进去的人。

这会儿,我盯着脏兮兮的白色楼面看了一会儿,然后四处看看。没人注意我。我按下对讲机的按钮。

管理员在他的地下室住处给自己换水管,卫生间出问题了,这时他听到楼上传来砰的一声响。

接着是挣扎的声音。

萨尔不确定挣扎听上去到底像什么——也许像恐怖电影里的大螃蟹,像有人从蜘蛛旁边仓皇爬走。谁知道呢?但他脑中出现的就是这个词。他继续把链子装到浮球阀上,"啪"的一声固定好。就在他这么做的时候,又传来砰的一声,更像是东西掉下来的撞击声,接着是说话声,声音很大。

他站起身,擦擦手,走到打开的后窗那里。声音从正上方的公寓传出来,差不多可以听清楚。

"我不……我不……弗农,你干那事了,你干了你跟我说的事?"

"我是迫不得已。拜托,我们得赶紧走。"

"你……弗农!听听你都说了什么!"

阿莉西亚·摩根,1D号公寓的住客,哭了起来。她属于那种优质租客,人安安静静的,按时交付房租。她样子羞怯,有种脆弱的感觉。这是她的男朋友?萨尔从没见她跟任何人在一起。吵架的原因是什么?他感到纳闷。她不像是那种会跟人吵架的人。

脆弱……

那个男人——好像叫"弗农"——用颤抖的声音说:"我有事都跟你说的!私人的事!我从没对任何人这么做过。"

"没跟我说这事!你没告诉我你做了这些,你伤害了别人!"

"这有什么问题吗?"那男人的声音并不比她的低多少,听起来怪怪的,但他能听出声音里的怒气。"这是做好事。"

"天哪,弗农……这当然有问题。你怎么能——"

"我以为你会理解的。"现在那声音显得抑扬顿挫,更具威胁性。"我们很像,你和我。我们太像了。或者这就是你想要的样子。"

"弗农,我们只认识一个月,一个月。我留宿过一次!"

"这就是我对你的全部意义?"一声巨响。"你跟他们是一路人,"男人大叫,"你是该死的购物者。你跟他们一样坏!"

购物者?萨尔感到纳闷。他不明白到底出了什么事,但他越来越担心这逐渐升级的争吵。

阿莉西亚现在在啜泣。"你只是告诉我你杀了几个人,就希望我跟你一起走?"

哦,见鬼……杀人?萨尔拿出手机。

但不等他拨九一一,阿莉西亚尖叫起来,那个声音被打断成咕噜声。又响起砰的一声,她或她的身体撞到了地板上。"不,"她在说话,"不要,弗农,拜托,不要!不要伤害我!"

又是一声尖叫。

萨尔随即行动起来,抓起铝制棒球棒。他猛地甩开门,冲上楼梯,赶往阿莉西亚的公寓。他用万能钥匙开门,用力往里一推。门把手重重撞在墙上,在灰泥上撞出一个坑。

他跑得上气不接下气,瞪大眼睛一看。"老天。"

房客躺在地板上,一个大个子男人站在她身旁。这人很可能有六英尺三英寸或四英寸高,瘦骨嶙峋,一脸病态。他打了她的脸,鲜血直流,肿胀得厉害。她泪流满面,徒劳地抬手想护住自己,避开他手里的东西——一把圆头锤,那锤子高举在他的脑袋上方，正要敲碎她的头骨。

攻击者一个转身，用疯狂、愤怒的眼神瞪着管理员。"你是谁？你在这里干吗？"

"浑蛋，放下那东西！"萨尔厉声喝道，点点头指向圆头锤，挥挥棒球棒。虽然他矮了六英寸，但他比那家伙重三十磅。

攻击者眯起眼睛，看看管理员，看看阿莉西亚，然后又转回视线。他往后一退，挥起锤子攻向萨尔，喉间气息嘶嘶作响，萨尔往下一跪躲开攻击。这个瘦骨嶙峋的男人抓起背包，跑向打开的后窗，他把背包往外一扔，紧接着人也跳了出去。

破门手抓着重重的破门锤，海勒又指明一遍进入格里菲斯前卧室的顺序，卧室有数字密码锁保护。他们都点点头。萨克斯放下H&K突击步枪，拔出手枪。

武器的选择一直都是战术长官的事。在封闭的空间里，她觉得用手枪更自如。

破门手往后一挥破门锤，这时萨克斯举起一只手。"等一下。"

海勒转过身来。

"我觉得他装了什么东西，一个陷阱。这是他的风格。用那个。"她说着指指破门手的帆布包里面。海勒垂下眼睛，点点头，破门手取出了那把小链锯。

萨克斯从口袋里拿出一个闪光弹，点点头。

破门手打开那隆隆作响的工具，在门上割开一个二乘四英尺的洞，把割下的部分往里一踢。萨克斯把实弹投进去，一声惊心动魄的爆炸——能把人震迷糊，但不会致命——之后，仍在外面的海勒和萨克斯跪下来，拿武器和手电筒指向屋内。

搜索一遍。

屋里空无一人。

但设有陷阱。

"啊。"海勒指着一根连着里面门把手的细电线。如果他们猛地往里面撞门，门上的电线就会松脱，砸下来一个一加仑容量的牛奶罐。罐子被横切成两半，装的好像是汽油，这里面的东西会洒向一个正冒烟的热盘子，盘子位于窗边的工作台上，窗户用厚厚的百叶窗密封。

警察进到里面，拆除装置。然后他们清查卧室，相连的卫生间也查过了。

海勒向霍曼发起无线电通话："A组报告，此地安全。没有敌人。B组报告。"

"B组组长向A组组长报告，后面没有敌人。我们会检查其他公寓。完毕。"

"收到。"

"萨克斯。"声音从耳机里传来。听到莱姆平静的声音，她很吃惊。她不知道莱姆被补充进了战术频率。

"莱姆，他走了，逃掉了。我们应该对'人人工艺'的那家伙实施保护性拘留，不让他乱说话。我能肯定，格里菲斯就是这样得到消息的。"

"萨克斯，这就是民主的本质。你没法把每个理当如此对待的人都拴起来并堵上嘴巴。"

"好吧，"她说，"我们这里有个初始现场。他走的时候没带多少东西。我们可以找出点东西来，我们会逮到他的。"

"走格子吧，萨克斯，赶紧回来。"

49

一个小时后,萨克斯站在弗农·格里菲斯的公寓门口,穿着特卫强紧身衣的她大汗淋漓。她大声读着一个笔记本上的内容。

问题在于社会。他们想消费、消费、消费,但他们不知道这意味着什么。收集物品,收集东西成了我们关注的焦点。换句话说,晚餐的重点应该是,一天的工作结束后,人们、家人聚在一起交流情感。它的关键不在于拥有最好的烤炉、最好的食品加工机、最好的搅拌器、最好的咖啡机。我们把焦点放在那些东西上面,而不是我们的朋友!我们的家人。

"你还在听吗,莱姆?"

"差不多吧。一篇激昂的演说,跟其他那些一样。'人民卫士'的杰作。"

"这是他的完整宣言,题目叫'钢吻'。"

挺有诗意的,她心想。

她把本子放回证物袋。"找到很多微物证据。有些文书工作要做,朗在办理最重要的部分。他把他家在曼哈斯特的房子卖掉了,目前没有出现别的确凿的住宅。朗会让人去追查公共档案。"

"有其他人的摩擦嵴吗?"

"比别处多出一个。我猜是女人的,或者是小个子男人的,但可能是女人的。我找到了长及肩膀的金发,好像是染成金色的,带有灰色的痕迹。多波段光源检测?他的性生活相当活跃,我是说,忙碌的小子。"

多波段光源检测能让体液成像,不然那是看不见的。

"这么说,他有个女朋友。"

"但没有证据表明她住在这里。没有女人的衣服或化妆品、洗漱用具。"

"他现在可能在她那里。"莱姆咕哝道,"不知道她到底在哪里。萨克斯,尽快把指纹带回来,我们在综合自动指纹识别系统里搜索一下。我想要进展。"

"我过半个小时回去。"

她刚刚挂断电话,手机就响了。她认出了来自纽约市警察局调度中心的这个号码。"我是萨克斯警探。"

"阿米莉亚,我是珍·科特。我想让你知道一下,有个九一一报警电话,是关于中城西区的一起袭击事件的。受害者受伤了,但还活着。对方说她认出了袭击她的人,是弗农·格里菲斯。"

好吧。"受害者是谁?"

"阿莉西亚·摩根,四十一岁。我们不知道她跟罪犯的确切关系,但他们彼此认识。"

"她在现场,还是在医院?"

"据我所知,还在现场。这是刚刚发生的事。"

"罪犯呢?"

"逃走了。"

"给我地址吧。"

"西三十九街四三二号。"

"告诉对方我在路上了。我想跟受害者谈谈。如果他们带她去医院,告诉我是哪家医院。"

"好的。"

萨克斯告知莱姆事态的发展,匆匆去找她的车。十五分钟后,萨克斯和霍曼的战术小组把车停在第八大道和三十九街的拐角,就在一栋五层公寓楼的前面。

他不太可能在这附近,但很明显,即使不是精神病,他的情绪也不稳定;在袭击发生之后,他很可能还留在这一带。因此,依然有武装警力部署。

一个四十岁出头的苗条女人躺在轮床上,旁边站着两名急救人员、一名警探和一名穿制服的警察。她把眼睛都哭红了,她脸上的表情,萨克斯只能用悲伤的迷惘来形容。

"阿莉西亚·摩根?"萨克斯问。

受害者点点头,随即痛得蹙眉皱脸。

"我是萨克斯警探。你感觉怎样?"

女人盯着她。"我……什么?"

萨克斯亮出警徽。"你还好吗?"

她喃喃低语:"痛,真的很痛,我头晕。"

她看了看其中一名急救人员,一个结实的非裔美国人。"他用拳头打她,至少打了一下。伤得很重,可能有骨折和脑震荡。我们需要做 X 光检查。我们现在要把她安顿好。"

他们推着她朝救护车走去的时候,萨克斯问:"你怎么认识弗农的?"

"我们交往了一阵。他真的杀了那些人?"

"是的,没错。"

阿莉西亚轻声哭起来。"他也打算杀掉我。"

"你知道为什么吗?"

她开始摇头,然后痛得喘不过气来。"他只是跑来,想要我跟他一起走。他告诉我新闻里的人就是他,他杀死了电动扶梯里的那个人,烧死了瓦斯爆炸中的另外那个人!我起初以为他在开玩笑,但不是,他是认真的。就好像他是个凶手,这事对我无关紧要。"她闭上眼睛,蹙眉皱脸,然后小心擦掉眼泪。

"我说不,我不走,他就发怒了,开始打我,然后拿出一把锤子。他想用锤子杀死我!萨尔正好及时赶到,那个管理员。他拿着棒球棒,他救了我的命。"

萨克斯注意到这个女人的脖子上有些伤疤,胳膊有点变形,好像是因为严重的骨折。也许,她以前遭受过攻击。家庭暴力吗?她暗自纳闷儿。

"弗农有车吗,或者可以弄到车吗?"格里菲斯在纽约没有登记在册的车。

"没有,他主要坐出租车。"她又擦了擦眼泪。

"不知道他会去什么地方?"

她瞪大眼睛看着萨克斯。"他对我这么好,他这么温和。"眼泪又出来了,"我——"

"阿莉西亚,抱歉,"萨克斯急迫地说,"我要你尽可能多提供信息。他会去什么别的住所或地方吗?"

"他在长岛有栋房子,我想是在曼哈斯特,但我想他把房子卖了。他从没提过别的地方。不,我不知道他会去哪里。"

他们走到了救护车旁边。"警探,我们现在最好让她进去。"

"哪家医院?"

"我们去贝尔维尤医院。"

萨克斯掏出一张名片,把她的电话号码圈出来,并加上莱姆的号码,还把他的地址写在背面。她把名片递给阿莉西亚。"等你觉得可以承受的时候,我们需要跟你再谈谈。"萨克斯确信这个女人洞悉内情,能帮他们找到猎物。

"行吧。"她轻声说,深吸一口气,"好,行吧。"

救护车的门关上了,一会儿后车子在车流中奔驰而去,响起一阵一阵急促的警笛声。

萨克斯走到鲍尔·霍曼跟前,报告她所了解到的情况——不是太多。他则告诉她,调查中没有发现目标。"他领先十五分钟,"这个紧急勤务小组的男人说,"这个时间能让你在这城里跑多远?"

"相当远。"

萨克斯朝坐在门廊上的管理员萨尔走去,要找他问话。他是个样子好看的意大利裔美国人,浓密的黑发,结实的肌肉,胡子刮得很干净。记者们在给他拍照,要他举着那根用来赶跑凶手的棒球棒。萨克斯已经能想象出小报的双关语标题:"超级英雄"大获全胜[①]。

[①] "大获全胜"的原文"bat a thousand"在棒球比赛中表示百分之一百的击球成功率,即棒棒击中。

50

莱姆看着阿米莉亚·萨克斯把从弗农·格里菲斯公寓里搜集到的证物搬进来。她还没搜查阿莉西亚·摩根的住处,以及格里菲斯把他的邻居博伊尔砸死的那个仓库,但莱姆想从切尔西公寓里的线索开始,那可能是成果最丰富的现场,可以指出他的下落。

她走向证物台,戴上蓝手套,开始整理她和证物搜集小组搜集的证物。

朱丽叶·阿切尔也在这里,不过库柏不在。莱姆对萨克斯说:"梅尔要过两个小时才来——联邦调查局要他查查恐怖分子的事。不过我们可以先开始。阿莉西亚那边还有什么消息吗?"

"她很快可以出来。颧骨骨折,牙齿松动,脑震荡。她吓坏了,但还是愿意谈谈。"

你的男朋友想用锤子砸死你,这感觉你可以料想得到。

莱姆仔细查看从格里菲斯的公寓搜集来的证物。跟以前的现场不同,这就是一个宝库。

"首先是文件资料,"莱姆说,"有房产文件、经常去某地的票据吗,飞机票或火车票?"

萨克斯报告说,到目前为止结果是没有。"我调查了银行信息和财务信息。他把长岛的房子卖掉了，但没有再买入房产的记录。银行和信用卡公司、保险公司、税务部门，它们都把账单和信件寄到曼哈顿的一个邮政信箱里。他有自己的生意，卖微缩模型和娃娃屋家具。但生意是在他的公寓里处理的，而不是办公室或工作室。"

阿切尔注意到装在透明塑料封套里的一张纸条。"这可能是另一个潜在的受害者。在斯卡斯代尔。"

毫无疑问，纽约北部的高档郊区充满许多配备有DataWise5000控制器的高端产品，拥有这些产品的人正是弗农·格里菲斯所鄙视的富裕消费者。

阿切尔读着纸条："'亨德森舒适区间豪华热水器。'"

莱姆对照一下内置有智能控制器的产品的清单；没错，热水器列在其中。

"住在那里的是谁？"

"纸条上没有标出来。现在只有地址。格里菲斯已经被人认出来了，我怀疑他是否会再次发动攻击，但另一方面，他又相当狂热。所以谁知道呢？"莱姆要萨克斯打电话到韦斯切斯特郡，派州警监视房子。

"萨克斯，还要查清楚住户是谁。"

她依话行事，搜查记录和车管局的资料。一会儿后，她查到了结果。住户叫威廉·迈尔，是个对冲基金经理。他和州长是朋友，有几篇关于他的报道暗示了他的政治抱负。

阿切尔说："热水器？你们觉得，他要干吗？调高热水器的温度，烫死淋浴的人？托德·威廉姆斯发博客写过这样的事，还记得吗？也有可能是加大压力，关闭阀门，这样有人下去查看出了什么问题时，阀门就爆炸了？数加仑两百度的水？天哪。"

她驱动轮椅，凑近细看装在六个塑料袋里的微缩模型，家具、婴儿车、时钟、维多利亚风格的房子，制作相当精美。

莱姆也在细看模型。"他很厉害。咱们看看他有没有在哪里学过。"

萨克斯似乎想过这一点。"我已经让警察局广场的人深入调查格里菲斯的简历。他们有可能会发现一两处他去过的工作室，他最近上过的学校。"然后，萨克斯眉头一皱。她拿起一个小玩具。"有些眼熟，这是什么？"

莱姆眯眼看着玩具。"看上去像弹药车，像士兵们连同大炮一起拖着的炮弹车。那首歌、那句歌词是这样的：'弹药车勇往直前。'①"

萨克斯细细观察玩具。莱姆没再说什么，让她自己好好思索。他注意到阿切尔也忍住了没问问题。

终于，仍在琢磨弹药车的萨克斯说："这跟一起案子有关，几个月前的案子。"

"但不是不明嫌疑人四十的案子？"

"不是。"似乎有个念头飘出来，又飞走了。嘶的一声，她沮丧地呼了口气。"有可能是我办的案子，有可能是重案组的另一起案子，而我看过案卷。我要查一下。"她用戴着手套的手，把这件精致的创作物从塑料袋里拿出来，放在检测单上。她拿手机拍了一张照片，发送出去。"我会让皇后区的人查一下过去几个月的证物搜集日志，看是否有什么发现。但愿这事他们能做得好一点，不像丢失的白城堡餐巾纸。"

她把玩具模型装回袋子里。"好了，你们俩在这里继续忙，

---

①指美国陆军军歌《陆军勇往直前》（*The Army Goes Rolling Along*）。

我现在去阿莉西亚家,还有他杀死博伊尔的那个仓库。走格子。"然后她就出门了。一会儿后,她那福特都灵的引擎发出强劲的嘎嚓声,一路回荡在中央公园西路上。他觉得客厅的一扇大玻璃窗被震得晃动起来。窗台上的一只猎鹰从窝里昂起头,这个声音好像惊扰了幼鸟,让它很是恼火。

莱姆又回过头来研究微缩模型。他心想:为什么这么有天分,能做出这么漂亮的东西,掌握了这么出色的技能的人,会去杀人?

阿切尔待在莱姆近旁,也在仔细观看弗农·格里菲斯的作品。"这么多作品,这么精益求精。"一时间,两人都沉默无语。她仍在细细观察,视线落在一把小椅子上。阿切尔心不在焉地说:"我以前做编织活儿。"

他不知道该如何回答。片刻之后:"毛衣之类的东西?"

"不算是。艺术的成分更多,织挂件,比如挂毯。"

莱姆看着格里菲斯公寓的照片。"是风景吗?"他问。

"不是,是抽象的东西。"

他注意到她的脸部肌肉变柔和了。有渴望,有悲伤。他竭力想找些话说,最后说出口的是:"你可以玩摄影。总之,现在一切都数字化了,你只要按按钮,或者用语音控制按钮。外面有一半的年轻人跟我们一样久坐不动。"

"摄影,这是个好主意,我可能会试试。"

一会儿后,莱姆说:"但你不会。"

"不会,"她微笑着说,"就好比我如果必须戒酒,我不会改喝假葡萄酒或假啤酒。我会喝茶和蔓越莓汁。要么全有,要么全无。不过茶或蔓越莓汁得是我能找到的最好的。"她停顿一下,问道,"你有不耐烦的时候吗?"

他大笑起来，笑声里的哼哼声表明这是不言而喻的。

她继续说："这就像……你告诉我是不是这么回事：你动不了，所以你的身体不会排解紧张感，它会渗入到你的脑子里。"

"就是这么回事。"

"你怎么做的呢？"她问。

"忙个不停，保持头脑清醒。"他朝她侧侧脑袋，"谜语啊。把你的生活变得像猜谜一样。"

她深吸一口气，脸上露出痛苦的表情，然后闪过一道惊惶的神色。"林肯，我不知道我能不能应付，我真的不知道。"她的声音哽住了。

莱姆怀疑她是不是要哭起来。他猜她不是那种轻易落泪的人，但他也知道，她面临的状况把你推向了一个你无法想象的境地。他花了好些年的时间，才在心脏周围建立起坚实的防护。

游戏新手……

他把轮椅转过来，面朝她。"是的，你能。如果你的内心深处不是这样，我会告诉你的。到如今你也了解我了，我不掩饰，不撒谎。你能做到的。"

她闭上眼睛，深吸一口气。然后，她又看着他，那双出众的蓝眼睛深深地盯着他，他的眼睛要黑得多。"我相信你的话。"

"你必须相信。你是我的实习生，记得吧？我说的话都是可信的。好了，咱们开始工作吧。"

那一刻过去了，他们开始一起整理萨克斯在格里菲斯公寓里找到的东西：头发，牙刷（为了采集DNA），大量的手写字条，书，衣服，有关黑客攻击和安全网络破解技术细节的打印资料。甚至还有鱼缸里鱼儿的照片（萨克斯检查了底部的沙子，寻找埋藏起来的线索——这是个常见的埋藏地——但没有找到）。许多物品，结果被证明来自他的职业——制作和出售微缩模型：木料和金属存货、微型铰链、轮子、颜料、清漆、陶土。许多、许多工具。它们如果待在家得宝商店或"人人工艺"的货架上，显得温良无害；在这里，刀片和锤子都呈现出凶险的气息。

钢吻……

由于文件资料没有提供线索，指向格里菲斯的下落，莱姆和阿切尔便把精力集中在研究他公寓里的微物证据上。

但经过半小时的"粉尘作业"——阿切尔相当生动地这么称呼他们的努力，参照的是埃德蒙·洛卡德的说法——她便驱动轮椅从封套、袋子和玻璃载片那里转回来。她看一眼格里菲斯的笔记本，也就是那篇宣言。然后，她向窗外望去。最后，她转过头来对着他。"林肯，你知道，一部分的我是不相信这事的。"

"什么事？"

"他为什么要这么做。他反对消费主义，但他也是个消费者。他为了工作必须购买所有的工具和材料。他购买食品。他为他的大脚特别订购鞋子。他从购物中得到好处。他还以卖东西为生。那就是消费主义。"她把轮椅转过来，面朝他，美丽的眼眸亮晶晶的。"咱们来做个实验吧。"

莱姆看着证物袋。

"不，我不是指实际的实验。我是说假想的实验。比方说，案子里没有证据。一个相对于洛卡德法则的例外。想象一起案子，里面没有一丁点物证。这个怎么样？一起发生在月球上的谋杀案。我们人在地球，根本没法接触到证据。我们知道受害者在那上面被谋杀，嫌疑人也存在，但就这样而已，没有痕迹，没有物证。我们要怎么着手呢？唯一的方法就是问，罪犯为什么要杀死受害者？"

他微微一笑。她的假设很荒谬，纯属浪费时间，但可能他觉得她的热情很动人。"继续说。"

"如果这是一项流行病学调查，我和你面对的是杀死某些人而不是其他人的不明细菌，我们就会问：为什么？是因为他们去过一些国家，感染了细菌？是因为受害者身体方面的某些东西，使得他们而不是其他人容易感染这种疾病？他们从事过某些行为，暴露在细菌中？所以，咱们就来看看弗农的受害者。我不相信这个推测，说什么他们成为目标，是因为他们是富裕的消费者，购买昂贵的烤炉或微波炉。他们还有什么别的共性？他为什么杀他们，可能会导向他是如何认识他们的，从而可能会导向他在哪里遇见他们的……又会导向他此刻人在哪里。你和我一起试试？"

内心深处，作为刑事鉴定专家的他是抗拒的，但林肯·莱姆必须承认，作为逻辑研究者的他被激起了兴趣。"好的，我配合你。"

51

朱丽叶·阿切尔说:"格里菲斯针对的人是谁?除了阿米莉亚的母亲和他操控的那些车的司机——那些是为了阻止我们抓住他。我是说主要的受害者。格雷格·弗罗默、亚伯·贝恩科夫、乔·黑迪,还有斯卡斯代尔的潜在受害者,那名基金经理威廉·迈尔。"

"嗯,他们怎么了?"莱姆乐意配合,但他不得不唱点反调。

"好吧……"阿切尔驱动轮椅,来到证物表前的一个地方,"弗罗默在布鲁克林做店员,在一家收容所做志愿者,也在其他慈善机构做过。贝恩科夫是纽约一家广告公司的客户经理。黑迪在百老汇的一家剧院做木工。迈尔从事金融业。他们之间好像互不认识,他们彼此住得也不近。"她摇摇头,"没有关联。"

"哦,呃,这么追问可不够,"他温和地说,"你必须深挖。"

"你是指什么意思?"

"你看到的是表面。假设你提到的那些人都是小片的微物证据……不,不,"他看到她皱起眉头,责备道,"现在是你配合我。人不是人,而是小片的微物证据。表面上,一个是灰色的金属,一个是棕色的木头,一个是织物的纤维,一个是叶子的碎片,它们有什么共同点?"

阿切尔想了想。"没有。"

"正是如此。但是我们手握证据，就要继续挖掘。哪种金属，哪种木头，哪种纤维，什么植物的叶子？它们来自何处，背景怎样？你把它们放到一起，砰，你就得到了一把带软垫的草坪躺椅，可以坐在蓝花楹树下。突然之间，不同变成了相同。

"阿切尔，你想分析受害者，很好，但我们需要用同样的方式来处理你的追问。细节！细节是什么？你有现在的职业状况，过去的呢？看看萨克斯搜集的原始资料。图表只是摘要。看看住所和职业，任何相关的东西。"

阿切尔调出萨克斯做的记录，读着屏幕上的内容。

她读记录的时候，莱姆说："我可以补充格雷格·弗罗默的情况。他在新泽西的帕特森系统当营销主管。"

"帕特森是干什么的？"

莱姆回想起那个律师告诉他的话。"生产喷油器。最大的供应商之一。"

她说："好的，知道了。现在是亚伯·贝恩科夫？"

"阿米莉亚告诉我——从事广告业。客户有食品公司、航空公司。我不记得了。"

阿切尔读着萨克斯和普拉斯基的记录。"他五十八岁，是广告公司的高管，相当资深。客户有环球食品、美国汽车、东北航空、聚合计算机。他是纽约市民，在这里住了一辈子，住在曼哈顿。"

莱姆说："黑迪，那个木工呢？"

阿切尔说："他在密歇根长大，在底特律的流水生产线上工作。他搬到这里来，为了离儿孙们更近些。他不喜欢退休，因此加入了工会，在剧院谋得一份工作。"她从电脑屏幕上抬起头，

"迈尔是一名基金经理,在康涅狄格州工作,在斯卡斯代尔居住。生活富裕。我们找不到他的客户的任何信息。"

莱姆说:"妻子。"

"什么?"

"我们为什么认为目标是他?他结婚了吗?"

阿切尔咋了一下舌头。"该死的,原谅我的性别歧视。"她键入信息,"瓦莱丽·迈尔,她是华尔街的一名出庭律师。"

"她的客户是谁?"

她继续键入信息。"没有名字。但她的专长是给保险公司做代理律师。"

莱姆盯着屏幕,微笑起来。"我们只能等,直到我们对瓦莱丽、对她的客户多做一些研究。但其他人,他们的确有一些共同点。"

阿切尔浏览着图表和笔记。"汽车。"

"正是!贝恩科夫的客户是美国汽车。黑迪在流水生产线上工作,我敢打赌那就是他的雇主。美国汽车用帕特森系统的喷油器吗?"

阿切尔运用语音指令,搜索资料。是的,谷歌尽心尽责地报告,帕特森一直都是美国汽车的主要供应商……大概直到五年前。

他喃喃道:"大概是弗罗默离开公司的时候。"

这名刑事鉴定专家转头朝旁边的麦克风说:"呼叫埃弗斯·惠特莫尔。"

电话立刻有回应,两声铃响之后就有接待员接听电话。"请帮我找埃弗斯·惠特莫尔。马上。有要紧事。"

"惠特莫尔先生在——"

"告诉他电话是林肯·莱姆打来的。"

"他真的——"

"林肯,这是名字。莱姆,这是姓。还有,我说过了,事情紧急。"

对方稍作停顿。"等一下。"

随即律师的声音响起:"莱姆先生,你好吗?怎么——"

"没时间了。你跟我说过一起案子,一起关涉汽车公司的人身损害案。某份内部备忘录说,相较于解决汽车的某个危险的缺陷,支付异常死亡的赔偿金要更划算。那是美国汽车公司吗?我记不起来了。"

"是的,你说得对。是这家公司。"

"瓦莱丽·迈尔,纽约的一名出庭律师,她是这家公司的辩护律师吗?"

"不是。"

该死,他是这么推测的。

然后惠特莫尔说:"她给美国汽车投保产品责任险的保险公司做代理律师。"

"帕特森系统被卷进来了吗?"

"帕特森系统?你是说弗罗默先生任职的公司?我不知道。等一下。"

电话里沉寂无声。然后律师回到电话上。"是的,主诉案件是针对美国汽车的,但帕特森系统也是被告。索赔提到,汽车生产商和零部件供应商都知道燃油系统有缺陷,并决定不更换喷油器和发动机的接口,以使它们更安全。"

"惠特莫尔先生,埃弗斯,关于这个案子,你能发给我的所有资料我都需要。"

对方停顿一下。"呃，这有点问题，莱姆先生。首先，我没办理这起诉讼案，所以我没有任何原始资料。另外，你没有地方，或者时间阅读所有资料。围绕这个缺陷的案子有数百起，持续的时间有数年之久。我估计，资料有上千万份，也许更多。我可以问一下为什么——"

"我们认为凶手，那个拿DataWise5000控制器当凶器的凶手，攻击的目标是跟美国汽车有关联的人。"

"哎呀。对，我明白了。因为燃油系统故障，他在其中一起事故中受伤了？"

"我们认为他可能逃窜在外，我希望案件资料里有什么东西能给我们提供线索，指出他逃往哪儿了。"

"莱姆先生，我跟你说说我能做点什么。不管我在法律媒体上能找到什么，我都会让我的助理发过去；我会尽量多找些公开提交的诉辩状和披露文件。你们也应该查查大众报道，这个事件自然是上了新闻的。"

"我需要这些东西，越快越好。"

"莱姆先生，我一定马上弄好。"

52

莱姆和阿切尔都在网上以最快的速度阅读有关美国汽车案的资料。

惠特莫尔说得对，谷歌上的搜索结果超过了一千二百万条。

半小时后，惠特莫尔的电子邮件开始发送过来。他们将法庭诉辩状和证明文件分开，开始阅读这些资料，以及对此案的新闻报道。正像惠特莫尔所提到的，原告很多，有事故中的受伤者，有死者的家属，当时那些汽车都因为燃油系统存在缺陷而被大火吞噬。此外，事故还引发了一百多起跟商业相关的诉讼，要求赔偿生产商和零部件制造商所造成的收入损失。让人更加难受的报道，是对那些破碎生命的报道——大众媒体上有，偶尔会耸人听闻；法庭文件上有，冷冰冰的让人毛骨悚然。他读着证词，证词讲的是燃气管爆裂后，烧伤和碰撞造成的可怕疼痛；浏览着事故现场被烧焦和被撞碎的尸体图片，以及许多受伤原告的照片。有些是医院的照片，拍他们的烧伤和割伤，有些是他们坚忍地进出法院的照片。他仔细检查照片，寻找格里菲斯的名字或类似的名字，希望他曾经是受害者或受害者家属。

"有提到格里菲斯的地方吗？"他朝阿切尔喊，"我什么都没看到。"

"没有。"阿切尔回答,"但我只读了五十页,看起来总共有十万页。"

"我在用全局搜索查找这个名字。还没有结果。"

她说:"这在文档内部可行,但我不知道如何在没打开的文档中搜索。"

"也许罗德尼有程序可以用。"他说。然而他还没来得及打电话给那个计算机专家,门铃响了。莱姆看一眼监控视频。一个女人站在前门口,穿着普通、皱皱巴巴的棕色外套和牛仔裤。她的脸上缠着绷带。

"什么事?"他喊道。

"是林肯·莱姆吗?纽约市警察局的?"

莱姆的门上没有名牌;为什么要给你的敌人提供便利呢?他懒得纠正那女人的说法。"你是谁?"

"阿莉西亚·摩根。有个叫阿米莉亚·萨克斯的警官,要我过来说说情况。有关弗农·格里菲斯?"

太棒了。"好的,进来吧。"

他下达指令,打开门锁,一会儿后他听到脚步声走近。脚步声停住了。

"喂?"

"我们在这里。往左边走。"

女人走进客厅,看见两个坐在精巧轮椅上的人……以及配得上大学研究实验室的科学设备,愣了一下才反应过来。她长得娇小、迷人,有一头金色的短发。墨镜部分遮住了从厚厚的绷带下露出来的瘀伤。她取下墨镜,莱姆审视着她受伤的脸。

"我是林肯·莱姆,这位是朱丽叶·阿切尔。"

"呃,你好。"

阿切尔说:"谢谢你过来。"

莱姆将目光转回电脑,他在上面可以看到几篇报道,报道讲述的是针对美国汽车公司和喷油器供应商的诉讼案。他继续滚动浏览报道。

"你还好吗?"阿切尔审视着女人的伤势,问道。

"不太严重。"女人专注地看着坐轮椅的这一对,"轻微的骨裂,颧骨。脑震荡。"

莱姆把屏幕上的文件停住,转向阿莉西亚。"你和弗农交往过?"

她把手提包放到地板上,在一张藤椅上落座,蹙眉皱脸的样子。她似乎有种惊愕的感觉。"没错,如果你可以把那叫作交往的话。我大概是一个月前遇到他的,他很好相处,话不多,有时有点古怪,但对我很好。就好像,他从没想过有人会跟他交往。你知道,他的长相有点古怪。但我从没想过他会很危险,"她轻声说,眼睛大睁,"或者会杀死那些人。萨克斯警官跟我说了他的所作所为。我难以相信。他制作微缩模型,那么有天赋。只是……"她耸耸肩,随即蹙眉皱脸。她在口袋里摸索,找出一瓶药丸,晃出两粒。她问莱姆,"你……"一阵尴尬,"有助手吗?我可以要点水吗?"

莱姆还没来得及开口,阿切尔说:"不在,他这会儿出去了。但那儿,那儿有一瓶鹿园,没打开的。"她点点头指向一个架子。

"谢谢。"她站起身,服用了可以止痛的什么东西。她回到椅子那儿,但仍站着,拿起手提包,然后把药瓶放进包里。

"在你的公寓里发生了什么事?"莱姆问,"今天早些时候。"

"他来了,很突然。他要我跟他一起走,并且坦白了他所做的事。"她悲伤地喃喃道,"他竟然以为我会理解,以为我会支持他。"

莱姆说:"你运气好,正好附近有人。公寓的那个管理员,我想阿米莉亚说了。"

然而,正如他的话语那般平静,他的脑子却是那般飞速地运转。他要努力想出一个策略,让他和阿切尔在接下来的几分钟里活下来。

因为此刻他微笑面对的这个女人,他刚刚看过她的照片——就在一篇有关美国汽车诉讼案的新闻报道上。他现在又发现了这个页面,并暂停了滚动。他飞快地瞥了一眼。照片上呈现的是,一名身着黑裙的女子从长岛的法院走出来。她在连栋住宅外面的时候,他没认出来;如果认出来了,他就不会让她进屋。当她问有没有人可以给她拿水的时候,他正要说他的看护待在后面的房间,跟另一名警官待在一起,但阿切尔破坏了那个计策。

阿莉西亚·摩根曾以她丈夫的死和她自己所受的人身损害——一些烧伤和深度割伤——为由,向美国汽车和帕特森系统提起诉讼,当时她丈夫驾驶的车的燃油系统起火,导致车子坠毁。在她衬衣的高领上面,莱姆可以看见伤疤。

他现在对所发生的事有了明确的了解:阿莉西亚雇用了弗农·格里菲斯,让他杀害那些参与生产、推广、销售有缺陷的汽车的人,以及瓦莱丽·迈尔,那名为他们辩护的律师。或者,她勾引格里菲斯为她这么做,以代替报酬;萨克斯对犯罪现场的搜查,揭露出明显的性行为。当莱姆和破案小组获悉他的身份,格里菲斯和阿莉西亚吃了一惊,他们便想出了一个新的游戏结局;他们在一名目击者,就是那位公寓管理员面前,设计了那场"攻击"。

这么做的理由呢?

首先，消除她涉案的嫌疑。

不过她为什么来这里呢？

啊，当然了。阿莉西亚有她自己的盘算。她会偷走可能让她受牵连的证据，然后杀掉莱姆和在场的人，植入其他线索，把弗农牵扯进谋杀案。接下来，她会去见这个男人并下杀手。

阿莉西亚·摩根，对她向这家汽车公司展开的复仇心满意足，也肯定会稳操胜券。

他猜，她的手提包里有枪。但现在她发现受害者有残疾，可能会用格里菲斯的某样工具杀他和阿切尔。就针对格里菲斯的诉讼案来说，这样更干净利索。

梅尔·库柏要过好几个小时才来，萨克斯也是。他猜汤姆大概会在两小时后回来。阿莉西亚有的是时间实施谋杀。

尽管如此，他必须试试。莱姆看了一眼时钟。"阿米莉亚，萨克斯警探，应该马上会回来。面谈的事，她比我擅长多了。"

阿莉西亚做出一个非常轻微的反应。当然了，她可能刚刚跟萨克斯通过话，知道那个女人要几小时后才回来。

莱姆将目光越过她，对朱丽叶·阿切尔说："你看起来很累。"

"我……我累吗？"

"我觉得你应该去另一个房间，尽量睡一下。"他把目光转向阿莉西亚，"阿切尔女士的状况比我的更严重，我不想让她勉强自己。"

阿切尔轻轻点头，用手指操控轮椅。轮椅转了个方向。"如果你们不介意，我想我就去了。"

轮椅朝门口驶去。

然而，站着的阿莉西亚大步上前，把她拦住。轮椅立马停住。

"你……你要干什么?"阿切尔问。

阿莉西亚看阿切尔的眼神,就好像她是一只恼人的苍蝇,她揪住这女人的衣领,把她拉下轮椅,让她摔在地板上。阿切尔一头撞在硬木地板上。

"不!"莱姆大叫。

阿切尔惊惶地说:"我需要坐直!我的状况,我——"

阿莉西亚的回应是,朝这个女人的头部踢了惊人的一脚。

血在地板上流成一摊,阿切尔的眼睛闭上了,躺着一动不动。莱姆不知道她是否还有呼吸。

阿莉西亚打开手提包,戴上蓝色的乳胶手套,快步上前,一把抢走莱姆轮椅上的触控板。她走向通往客厅的折叠门,关门上锁。

她在包里翻找一通,拿出一把剃刀——这当然是弗农的。刀子装在塑料套管里,她啪地打开塑料盖,晃出刀子。阿莉西亚把刀锋转向莱姆的方向,逼近轮椅。

53

"我知道你，阿莉西亚。我们把格里菲斯的受害者和美国汽车案联系起来了。我在其中一篇报道里看见你的照片。"

这让她迟疑一下。她停下来，昂起头，显然在思考这些含意。

他继续说："我立刻想到，你和格里菲斯在你的公寓里伪造了那次攻击。你让管理员听到你们的争吵，按照推测来救你。我一看到你在外面，就拨了一个特殊的电话号码。紧急情况下的快速拨号。"

阿莉西亚越过莱姆，朝电脑看去。她敲着键盘，直到找到通话记录。在过去的十分钟里，没有拨出的电话，并且最后一次的受话人不是九一一或纽约市警察局调度中心，而是惠特莫尔的律师事务所。她重拨电话，他们通过扬声器听到不带感情的接待员说："律师事务所。"阿莉西亚挂断了电话。

她神色一缓，因为她可能推断，莱姆刚刚建立起那个关联，还没有其他人知道真相。她扫视一眼室内。莱姆注意到她很显年轻。淡色的眼睛，有雀斑，脸上几乎看不见皱纹。金色的头发透出绺绺灰色，蓬松浓密。伤疤显眼，但并没有削减她的诱惑力。弗农在她的手上会任其摆布。

"你们在弗农公寓里搜集的证据在哪里？"

她担心他收集了一些有关美国汽车诉讼案的报道,或者他有其他关乎真正动机的证据,这些证据最终会指向她。

"我告诉你,你就会杀了我们。"

她眉毛一皱。"这是当然。但我发誓我会让其他人都活着。你的朋友阿米莉亚——弗农对她非常着迷。我几乎要嫉妒了。她会好好的,阿米莉亚。还有她母亲,还有你们小组里的其他人。但你要死。当然了,你们两个。"

"你要的东西没那么容易拿到。有些证据在皇后区的犯罪现场调查组总部,正在处理当中。而且——"

"我的另一个想法,是把这地方烧个精光。但那会引来很多关注,我可能会失去一些东西。你就告诉我吧。"

莱姆沉默不语。

阿莉西亚环顾客厅:看着文件柜、装有纸袋和塑料袋的箱子、架子、仪器。她走到一个文件柜前,打开朝里看。关上抽屉,又打开另一个柜子。然后,她仔细看看宽大的白色检测台,翻了翻箱子,里面是装有证物的塑料袋和纸袋。她展开一个垃圾袋,就是验尸官的那种深绿色尸袋,往里面扔了一些笔记本和剪报。

她继续收集可能跟她和诉讼案有关的证据,然后从手提包里拿出一个纸袋,开始小心翼翼地往里面放东西,就跟他想的一样:头发,当然是格里菲斯的头发。一张纸片,上面毫无疑问有他的摩擦嵴。然后——嗯,这事她肯定仔细全面地考虑过——是弗农的一只鞋。她没把鞋留下,而是在莱姆轮椅周围的地板上留了几个印痕。

莱姆说:"你和你丈夫的遭遇很可怕,但这些都解决不了问题。"

她厉声说:"成本效益分析。我把这当作是,让谁完蛋更划算分析。"有一瞬间,她弯腰向前,把鞋子按到地板上,她的衬衣垂落,他可以清楚地看到她胸前粗糙、褪色的伤疤。

"报道说,你赢了官司。"

在一种疏离的状态下,莱姆注意到,她往垃圾袋里扔证物袋时,有几个袋子的袋口开了。即便死亡当前,林肯·莱姆也对这种污染感到恼火。

"我没赢。我接受了和解。备忘录还没曝光的时候,我就接受了和解。事故发生之前,我的丈夫迈克尔一直在喝酒。那跟喷油器软管破裂没关系。但在审判中,酒精的事会对我们不利。而且有证据表明,他让我的伤势加重了——他死前把我从燃烧的车里拽出来,弄断了我的胳膊。我的律师说他们会拿这个做文章……还有喝酒的事。陪审团可能什么都不会给我们。所以我选择了和解。

"但这从来不是钱的问题。这关乎的是两家公司害死了我的丈夫,给我留下了永远的伤疤,并且从未得到法律制裁。没有人受到控告。公司赔了很多钱给原告,但高管们那天晚上都回家和家人相聚了。我的丈夫没有,别的丈夫、妻子和孩子也没有。"

"格雷格·弗罗默离开了公司,去做义工了。"莱姆说,"他对喷油器出现的问题心怀内疚。"

这句话从他的嘴里脱口而出,沉甸甸的,抵得上"哦,请瞧瞧阿莉西亚对他做的那事"。

"'人民卫士',那都是无稽之谈,对吧?"

阿莉西亚点点头。"弗农不是这世上最有魅力的男人。让他按我的想法行事,这并不难。对迈克尔的死负有责任的人,我要他们按照他和其他那些人的死法去死。因为产品,因为贪婪。弗农很乐意配合，我们决定把这事变成一个政治议题，以此做幌子。免得人们想到美国汽车诉讼案，或许就把我牵扯进来了。"

"为什么是'钢吻'，他那个宣言的题目？"

"他想出来的。我觉得他是想到了他的工具，锯子、刀子、起子。"

"你是怎么找到他的？"

"当然了，这件事我谋划了多年。最难的部分是找个替罪羊。在针对汽车生产商的诉讼案中，我是当事人之一，所以我不能亲手杀人。但有天晚上，我在曼哈顿吃晚饭，碰巧看到弗农跟一个男人打架，一个拉美裔家伙。他嘲笑弗农——你知道的，他非常瘦。弗农就发狂了，非常愤怒。他跑开，那男人追他。但弗农是故意为之。他一个转身，用刀子还是剃刀把那人杀了。我从没见过比他更疯狂的人。像条鲨鱼。弗农跳上一辆吉卜赛出租车，消失了。

"我真的没法理解眼前所见的事。一桩谋杀案就发生在我的眼皮底下。这事我琢磨了好多天。最终，我意识到他可能就是可以帮我的人。我向那家餐厅打听了一下，他好像一直在那里吃饭。他们不知道他的名字，但告诉我说，没错，他大概每周去一次。我不断地回那家餐厅，最后见到了他。"

"你勾引了他。"

"是的，我是。然后，第二天早上，我告诉他我看见他杀了那个拉美人。这是个冒险，但那时我把他勾引到手了。我知道他会任我差遣。我告诉他，我理解他为何要杀他。他受欺负了。我跟他说，在某种程度上，我也受过欺负——汽车公司让我失去了丈夫，用车祸造成的伤疤糟蹋了我的身体。我想报复。"

"教弗农怎样侵入DataWise5000控制器的那个人，他杀掉的那个博客作者,他还给他弄到了一份购买内置式产品的顾客清单。你搜索清单,查找跟美国汽车有关联的人名,对吧?"

她点点头。"我不能把跟公司有关的每一个人都杀掉。我只想要半打左右的人去死。弗罗默、贝恩科夫、黑迪……那个当律师的吸血鬼,瓦莱丽·迈尔。"

"好了,"莱姆问,差不多是漫不经心的样子,"你打算怎样杀掉弗农·格里菲斯?"

他推测出这一点,她似乎并不吃惊。"我还不知道。可能得活活烧死他,弄得好像他在设置这样那样的陷阱。汽油吧。他这么瘦,却强壮得出奇。"

"所以你的确知道他在哪里?"

"不知道。离开我家之后,他不确定要去哪里。某个地方的短期住宿旅馆吧。他说他会和我联系。他会的。"

莱姆说:"你和你家人的遭遇很不幸,但这样做对你有什么帮助吗?"

"正义,安慰。"

"你会被发现的。"

"我觉得不会。"阿莉西亚瞥一眼手表,然后走近莱姆,把刀刃往上一翻,盯着他的颈动脉。她的手稳得像屠夫或外科医生。

莱姆从刀刃上移开目光,昂起头说:"好,动手吧。不过要用力,必须用力。你只有一次机会。"

阿莉西亚停顿一下,困惑地皱起眉头。

但莱姆没跟她说话。他定定地看着朱丽叶·阿切尔,她手拿一盏带铁底座的检查灯,摇摇晃晃走到那女人身后。她点点头,表示收到他的指令,挥起灯具径直击向阿莉西亚的颅骨底部,确实很用力。

497

54

医生报告说，两个女人受的伤都不会危及生命，不过阿莉西亚·摩根的伤势要严重很多。

她现在在曼哈顿看守所的医院里，那里靠近中央看守所和市中心法院。

朱丽叶·阿切尔坐在莱姆客厅里的藤椅上，脸缠绷带，一块让人心惊的瘀伤从纱布下面伸出来，跟阿莉西亚来时的瘀伤一样。她受的第二处伤在下巴上，一名急救人员快要完成他的艺术工作了。

"弄好了吗？"莱姆问汤姆，他正在重新组装阿莉西亚从轮椅上拽走的控制面板。"我是说，已经过了十分钟。"

你有不耐烦的时候吗……

"我主动提议让服务人员过来，"看护慢吞吞地说，"你还记得吧？但我们觉得那可能要等到，哦，等到明天？"

"在我看来好像弄好了。打开吧，我有电话要打。"

年轻人瞪了他一眼，莱姆闭口不语了。

三分钟后，他又能正常活动了。

"好像很好用。"他在客厅里转悠一圈，"转弯时稍有偏差。"

"我去厨房了。"

"谢谢你。"莱姆朝离去的看护的背影喊道。

急救人员往后一退,看着实习生的脸,对阿切尔说:"大部分是皮外伤。头晕吗?"

她从坐着的藤椅上起身,在客厅里来回踱步。"有一点,但跟我平常的感觉比,没有更严重。"她走回来,坐到暴风剑轮椅上。然后,她自己重新把左胳膊绑到轮椅扶手上。

急救人员说:"好的,很稳,很好。我得说,你走得相当好。"他看着电动轮椅。他很困惑,这可以理解。

莱姆和阿切尔都没跟这人解释,她怎么会把轮椅当作唯一的代步工具,轮椅是为四肢完全瘫痪的人配备的,而她实际上不是。无论如何,她现在还不是。正如第一周的课后,她向莱姆解释过的——还有在这里开始当实习生时,她向汤姆解释过的——她眼下只是一定程度上患有残疾。没错,有个肿瘤裹住了她的脊髓,但这种病的后果不是彻底的衰弱。然而,她决定为手术后的那一天做好准备,她那时很有可能变成一个四肢完全瘫痪的人。

汤姆的确扮演了看护的角色,但只做到一定程度。在自己家和在莱姆家,因为卫生间里的琐事,她就回归到健全人的世界,她会自己穿衣服。莱姆还注意到,她那带有北欧符文的金手链,可能上午出现在一只胳膊上,下午出现在另一只胳膊上;如果这件饰品刺激到皮肤,她就会不时地换胳膊戴。这件首饰是她儿子送的礼物,因此她执意要经常戴着。

她唯一一次放弃假装,当然就是刚才她摇摇晃晃站起来,救了莱姆和她自己的命。

急救小组结束工作离开后,她驱动轮椅靠近莱姆。

"你没出一点差错。"他说,指的是她的表现。当他向阿莉西亚·摩根提到阿切尔的状况比他的更糟糕,并建议她去休息一下时，她当即推断他们的这个访客有问题——因为，她自然是没有状况的，至少没有莱姆所表示的那么严重的状况。

阿切尔点点头。"我打算一出客厅就报警的。"

莱姆叹了口气。"我以为她不会攻击你。我知道她在这里要杀我以及其他人，但我以为我们可以争取一些时间。"

阿切尔又说："我看到阿米莉亚把枪放在你架子上的什么地方了，但我真的不知道怎么用枪。而且，因为肿瘤，我的手不是很稳。"

"而且，你不必开灯，或确保子弹上膛。"莱姆承认道。

阿切尔说："但我们还有一个罪犯要抓。"

"你喜欢这个词，不是吗？"

"感觉不错。罪犯。"阿切尔又说，"阿莉西亚说她不知道格里菲斯在哪里。他会跟她联系。我想我们可以监控她的手机。"

莱姆摇头。"他会用临时手机号码。几小时后，他就会知道她被抓了。他会藏起来。"

"那我们能指望去哪里找他？"

"别的什么地方呢？"莱姆问，朝证物板点点头。

答案就在那里……

55

他不打算求婚。

尼克·卡瑞里很想这么做,他感觉到内心里的那股诱惑力、那股冲动。说吧,快点。如果阿米拒绝,她当然会拒绝,那就撤退。

但他不会放弃。如果要花很长时间,那就花很长时间。不管怎样,他会回到阿米莉亚的心里。

想想弗雷迪的话:

找个女朋友,尼克。男人的生活里得有个女人。

哦,我找着呢。

在布鲁克林,尼克沿着林荫人行道往家里走,肩上背着健身包。很奇怪,他差点吹起了口哨。他没吹;事实上,他认识的吹口哨的人并不多(不过在里面的时候,他在报纸上看到阿米莉亚办理的一个案子,案中的职业杀手是个熟练的吹口哨者)。

袋子里装着一幅小画,包在金色的礼品纸里。这是一幅风景画,不,这叫都市风光,因为画中展示的是清晨的布鲁克林大桥,阳光照得金属闪闪发亮,把阴影投向曼哈顿。这件艺术品是他在亨利街的一家小画廊找到的,跟阿米莉亚喜欢的一幅画作相似,那时他们还在一起。那是一个寒冷的星期天,他们吃过早午餐，在曼哈顿的一家画廊发现了它。在那个浮夸造作的地方（苏豪区，不用多说），那幅画挂在纯白的墙上，贵得要命。他买不起。他考虑过在画廊关门的时候，气势汹汹地叫嚣着冲进去，亮出警徽，声称他必须拿它当证据，因为它被怀疑是偷窃物。然后，它会从证物室"消失"，对画廊老板感到抱歉、抱歉。但尼克没能找到法子付诸实施。

嗯，他健身包里的这幅也一样好。事实上，更好。尺寸更大，色彩更亮。

她会喜欢的。是啊，尼克心情很好。

吹口哨……

乔恩·佩罗内留言说他在给尼克筹钱，伪造贷款文件。尼克会仔细检查文件。他必须确保这笔交易看上去合法，这样任何跟他亲近的人——呃，主要是他的假释官和阿米莉亚——都会相信，他是合法获得这笔钱的。他会让他们相信，而她知道阿米会相信。他知道这一点，是因为他从她的眼神里看出来她想相信。

然后是维托里奥，那个餐馆老板，他会接受报价的，因为佩罗内和他的保镖拉尔夫·塞维尔，那个穿吊带裤的家伙，肯定会让他接受。他会把那个地方收拾妥当——红色的粉刷，更好的制服——拿到卖酒执照，把店名改成"卡瑞里咖啡馆"。尼克会披上合法的外衣，他的过去会被埋葬，谁都不知道。

至于他求证清白的事，尼克会让它不了了之。他会告诉阿米莉亚、她的母亲以及他们的朋友，线索中断了，当时的一名目击者已经死了，另一名罹患阿尔兹海默症，什么都记不起来。他会板着脸，露出沮丧的神情，因为调查没有结果。见鬼，我这么努力……

阿米会握着他的手说没关系。她内心里知道他是清白的——

多亏佩罗内，她已经在街面上听到消息，尼克根本就没犯罪。对她撒谎，他感觉很不好——编造关于德尔加多的那些狗屁话，如果性命攸关，他无论如何都不会去抢劫，但必须作出一些牺牲。

走了半个街区，他又想起了弗雷迪·卡拉瑟斯。

佩罗内的保镖，拉尔夫·塞维尔，打电话告诉尼克，弗雷迪的尸体在新镇溪里，缠着锁链，装饰着三十磅重的杠铃。尼克觉得塞维尔行事稳妥，但他为弗雷迪选了一个糟糕透顶的安息地。这块水域把布鲁克林和皇后区分隔开来，是全国受污染最严重的水域之一，也是臭名昭著的绿点石油泄漏事件的发生地，漏油之严重超过了埃克森·瓦尔迪兹油轮漏油事件。

好了，现在，妈的，真的要为弗雷迪感到可惜了。触发内疚感。这人也是个父亲啊。

双胞胎是男孩，女孩一个四岁一个五岁……

让人伤心哪。

但是抱歉，肯定会有伤亡。别人欠尼克的，他的遭遇多么不公平——一次小小的劫持，一顿小小的手枪抽打（他揍的那个半挂式卡车司机完全是个浑蛋），牢狱惩罚就整个儿压到他身上，而他的所作所为跟所有人都差不多。该死的全世界都逃过了这一切，而他得到的回报呢？生命年复一年被偷走。

别人欠我的……

尼克等着绿灯，然后穿过街道。他感觉健身包轻轻贴在后背，就像充满爱意的臂膀，包里装着那幅都市风光画。他心里浮现出阿米莉亚的样子，她的模特脸蛋，她直直的红发、丰满的嘴唇。他没法忘记她。他记起那天晚上她睡着了，她手指松松握拳，呼吸轻浅温柔。

他来到他的街区，边走边想起另一个人：林肯·莱姆。

对这个人，尼克只有尊敬。天哪，如果莱姆一直办理劫持案，尼克和帮他销赃的人会早几个月被逮住，而且罪名会严重得多。对这样才智超群的人，你不得不佩服。

莱姆喜欢阿米莉亚。这很好。

当然，把她从他的身边夺走很难。但毫无疑问，事实也让尼克感到安慰，那就是她真的没法爱他。你怎么能爱一个……呃，一个那样的人呢？她和他在一起，是出于同情，不得不如此。莱姆必须知道这一点，他会撑过去的。

也许，将来他们都能成为朋友。

阿米莉亚·萨克斯在阿莉西亚·摩根的公寓里走完了格子，发掘出的关于弗农·格里菲斯下落的线索，即便有也少之又少，她陷入沉思的心境，想起所有事，思及恶的本质。

恶有这么多不同的面目。

阿莉西亚·摩根是表现之一种。林肯·莱姆打过电话，告诉她连栋住宅里发生的事——阿莉西亚怎么会是产品责任杀人案的幕后操纵者。她的动机是对严重的不公实施报复，这似乎可以让她作的恶归属于不同的类别，比方说，跟强奸惯犯或恐怖分子区别开来。

然后还有另一种恶：那些身处商业潮流中的人，他们明知车辆有可能致人死伤，决定不作纠正。也许是贪婪，也许是公司的层层架构使得他们免受良心的谴责，就像甲虫的外骨骼保护液体心脏的那种方式。也许汽车公司和喷油器公司的高管真的希望，甚或周日在他们一尘不染的郊区教堂里祈祷，最糟糕的事不会发生，那些人开着豪华的、配有小器械的定时炸弹车四处跑，可以活得长长久久、无伤无痛。

然后是弗农·格里菲斯，他被一个女人彻底诱惑，她利用了他的不安全感。

什么是极致的恶？阿米莉亚·萨克斯问自己。

此刻，她坐在沙发上，背靠磨损严重的皮革。她现在想的是：弗农，你在哪里？躲在一英里之外的地方？一万英里之外的地方？

如果有谁能确定他的下落，那就是她自己、莱姆和库柏。哦，还有朱丽叶·阿切尔，那个实习生。作为一个新手，她很不错。她心思敏捷，展示出那么有林肯风格的客观性。对于这个奇异的刑事鉴定世界来说，这一点非常必要。萨克斯确信，事故发生之前的莱姆也很出色，不过那时她还不认识他，但她相信，他的身体状况才真正让他作为刑事鉴定专家实现飞跃。如果几个月后，朱丽叶要面对的外科手术让她成为四肢瘫患者，而莱姆解释说这好像很有可能，那她就会在这个领域脱颖而出。

你们两个真是好拍档。

她环顾这套公寓，这个地方显得暗淡无色；屋里没有开灯，昏暗的灯光从街上透进来。这是城市生活很有意思的一面——直射阳光这么少。它透进你的家或办公室，在窗户、墙壁、标牌、门脸和其他立面上形成反射。除了那些住在高处的幸运富人的住所，城市的大部分地方，一天只能照到两三个小时真正的阳光。不久前，萨克斯想出了一个词语：反光生活。这似乎就是对城市体验的描述。

哎呀，我们今天考虑得很周全。

不知为什么……

就在这时，前门传来叮里当啷的钥匙声。一声咔嗒，然后是另一声。在美国的郊区或乡村,人们只需要一把锁就行了。在城市,至少在纽约,最起码得有一把弹簧锁加一道固定插销。

门朝里面被推开,轻轻响起吱呀声。萨克斯利落地拔出格洛克手枪,稳稳地瞄准目标的胸部。

"阿米莉亚。"震惊的低语声。

"尼克,把包放下。趴地上,脸朝下。两只手一刻都不要脱离我的视线。你听明白了吗?"

56

离第六分局不远,在格林威治村的一家熟食店,坐着两个普拉斯基。

第六分局是托尼·普拉斯基的驻地,这对双胞胎兄弟经常来这里。

他和罗恩喝着厚杯子里的咖啡。杯子厚,摔下来的话就不会摔碎那么多,而这种事在这家饮食店时有发生,稀里哗啦很大声。

不过,罗恩的杯子有个心形的缺口,就在杯缘处。他每喝一口,都提防着尖利的边缘。

"好了,"托尼说,"只是要弄明白怎么回事。你在开展一项没有获得批准的秘密行动,自己掏钱当毒资,虽然你没买毒品,或者买了也在事后立即冲掉了证据。你没有重案组或紧急勤务小组的支援。就这些吗?"

"差不多。哦,是在纽约最糟糕的区域。从统计数据来说。"

"一团混乱再加上这一点,很好。"托尼说。

人们时不时把目光转向这对兄弟。他们对此已习以为常,他们是同卵双胞胎,身穿几近相同的制服。托尼要多几个装饰物。他是哥哥。

大七分钟。

阿米莉亚·萨克斯跟罗恩说过,当他去跟毒品沙皇奥登会面,以查明这人跟巴克斯特有什么关系,以及这种新型毒品卡炽的情况时,他得找人保护自己。

普拉斯基唯一能想到的人,就是托尼。

"那么,你做这些是为了林肯?"

罗恩点头。托尼已经知道的情况,没必要再重复。在头部遭受损伤之后,罗恩本来会走人的,如果莱姆没有让他留下来——说得很直白,打起精神,回去工作。莱姆没来"瞧瞧我"这一套:我,残疾人,仍在抓坏蛋呢。他只是说:"菜鸟,你是个好警察。如果你坚持下去,你可以成为一个非常出色的犯罪现场调查员。你知道,你是别人的依靠。"

"谁?"这名警察问,"我的家人吗?我可以另找一份工作。"

莱姆的脸扭起来,只有林肯·莱姆能用那种方式扭脸,也就是在别人没听懂他说的话时。"你以为是谁?我说的是受害者,因为你在做公关工作或什么狗屎玩意儿,而不是在这个领域去现场走格子,他们就要丢掉性命了。必须要我一个字一个字告诉你吗?打起精神,回去工作。这是我最后的建议。"

因此,罗恩·普拉斯基回去工作了。

"你有什么计划,你去见这个奥登?等等,那不是一个神或什么吗?好像是德国的?"

"我想是斯堪的纳维亚语。拼写不一样。①"

"那就是说,他来自挪威?那不就是挪威语里的吗?"

"我不知道。"

---

① 应指奥丁(Odin),北欧神话中的主神。跟奥登(Oden)的拼写不同。

"哦,计划呢?"

"我弄到了某个人的名字。有个小子知道他在哪里活动。"

"斯堪的纳维亚毒贩奥登。"

"你在听吗?我是认真的。"

"继续说。"托尼说,摆出严肃的样子。

"我去见奥登。我会说我认识巴克斯特。他打算帮我牵线认识他,认识奥登,不过巴克斯特被抓了。"

"牵线要干吗?"

"那只是找机会搭上话。然后我会买点货,买卡炽这玩意儿。超级毒品。我逮住他,你冲进来。成了。我们开始谈判。他告诉我们巴克斯特都干了什么,我们就放他走。我敢保证,巴克斯特给他提供了资金。我把这事告诉林肯,他会意识到巴克斯特是个危险的浑蛋。不是说他该死,但他也不是只羔羊。林肯就不会退休了。"

托尼皱着眉头。"这可算不上什么计划。"

罗恩也朝他皱眉。"有什么别的想法?我洗耳恭听。"

"只是说说。不算什么计划。"

"所以呢?"普拉斯基问,"你来吗?"

"管他呢,"托尼咕哝道,"过去这几天,我可没拿我的工作、我的养老金、我的名誉和,还有什么?哦对,我的生命去冒险。为什么不来呢?"

"这是干吗?"

尼克问的不是萨克斯,而是她的支援者,一名穿制服的警察,这人从厨房走出来,是个瘦削的非裔美国人,从八十四分局被借调过来。他从这个男人的外套口袋里拿走一把史密提无击锤点三八手枪的时候，朝萨克斯扮了个鬼脸。

"那个，等等，我可以解释。"

萨克斯皱着脸。单单这把枪，足以让他被关个五年。她以为他要更聪明一点。

"手铐？"

"对。"萨克斯回答。

"嘿，你没必要……"尼克的声音弱了下去。

巡警把枪递给萨克斯，然后把尼克的手反铐在背后，扶他站起来。她退出子弹，把枪装进证物袋。子弹用另一个袋子装着。她把东西放到桌上，尼克根本够不着。

"我准备上报的，"尼克咆哮道，声音拔高，显出罪恶感，正如萨克斯想到的那样，"这把枪，我打算上交的。我没有携枪。"

不过，嗯，他差不多就是携枪了。

"你不明白。"他继续说。气急败坏。"我一直在街上，想找到那个人，我跟你提过的，他可以帮我，可以证明我的清白。我来到雷德胡克，有个家伙突然冒出来，拔出那把史密提，准备抢劫我。我从他手里夺走了枪。我不能把枪扔掉，可能有哪个小孩会捡到。"

萨克斯甚至连谎言都懒得揭开。"乔恩·佩罗内。"她开口道，顿在那里。

尼克完全没有反应。

"你去见佩罗内的时候，我们有个小组守在他的办公室外面。"

这人努力理解这话的意思。然后他说："嗯，对，佩罗内，他就是那个人，知道有关唐尼的信息。他打算做些调查，找到他需要的东西，证明我不在劫持现场附近——"

"尼克，我们逮住了拉尔夫·塞维尔，佩罗内的打手。你们俩派去杀弗雷迪·卡拉瑟斯的人。"

他嘴巴微张，眼睛扫视整个公寓。她想到了弗农·格林菲斯的鱼缸里的小鱼。

她又说："我们有两个人跟踪塞维尔到了商城，你让弗雷迪在那里等你。在车库，他朝弗雷迪靠近，他们就把他抓了。他把你们俩都出卖了。"

"但是——"

"塞维尔告诉佩罗内他干掉了弗雷迪。这是在演戏。佩罗内不知道我们逮住了塞维尔，弗雷迪暂时处在保护性拘留之中。"

尼克仍是一脸不屈不挠的表情。"撒谎，那狗娘养的在撒谎。塞维尔，他是个笨蛋。"

"够了，"萨克斯轻声说，"够了。"

听到这话，尼克立刻变了。他变成了一匹狼。"你怎么会派一个小组去佩罗内的地方？胡说八道。妈的，你在唬人。"

她看着他暴怒的样子，眨眨眼。他的话如同刀子扎过来。"我们知道你很聪明，会在车库换车或把我们引开。那晚我不是在这里过夜吗？你睡着后，我在你的手机上装了跟踪软件。我们跟踪你到了佩罗内的地方。我没法拿到搜查令，我们没法听到你和佩罗内的谈话。但塞维尔告诉我们，那时你的确在格瓦纳斯河附近劫持了阿尔冈昆公司的卡车，并且的确用手枪柄殴打了司机。唐尼跟这事毫无关系。你要案卷的原因是：最后无论是谁得到了被劫持的药品，你要从他手上拿到你的钱。"

沮丧之中，肩膀一塌，他又变回可怜的样子。"要是回去，我就没命了，阿米莉亚。要么自杀，要么被别人杀。"他的声音哑掉了。

她审视着他,从头到膝。"尼克,我不想让你回去。"

他如释重负,就像受伤的孩子被母亲搂在怀里。

"谢谢。你一定要理解。几年前发生的事。我不想干的,劫持的事。你知道,我妈生病了,唐尼又有问题。所有的货物都有保险。那没什么大不了的,真的。"

萨克斯的手机嗡嗡响了。她看一眼屏幕,回了一条信息。一会儿后,前门开了,走进来一个高高瘦瘦、深色皮肤的人。他身穿棕色西装、黄色衬衣,系着艳丽的深红色领带。颜色或许不协调,但衣服很合身。

"哎,瞧瞧这里,瞧瞧这个。逮到你了,不是吗?"他伸出长手指,摸摸黑白夹杂的短发。

尼克面露苦色。"该死的。"

联邦调查局的高级特工弗雷德·德尔瑞,因为好几件事而出名。其一,爱好哲学,他在这个学科的学术界小有名气;其二,古怪的时尚选择。然后就是,他那与众不同的用词,有"德尔雷式谈吐"之称。

"行了,尼克先生,想想你刚从监狱出来,你一直在做一些顽皮的坏事呢。"

尼克闭口不语。

德尔雷把一把椅子转过来,面对椅背坐下,上上下下打量他,目光甚至比萨克斯的还要锐利。

"阿——米莉亚?"

"弗雷德?"

"我可以开始了吗?"

"按你的需要来吧。"

德尔雷把手指拢成圆锥状。"感谢伟大的纽约州,萨克斯警探利用她所被赋予的权力,在此会因为一大堆事逮捕你。至少,我想到了很多,我敢打赌她也是。嘘,嘘,你的嘴巴不要那样子,不要说话。我在说。她要逮捕你,然后经由她的头儿和我的头儿,以及一路往上的头儿们的许可,你要为我效力,你就喊我联邦政府的雄鹰吧。"

"你在——"

"嘘,嘘,你没听明白这部分吗?你要给我当 CI,秘密线人。哦,你会是一个多么好的间谍啊,当过警察,做过囚犯。计划是,你替我们卖力。大概为期五年,做你该做的事,就是我让你做的事,而且全都很快活。然后,你就可以回家了,先被软禁,不久就成为自由身,给沃尔玛当迎宾员。如果他们肯雇用犯过重罪的人的话。这事得查一下。"

德尔雷以前做过卧底特工,现在是东北部最重要的线人掌管者。

"你想要佩罗内。"尼克点点头。

"啊哈,那小子的吊带裤保镖,塞维尔,已经把他烤得又香又脆。他只是个开始,一道开胃菜,开胃菜。我们还要向前向上走,全世界都在等着瞧呢。现在,我想听到,我只想听到:是,长官,我愿意。我不愿意,我就会紧紧捏住你生活的某些部分,而你又不想有手指印抠进去。在这一点上,我们达成一致意见了?"

一声叹息,一个点头。

"真开心。但是……"德尔雷说,他那深色的脸庞愤怒地歪扭起来,"听不见你说话,更重要的是,麦克风听不见。我们从中得到的,可比《单身汉》和《幸存者》^①的组合套装还要多。"

---

① 《单身汉》(*Bachelor*)和《幸存者》(*Survivor*)均为电视真人秀节目。

"我干。我同意。"

萨克斯拿出手机,打电话给另一名警探,那人坐在外面的便衣警车里。"需要送到中央看守所。"她看着尼克,宣读他的权利。"要律师吗?"

"不要。"

"好决定。"

警探来到门口,是个结实的拉美裔女人,萨克斯认识她好些年了。这女人叫丽塔·桑切斯,朝萨克斯点点头。

"丽塔,带他去城里。我马上过去处理文书工作。还要给检察官打个电话。"

女人冷冷地看着尼克。她知道他们的关系。"好的,阿米莉亚,交给我来办。"她那语气的意思是:天哪,亲爱的,真是难过。

"阿米莉亚!"尼克在门口停住,桑切斯和那个穿制服的警察慢下脚步,"对……对不起。"

什么是极致的恶?

她越过他望向警探,点点头。尼克被带离了公寓。

"这是什么?"弗雷德·德尔瑞问,朝尼克之前拿着的健身包点点头。

萨克斯拉开包的拉链,拿出一幅画。啊,她深吸一口气。这幅画跟她多年前喜欢的一幅画很像,一幅她特别想要却买不起的画。她记起那个冰冷的星期天,在布鲁姆和西百老汇吃过早午餐后,他们在苏豪区的画廊看见了那幅画。她记起那天晚上回到公寓,雪花敲打着窗户,暖气片咔嗒咔嗒响,她躺在尼克身边想着那幅画。很遗憾,她没能买到画,但作为一名警察,她要比工作赚钱多、可能会当场甩出信用卡把画买走的人快乐很多很多。

"我不知道,"她说着把画放回了包里,"不清楚。"

然后,她转过脸,擦掉右眼角的一小滴泪水,坐下来把剩余的报告写完。

57

"啊,阿米莉亚,"汤姆见她走进客厅,说,"喝葡萄酒吗?"

"还要干活。"

"你确定?"

"是的。"她注意到莱姆和阿切尔的杯架上都有威士忌。"我是说,不要。我的意思是,要,我要一杯。"

过一会儿,看护回来了。他扫一眼近旁的一瓶苏格兰威士忌。"等一下。"

"等一下,"莱姆说,想先发制人,"什么意思?我讨厌别人这样说。'等一下',等什么?停止活动?停止呼吸?停止思维进程?"

"行啦,'等一下'的意思是,有人做了让人无法容忍的事,这事我现在才知道,并且要提出抗议。你偷了酒。"

阿切尔哈哈大笑。"他命令我站起来,走去那里倒些酒。不,林肯,我不会代你受过的。我只是区区一个实习生,记得吧?"

莱姆咕哝道:"如果你一开始给的量够多,就不会有问题了。"

汤姆抓起酒瓶,离开了客厅。

"等一下!"莱姆大喊,"这才是这个词的正确用法。"

听到这番斗嘴，萨克斯微微一笑，继续研究证物。她看看证物袋，紧紧盯着证物表，同时来回踱步。她经常这么做，来回踱步，以释放活力。过去林肯·莱姆可以行走的时候，遇到案子里有棘手的问题要考虑，也常常这么做。

门铃响起，莱姆听到汤姆的脚步声朝门口去了。访客的问候轻得几乎听不见，莱姆由此知道了来者是谁。

"该干活了。"莱姆说。

梅尔·库柏走进客厅，脱掉外套，萨克斯朝他点点头。他已经听说过阿莉西亚·摩根，莱姆现在在解释她对证物造成的污染。技术员耸耸肩。"我们还遇到过更糟糕的情况呢。"他扫了一眼从格里菲斯和摩根的公寓里搜集的证物，"好，好，我们会从这里找出答案的。"

库柏的眼睛闪闪发亮，亮得就像采矿者发现了拇指大小的金块，莱姆见此情形很高兴。

萨克斯从口袋里掏出乳胶手套，这时，手机叮了一声。有信息进来。

她看了看信息，回了一条，然后朝电脑走去。一会儿后，她打开了一封邮件。莱姆看到了官方的抬头。这是纽约市警察局犯罪现场调查组总部发来的一份证物档案。

"他们找到了我想要记起来的东西——早些时候那起案子里的。"

她举起弗农·格里菲斯做的弹药车。车轮和犯罪现场调查组总部发来的图片里的车轮完全一样，她刚刚才收到的图片。

她说："阿莉西亚说她遇见弗农时，他把欺负他的人杀了。"

"对。"

"我觉得受害者就是艾奇·里纳尔多，那个毒贩和运毒者——在那起凶杀案上,我没有取得任何进展。"

阿切尔说:"是的,轮子匹配,玩具轮子。"

"对。还有,里纳尔多可能是被这其中的某样东西砍死的。"

她点点头,指的是他们从格里菲斯的公寓里找到的剃锯和刀子。

"好,很好,"莱姆说,"又有一个牵涉格里菲斯的现场。关于那起案子,有什么东西也许能让我们想到他藏在哪里吗?"他和萨克斯一起查过那起案子,但为时短暂,在还没有太多进展的时候,他就退休了。

她把她知道的情况想了一遍,最后说道:"就只是他跳进一辆吉卜赛出租车,去了村里的某个地方。没有更具体的信息。"

"啊,"莱姆轻声说,凝视着证物板,"这就让我们的处境略有不同了。"

"但村——"阿切尔说,"很大,如果没办法缩小……"

"总是要质疑你的假设。"

萨克斯说:"说来听听。你是说哪个?"

"假设弗农指的是格林威治村。"

"还有什么别的村?"

"中村。"他看一眼阿切尔,"皇后区的一个社区。"

她点点头。"那个你说是——因为那些腐殖质和别的微物证据。我还对此表示怀疑。"

"没错。"

"我猜我们终究不需要两个问号了。"

萨克斯仔细看着网上的一张中村地图。面积不小。"知道他到底有可能在哪里吗?"

"我知道,"莱姆仔细看着地图说道,耳朵里响起朱丽叶·阿切尔的话。

谜语的谜底总是很简单……

"我能把范围缩小。"

"缩小多少?"库柏问。

"缩小到大概六英尺。"

皇后区的圣约翰墓园是许多名人的永久安息之地。

他们当中有:马里奥·科莫[①]、杰罗丁·费拉罗[②]、罗伯特·梅普尔索普[③],还有毫不逊色的查尔斯·阿特拉斯[④]。但阿米莉亚·萨克斯知道这地方,主要是通过类似职业性的关系,你可能会这么说。这个天主教墓园里埋葬着历史上最著名的匪徒的尸体,有好几十个:乔·科伦波、卡迈恩·加兰特、卡罗·甘比诺、维托·吉诺维斯、约翰·高蒂,还有教父之最,幸运大佬卢西安诺。

现在,萨克斯把都灵车停在中村大都会大道的入口处,以纽约市的标准来看,这里一片田园风光。主楼是巴伐利亚人和伊丽莎白时代的乡下人都会觉得熟悉的建筑。尖顶,塔楼,铅框窗户,围有白边的砖墙。

她钻出车子,出于习惯解开外套,随即用张开的手掌碰碰格洛克的枪柄以调整位置。如果过一会儿你问她有没有这么做,她

[①]马里奥·科莫(Mario Cuomo,1932—2015),美国政治家,曾任纽约州州长。
[②]杰罗丁·费拉罗(Geraldine Ferraro,1935—2011),美国政治家,民主党人,美国首位代表主要政党的副总统女候选人。
[③]罗伯特·梅普尔索普(Robert Mapplethorpe,1946—1989),美国摄影师,擅长黑白摄影。
[④]查尔斯·阿特拉斯(Charles Atlas,1892—1972),意大利裔美国健美运动员。

不可能告诉你。

附近停着当地警局的两辆便衣警车。她很高兴地发现，两辆车相当不引人注意。没有古里古怪的伸缩天线，没有电脑占据前座的空隙部分。挂的是真正的车牌，不是政府牌照或永久牌照。

在入口附近的一个有利位置，一名年轻的巡警朝她点点头，他胸甲上的名字是凯勒。

"我们可以步行过去吗？"她问。

"可以，这样最好。"

她明白他指的是这种情况，任何车辆在这个大范围开放的墓园都会引来关注。

"不过我们动作要快，马上要天黑了。我们守住了入口，但是……"

他们默不作声地出发了，穿过入口，然后沿着沥青车道走。这个春日的傍晚温和如贺卡，来这里的人很多，留下了鲜花。有些孤身一人，可能是鳏夫寡妇。多数都上了年纪。也有成双成对的，给父母的墓地献花，也或者是给孩子。

五分钟后，他们来到墓园的一个荒芜之处。两名紧急勤务小组的成员抬起头，都是留平头的壮实男子，配着战术装备。他们在一座陵墓后面执行监视任务。

她点点头。其中一名战术警察说："他来这里有半小时了，还没有动过。我们派了一个便衣警察去清理平民。跟他们说稍后会有一场国葬，为了安全起见，我们要清场。"

越过他们，萨克斯看向五十英尺开外的一处坟墓，看着一个男人的后背，那人坐在墓碑附近的长凳上。

"如果他要逃跑的话，"她问，"别的小组呢？"

"哦，我们都守好了，那里、那里和那里。"凯勒说着指了指，"他哪儿都去不了。"

"没有车？"

"没有交通工具，警探。"

"武器呢？"

"没发现。"这是其中一个战术警察说的。他的搭档摇摇头，补充道："不过长凳旁有个背包，他可以够到。"

"他从包里拿了东西出来，放在墓碑上，看见了吗？我用双筒望远镜看了下。好像是个玩具，一艘船或什么的，一条小船。"

"是微缩模型，"萨克斯没有细看就说，"不完全是玩具。支援我，我去抓他。"

弗农·格里菲斯没有抵抗。

他本来会是一个可怕的对手；他非常瘦，但她能看见紧身衬衣下面的肌肉，他还长得高，手一伸就很长。而且，背包里可能还装着一把致命的圆头锤，也可能是刀子或锯子，就像她在切尔西找到的一样。

钢吻……

看到警察突然出现，他明显大吃一惊，先是半起身，然后又坐回长凳上，举起长得扎眼的双手，直直举在空中。凯勒指挥他跪下，然后要他趴到地上，他就这样被铐住、接受搜身。背包也被搜过了，没有枪，没有锤子，没有能当武器的东西。

萨克斯猜他坐在他弟弟彼得的墓前，想他想得失神了。或者，如果格里菲斯相信那类事，他也许真的以为他们在对话呢。

话又说回来，他可能只是在想实际的问题。接下来会怎样？

过去几天发生了那些事之后,他要好好思考一下。

然后,紧急勤务小组的成员把他扶起来,夹在中间,他和萨克斯朝墓园办公室的前面走去。他又被安排坐在长凳上,这条凳子带有一只结了铜锈的鸽子。他们在等囚犯运输车;格里菲斯坐在便衣警车的后面会很挤。另外,他用那么巧妙、野蛮的方式伤人,你才不会要他坐在警车的后面对着你,更不用说是一辆福特都灵,即便他戴着手铐。

萨克斯坐在他的旁边。她拿出磁带录音机,打开,然后一一列举他的米兰达权利,问他是否明白。

"明白,当然。"

格里菲斯的手指很长,跟他的脚相配,脚的尺寸他们自然是知道的。他的脸也长,但没有胡子的苍白面容显得普通。他的眼睛是浅褐色的。

她继续说:"我们知道阿莉西亚·摩根让你杀了一些人,那些人跟美国汽车公司带有缺陷的汽车有关联,她的丈夫被那辆车害死了。但我们想多了解一下情况,你可以说说吗?"

他点点头。

"你能说'可以'吗,拜托?"

"哦,抱歉。可以。"

"用你的话把发生的事告诉我。她跟我的搭档讲了一些,但不是全部。我想听你说说。"

他点点头,毫不犹豫地讲了阿莉西亚目睹他在街头杀人之后,是如何接近他的。"是他先动手的。"他用强调的语气补充道。

她记得莱姆跟她说过,格里菲斯诱使里纳尔多去攻击他。但她点点头表示鼓励。

"你说她让我杀那些购物者,他们制造和销售的汽车害死了她的丈夫。"

购物者？她感到纳闷。

"但我做这事是想帮她。她有烧伤和割伤，并且你知道的，她被发生的事永远改变了。我就同意了。"

"她希望那些她觉得应该承担责任的人被产品杀死。"

"用品，对。因为这就是害死她丈夫和伤害她的东西。"

"跟我说说托德·威廉姆斯吧。"

他确认了他们的猜测。数字化社会活动家威廉姆斯是个黑客天才，教格里菲斯怎样入侵DataWise5000控制器。还有，他假冒成广告代理商，买到了装有控制器的产品的数据库，以及具体购买了哪些产品的个人和公司的数据库。

格里菲斯还说，他和阿莉西亚在清单中进行了搜索，查找受雇于美国汽车公司、喷油器公司、广告制作商的人，或者是它们的代理律师。"格雷格·弗罗默、贝恩科夫、乔·黑迪。韦斯切斯特郡的那个保险业女律师。"

"事后，你和阿莉西亚要去哪里？"

"不知道。也许是北边吧，加拿大更好。这一切发生得很快，还没有计划好。你是怎么来这里的？"他问，"我从没跟阿莉西亚讲过我弟弟的事。"

萨克斯解释道："前段时间发生过一起案子。死在你手里的那个人叫艾奇·里纳尔多。"

"购物者。"

又是那个词。

"他是个毒贩。"萨克斯说。

"我知道。我后来看了新闻。但是，怎么回事呢？"

"这起案子归我办理。在你杀死他的现场找到一件证物，是玩具轮子。你有一辆弹药车,在切尔西的公寓里,车轮是一样的。"

格里菲斯点点头。"我给彼得做了一辆,一辆弹药车。"他回头朝他弟弟坟墓的方向点点头。"那晚吃晚饭的时候,我把弹药车带在身上。出了餐厅,我打算来这里,把弹药车放到他的墓上。"他因为厌恶或愤怒哆嗦了一下。"被他弄坏了。"

"里纳尔多?"

他点点头。"他走回他的卡车去,没看路,撞到了我,它就被撞坏了,那辆弹药车。我骂他,他来追我,我就把他杀了。"格里菲斯摇摇头。"但这里,你是怎么想到这里的?"

萨克斯解释说,在他们把弗农和里纳尔多联系起来之后,随着莱姆来了个"中村飞跃",就不难推测,从不同现场得到的这些证物——腐殖质、大量化肥和杀虫剂或除草剂,连同石碳酸,尸体防腐剂的一种成分——可能意味着他来过此处这个著名的墓园。

缩小到大概六英尺……

一通电话就查出了彼得·格里菲斯,弗农的弟弟,被葬在此处。萨克斯给负责人打电话,问他们是否有弗农来过墓园的记录。他说他不清楚来访的情况,但格里菲斯的墓地周围一直有古怪的事出现:有人会在墓地留下微缩家具或玩具。负责人告诉她那些东西做得极其精致。这人猜测有些来访者把东西拿走了。被上交上来的,他都存放在办公室,等着有人来认领。这一组合具备了都市传奇故事的所有要素:微缩模型和一座墓园。

"彼得还活着的时候,总是喜欢我给他做的东西。当然是男孩子的玩意儿。中世纪的武器、城堡里的桌子和王座。弹弩和战事塔楼。大炮和弹药车。他会喜欢那条小船的,那条沃伦小船。

放在墓碑上。现在在哪儿?"

"证物袋里。"她不得不多说一句,"会好好保管的。"

"你们警察,你们在盯着坟墓?"

"对。"

萨克斯注意到他的弟弟去世时只有二十岁。她对此说了几句,然后问道:"他出了什么事?"

"购物者。"

"你说过这个。是什么意思?"

格里菲斯看着他的背包。"那里面有一本日记吧?我弟弟的日记。他用 MP3 播放器口述的日记。我一直在听录音记录日记,想着有朝一日可以出版。彼得讲了一些了不起的东西,关于生活,关于人际关系,关于人。"

萨克斯找到了那个皮面本子。本子很可能有五百页。

格里菲斯继续说:"在曼哈斯特的高中,有些很酷的小子跟他成了朋友。他以为他们是认真的。但是,嗯,他们只是利用他来报复一个不想跟他们发生性关系的女孩。他们给她下了药,让彼得以为那是另一个人,他们把他和她在床上的样子拍下来了。你知道的,你可以想象。"

"他们发到网上去了?"

"没有,那时还没有手机相机。他们拍的宝丽来照片,在学校里传看。"他朝那个皮面旧本子点点头。"最后一页,最后一篇。"

萨克斯找到了。

  有些事不会真的过去。永远不会。我以为会过去,打心眼儿里相信会过去。我告诉自己我不需要萨姆和弗兰克这样的朋友。他们是鼻涕虫,他们是废物,他们是垃圾。跟达诺或巴特勒是一路货色。其实更坏,因为他们说一套做一套。我告诉自己,不值得为他们费神。但没用。

我不知道那是辛迪,没人相信这一点。学校里的每个人,警察,所有的人,都认为我是计划好的。

没有受到控告,但无所谓了。我的怪胎形象得以强化。

弗农气疯了,想杀掉他们。我哥哥总是那副脾气,总是想报复跟他或我作对的人。爸妈总是得盯着他。他的购物者,他想杀掉那些购物者。

弗兰克和萨姆和辛迪发生的事,所有的事——我没生气,不像弗农。我只是累了。好厌烦那些眼光,好厌烦我储物柜里的字条。辛迪的朋友们朝我吐口水。她走了。她和家人搬走了。

好累。

我需要睡觉。这就是我需要的,睡觉。

"他自杀了?"

"严格说来不是。他如果自杀,就不可能被葬在这里。天主教墓园嘛。他喝酒喝到神志不清,再开车跑到二十五号公路上,时速是一百英里。二十岁。"

"'购物者'呢?这是什么意思?"

"我和彼得?我们天生与众不同,长的样子不同。这叫马凡氏综合征。"

萨克斯对此不了解。她猜是这毛病导致了他的高个子和不成比例的轻体重、长手和长脚。对她来说,这不是特别古怪的毛病,只不过是另一种体形。但校园里的恶霸?呃,他们通常不怎么需要依据。

格里菲斯继续说:"我们经常遭人取笑,我们两个都是。小孩是很残忍的。你长得漂亮,不会知道这个的。"

她知道。青少年时代,萨克斯比多数男孩都要男孩气,比所有人都争强好胜,当然就受欺负。然后在时尚行业,她也被欺负,因为她是女性。当她加入警队,情况也一样……并且因为一样的原因。

他说:"大部分男孩在体育课上受欺负,但对我而言,是手工艺术课——手艺课。事情的起因,是我喜欢上一个女孩,八年级的。我听说她有座很棒的娃娃屋。所以,当所有别的男孩做书架和刮鞋器当作业时,我给她做了一张齐本德尔式桌子。高六英寸,棒极了。"他的浅色眼睛闪闪发亮,"桌子棒极了。男孩们为此骂我坏话,'瘦豆角有栋娃娃屋。香肠干是个女孩。'"他摇摇头。"我还是把桌子做完了。我把桌子给了萨拉,她一副滑稽样,你知道。就像你为别人做了什么特别棒的事,这事超出他们所想的时候。或者他们根本什么都不想要。这让他们不舒服。她说:'谢谢。'就像在谢一个女服务员。我再没跟她说过话。"

原来,是这么回事。不是产品购买者那样的购物者。是手艺课①学生那样的习艺者。

"那些人对阿莉西亚和她家人所乘坐的有缺陷的汽车负有责任,你把他们当作习艺者。"

"他们就是。他们是恶霸,狂妄自大,只想着他们自己。明知道那些有缺陷的汽车很危险,还要卖出去。赚钱,只有这事对他们重要。"

---

①手艺课(shop class),美国中学的一种课程,教授学生手工工艺、机械安全等方面的基本知识,常被称为"shop"。"Shopper"通常指"购物者",此处根据文意指"习艺者"。

"你一定很爱你的弟弟。"

"我留着我的旧手机,里面有他的语音留言。我总是听听留言,这是种安慰。"他朝她转过头,"生活中的任何安慰都是好的,你不觉得吗?"

萨克斯确信,她已知晓下一个问题的答案。"那些拍了你弟弟和那个女孩的照片的男孩子,他们怎样了?"

"哦,这就是我搬来切尔西的公寓的原因。心意已决,对我而言做起来就更容易了——找到他们,杀掉他们;他们在城里工作。一个被我砍死,萨姆。另一个,弗兰克?被我打死了。尸体在纽瓦克附近的一个池塘里。你如果想听,这些事我可以跟你多说说。她要杀我,对吗?阿莉西亚。"

萨克斯犹豫不决。

事情总会被人知道,早晚的事。"对,弗农。抱歉。"

他露出无奈的表情。"我知道。我是说,内心深处,我知道她在利用我。任何想要你杀人的人,在你们睡过之后,只要直接开口就行了。"他耸耸肩,"我还能指望什么?但有时你任由自己被利用,是因为……呃,只是因为你孤独或别的什么。我们都要为爱付出这样那样的代价。"他又盯着她的脸探究,"你对我很好,甚至在我要杀你的母亲之后。我觉得你终究不是个习艺者。我本以为你是,但你不是。"过了一会儿,他又说,"我可以给你一样东西吗?"

"是什么?"

"在背包里。还有一本书。"

她看看包里,找到了一本薄书。"这个?"

"对。"

《微缩房间内的死亡谜案研究》。

她翻着书，细看那些微缩犯罪现场的图片。萨克斯从没见过这样的东西。这些实景模型的制作者是弗朗西斯·格勒斯纳·李。萨克斯看着躺在厨房里的一个小人偶、一具尸体，轻声笑起来。

"这书你可以留着。我希望你留着。"

"我们不可以拿，你理解的。"

"哦，为什么不可以？"

她微微一笑。"我不知道。警方的规定。我们不可以拿。"

"好吧。或许你可以买一本，既然你知道这书了。"

"我会买的，弗衣。"

两名穿制服的警察走过来。"警探。"

"汤姆。"她回应高个儿的那个。

"囚车来了。"

她对格里菲斯说："我们要带你去看守所。你会乖乖的，对吧？"

"对。"

萨克斯相信他。

58

"他在那里面。"

男孩不超过十五岁,罗恩·普拉斯基从男孩身上移开目光,看向他指着的楼房。这地方很糟糕,比东纽约的大部分地方都要糟。罗恩和他的孩子不久前看了《霍比特人》,有一处讲到矮人和比尔博前往一个山洞。这地方就让他想起了那山洞。老旧的石结构房子,呈干枯的血褐色,黑色的凹窗像尸体的眼窝。有些窗户破了,有些则布满弹孔。

对奥登来说,这个阴暗可怖的地方似乎很适合做交易。或者他就在这里制作那恶名昭彰的卡炽——毒品中的毒品。

也有可能,他在别处干那些勾当,这里是他折磨对手和可疑线人的地方。

"只有他一个?"罗恩问。

"不知道。"男孩睁大棕色的眼睛,在街上溜来溜去。罗恩又是便衣打扮——跟往常展开"挽救林肯·莱姆行动"一样——但他看起来还是老样子:黑人社区里的白人警察,一副所谓的便衣打扮。他强忍着不看身后的那条巷子,托尼在那里等着,格洛克手枪已拔出来。

他问那孩子:"奥登?他有武器吗?"

"听着,老兄,我的钞票。行吧?"

"我会给你一大笔。奥登经常带武器吗?"

"这不是我的地盘,我不认识这个奥登,不认识他的人。我只知道:里奇酒吧的阿尔法传出话来,他为你做担保,说如果我帮你找到这个浑蛋奥登,你就掏钱。我听说他在那里,那栋房子里。我就知道这些,我说了。你真的不是警察?"

"不是警察。"

"好。我该做的都做了。现在:钞票。"

普拉斯基把手伸进口袋,手指裹住一周的工资——五美元面额一张,弄得钞票卷哗哗响。

"等一下。"那孩子急吼吼地说。

"等一下,什么意思?"

"现在别给我现金。"仿佛这警察在做弥撒时打嗝了。

罗恩叹了口气。"你刚刚说——"

"等一下,等一下……"

他四处看看。

罗恩也四处看看。这到底是怎么回事?

随即他发现了三个年轻人,他们是两个拉美裔、一个黑人,走在街对面,吞云吐雾哈哈大笑。以他们的年龄,在有些地方他们可以上早期学院,但在这里,如果没有辍学的话,他们可能还在上高中。

"等一下,等一下……别,别,别看他们,看我。"

罗恩又叹口气。"你在干——"

"好了,现在给我吧。钞票。"

罗恩把钱递过去。男孩把手伸进口袋,递给他一包皱皱巴巴的香烟。

罗恩眉头一皱。"里面是什么？我不买东西。我只想跟奥登聊聊。"

"里面是香烟，老兄，拿着吧。收起来，就当这是三克可卡因。小心，藏起来，快点！"

啊，罗恩明白了。这孩子想制造出他在做交易的景象，树立街头名声。罗恩瞥一眼街对面，看见那三个年轻人注意到了这一切。他们没什么反应，继续走他们的路。

罗恩扫了一眼房子。"好了，奥登。他住多少号？"

"不知道。他就在里面。我要是你，我会从 1A 开始，一路往上找。"

罗恩朝街对面走去。

"喂。"

"怎么了？"

"我的香烟。"

"我刚才买了。"他把烟盒捏扁，扔到街上，"别要了，这东西对你没好处。"

"去他妈的，老兄。"

那孩子走后，托尼来找他。他一身便装，有自己的风格——黑色牛仔裤加 T 恤，套着灰色皮夹克，洋基队棒球帽反扣在头上。他们一起朝巷子口走去，就在仿若半兽人洞穴的楼房旁边。

"里面什么情况？"

"不知道。那孩子发誓说奥登现在在那里。呃，他没发誓。他认为他在那里。这是我们唯一的线索，希望如此吧。"

"感觉像个冰毒窝。"

罗恩希望不是。冰毒瘾君子和可卡因瘾君子都可以亢奋得像超级英雄。毒品给予他们疯狂的力量，放飞他们的思维。如果罗恩和托尼运气好，奥登不零售毒品，只做批发生意，甚或直接供货给查尔斯·巴克斯特，就是莱姆送进莱克斯岛监狱的那个罪犯。毕竟，商业掮客和华尔街的律师得有地方弄到海洛因和可卡因。

托尼说："如果他在做交易，他就不会是单独一人，他们都会有武器。你问那孩子了吗？"

"是啊，我问了。没用。"

不知道……

"我们来这里四十分钟了，没人进出。我觉得情况很好。"

"哦？"托尼问，"你可能不认为奥登和他的三个保镖，以及他们的AK47在四十五分钟之前就来了？"

"你的语气。"

"我就是说说。好，我们走。"

托尼拉开夹克的拉链，更便于摸到现已回归枪套的格洛克手枪，他上上下下打量弟弟。"你的枪呢？"

"在脚踝上。"

"不行，佩在腰带上。"

普拉斯基迟疑一下，随即拉起牛仔裤裤脚。他把枪从枪套里拔出来，放进装有剩余毒资的口袋。哥哥点点头算是让步，好吧，小巧的点三八手枪很可能从腰带上掉出来，或者滑到罗恩的裤裆里。

托尼碰碰他的胳膊。"只是，最后再问你一次，你确定这么做值得吗？"

罗恩微微一笑。

他们一起缓缓走向奥登所在房子的前门。门没锁，确切地说，是没有门锁。门上有个插固定插销的大洞。

"哪一户?"

不知道……

罗恩摇头。

但他们无须太费劲。在二楼,后面那套号码为2F的公寓有个手写牌,就在蜂鸣器按钮下面,门的正中间。牌子是红色的,有磨损。

奥德恩。

换了别的情形,罗恩可能大笑出声了。一个爱尔兰毒贩,而不是斯堪的纳维亚毒贩。①

托尼站在门边。

罗恩没有。当有人透过窥视孔往外看,看到走廊里没人,这就意味着来者是警察。他摆出一副冷脸,按响门铃。他在出汗,但没有擦掉淌下来的汗水。来不及了。

一阵沉寂之后,屋里响起脚步声。

"谁啊?"说话者声音粗暴。

"我叫罗恩,是巴克斯特的朋友,查尔斯·巴克斯特。"

罗恩看到门下有阴影移动。奥德恩从口袋里掏出枪来,想这样透过房门崩掉来访者?在你的住所这么做,似乎不明智。但罗恩意识到奥德恩的状态可能不太稳定,因此可能并不在乎杀掉家门口的一个侵入者。至于附近的其他人,他猜枪击在这一带差不多司空见惯,因此他们基本不会理会。

"你想干什么?"

"你知道查尔斯死了。"

"你想干什么?"

---

①此处的人名"奥德恩"(O'Denne),和前文的"奥登"(Oden)发音相近。"O"和父名连缀在一起,为爱尔兰人取名的惯用方式,表示某某人的儿子。

"他跟我说过你,我想接手他的事。"

门那边咔嗒一声响。

扣上扳机了?还是解除击锤保险了?

但那原来是其中一道门锁打开的声音。

罗恩浑身紧绷,伸手去摸枪。托尼举起了格洛克手枪。

门开了,罗恩看向门内,打量面前的这个男人,他背光站在廉价灯泡的灯光中,灯罩都破了。

罗恩双肩一塌。他想到的只是:哦,天哪……我现在怎么办?

59

林肯·莱姆听到连栋住宅的前门开了又关,有脚步声走近。

"是阿米莉亚。"朱丽叶说。他们正在客厅里。

"你从声音就听得出来,很好。对,你的听觉、视觉、嗅觉都会增强。有些医生对此表示质疑,但我做过实验,我相信这是真的。味觉也一样,如果你不用过多的威士忌杀死你的味觉细胞的话。"

"什么?味觉细胞?"

"味觉受体细胞。"

"哦。呃,生活就是一架天平,不是吗?"

阿米莉亚·萨克斯走进客厅,点点头打招呼。

"拿到格里菲斯的供词了?"他问。

"差不多吧。"她坐下来,跟他讲了两兄弟遭受欺凌的故事——小的那个被欺凌致死,他哥哥心理越来越不稳定,渴望报复。格里菲斯的叙述跟阿莉西亚·摩根告诉他们的内容完全对得上。

"'习艺者',"阿切尔听完故事沉吟道,"嗯,没想到是这么回事。"

虽然罪犯的精神特质基本上不关莱姆的事,他现在也不得不承认,弗农·格里菲斯是他对付过的特别棘手的嫌疑人之一。

"不是不同情他。"萨克斯说。

抢了莱姆正要说的话。

她解释说可能会有一个认罪协议。"我们当场把他抓住，他认罪了。他不想反抗。"她微笑一下，"他问我是否觉得他们会让他在监狱里做微缩家具。"

莱姆琢磨着是否存在这种可能。因为谋杀而下狱的重罪犯，可能不会被允许接触锯子和圆头锤。这人可能不得不满足于做做车牌。

然后，他盯着证物板，想着两个看上去如此不同的案子，实际上怎么会有着双胞胎一样的基因关联。"弗罗默诉中西部交通运输公司案"和"纽约州人民诉格里菲斯案"，还有现在的"诉阿莉西亚·摩根案"。

萨克斯给自己"解除"了武器（这个动词曾出现在纽约市警察局一份有关枪支安全的备忘录中，她跟莱姆说了这事，他们笑了个够）。她从汤姆摆在角落的咖啡壶里倒了些咖啡，坐下来。她才喝一口，手机就响了。她看了看信息，大笑一声。"皇后区的犯罪现场调查组找到了丢失的餐巾纸。白城堡餐巾纸。"

"我都忘了这事。"阿切尔说。

莱姆说："我没忘，不过我已经不对他们抱希望了。怎么了？"

萨克斯把信息读出来："没有摩擦嵴，没有DNA。有牛奶类含糖饮料，其比例表明来源为白城堡连锁快餐店。"

"但餐巾纸上——"阿切尔开口道。

"——餐巾纸上印有'白城堡'字样？对，是有。"

莱姆说："这就是我们这个职业的本质——现在也是你的职业，阿切尔。我们每天都在处理丢失的证物、从没经过恰当鉴定的证物、遭受污染的证物。得出的推论完全一团糟，得出的推论没必要。线索被遗漏。我可以想象，流行病学领域也这样。"

"哦，是的。近视眼儿童，还记得吧？"她给阿米莉亚·萨克斯讲了那项研究的情况，该研究错误地断定儿童开着灯睡觉和视力问题之间存在着因果关系。

萨克斯点点头，说："我在广播里听到过这事——人们过去相信蛆是从肉中自然产生的。我不记得细节了。"

阿切尔说："是啊。十七世纪的一位科学家弗朗切斯科·雷迪，推翻了这一点。那是因为蝇卵太小，没法看见。他是实验生物学之父。"

萨克斯看着证物板，显然在看关于民事案件的部分。她问："你那件案子，原来的那起，弗罗默太太的？她能拿到赔偿吗？"

"不好说。"莱姆解释说，以格雷格·弗罗默的异常死亡为由控告阿莉西亚和格里菲斯，这是唯一的诉讼理由。惠特莫尔在调查他们的财务状况，但两人好像都不太富裕。

阿切尔的手机响了。她发出指令："接电话。"

"嘿，朱尔，是我。"

"兰迪。林肯和阿米莉亚也在。"

是她的哥哥。

大家互致问候。

"我十分钟后到。"

她说："我们结案了。"

"真的？啊，真让我佩服。这一切比利会喜欢听的。他喜欢'警察妈妈'这主意，你知我知哦。他在创作一个漫画故事，你是女主角。别说我说了。那是个惊喜。好了，我遇上堵车了，没用免提。别告诉警察。哈！"

他们结束了通话。

阿切尔没看莱姆，而是把目光转向萨克斯。"我报名上林肯的课时，就知道你，当然了，知道阿米莉亚。凡是关注纽约犯罪情况的人都知道你。就像我儿子说的，你是史诗般的英雄。我会选'棒极了'，但是，呃，'史诗般的英雄'好像更合适。我还知道你和林肯合作，你是他的伙伴，但我不知道你们也是那种伙伴。过去几天见到你，我就看出来了。"

"我们在一起很久了，两方面都是。"萨克斯微笑着说。

"我不知道会怎样，但你们就跟其他夫妻一样，有快乐，有悲伤，也会怄气。"

莱姆轻声笑起来。"当然，我们也吵架。我们过去这几天就吵了一架。"

萨克斯说这话的时候可没笑："他辞职了，我很生气。"

"而我因为她对我辞职的事生气而生气。"

她又说："他抢走我的实验室技术员，也让我生气。"

"你最终还是把他抢回去了。"莱姆埋怨道。

阿切尔说："我被确诊的时候，决定独自一人生活。哦，根据监护协议，有些时候跟比利在一起，当然了，还有一个看护——就像汤姆一样的某个人。不过我不知道能否找到一个像他那样的人，他很难得。"

莱姆瞟了一眼门口。"他是最好的。这话只限于我们知道。"

阿切尔不好意思地笑笑。"弄得好像他不知道似的。"她继续说，"我决定再也不谈恋爱，永远不考虑这事。给自己找个新职业，一个有成就感、有挑战性的职业。尽我所能把儿子养大。交些能和四肢残疾者来往的朋友。虽然不是我计划好或想要的生活，但是是一种体面的生活。后来——你难道不喜欢命运的安排?——后来我遇到了一个人。这大概是三个月前的事,就在神经科医生刚刚确认残疾状况可能会跟他们想的一样严重之后。布拉德,他叫这个名字。我们是在我儿子的生日派对上相遇的。他是个单身父亲,医学博士。我们俩真的很合得来。我直截了当地跟他说了肿瘤、手术的事。他是心脏领域的,但大致知道这种疾病。他好像不在意这事,我们交往了一段时间。"

萨克斯说:"但你跟他分手了。"

"分手了,是的。一年后我就有可能变成一个冷冰冰的残疾人。他慢跑、航行。咳,这种组合你在 Match 或 eHarmony 网站的同一栏里真是找不到,对吧?我提分手的时候,布拉德非常伤心。但我知道这样最好,对我们两个都是。"她一阵大笑,"你们能看出来这事会怎样发展吗?"

莱姆完全不知道,但他注意到萨克斯的脸上露出了淡淡的微笑。

阿切尔继续说:"然后我看到你们两个在一起,就开始想我或许犯了个错误。昨晚我给他回电话了,我们这个周末要约会。谁知道呢?也许六个月后我们就会订婚,就像你们俩一样。你们定好日子了吗?"

萨克斯摇摇头。"还没有。快了。"

阿切尔微微一笑。"他求婚浪漫吗?"

"现在我很难单膝跪下,是吧?"莱姆咕哝道。

萨克斯说:"我觉得浪漫,'好像没有客观或实际的理由不结婚,这问题你怎么看?'"

阿切尔大笑起来。

莱姆皱起眉头。"这没什么可笑的。我对形势做出准确的评估,再加提出请求,以获取可能有助于达成结论的进一步信息。

对我来说,这很有道理。"

阿切尔盯着萨克斯的左手。"我看到你的戒指了。很美。"

萨克斯抬起无名指,展示那枚两克拉的蓝色宝石。"林肯挑的,产自澳大利亚。"

"蓝宝石?"

"不是,是钻石。"

"不是特别有价值,"莱姆用分析的语气说道,"但罕见,Ⅱb型的。这颜色吸引了我。呈蓝色,是因为分散在基质中的硼。顺便一提,也是半导体。这是唯一具有这种特性的钻石。"

"你们要度蜜月吗?"

莱姆说:"我在考虑拿索。上次在拿索,我差点中枪、差点淹死。两件事都发生在五分钟之内。我想再去,过一段安宁一些的时光。我也想去看看一个朋友,他妻子做的炸海螺丸子太好吃了。"

"我等着婚礼请柬。"

萨克斯脑袋一偏。"婚礼还需要一些人手帮忙。"

"尽管开口,我帮你。"

门铃响了。莱姆看一眼监控屏幕,阿切尔的哥哥来接她了。汤姆把兰迪让进屋。他朝莱姆和萨克斯点点头打招呼,赶紧奔向妹妹。"你还好吗,朱尔?你的脸!"

"没事,没事,不要紧。一点点瘀伤。"

阿切尔转动轮椅对着莱姆:"我又要做出格的事了。"

他眉毛一耸。

她从轮椅上站起来,走向莱姆,伸出胳膊抱住他,抱得紧紧的。至少,他是这么推测的,因为他无法感受到压力。她给了萨克斯一个类似的拥抱,然后坐回暴风剑轮椅,驶了出去,她的哥哥跟在后面。

"明天早点来。"莱姆喊道。

她举起左手,竖起大拇指,他笑了起来。

当他们都走了,莱姆说:"我跟你妈妈聊过了,她的精神状态很好。什么时候做手术?"

"明天下午。"

他仔细看她疲倦的脸,她正凝望着窗外。"另外那个情况呢?"他指的是尼克。那天晚上她把他的再次露面向莱姆和盘托出——还有她对他的怀疑。她讲了在尼克家过夜、在他的手机上安装追踪程序的事。

这是开场白,萨克斯?继续说……

有那么一会儿,没有反应。她一动不动,眺望着中央公园。

"结果就像我担心的那样。实际上,更糟糕。他试图指使别人杀人。"

莱姆做了个鬼脸,摇摇头。"真是难过。"

"弗雷德会用他一段时间。我们会抓住另外六个人,有组织犯罪链条上的重要角色。然后放他走。"

"有件事你一直没告诉我,萨克斯。"

她朝他转过去,身下的藤椅发出那独特的吱吱声。她脑袋一偏,把头发往后一捋。莱姆喜欢她披着头发,而不是扎发髻。

"什么事?"

"你为什么会怀疑尼克?他告诉你的每件事,他怎么做的……听起来都可信。至少,在我听来是这样。"

她过了一会儿才说:"是直觉。我知道你有多讨厌这个词,但事实就是这样。我具体说不上来,他有些不对劲。是我妈妈让事情明朗化的。尼克说他为他的弟弟顶罪,但她说如果他真的在乎我，就绝不会那样做。尼克是一名受过嘉奖的警察，在市区各处都有名气。他的弟弟被抓，他本可以和地方检察官在判刑的问题上一起合作，帮唐尼在狱中参加戒毒计划。他再组织一次行动逮住德尔加多——顺便一提，那一切都是谎言。他不会替人顶罪的。"她微微一笑，丰满的嘴唇没涂口红，笑成一弯浅浅的新月。"一丁点证据都没有，只有直觉。"

"不，"莱姆说，"不是直觉，是内心。有时那比证据更好。"

她眨眨眼。

"但你就当没听见我说这话，萨克斯。你可从没听我说过这话。"

"我最好去找我妈妈，"她用力亲他的嘴，"那个女人得快点好起来。我想念睡在这里的感觉。"

"我也想念，萨克斯。我真的想念。"

60

莱姆在下棋，对战聪明却相当无趣的计算机程序，他从屏幕上抬眼看。

他对客厅门口那磨磨蹭蹭的来访者说："进来吧。"又对计算机微处理器下指令："白棋王后走到e7，将军。"

他把那步棋留给程序仔细考虑，驱动轮椅离开工作台，面朝罗恩·普拉斯基。"你去哪儿了，菜鸟？你错过了格里菲斯案的高潮、顶点和结局。瞧你，赶上个尾声。多没意思。"

"呃，有另外那起案子要忙。我有多个任务在身。"

"普拉斯基，你知道我多讨厌这个词吗？把'task'当动词用，就跟把'ask'当名词用一样气人。无法接受。还有前缀'multi'，这种运用没必要。你如果要把'tasking'视为谓语，就得加入一次单数的努力或十二次的努力。"

"林肯，我们生活在一个——"

"你如果说'演讲片段'的时代，我可会不高兴。"

"——个，嗯，经常使用简略语或单个词以传达复杂概念的时代。这就是我要说的。"

他强忍住笑，提醒自己不要小瞧这个年轻人。莱姆需要有人让他变得现实一点。

但透过机智的应答,莱姆看得出来他心事重重。"你从阿米莉亚那里听说了?关于格里菲斯的事?"莱姆问。

罗恩点头。他坐在藤椅里。"可悲的人,可悲的事。"

"是的,对。但从法律的角度来看,报复作为一种动机,跟性欲望或恐怖主义一样不能被接受。好了,我讨厌装腔作势。既然案子已经了结,你就没道理待在这里。行了,什么事?"

年轻警察的眼睛一直盯着格里菲斯的一个微缩梳妆台。然后,他盯着餐桌看。他仔细看着这桌子,直到差不多该开口了。

"另外那起案子。"

"古铁雷斯案。"

普拉斯基看着他。"林肯,瞧你那说话的样子。你知道不是古铁雷斯案。"

"我推测了一下。这不难。"

"詹妮就说我是透明人。"

"你是有一点,菜鸟,是啊。这不是不好。"

普拉斯基似乎不在乎好还是不好。"另外那起案子?"

"接着说。"

"是巴克斯特案。"伴着这话,是一个多余的眼光,扫向角落里背对着他们的白板。

莱姆没料到真相是这样。但想法已定,占据中心舞台的是他的同事,而不是莱姆。

"我查了案卷资料。我知道案子已经了结,但总之还是查了。我发现了一些不明不白的问题。"

莱姆想起阿切尔表示质疑的话:为什么巴克斯特忘了告诉调查人员有关外面那个存储地的事?

莱姆问:"是什么?"

"呃,有个相当值得关注的问题。我查了警探的记录,查到了巴克斯特在过去一年左右见过的每个人的名字。有一个好像特别值得关注,一个叫奥登的人。"

"从没听说过。"

"这名字出现在一份证人的证词抄本上,所以他们写成了'O-D-E-N'。结果这名字其实是'O'撇号'D-E-N-N-E'。"

"是爱尔兰人名,而不是一个被拼错的斯堪的纳维亚神的名字。"

"我四处打听,继续查阅记录。没什么结果。但我的确发现这个奥德恩跟布鲁克林的毒品世界有关联。街面上的人在谈论某种新型毒品,他就是这种毒品的幕后人物。那是一种合成毒品,好像叫卡炽。但办案警探一直没追查这条线索,我猜是因为巴克斯特……"

"菜鸟,尽管说。他死了。"

"对。但我查了,我一路追查了下去。"

"没经过批准?"

"差不多吧。"

"她好像怀孕了。"

"我最后查到了他的身份,奥德恩在东纽约。为什么巴克斯特一个金融大佬跟东纽约的这个帮派分子有关联呢?我去找奥德恩聊聊,查查——"

"巴克斯特是否不仅仅是个诈骗高手。"

"正是。我想证明他在资助这种新型毒品,他实际上用了你发现的那把枪——他杀了人。林肯,记得吧,证据模棱两可,存在着疑问。他也许是个危险人物。"

莱姆轻声说:"这样的话,受到暴力罪犯级别的监禁对他来说本来就是正当程序。"

普拉斯基点点头。"因此你就不会为一个无辜之人的死负责;你关进去的是一个危险的罪犯。如果我能向你证明这一点,你就会抛开这套关于退休的鬼话。真的是鬼话,林肯。"

莱姆轻笑一声。"呃,这可真是个关键问题,菜鸟。答案是什么?"

"我和我的哥哥找到了奥德恩。在东布鲁克林。"

林肯眉毛一扬。

"他是个神父,林肯。"

"一个……"

"弗朗西斯·泽维尔·奥德恩神父。他在布朗斯维尔开了一间临街的诊所。跟他有关联的毒品?"他沮丧地笑笑,摇摇头,"那是一种治疗毒瘾的新型美沙酮。那药也不叫'卡炽',那是奥德恩神父的诊所名字,'社区行动希望治疗中心'①"。普拉斯基叹了口气,"而巴克斯特呢?他是那地方的主要捐助者之一。"

所以,枪是巴克斯特父亲的,是这人生命中一个里程碑事件的纪念物。枪击残留物来自一张随机的二十美元钞票,毒品痕迹也来自这一张或另一张钞票。枪油来自他给儿子买礼物的运动用品店,那可能是他给这男孩买的最后一件礼物。

"还有,林肯,我想我全跟你说了吧。那个中心可能得关门了,如果奥德恩神父没法找到别的人来捐助的话。"

"这么说,我不单要为一个无辜之人的死负责,还要为妨碍了多少人离开街头、投入充满意义的生活负责?"

---

① 原文为"Community Action Treatment Center for Hope",其首字母缩写为"Catch",即前文提到的"卡炽"。

"妈的。我只想帮忙,林肯,让你回来工作。但是……呃,我发现的就是这些。"

这就是科学;你不能无视事实。

莱姆转动轮椅,又看着弗农·格里菲斯精心制作的一件件细小的家具。

"总之,"普拉斯基说,"我现在理解了。"

"理解什么?"

"你为什么这么做。退休。我如果把事搞砸了,或许也会有同样的举动。退出来,离开警队。干点别的工作。"

莱姆仍旧盯着弗农·格里菲斯的微缩模型。他疾声说道:"糟糕的选择。"

"我……什么?"

"因为犯错误而离开,彻彻底底的坏主意。"

普拉斯基眉头紧皱。"好了,林肯,我没听明白。你在说什么啊?"

"你知道一小时前我跟谁聊过了?"

"不知道。"

"朗·塞利托。我问他有没有什么案子需要帮忙。"

"案子?刑事案子?"

"我上次看到他的时候,他还不是社工,菜鸟。当然是刑事案。"他把轮椅转过来,面对这个年轻的警察。

"嗯,我有点糊涂了,我希望你能理解为什么。"

"傻里傻气的执着如一是狭隘之人的心魔。"

"我也喜欢爱默生,林肯。我觉得是'心底狭窄的人'。"

是吗?可能吧。莱姆点点头表示让步。

"但这还是解释不了为什么。"

林肯·莱姆觉得这才是答案：你不去追求你心知肚明想要追求的东西，你把其中的理由一一总结出来，肯定——他喜欢这个词——就麻木了。这无非意味着你不得不无视内心里的每一个喧嚷之声，喧嚷着要你离开、要你退休、要你犹豫、要你暂停或要你质疑，不管那声音是一条妨碍到你的线索，还是一种诱惑你休息的疲惫，抑或是这件惊人之事，有人躺在你因为疏忽而为他掘下的坟墓中。

但他说："我不知道，菜鸟，完全不知道。但事情就是这样了。所以把你的日程安排妥当，明天一大早我就需要你，你和阿米莉亚。我们得了结不明嫌疑人四十的案子，然后看看朗有什么别的——对不起——要紧的事。"

"好，林肯。很好。"

普拉斯基朝门口走去，脸红红的，脸上的表情说是笑容满面最恰当了。

莱姆认为，那是一种任何人都不该露出来的表情。

第七部分
星期一
A计划

61

门铃响了,莱姆看一眼监控屏幕。是拄着手杖的朗·塞利托。

汤姆走向门厅,把警探让进屋。他注意到塞利托停步在往莱姆那边去的路线上,没有折向饼干托盘,汤姆早些时候做好了饼干,空气中仍有浓郁的热黄油和肉桂香味。但眼睛朝糕点的那一瞥,透出了遗憾;也许过去这几天,他长胖了一两磅,原来的那个朗·塞利托又回来了。

"嗨。"他朝汤姆点点头,僵硬地走向椅子,鞋子啪啪作响,手杖磨旧的橡胶头落地无声。"林肯,阿米莉亚。"

萨克斯点点头。她来送不明嫌疑人四十案件先前部分的证物——保存在皇后区的证物。她担心有些证物可能会被弄丢,就像白城堡快餐店的餐巾纸一样。所以今天一大早,她亲自去取了证物,送到莱姆家来。

她不会久待;她要带罗丝去医院,几个小时后手术就要开始。

"什么都不要?"汤姆问警探,"咖啡?"

"不要。"他抬眼向上,避开他们的目光。

嗯,莱姆打量着这人的脸。出问题了。

"那电动扶梯,你应该弄走,林肯。挺好的开场白吧。"

莱姆心想,挺好的话题转移。他不耐烦了。证据有待整理。

他要跟起诉格里菲斯和摩根的检察官会面,梅尔·库柏马上也要到了。

"出什么事了,朗?"

"好了,得告诉你们。"

莱姆朝他看,但塞利托看的是萨克斯。

她整理好证物,随即脱下紧绷绷的塑胶手套。她对着手指吹了吹。很多年了,莱姆没有体会过在戴了好几个钟头的手套之后,那种小小的动作带来的轻松感,但那种感觉他记得清清楚楚。

"说吧,朗。"阿米莉亚·萨克斯想直截了当地知道消息——至少坏消息是如此。他想到她好像从来就不怎么需要好消息。

"你被停职了。"

"什么?"

"该死的,这是因为什么?"莱姆怒声说。

"警察局广场的问题。"

萨克斯闭上眼睛。"我泄露消息了,对吧?关于智能控制器的消息?而且我没有告诉上头。但我必须这么做,朗。"

莱姆说:"胡扯。她可能救了别人的命。公司关掉了它们的服务器,格里菲斯就没法侵入。"

塞利托那苍白的脸上露出困惑的神色。"你们在说什么啊?"

萨克斯解释说她秘密见了记者,这名记者发表了报道,说有些公司出于经济原因犹犹豫豫,不用CIR微系统公司的新版安全更新程序离线更新它们的云服务器。

塞利托露出厌恶的神色。"不管怎样,不是这回事。抱歉,阿米莉亚,是马迪诺。"

莱姆想起来了。是八十四分局的那名警监。萨克斯为了救格雷格·弗罗默的命，朝电动扶梯的驱动器射了一枪，这之后他召集了射击小组。

"事实证明，有记者拿那起案子做文章。"

"他告诉我说他们放手了。"

"嗯，他们没怎么放手。现在这成了大事件，警察开火。"

"射击手无寸铁的孩子，对，"莱姆怒气冲冲地说，"而不是工业机械。"

塞利托举起双手。"拜托，林肯，我只是个传信的。"

莱姆想起几天前他和萨克斯的聊天。

只要没有记者拿警察在商城开枪的报道，来成就自己的事业，我就不会有事……

我觉得那可算不上一个新闻附属专业……

这在当时看来很可笑。

萨克斯说："继续说。"

"那些记者，他们缠着他问出了什么事、牵涉谁。他们威胁说要去找他的上级。"

她露出讥笑。"他担心，如果不把我推进火坑，这会危害到他在警察局广场的豪华新办公室。"

"简单来说，是这样。"

"结果呢？"

"停职三个月，没有薪水。抱歉，阿米莉亚。我得收走枪支和警徽，就像该死的电影里一样。"他好像真的对这整件事都感到厌恶。

她叹了口气，然后把东西递给他。"我要去申辩。我要找警察工会的律师谈谈。"

"你可以啊。当然可以。"他的语气像流沙一样。

她紧紧地盯着他。"但是？"

"这只是我的建议。挨下这一巴掌，继续做你的事。马迪诺不会让你好过的。"

"我会让他不好过。"

她沉默了一会儿。然后，纽约市警察局权力争斗的现实——嗯，所有政府机构的权力争斗现实——渗入进她的想法，她的脸上露出一种听天由命的表情，平静下来。

塞利托继续说："几个月后，大家就会忘了这事，你会回归正轨。你反抗，这事就会拖延下去，导致更多的媒体关注。他们不想要这样，可以长时间地晾着你。你也知道这个体系是怎么运作的，阿米莉亚。"

莱姆轻蔑地说："这是胡扯，朗。"

"我知道，你知道，他们也知道，区别在于他们不在乎。"

她说："但我们得把格里菲斯和摩根的案子好好办完。"

"即刻生效。"

她脱掉实验室外衣，换上运动外套，深灰色的那件，剪裁既适合她的身材又适合她的格洛克一七式手枪。莱姆一直觉得那是一件棘手的裁缝活儿。

她说这话时，声音里有种无所谓的味道："我想，时机不算最糟糕。这给了我一个机会，在接下来的几周里可以更好地照顾我妈妈。也许，这是件好事。"

但这当然不是。莱姆一下就可以看出，她根本不是这么觉得的。她要面对一个空空荡荡、烦躁不安的季度，并且会很恼怒。他对此确信不疑，是因为他在这种情况下就会有这般感受。我们就是为工作而生的——狗、马、人类。减去这些，我们就会变得渺小，有时这是不可逆转的。

"我现在得送她去医院。"她大步走出去,离开了连栋住宅。

莱姆听到前门关上了,没过多久,她那辆都灵车的大引擎发动起来。加速不太快,他没觉得意外。对阿米莉亚·萨克斯来说,只会出于高兴,而不会出于愤怒释放车子的马力。

62

林肯·莱姆一开始没认出走进客厅的这个男人。

他生气地看了一眼汤姆。有陌生人来，为什么没打个招呼？

但几秒钟后，他就意识到：这是埃弗斯·惠特莫尔先生，那个刻板低调、笔迹一丝不苟、行为举止更是一丝不苟的律师。

没认出来的原因是，这人改换行头了：穿着灰色的毛料休闲裤、蓝色的格子衬衫，没有领带，再加上一件绿毛衣（他应该立刻给人小费的；毛衣是开襟羊毛衫，全部三颗纽扣都扣上了，就像20世纪五十年代情景喜剧里父亲的最佳风范，这位父亲宽容地忍耐着孩子们淘气却温情的举动）。这人头上戴着一顶鲜绿色的泰特雷斯高尔夫球帽。

"莱姆先生。"

"惠特莫尔先生。"莱姆在自言自语的时候，已经放弃直呼其名了。

律师意识到了莱姆在观察他的穿着。"一个小时后，我要指导一场足球比赛。是我的儿子们。"

"哦，你成家了。我不知道。"

"我多数时候不戴婚戒，是因为这会把我的实际情况泄露给对方律师。从策略上来说，我自己不会去利用另一位律师的个人信息，但有些人不这么认为。我相信，你也不会对此感到惊讶。"

"你说儿子？"

"我还有女儿。三男三女。"

好吧。

"儿子是三胞胎，他们在同一支足球队里。这常常让对手摸不着头脑。"他露出一个微笑。这是他头一次笑吗？不管怎样，笑得又浅又利落。

惠特莫尔四下看看。"萨克斯警探呢？"

"在医院。她的母亲在做手术。心脏搭桥。"

"哎呀。有消息吗？"

莱姆摇摇头。"但她是个精力旺盛的人。如果这可以预示良好预后的话。"

这个死心眼的律师似乎没明白。"你跟萨克斯警探说上话的时候，请代我向她问好。也向她的母亲问好。"

"我会的。"

"我听说你跟嫌疑人发生冲突了。直接冲突。"

"对。我没受伤，朱丽叶·阿切尔被伤到了，但不严重。"

这人没有解开羊毛衫的扣子，端端正正地坐在椅子上，把公文包拿到膝头。弹簧扣咔嗒两声响，他随即掀起盖子。

"抱歉，有坏消息。我很遗憾地告诉你，我让我的调查员彻底调查了阿莉西亚·摩根和弗农·格里菲斯的财务状况。她有一个储蓄账户，大约有四万美元；他有大约十五万七千美元的资产，外加一份退休计划——但这是免受债权人的影响的。"

"所以总共大概是二十万美元。"

"我会追诉，但如果有其他被告，而且我向你保证会有，这些钱就必须在其他所有幸存者和家属中间分配。亚伯·贝恩科夫的妻子、托德·威廉姆斯的家属,甚至还有那个在百老汇剧院受伤的木工。"

"还有遭受永久性伤害的人,因为他们无法乘坐电动扶梯了。"莱姆补充道,指的是朱丽叶·阿切尔最初提到的闻风而动的委托人,惠特莫尔还向他们保证,这些人会排着队讨要赔偿。

律师接着说:"还有我的胜诉酬金。弗罗默太太最多会拿到两万美元。"

支票会被送到斯克内克塔迪的一个车库。

惠特莫尔把文件放在旁边的藤制咖啡桌上,那可能是他的调查员对两名犯罪者做的财务分析,整理得很仔细。莱姆不知道他为什么把这些东西带过来。他确信律师的私人调查员已经做足了功课,结果是准确无误的。没必要校验了。

"好了,"惠特莫尔说着,把文件整理得更整齐,"我们不得不采用 A 计划了。"

"A 计划。"

就莱姆所知,原告的团队没有确立任何以字母排序的应急方案。在中西部交通运输公司破产和 CIR 微系统公司没有任何罪责之后,他以为唯一的办法是瞄准两名同谋者自身的资产,这个策略现在已经没用了。

莱姆提到了这一点。透过一层薄纱似的困惑,惠特莫尔看着他。"不,莱姆先生,那是 B 计划。我们的第一个方案,向生产商提起产品责任诉讼,始终是可行的。这里。"他把刚刚拿出来的文件中的某一份往前推推,莱姆驱动轮椅,凑近桌子看文件。他发现这其实不是财务分析文件。

纽约州最高法院
国王郡

——————————————————————————— x

桑德拉·玛格丽特·弗罗默,
原告
起诉状
诉   编号:

CIR 微系统股份有限公司
被告

——————————————————————————— x

致纽约州最高法院

原告桑德拉·玛格丽特·弗罗默谨提出如下声明和控告:

莱姆用右手笨拙地翻阅着长长的起诉状。还有第二批相似的文件,是以她儿子的名义、以异常死亡为由提起的诉讼;第三批文件则是以格雷格·弗罗默自己的名义提起的诉讼,诉讼理由是他在人世的最后十五分钟里所遭受的疼痛和痛苦。还有很多、很多附属文件。

判决要求,索赔条款是五千万美元。

莱姆从文件上抬起眼睛。"但……我以为不存在针对控制器生产商的诉讼案。"

"你为什么这么想?"

莱姆耸耸肩。"弗农·格里菲斯是——"

"一个介入因素?"

"对。"

"啊,但他是一个可以预见的介入因素,他们本应该防止的。过失是通过将损害的可能性与损害的严重程度相乘,并将相乘结果与防止损害的成本相比较来决定的。勒尼德·汉德[1]。第二巡回上诉法院。'美国诉卡罗尔拖船公司案'。

"我应用了那个公式,提出这些主张,其一,智能控制器遭受侵入的概率极其高,这是考虑到现如今黑客的数量、才智和动机。其二,损害的程度极其严重。弗罗默先生和亚伯·贝恩科夫死了。事实自证。还有第三点,采取适当的预防措施,其负担极其小。CIR微系统公司本来可以提供自动安装的安全更新程序,很容易的事,就像他们现在承认,并且确实正在做的那样。他们本来就应该预见到,黑客会造成严重的损害,而那对他们来说是个简单的修补措施。所以,在死亡事件中,CIR微系统公司有过失。

"我还会根据严格产品责任法,提出控制器存在着缺陷。你的工作伙伴告诉我——我正让专家进一步研究这个问题——内置式产品里面用的是过时的软件。"

确实。罗德尼·斯扎内克告诉过他们,对智能控制器公司来说,使用容易被侵入、被去除了某些功能的旧软件,比编写新代码便宜省事。这样可以省钱,让产品更快进入市场。

发送垃圾邮件的冰箱……

"所以,过失和严格产品责任。我可能还会加上对违反担保

---

[1] 勒尼德·汉德(Learned Hand, 1872—1961),美国法学家、法官。他在一九四七年发生的"美国诉卡罗尔拖船公司案"中,提出了著名的"汉德公式",以在沉没的驳船船主、卡罗尔拖船公司、与驳船发生碰撞的油船船主之间确定损失的责任。公式为:$B<P \cdot L$(B代表防止意外的成本,P代表发生意外的概率,L代表意外所产生的损失)。

条款的索赔。起诉一个有钱的被告时，采用'洗碗槽策略'①没什么不对的。"

"你肯定会争取和解。"

"是的。他们知道我会把其他所有事件都纳入到证据中来——贝恩科夫先生的烤炉、剧院的微波炉、受到操控的汽车。对CIR微系统公司而言，上法庭打官司是一场公关噩梦。我还有陪审团，可以用惩罚性损失赔偿让他们大出血——即便不榨干的话。就像吸血鬼一样。"

啊，这个严肃的律师终究还是有幽默感的。

"我不会拿到五千万美元，但我会谈出一个合理的数字。这就要说到我为什么来这里了。在我把起诉状发给CIR微系统公司的律师弗洛斯特先生，并且开始讨价还价之前，有些证据问题得要你解决。"

一阵迟疑。

"恐怕我没法帮你。"

"不会吧？我可以问是为什么吗？"

"我在帮地方检察官准备刑事案件的诉讼。如果我继续帮你，就会有利益冲突。"

"我明白了。当然了。听到这事真遗憾。真的，我不想危及民事审判。"

"是啊。"

"不过我必须得说，把起诉理由整理得尽可能强大，这很重要。我们提交给被告的诉讼案，不能有任何漏洞，证据对此至关重要。我需要一位专家。莱姆先生，你能想到什么人吗？任何人

---

①指"尽其所能，几乎包括所有"的意思。

都行？"

"你好，罗丝。"

老妇人睁开眼睛。"林肯，你来看我了。见到你真好。"

她抬起没打点滴的胳膊，捋捋头发，不过头发梳理得非常好。不久之前，阿米莉亚·萨克斯和莱姆来到观察室的时候，她已经给熟睡的母亲整理过发型了。

"阿米在哪儿？"

"在跟医生谈你什么时候回家，能做什么不能做什么。"

"我明天就应该开始走路了。谁会想到呢？把你切开，修好你的心脏……让你开始马拉松之旅。简直不公平。我还希望能享受一两周的同情呢。"

罗丝的脸色不像他预想的那么苍白。实际上，她显得更健康了。莱姆猜，血液循环得到了改善。他当即想到了阿莉西亚·摩根。一个不起眼的小东西，家用轿车里的一个产品，让她的生活永远陷入了糟糕的境地；而在这里，在医院，不起眼的小东西刚刚让一条生命得以延续数年，否则这个生命随时可能突然结束。同样地，各种各样的东西也让莱姆自己可以活着并且生活如常。

他随即轻笑起来，思维太活跃了。他可是来探望准岳母的。

罗丝的房间很好，正好朝向街对面的公园，起码是公园的一部分。他说起了这个风景。

她看向窗外。"是啊，是啊，不过我得说，我从来不是那种人，一心想要带风景的房间。房间里面呈现的东西有意思多了，你不觉得吗？"

他深以为然。

他没问她感觉怎样、医院的餐食怎样,没问探访者会刻板地询问病人的零碎琐事。莱姆注意到,床头柜上有一本斯蒂芬·金的书。他几年前读过这本书。他们开始热烈地讨论宇宙大爆炸理论。

有个护士过来了,是个英俊、结实的男人,一口浓重的加勒比口音。

"萨克斯太太,啊,你有个鼎鼎有名的访客。"

莱姆想摆出一副不屑的冷脸,但因为她,就点点头,微微一笑。

护士检查一下她的情况,看看切口、静脉注射。

"看起来很好,看起来非常好。"

罗丝说:"埃兰多先生说的肯定错不了。好了,林肯,我想我要休息了。"

"好的,我们明天再来。"

莱姆离开房间,前往护士站,萨克斯在那里刚打完一个电话。

他说:"她很好,睡着了。"

"我去看一眼。"

萨克斯走进母亲的病房,一会儿后回到莱姆身边。

"睡得很香。"

萨克斯走路,莱姆驾着轮椅,两人一起沿着走廊往前。他并不是多在意这一点,但他注意到没有人看他一眼,不像在城里的街上那样。当然了,在这里发现有人坐豪华轮椅,是意料当中的事。没什么特别的,没什么值得看的。确实,他行动自如,正和伴侣一起轻快地沿走廊而行,他比他们经过的昏暗、安静房间里的许多人幸运多了。

In regione caecorum rex est luscus[①],他想。

盲人国里,独眼称王。

他们并排而行,顺利穿过拥挤的大厅,来到外面,转向停在残障区的厢式货车,春日的下午阴沉沉的。

"好了,"莱姆问萨克斯,"在这三个月的退隐期,你还有什么想做的吗?"

"除了生气?"

"除了那个。"

"照顾妈妈,修理都灵车,去射击场射超级多的子弹打靶,学做饭。"

"做饭?"

"好吧,没有这个。"

当他们来到车前时,她说:"我有种感觉,你在给什么事安排日程。"

莱姆轻笑起来。啊,朗·塞利托……没有他,我们该怎么办啊?

"埃弗斯·惠特莫尔来见我了,那个律师。你知道,我没再帮他办理弗罗默的案子了。既然我在处理刑事案件这部分,就有利益冲突了。"

"莱姆,是什么事?"

"我需要帮忙,萨克斯。你会想拒绝,但是先听我说完吧。"

"这话听着耳熟。"

他眉毛一扬。"听我说完?"

萨克斯握住莱姆的手,说:"行。"

---

①拉丁语,意为"盲人国里,独眼称王",是中世纪的思想家、神学家伊拉斯谟(Desiderius Erasmus, 1466—1536)的名言。

The Steel Kiss by JEFFERY DEAVER
Copyright © 2016 by Gunner Publications, LLC
This edition is arranged with Gunner Publications, LLC in association with CURTIS BROWN – U.K. Through Bardon-Chinese Media Agency.
Simplified Chinese edition copyright © 2020 New Star Press Co., Ltd.
All rights reserved.

图书在版编目（CIP）数据

钢吻／（美）杰夫里·迪弗著；熊娉婷译．——北京：新星出版社，2020.6
ISBN 978-7-5133-3997-1

Ⅰ.①钢… Ⅱ.①杰… ②熊… Ⅲ.①侦探小说－美国－现代 Ⅳ.①I712.45

中国版本图书馆 CIP 数据核字（2020）第 053924 号

午夜文库
谢刚 主持

钢吻

[美] 杰夫里·迪弗 著；熊娉婷 译

责任编辑：曹晓雅
责任校对：刘 义
责任印制：李珊珊
装帧设计：人马艺术设计·储平

出版发行：新星出版社
出 版 人：马汝军
社　　址：北京市西城区车公庄大街丙3号楼　　100044
网　　址：www.newstarpress.com
电　　话：010-88310888
传　　真：010-65270449
法律顾问：北京市岳成律师事务所

读者服务：010-88310811　　service@newstarpress.com
邮购地址：北京市西城区车公庄大街丙 3 号楼　　100044

印　　刷：北京美图印务有限公司
开　　本：910mm×1230mm　　1/32
印　　张：18.25
字　　数：413千字
版　　次：2020年6月第一版　2020年6月第一次印刷
书　　号：ISBN 978-7-5133-3997-1
定　　价：69.00元

版权专有，侵权必究。如有质量问题，请与印刷厂联系调换。